U0513011

徐楠 著

「探故」与「察今」的互动

中国古代文论观念研究

上海古籍出版社

本成果受到中国人民大学2022年度
"中央高校建设世界一流大学（学科）和
特色发展引导专项资金"支持

目　录

导　论

一

　　"中国古代文论观念",指中国古人在诠释、评价文学现象时表达的观点。它们常依托概念、命题而呈现,在实践中有时也兼具"批评方法"等品格。"探故"与"察今"则是对本书研究视角的概括。前者主要指通过考察原始语境,探究中国古代文论观念的含义、理路、前提、限度诸问题。后者主要指对当代研究者诠释能力的剖析、省思;其中,又以考察当代研究者的思维模式、理论、方法为主要内容。提出二者的"互动"意在揭示:"中国古代文论观念"与"研究者诠释活动"系彼此关联的关系,而非单向决定的关系。在具体研究中,对前者的开显与对后者的检省乃是共生共在、互为条件的关系,而非各自为战、彼此隔绝的关系。对上述关系的自觉,是研究不断自我解蔽、发现问题、走向深化的关键。本书研究对象、研究方式的选取、设计,均来自当代学界研究动向的启迪,也都是针对当代研究有待提升之处而发。

　　在中国古代文论研究史中,概念(范畴)研究素为重镇,命题研究自朱自清等前辈学人奠基起,也在事实上得到长期关注,近年来更是出现独立成科的趋向。通观古代文论,今人所谓"概念""命题"往往是古人灵活运用的手段、媒介,具体观念的表达是其归趣所在。观当代学界之大要,则无论概念研究还是命题研究,都已经逐渐超越"术语辞典"眼界,上升到对古人具体语境中相应观念的提炼与批评;而"观念史"亦是中国古代文论研究路径之一。因此,笔者将研究对象定位于"观念",既是立意于更为合理地反映古人运思实情,也是对当前研究实际水平的顺应与自觉彰显。

那么,为什么要强调"探故"与"察今"的互动呢?

在 21 世纪有关中国古代文论观念的研究中,"重建古人原始语境"与"回顾、反思当代研究"是两大重要内容,也在各自领域内取得了诸多重要成果。它们已然呈示着笔者所说的"探故"与"察今"两种视角。不过尽管如此,时贤对二者关系的省思,或许仍存在有待深入之处。据笔者管见,从"中国古代文论观念的诠释性品格"和"研究者诠释能力的有限性品格"这两个基本特征来看,把"探故"与"察今"的关系理解为"互动关系"本就是具有内在根据的。如果不去自觉地体察、彰显这种关系,不以对这种关系的合理理解为研究的基本前提,那么无论"探故"还是"察今"哪一个方向上的个案研究,都可能在起点上就存在疏失。以下即具体解释之。

首先,谈谈"中国古代文论观念的诠释性品格"。

今人在言说"中国古代文论观念"的时候,很容易将其理解成"客观的历史事实"。但值得追问的是:它到底是怎样一种历史事实?在笔者看来,所谓"历史事实",至少包含"行为事实""精神事实"及"情境事实"三个基本方面。所谓"行为事实",系指言语、举止、生产、征战等一切具有外显形态的、可被直接体察的活动。而"精神事实",乃是指人精神世界中的一切感、思、想。至于"情境事实",则是"行为事实"、"精神事实"、外部物质环境融汇的"场",是一种可为身在其中者所直观体验、把握的整体氛围、状况、态势。严格地讲,任何历史书写、历史研究,至多能在观察、记录手段足够充分的条件下还原"行为事实"。至于"精神事实""情境事实",往往是虚灵的、带有大量非确定性品格的;尤其是"精神事实",更是无形无迹、不可量度、不可被直接观察的存在。研究它们,就不能不面临"从认知的角度去描述某种本质上难以认知的事物"①这个难题。如此说来,这两种事实的原发内容只可能得到书写者、研究者有限的记录、描述,也可能得到被判为合理的理解与诠释;但终归不可能被毫发不爽地再现出来。

不难发现,我们所面对的"中国古代文论观念"乃是遗留在文本中的"语言性事物"。它是对"作者文论观念"这种精神事实的记录,但二者并不同一。笔者承认,"中国古代文论观念"的文字符号载体是客观实在的,它不容捏造、不容更改。此种观念之表达所依托的公共语法规则、语词常见含义类型等"语言标准范例"也具有相对客观性——没有这种"标准范例",语言就根本不可能具备任何意义上的可习得性、可交流性。但与此同时也应该指出,作为"观念"之灵魂的"含义",未必是语言标准范例的简单对应者。文献的残缺、毁损,文本异文的存在,文论语言自身常见的意象性、譬喻性、表意逻辑的非惯例性等情况,都可能令其形成空白、模糊或矛盾,令其所在整体文本语境可能或多或少地具备虚灵、复杂的"意义空间"之品格。而可能有助于解释这"含义"的"文本语境外的证据",其实一般也不过是遗留于其他文本中的语言性事物,其含义本身同样可能是一个"意义空间",并不必然自具表意的确定性、明晰性。至于这"含义"背后的深层思想文化意蕴,就更不是什么预先给定的东西,其"意义空间"品格无疑是尤为突出的。

严格地讲,即便是合乎"语言标准范例"的内容,也必须经由诠释者读解转换后才能呈现。至于那些溢出标准范例的部分,就更有赖于诠释才会生成。且在研究的起点上,哪些文献可以纳入我们的研究范

---

① ［德］伊瑟尔著,朱刚、谷婷婷、潘玉莎译《怎样做理论》,南京大学出版社,2019 年,第 201 页。

围,这些文献的真伪、源流、价值如何,本就无不有赖于理解、诠释才可能合理呈现。这就意味着:倘若没有诠释者的呼唤,"文论观念"只能沉睡在文本中,绝不可能成为鲜活的生命。就此而言,伽达默尔以"对话"形容诠释者和文本世界的相遇,终归是带有浪漫色彩的——无论如何,文本一方都不可能真正地具有主体性,自主地针对提问做出辩解;诠释者和文本的主体间"对话",只能是由诠释者一方尽力营造出来的理想化情境。继而又能看出,我们探讨"某一文论观念的确切含义是什么"或"作者此种观念的原意是什么",实质上乃是在探讨"该观念的含义是否可能、如何可能得到圆融、合理之解读"。而一旦触及"某一文论观念如何生成、何以生成",这探讨就自然会更典型地具有诠释性品格——未经诠释者对证据文本的领会、判断、选择、组织,"如何"与"何以"都是无从谈起的事情。笔者想起陈寅恪在《冯友兰中国哲学史上册审查报告》中的那段名言:

> 凡著中国古代哲学史者,其对于古人之学说,应具了解之同情,方可下笔。盖古人著书立说,皆有所为而发。故其所处之环境,所受之背景,非完全明了,则其学说不易评论,而古代哲学家去今数千年,其时代之真相,极难推知。吾人今日可依据之材料,仅为当时所遗存最小之一部,欲借此残余断片,以窥测其全部结构,必须备艺术家欣赏古代绘画雕刻之眼光及精神,然后古人立说之用意与对象,始可以真了解。所谓真了解者,必神游冥想,与立说之古人,处于同一境界,而对于其持论所以不得不如是之苦心孤诣,表一种之同情,始能批评其学说之是非得失,而无隔阂肤廓之论。否则数千年前之陈言旧说,与今日之情势迥殊,何一不可以可笑可怪目之乎?①

---

① 陈寅恪《金明馆丛稿二编》,三联书店,2015年,第279—281页。

陈先生此论的实际意义当然不只限于哲学史研究。"了解之同情"与赫尔德、兰克辈推重的"移情",与柯林伍德所说的"历史的想象力"皆神理相通。暂且不论此类方法如何具体操作、到底能否达至真相,诸公的认识终归共同具备一种洞见:历史现象原始语境的载体本身存在大量表意空白、模糊、断裂、失真之处,只有经过研究者自觉地诠释,事实本身才有可能被认为是得到明白、合理之呈现的,而价值判断也才可能是有的放矢的。

至此可以说,诠释性品格,是"中国古代文论观念"的重要存在特征。将中国古代文论观念理解成"客观的历史事实"当然没有问题,但低估乃至忽略诠释行为在这种事实开显过程中的构成性意义,就是失之主观的。按照惯例,"中国古代文论观念"的确可以被称作"研究对象",不过想要在实际研究中将其彻底"对象化"(或曰"客体化")却是没有必要的,也是不可能的。而毫无疑问,凡是诠释,必有赖于具体的思维模式、理论、方法,无论研究者是否对此有所自觉。且诠释的生命力往往正来自这三者的多声共鸣、推陈出新。"中国古代文论观念"在诠释中的开显,注定也离不开这三者的巨大推动力量,尤其是它们在竞争中、不断修正中形成的巨大推动力量。从某种意义上来讲,将"在诠释中开显"理解为"在思维模式、理论、方法的引导、塑造中开显"或亦并不为过。而一个共同体公认的最切近古人"原始语境""原义"之诠释,恐怕正是来自最有竞争力、说服力的思维模式、理论、方法。

其次,说说"研究者诠释能力的有限性品格"。

伽达莫尔说:"历史不仅是没有尽头的,而且我们自身是作为理解者本身立于历史之中的,我们是一个连续转动的链条中的一个有条件的和有限的环节。"①这个表达颇为精切地道出一个广为人知的事实:人的存在具有历史性。就此而言,研究者的思想不可能脱离其所在历

①　[德]伽达默尔著,洪汉鼎译《真理与方法》,商务印书馆,2010年,第286页。

史语境的规训、影响而孤立地、自足地存在,而这语境自身本就不可能从其历史限度中超拔而出。认识到这一点的重要性在于,我们可以更为清醒地体察到:某一诠释可能在其时代中具有超前性,但不可能达到全知全能。除此之外,诠释能力的有限性又体现于:只要诠释被自觉地应用于某一具体对象,就很难摆脱与后者相关的客观限制。如前文所说,研究对象的文字符号载体、"语言标准范例"终归是具有客观性的。除开这些,面对同一考察对象的研究者,亦总需分享研究必须依赖的其他确定性公共知识。这"文字符号载体""语言标准范例""其他确定性公共知识"的总和,即近乎埃科在《诠释与过度诠释》中说的"文化成规"。在经诠释者开显、运用的时候,它们必然程度不同地成为其相关思维、诠释的构成性要素;即便不能抹平诠释者间的理解差异,也会限制这种差异。这就正如对于自愿参加某种游戏的人来说,犯规固然完全可能,拒绝接受游戏规则却是不可能的。而格外值得注意的一种现象是:在诠释活动中,理论、方法越合理,累积的诠释结论(无论是一元的还是多元的)越具有说服力,有关诠释对象的共识性内容(同样可以是一元的,也可以是多元的)就会越稳定、越具有转化为新"成规"的可能;而后来者想要另立新解且赢得新共识的难度就越大。无论他们是延续旧理论、旧方法还是开辟新理论、新方法,都会面对这样的局面。换言之,观念不断于诠释中开显的过程,也就是观念给诠释形成越来越多之限制的过程。在这个意义上,诠释能力之所以具有有限性,恰好有它们自身的"功劳"。

至此愈发可知:认为中国古代文论观念具有诠释性品格,并不等于认为它能够被任意地诠释。对它的合理诠释可能是一元性的,也可能是多元性的,但很难说是绝对个别性的,也不可能不存在任何相对共识。与此同时,任何诠释都可能成为开显古代文论观念原始语境的有意义之方式,但殊难成为一说既出、他说皆废的真理性诠释。诚然,无视上述客观限度的研究完全可能具备思想史价值,但是,它们究竟是严格意义上的"中国古代文论观念研究"还是"借他人之酒杯，浇自己之磊块"式的发挥，终归还是一个问题。由此又可以想到陈寅恪先生的认识。在前引那段有关"了解之同情"的文字之后，他还写道：

> 但此种同情之态度，最易流于穿凿附会之恶习。因今日所得见之古代材料，或散佚而仅存，或晦涩而难解，非经过解释及排比之程序，绝无哲学史之可言。然若加以联贯综合之搜集及统系条理之整理，则著者有意无意之间，往往依其自身所遭际之时代，所居处之环境，所熏染之学说，以推测解释古人之意志……其言论愈有条理统系，则去古人学说之真相愈远。

为什么有些研究会被认为是"穿凿附会"的？陈先生是从"古今异"这一带有历史主义品格的预设出发，将其归结于无视此种差异性的"以今律古"。在笔者看来，"古"之所以被陈先生认为是异于"今"的存在，正是因为这"古"存在于一套可识别的、与"今"存在差异的"文化成规"中，且在被诠释的过程中持续地累积着带有区别性特征的共识性内容。一旦诠释无视这些而一味"自我作古"，被视作穿凿附会也就无足为怪了。

那么，缺乏上述省思可能导致怎样的疏失呢？姑拈出最为典型的两种，尝试论之。

第一种疏失是，低估"中国古代文论观念"的诠释性品格，也对反省研究者的思维模式、理论、方法缺乏兴趣。将"中国古代文论观念"理解为"独立于诠释者之外的自足性存在"，便是其典型表现。这种认识带有真理符合论色彩，它容易引人相信研究对象含义的绝对客观性，同时令人产生这样的信念：研究者有可能如明镜映物一般重现真相，只要他以"求实精神""悟性"为本，超越主观成见。超越主观成见的命意的确美好，可一旦认定仅凭这种理想的真诚性就可以解决问题，研究者反倒可能会遗忘"古代文论观念在诠释中开显"这一最根本的真相，更可能会忽略：研究者自身既然是历史性的存在，其心胸识见就必然存在这样或那样的限度。这样的遗忘和忽略，往往导致对"求实精神""悟性"实际效用过分乐观的理解；于是，省思、探究思维模式、理论、方法似乎也就确乎是没有必要的。可问题在于，再低估这三者重要性的人，也不可能在事实上摆脱它们。只不过在他们身上，这三者常表现为对共同体范式、常识理性及波普尔所谓"情境逻辑"（Logic of Situations）不自觉的依赖罢了。而范式、常识中毕竟常包含未必真确的东西，情境逻辑也会存在失之主观的可能。于是，此种意欲超越成见的研究，反倒注定会在不自觉中任成见摆布。伽达默尔承接笛卡尔、康德等先贤的相关思理，强调诠释者理应"明确地考察他内心所有前见解的正当性"①。贡布里希也指出："那些一心想抛弃所有'先入之见'理论的人最容易不知不觉地屈从于先验理论的威力。"②这些观点无论何时都应是具有警示意义的。

第二种疏失与第一种正好相反。它的表现是：夸大"中国古代文论观念"的诠释性品格，随之也高估理论及方法、尤其是创造性理论及方法的价值。在这方面格外值得一提的是，过去的20世纪，乃是人文社会科学领域"理论爆炸"的一个世纪。而在波诡云谲的理论竞争中，20世纪中后期曾盛极一时的"后现代主义"思潮远承尼采等思想先驱，令差异性理念、解构理念深入人心，也摧毁了很多学人对西方形而上学（metaphysics）思维传统、对同一性理念的信仰。在这种思潮影响下，似乎任何事物、任何"成规""原始语境"都很难被视作真确可信或天然合法的东西，而诠释者新理论、新方法在研究中的主导权则可能被提升到至上的地位。无可否认，诸多"后现代"理论的确在揭露形而上学传统

① 《真理与方法》，第380页。
② ［英］贡布里希著，范景中等译《理想与偶像——价值在历史和艺术中的地位》，广西美术出版社，2013年，第51页。

的僵化、教条上居功至伟,亦大大地开拓了今人的理解视野。但也有必要看到,它们同样具有历史性品格,从而必然存在限度。它们在其历史语境中或因对抗思想传统的束缚而发,或深藏针砭时局的良苦用心,于深刻之余,又常有自封真理、矫枉过正之嫌;既为我辈提供了得力的思想武器,又不可为我辈所盲目遵从。举例来说,人类所居处的世界的确充满个别性、特殊性、差异性,但也毕竟存在多种形式的一致性、可类比性、可对话性。与其说"异"和"同"、"特殊性"和"普遍性"是绝对对立的,不如说它们是辩证地相生的。割裂二者的关系,难免会让笔者想起黑格尔在《哲学史讲演录》中说的那个譬喻:

> 一个患病的学究,医生劝他吃水果,于是有人把樱桃或杏子或葡萄放在他前面,但他由于抽象理智的学究气,却不伸手去拿,因为摆在他面前的,只是一个个的樱桃、杏子或葡萄,而不是水果。①

而艾布拉姆斯的观点同样是颇为犀利的。它通过质疑后结构主义者有关语言的"双重标准",揭示出毕竟存在具有相对客观性的、无法被诠释摆脱的"成规":

> (后结构主义者)玩着双重的游戏,用自己宣扬的那一套新的语言策略去解读别人的文本,而在向读者传播自己的那一套方法和标准时却又心照不宣地使用着大家都已接受的、约定俗成的方法和标准。②

---

① 北京大学哲学系外国哲学史教研室编译《西方哲学原著选读》(下卷),商务印书馆,2019 年,第 431 页。
② 转引自[英]斯蒂芬·柯利尼《诠释:有限与无限》,见[意]埃科等著,王宇根译《诠释与过度诠释》,上海译文出版社,2023 年,第 9 页。

至于以赛亚·伯林的评判,则不光适用于 20 世纪之前的学人,也适用于 20 世纪以降各派激进的反叛传统者:

> 毫无例外,这些模式的初衷是要将人类从错误中解放出来,从困惑中解放出来,从不可认知但又被人们试图借助某种模式认知的世界中解放出来;但是,毫无例外,这些模式的结果就是重新奴役了解放过的人类。这些模式不能解释人类的全部经验。于是,最初的解放者最终成为另一种意义上的专制。①

研究中的"专制"之所以面目可憎,正是因为它们把有限的自己假想成全知的、在价值上高于其他研究的。这思理本身既陷于独断,也在打开一扇诠释窗口的时候,关闭了其他窗口。一言以蔽之,无论显得多么具有洞见和效用的理论、方法,研究者都既需自觉地领会、吸纳之,又当尊重"成规",在与已有诠释成果的对话中,在诠释实践中反思、检验之。否则,其研究便可能和"那些一心想抛弃所有'先入之见'理论的人"不过是五十步笑百步罢了。

综上可知,"中国古代文论观念"和"研究者诠释活动",必然是彼此关联的。在研究中自觉地把握、护持"探故"与"察今"的互动性,正是对这种关系的尊重与适应。不"察今",如何能够合理地"探故"？脱离"探故",又如何能做到合理地"察今"？可以说,"探故"和"察今",理应在研究者自觉的互动意识推动下,形成一个有意义的循环。当然,即便有此种互动自觉,研究者的结论也未必会被认为是合理的。但无论最终结果如何,今人都需要在这个彼此参照、良性循环的过程中捕捉具体问题,寻找具有合理性的、足以形成相对共识的解读。

---

① [英]以赛亚·伯林著,吕梁等译《浪漫主义的根源》,译林出版社,2019 年,第 4 页。

二

在坚持"探故"与"察今"互动的基本前提下,本书尚有几种具体研究旨趣值得予以特别提出。以下即分别申说之。

其一,在概念、命题释义时坚持"语境优先"原则。文论观念常依托概念、命题而呈现,因此中国古代文论概念、命题的释义始终是本书"观念研究"之基石。而经由诸多先贤的省思、辨析,今人已然能够知晓一个事实:尽管我们可以为词、句归纳出若干确定性的"词典含义",但它们的实际含义则是活在具体语境中的。维特根斯坦说:

> 在使用"含义"一词的一大类情况下——尽管不是在所有情况下——可以这样解释含义:一个词的含义是它在语言中的用法。①

柯匹说:

> 如果以某种特定的语法形式使用语言总是有一个特定的功能,这就很方便,但事实并非如此。语言太松散了,它的用法多变,上述设想是不可能实现的。因此,在决定一个句子的真正功能时,语境总是至关重要的。②

徐复观下面的话,实质上亦与"语境优先"原则异曲同工:

---

① ［英］维特根斯坦著,陈嘉映译《哲学研究》,上海人民出版社,2005 年,第 25—26 页。
② ［美］柯匹等著,张建军等译《逻辑学导论》,中国人民大学出版社,2022 年,第 89 页。

把思想史中的重要词汇,顺着训诂的途径,找出它的原形原音,以得出它的原始意义;再由这种原始意义去解释历史中某一思想的内容……夷考其实,这不仅忽略了由原义到某一思想成立时,其内容已有时间的发展演变;更忽略了同一个名词,在同一个时代,也常由不同的思想而赋与以不同的内容。尤其重要的,此一方法,忽略了语言学本身的一项重大事实,即是语原的本身,也并不能表示它当时所应包含的全部意义,乃至重要意义。①

这些认识提醒我们: 研究活在具体语境中的概念、命题时,任何"词典含义"或作者本人曾于他处界定过的含义都不过是诠释者的备选项而已。只有将它们置入其所在语境中,通过诠释学所谓局部与整体互为条件、彼此参照的"诠释循环"之检验,我们才有可能确定其中哪种或哪几种是合理的。钱锺书在吸收狄尔泰等人之见解后做出的判断,至今仍甚具参考价值:

乾嘉"朴学"教人,必知字之诂,而后识句之意,识句之意,而后通全篇之义,进而窥全书之指。虽然,是特一边耳,亦只初桄耳。复须解全篇之义乃至全书之指("志"),庶得以定某句之意("词"),解全句之意,庶得以定某字之诂("文");或并须晓会作者立言之宗尚、当时流行之文风、以及修词异宜之著述体裁,方概知全篇或全书之指归。积小以明大,而又举大以贯小;推末以至本,而又探本以穷末;交互往复,庶几乎义解圆足而免于偏枯。②

---

① 徐复观《中国人性论史·先秦篇》,三联书店,2001 年,第 2 页。
② 钱锺书《管锥编》第 1 册,中华书局,1986 年,第 171 页。按:乾嘉朴学在其训诂实践中,亦不仅仅遵从"由字到篇"这种机械的单向过程。钱先生在《管锥编》上引同一则中随后即指出戴震"能分见两边",只是又认为他"特以未通观一体,遂致自语相违"。"乾嘉朴学的诠释观与方法"是一个需专门讨论的复杂问题,此处限于讨论主题,不做展开。

问题是,在当前的相关研究实践中,"语境优先"似乎仍有待得到普遍、自觉的尊重。据笔者所见,在概念、命题释义时,词典含义优先、尤其是其中的"本义"(相对于"引申义"而言)优先,依然是颇为常见的思维模式。词典含义当然具有实在性,可这种思维模式毕竟具有一种本质主义的特征:它认为活生生的语言现象之上存在着不变的、决定一切的真理性含义。于是,本来从活的语言现象中提炼出来的、体现着某种"家族相似性"的东西,反而成了前者需要无条件地为之服务的主宰。这种背离了语言存在方式的认识,几乎注定会在释义实践中生成牵强、机械的结论,需要为研究者所警觉。此外,坚持"语境优先"自不能脱离对语境层次、范围的识别。概念、命题所在语境,至少可以分成"文本语境"和"文本语境所在历史语境"。诠释语境,自然就需要对其各自范围做出判断。但问题在于,研究者划定的范围是否必然合理呢?为了尽可能规避"划界失误",研究者自然需要在本书所说"探故"与"察今"的彼此参照中,随时对自我判断标准的有效性做出估量。这估量的结果不见得一定是没有争议的,可保持这样一种思考的自觉终归是必须的。不然的话,"语境优先"就可能成为一句无根之谈了。

　　其二,重视对古代文论观念的多元诠释之可能。无论在研究中还是在生活中,我们都经常会与"真相只有一个"这个常识性信念相遇。问题在于,"真相只有一个"不等于"有关真相的诠释只能有一种答案"。一旦把这两者混同起来,文论观念研究就可能脱离对象的实情,陷入自设之窠臼。就"历史事实"而言,当证据不足时,即便是原则上可被还原的"行为事实",其可被言说的"真相"实际上也只是诠释结论而已。这结论当然可能是一种,也可能是多种。至于"精神事实""情境事实",其基本性质就决定了相关研究只能是求合理的诠释性研究,而不可能是求还原的实证性研究,所以其答案更不可能注定是唯一的。由此自然可知:对于具有诠释性品格的"文论观念"来说,"合理的解读结论"就是其可被把握的"真相"。而解读结论是否"合理",只是取决于相应诠释实践是否能经受各级"诠释循环"的检验而已。在这个意义上,"对某一文本不存在唯一的诠释,只存在无数个诠释"这类源自尼采的著名"后现代"观念,倒确乎格外具有启示意义。只不过需要强调的是:重视多元解读,只是为了把诠释从结论一元化的迷信中解放出来,而不是要把多元解读又奉为绝对真理。如果那样的话,诠释就会臣服于前引以赛亚·伯林所说的"另一种意义上的专制"了。

其三,追索古代文论观念背后的"支撑性观念"。洛夫乔伊曾指出:

> 有一些含蓄的或不完全清楚的设定,或者在个体或一代人的思想中起作用的或多或少未意识到的思想习惯。正是这种如此理所当然的信念,它们宁可心照不宣地被假定,也不要正式地被表述和加以论证,这些看似如此自然和不可避免的思想方法,不被逻辑的自我意识所细察,而常常成为哲学家的学说的最明显特征,更为经常地成为一个时代的主要理智的倾向。[1]

笔者所说的"支撑性观念",与洛夫乔伊所论内容大体相似。它是指作为某一文论观念的思想前提存在的、为其表达者所依赖的认知结论或价值信念,也可以指文论观念表达者自觉或不自觉运用的思维模式,即"隐藏在纷繁复杂的表面现象之下的深层结构以及反复出现的模型"[2]。在 20 世纪的"观念史"研究中,洛夫乔伊、以赛亚·伯林等学者已经在这个领域中做出了具有示范价值的探索。而从某种意义上讲,福柯论"话语"时对"作品为什么这样说""文本多出来的东西"的关注,也颇与此类考察意趣相通。对于中国古代文论观念研究来说,解释

---

① [美]洛夫乔伊著,张传有、高秉江译《存在巨链——对一个观念的历史的研究》,商务印书馆,2015 年,第 9—10 页。

② 《诠释与过度诠释》,第 7 页。

观念的"含义"并不是唯一的工作。诸如观念的思想根源、观念的内在理路及限度等问题，本都是其题中应有之义。且这些内容往往与观念"含义"密切相关，一旦对它们缺乏分析，所谓"含义"也就难以得到充分理解。笔者所说的"追索支撑性观念"，应当能够为合理地解答这些问题提供一个颇有意义的角度。在当前的古代文论观念研究中，集中在"观念含义是什么、流变过程怎样"这类问题上的描述性研究是比较典型的，而考察"支撑性观念"这"文本多出来的东西"，似乎是不甚典型的。在这个角度上多加探求，我们或许会在诠释和评判中都发现一些新的东西，随之进一步打开中国古代文论原始语境的意义空间，也打开研究自身的空间。

其四，坚持"中""西"参照、对话的研究格局。从20世纪晚期至今，回顾、评析包括"古代文论研究史"在内的中国学术史历程始终是学界热点，已有众多成果问世。其中，反省中国当代文论话语的西学渊源，尤其是反省源自西学的概念、命题、方法对于研究中国古典的有效性问题，乃是格外引人瞩目的研究动向。这种方向的考察对于识别中国古代文论的相对独特性，开显其在世界文论、思想史中的原创贡献，规避"西方中心主义"造成的各类误读等方面，无疑贡献良多。本书"探故"与"察今"的命意，自有颇多与之契合之处。不过需要指出的是，力避"以今律古""以西律中"固然合理；而一旦分寸失当，出现"中西对立""扬中抑西"的思维倾向，研究就可能走向新的极端。毫无疑问，"中"与"西"在哲学基础、历史文化、语言乃至思维模式上都存在若干重大差别。但换个角度看，作为生活在地球上的同一个物种，无论"中""西"哪种文化传统中的人都具有相同的生命周期、生理机能和情感、认知的先天机制，都必然共同面对"人的有限性"这一最基本的事实，都共同感知、体验、思索生死、爱欲、功利等人生基本问题，共同思考个人与社会、人与世界、语言与世界的复杂关系，也都必然共同寻求安顿此生之法；且至少在"友谊规范""人格特质""社会信念""地位等级

规范""乱伦禁忌""战争规范"等方面都存在心理学家早已发现的大量
跨文化一致性。① 具体到思想文化之成果,则"中""西"各自的博大与
复杂,它们之间的诸多可共鸣、可类比、可参照、可彼此启发之处,均不
是任何只择一端、扬此抑彼式的抽象概括所能覆盖的。《周易》的名言
"天下同归而殊途,一致而百虑",绝非虚语。王国维曾说:"学无新旧
也,无中西也,无有用无用也。凡立此名者,均不学之徒,即学焉而未尝
知学者也。"②钱锺书曾说:"东海西海,心理攸同。"③他们的观点表述
或略显绝对,却毕竟体现出思考此类问题时的睿智与通达。一言以蔽
之,差异性和相通性的辩证统一,才是异质思想文化关系的根本特点。
而机械地理解、评价"中""西"异同,就很容易一面重复着后现代主义
思潮因拆解形而上学传统而出现的片面"重异"而"轻同"之失误;一面
又在提炼"中""西"文化典型特征的同时,低估双方各自的复杂性、多
样性、流变性,于是反而复制形而上学传统中的僵硬、教条之处。这样
的结果,恐怕不单是做不到"一方面吸收输入外来之学说,一方面不忘
本来民族之地位"④,反而是于"中"于"西"两失之了。

　　具体到当代中国的文学、文论话语,与其说它们是对西学的效颦,
不如说它们是中西文化融汇、碰撞中的综合性产物,已然是中国文化
"新传统"中的内容,建构着每一个身在其中者的思维方式。此类话语
与古代文论的凿枘不合之处的确时时可见,也存在各种或大或小的争
议。但毕竟还应承认,我们所说的"中国古代文论固有内容",只能是
经由它们诠释出来的东西。而在用它们诠释古代文论的百年历程中,

---

① 参见[美]迈尔斯著,侯玉波等译《社会心理学》第五章《基因、文化与性别》,人民邮电出版社,2016年。
② 王国维《国学丛刊序》,见傅杰编校《王国维论学集》,云南人民出版社,2008年,第488页。
③ 钱锺书《谈艺录》,中华书局,1984年,第1页。
④ 陈寅恪《冯友兰中国哲学史下册审查报告》,《金明馆丛稿二编》,三联书店,2015年,第284—285页。

古人观念的特点终归得到了颇多有说服力的开显，"中"与"西"的可通约处、可类比处也得到了颇多甚具深度的检验与呈现。就以上情况来说，想在研究古代文论观念时清除西学因子既不可能——那就像想要拔着头发离开地球一样无法实现——也毫无必要。笔者在本书的具体研究中，便从不会刻意回避对西学概念、命题、观念、方法的运用——单就本书的核心概念来说，"文学""观念""理论""批评""概念""命题"，无论哪一个都与西学有莫大干系。问题的关键不在于抽象地讨论"可用"或"不可用"，而在于尽可能地保持实践中的自省：我们到底是在何种意义上使用它们的，如何运用它们才可能是有说服力的。在此基础上，自可进一步探寻：如何在"中""西"彼此合理参照、启发的格局中，不断地打开古代文论的意义空间，获致对其更为丰富、深刻的认识。

其五，在研究中坚持批判精神。"批判"，包含"考察及辨明某一对象之前提、肌理、限度"的要义。这既体现出对盲信行为的自觉抵制，从而捍卫着研究者的精神自由与尊严，也表现出理性地澄清对象自身特征的诉求，为规避研究中的"自说自话"所必需。在实际研究中，"批判"本就与"诠释"不可分割，同时也必然带有评价之品格。不过，这种评价乃是以对对象的理性考察为根据；因此，在起点上即和"以我之是，非人之非"的主观评判具有原则差别。笔者前面所论"探故"与"察今"互动原则及诸种具体研究旨趣中，都程度不同地包含着对"批判"精神的坚持。此处单独拈出，无非是作明确之强调及必要之引申，以凸显其重要性。在本书的研究中，"批判"一方面指向当代研究者，另一方面则指向古人。

先看前一方面：作为"今人"，我们用什么样的前理解把握古人？我们所在的"共同体"赋予我们怎样的思想前提和研究惯例，它们的意义和限度可能是怎样的？这种严格的追问不见得能够让我们真正获得最合理的视角与范式，却可能有助于我们通过审查自己的思维定势，拓宽与其他思理、方法的对话之路。与此同时,理应格外反思的一点是:虽说"尊重原始语境"已然是今日研究者普遍遵奉的基本原则,但为什么在实际的研究中,有关"原始语境"的诠释仍然存在诸多歧解乃至误读呢? 这既与研究对象非确定性的"意义空间"等品格有关,其实也与研究者对自身思想工具的限度缺乏省思有关——当对自身限度缺乏自觉的时候,即便主观上坚持"尊重古人原意""语境优先"等原则,其实际研究也可能会偏离这一初衷。有限性的人不可能达到全知之境。因此,保持对自身思理的严格追问不可能清除歧解,也不能确保规避误读。但即便如此,也须承认:正是在这种追问中,中国古代文论观念的原始面目才有可能在事实上得到最大限度的尊重。

再看后一方面。在以往的某些时段,"批判古人"几乎与主观地解释、评价古人乃至贬斥古人成为同义语。这既是对"批判"本有含义的严重歪曲,也因其事实上的厚诬品格而遭到新一代研究者的鄙弃。不过新的问题恰好又在于:或许是出于对这种失常、失序之"批判"的警觉和厌恶,当下部分研究又在面对古人时走上另一个方向,即只做诠释与价值认可,而悬置乃至规避对其思理可能存在之疏失与限度的反省与揭示。这就有可能令研究笼罩上信仰的色彩,于是形成对研究对象新的遮蔽——"厚诬古人"固然令人厌恶,但"美化古人"恐亦并非对古人真正的尊重。在笔者心中,"古人"乃是值得敬重的友人,也是值得敬重的论辩对手,而绝不是只能仰慕的偶像。因此,本书的研究不仅立意于开显古代文论观念的含义、思理等内容,亦始终对古代文论观念的限度保持警觉。也就是说,笔者时刻关注这样两个要点:古人具体文论观念的理路和证据是否具备充分的说服力? 面对着生生不息、丰盈复杂的古代文学世界,古人可能看不到的或可能遮蔽的东西是什么? 这种考察自然不可能克服诠释性品格,因此必然也时常是见仁见智的。但是归根结底,揭示或引发对相应问题的思考,似乎终归胜过回避问题、遮盖问题。与此同时,这样的研究路径或许至少有助于今人更为冷静地审视古代文论观念在其语境中的实际意义——体察思理,辨明限度后,我们才有可能更为合理地揭示:古人接受某一文论观念的理由可能是什么、此观念的哪种品格令其获得长久的生命。

三

最后,对本书选题的具体设计、编排方式及各章所涉问题做一简要说明。

进入"中国古代文论观念"的方式是多种多样的,也是各具限度的。本书主体共设八章,每章考察一种中国古代文论观念,均选取足以典型反映该观念基本特征与当代研究不足的具体个案为核心对象,力求以小见大地、由个别到一般地解决问题,力戒"以通论模式淹没问题意识"之弊。在践履前述基本研究旨趣的前提下,每一个案考察均针对其研究现状,设计论说之侧重点。八章依个案于历史上所在时间之先后排列,个案所涉现象出现于一个较长时间段者,依此现象最初出现的时间排定该章次序。各章具体情况如下:

第一章《"以意逆志"的成立条件及相应限度——以对〈孟子〉中该观念的考察为起点》。

作为中国古代文论史上最基本的观念和批评方法之一,"以意逆志"一直得到时贤的高度关注。有关其基本含义、流变历史、当代意义的言说已有诸多重要成果问世,但它们似乎并没有充分地解答下面这些令笔者格外感兴趣的问题:是哪些支撑性观念托起了"以意逆志",令其得以被自孟子以降的众多古人视作真理? 这种"逆志"的主观愿望到底是否可能? 欲解答这些问题,就需要首先对"以意逆志"的原发语境——《孟子》文本做出考察。笔者想要着重指出的是:由这个语境的基本特征可知,孟子的"以意逆志"是服务于其政教观念言说的。他对"以意逆志"的信任,既来自"志具有可确知性、唯一性""志由文显"这些预设,也来自其对《诗经》文本"仁义之言"的判断、对批评者以道德修养为保障之"知言"能力的自信。所有这些既与当代意义上的"文学批评"差别显著,也体现出鲜明的独断品格。而在孟子之后,"以意逆志"的信奉者自觉地以"知人论世""博观""虚心"等方法落实对"志"的捕捉。可问题在于,作为精神事实的"志"并不具有可还原性;故而无论批评者主观愿望如何,"逆志"所得的结果依然首先是诠释性的。在理清上述问题后,笔者也试图于本章说明:在古代文论语境中,"以意逆志"与"见仁见智"代表着两种不同的诠释传统。无论"以意逆志"是否可能,信奉之、实践之,都具有重要的实际意义。它们带动了古人对诠释伦理、诠释法则的自觉探寻,为古人面对诗文时的"史学化批评"提供长久的支持,也承载着古人立身、察人、应世时崇高的价值理想。

第二章《阮籍〈咏怀〉"本意索隐"诠评》。

"本意索隐"是笔者长期关注的一种观念。它属于"本意诠释"的一种,不过不满足于解读"文内意",而是坚信作者"文外意"的实在,希冀通过重建文本历史语境等手段破解之。促使笔者写作本章的主要原因是,我们经常对本意索隐的实践结果做出"合理"或"穿凿"的判断,但是,为什么它们会被认为是"合理"或"穿凿"的? 又是哪些因素推动着这种索隐长期地运行? 所有这些,似乎尚待深入剖析。与此同时,在诠释"本意"这种无形无迹、不可还原的精神事实时,见仁见智甚至对立冲突都是司空见惯之事。不过在尊重彼此诠释结论的同时,我们是否有可能找到足以满足"最低限度彼此认同"的标准,从而尽可能规避不合理的诠释? 这同样是需要认真回答的问题。在中国古代"本意索隐"的诸多案例中,阮籍《咏怀》本意索隐具有样本意义,也恰好需要从以上角度加以开掘,故而笔者就以它为考察对象。笔者认为,阮籍《咏怀》本意索隐在批评实践中表现为四种类型,它们分别考察索隐者认定的比兴、廋语、典故及全篇整体情境之真实所指。索隐者往往持"文外意具有实在性、唯一性"信念,以有关作者、文本、外围史料的排他式预设为起点展开论证。其结论不无参考价值,但亦独断地排斥《咏怀》本意诠释之其他可能。在探究以此个案为代表的索隐观念何以产生时,笔者尝试从"认知安全"等带有心理学意味的视角进入问题;在有关"本意诠释如何合理"的探讨中,则提出三条"诠释伦理",以期捕捉诠释中可能存在的"最低限度彼此认同"。与此同时,本章亦借此主题的探讨,着重开显多元视野之于文学批评、文学接受的意义,既在多元主义的立场上支持各诠释类型的合理共生,也基于"诠释"与"感发"实然的共在品格,表达对多元接受观念的认同。在本章最后,笔者附小文《韦应物〈滁州西涧〉是否有寄托》,以求通过对一首"名篇"含义的解析,支持前述有关本意诠释的原则。

第三章《"文如其人"的思想基础与思维模式——以刘勰为核心案例》。

在当代有关"文如其人"观的研究中,当"考察内容及流变过程"与"探讨合理性"已经成为思维定势后,以下重要问题便难以得到深入探析:为什么屡遭质疑,"文如其人"仍能得到古人持续青睐?既然该观念的可信度存在争议,那么其破绽可能是哪些?就古代文论语境来看,导致此类问题产生的根源何在?在古代文论的相关文献中,刘勰虽非"文如其人"一语的正式提出者,但其《文心雕龙》已典型包含此观念要义与特征,堪为代表性案例。以分析刘勰的"文如其人"观为中心,辅以文论史其他例证,笔者试图对前述被遮盖的问题做出解答。首先,儒家传统中本就存在对文之反映、认识功能的高度信赖;道家虽然提出"言不尽意"一类观念,却也总存在支持"文"与"人"关联性的思想因素,而"贵真"则是儒道二家共具的价值理想。就此来看,无论"实然"还是"应然"哪一方面,"文如其人"都在古代具有深厚的思想基础。在古代文论语境中,质疑、否定该观念者很可能动摇古人立身、为文的基本信念。故而"文如其人"的合理性常被质疑,却难以被颠覆。其次,古人在论证此观念合理性时,常夸大"文"的反映、认识功能,常对"文"和"人"的性质做纯一化判断,且对"文"和"人"的实际特征做出脱离具体语境的解读,凡此种种,必然令"文如其人"在说服力上存在欠缺。其三,混淆"应然""实然"之别的思维习惯、缺乏理解人之复杂性的哲学基础及历史条件、情境效应导致的论证失据等原因,乃是上述问题所以存在的主要原因。"文不如其人"论者在思维模式上与前者并无不同,故无法形成令人信服的驳难。当然,尽管剖析"文如其人"观诸多疏失,笔者仍然认为:它对"文""人"关系的格外敏感,对由"文"以知"人"的信念,终归在文学接受活动中具有典型性,是文学阅读的重要价值来源。

第四章《〈文心雕龙〉"风骨"含义多歧特征探析》。

刘勰"风骨"的确切含义是什么,一直是困扰学界的难题。从 20世纪至今,相关诠释结论层出不穷,却始终难以形成共识。笔者并不想在已有诸多结论的基础上再增加一种"新解",而是试图转换一下问题的方向:刘勰的《风骨》文本具有怎样的表意特征? 我们又是持怎样的"思维工具"解读《风骨》的? 可以发现的是,刘勰在有关"风骨"的论析中,动用了颇多审美性表达。此外,他未明确分别"情""志""意"及"言""辞"等近义概念,遗失了对"风"与"骨"、"风骨"与"体"之关系的阐释,亦未能一以贯之地使用自己对"风""气"概念的界定。所有这些问题,导致《风骨》成为一个含意多歧的、充满逻辑破绽的意义空间。而今人"寻找风骨确切含义"这一研究目标,偏偏内在地包含着对"风骨"含义之合逻辑性、可论证性的要求。这就与"风骨"表意的实际特征抵牾。因此无论怎样求解,都必然存在对《风骨》文本削足适履式的处理,难以形成充分的说服力。通过探讨这一问题,笔者也试图揭示今人在研究古代文论问题时经常存在的"逻辑完美性想象"及"膜拜式诠释"导致的疏失。而相关探讨亦与前文已及的重要问题直接相关:如何在进入古代文本语义世界时合理地使用西学资源,在明其限度的同时,尽可能规避滥用。

第五章《从五古〈修竹篇〉看陈子昂"兴寄"观》。

陈子昂之"兴寄",乃是唐代文论最为重要的观念之一。而笔者观察到当代相关解读中的一种重要现象:研究者常按照对文论文本"应有形态"的模式化理解,就《修竹篇序》语境言"兴寄",而把五古《修竹篇》排除在考察视野之外。这种将"文论文本"与"文学文本"分离开来的前理解,必然因割裂"兴寄"所在之原始语境而导致误读。就笔者管见,陈子昂"兴寄"的原始文本语境是由序和诗共同构成的。《修竹篇》不仅是通常意义上的"文学文本",更是诠释"兴寄"所必需的文论文献。《修竹篇》乃是典型的"比兴体"诗,通篇托喻君子抱负。由此可知《修竹篇序》中"兴寄"之"兴"当以"托喻"为第一要义,且其内容、功能不限于美刺。《修竹篇》的意脉、用典与齐梁间同主题文本存在高度近似,可见陈子昂表面斥责齐梁"兴寄都绝",内里则颇受齐梁诗兴寄品格之影响。《修竹篇》融汇了晋宋、齐梁体的结构、声韵、修辞特征,这说明陈子昂标举"兴寄",但并不鄙弃诗歌形式问题,且不以汉魏典范为唯一取法对象。如果自觉保持上述考论"兴寄"时所持的问题意识,则研究者或许可以更深刻地认识到一些带有普遍意义的问题:在古人创作中,不少文学文本本就与批评文本水乳相融,如果仅凭表面文本特征就将其切割于理论研究之外,那么对研究对象原始语境的特征就是不够尊重的。而在关注文学文本的文论意义时,"代表作优先"观念也必须得到省思——如果以文学文本作为文论研究的参照,那么,前者中那些与文论原始语境关联最为紧密的篇章,才应当是得到优先关注的对象。

第六章《唐人诗学"境"观念特征辨析》。

在20世纪文论界,经过研究者的意义建构,"意境"既成为一个吸纳了中国古典美学诸多要义的现代概念,也被很多研究者视作中国传统文论、美学的"核心概念"。不过进入 21 世纪后,学界对古代诗学"境"观念原始意涵的辨析渐趋自觉,也对有关"意境"的"核心概念"说提出强有力的质疑。笔者认同这一研究新趋向,同时也认为,对这个趋向的支持,离不开对古人相关典型个案的细致剖析,离不开对今人既有思维模式的进一步反省。以境论诗发端于唐,亦在唐代呈现出典型特征,而当代的相关研究仍存在若干值得推敲之处。故而笔者在本章中即以"唐人诗学'境'观念"为研讨对象。笔者的论证主要意在指出:无论在题王昌龄《诗格》还是在中晚唐诗学文献中,"境"只是论诗观念之一,而非理论思考的核心,并不具有统摄其他观念的可能性,其意涵往往具有多元的而非一元的解读方向;当代"意境说""境界说"关注的诗之文本层次问题、虚实问题、意蕴问题,在唐代均有持续探讨,但"境"在其中承担的任务实为有限。这些结论应能为当代否定"意境核心说"的主张提供佐证。而通过对当代"境"研究常见特征的反省,笔者也力图在本章中探讨几个重要问题:欲判定某个含义丰富的概念、命题在其文本语境中只存在一种解读可能性,应满足哪些条件? 如何合理地判断某一观念的思想来源? 又该如何认识"意境核心说"的思维模式及其来源? 在相应探讨中,笔者格外注重揭示的,便是一元论模式、特定思想(佛学思想)决定论模式和历史决定论模式的学理破绽。

第七章《明格调派诗歌情感说中的"真"观念与"正"观念》。

追求"性情之真",是中国古代论文者共具的重要特征。而当前学界尚欠推敲的问题是:在不同言说意图中,此观念内蕴是否存在差别? 在倡言情真的典型语境中,言说者怎样判断情感的价值、限度? 古代文论语境中的"性情之真"与当代文论语境中的"情真"诸说是否具有同一性? 在这类问题上,宗主严羽的明格调派具有典型意义。该派对"性情之真"的推崇,常以坚持"性情之正"为前提。其诗歌情感说中体现"真正合一""以正律真"的内容与其格调论在思维模式上均有重规范、明限度的倾向,在价值理想上均以儒家人格典范为归宿。因此,其

"重情"与"尊格调"具有共生的必然性。进一步考察后可知,在中国古代文论史上,受儒家政教诗学传统影响的论者,往往或公开以正律真,或为情真暗设前提,或将事实判断与价值判断分别言之。其论说的思想基础与价值立场,与"自由书写个体情感"这类当代文论"情真"观存在差别,不能混为一谈。通过辨析,笔者亦试图在本章说明:在研究文论观念问题时,应尽可能细致地清理全部文献的原始语境,分辨其言说意图的多种可能性,并从不同层面体察其文论史上源。如果只是无条件地演绎根据局部材料归纳出的观点,那么无论其是否确属合理,都难以遮蔽研究中存在的致命学理问题,即"预设"与"诠释"二要素的失衡。

第八章《"本质主义"观念与王夫之诗歌批评的学理疏失》。

王夫之诗学历来是中国古代文论研究的热点所在。笔者从不否认其理论的精湛、深刻,但也正视其实际批评中时时出现的机械与矛盾,并思索此类疏失的根源问题。在这条探究之路上,笔者试图引入"本质主义"这一源自西学的概念,取其广义,以概括王夫之诗歌批评中的一类重要支撑性观念,即:将自身某些诗学趣味、标准的价值绝对化,在缺乏批判性反省的情况下,以其为实际批评的根据和尺度。在笔者眼中,"重道轻艺""典范风格优先""典范作者优先"与"作者立场优先",都是船山"本质主义"观念的具体呈现。它们必然令其在实际批评中屡次出现学理疏失。与前面诸章相似,本章的探讨同样力求从剖析个案出发,探究一个更具普遍意义的话题:合理的文学批评如何可能? 尽可能自觉地坚持带有范导性品格的多元主义原则,反省"本质主义"思维模式的限度,在自觉的对话、省思中最大程度地自我解蔽,是笔者依然坚持的方向。而笔者在此同样强调:当下的中国古代诗学研究,应一方面尽可能充分地理解、尊重研究对象,一方面对其做出深入的批判性考察;既立足于对文献实存特征的尊重,又对研究者自身"前理解"之限度保持警觉。

第一章
"以意逆志"的成立条件及相应限度
——以对《孟子》中该观念的考察为起点

　　在当代的文学研究中,孟子解读《诗经》时提出的"以意逆志",被视为古人最基本的文论观念之一。除研究它的内涵、思想基础、流变过程、当代意义外,学界亦对其限度存在关注。从当前代表性成果可见,时贤已能从诠释学及文学批评常识出发,就"以意逆志"是否可能、"以意逆志"对文本意义及接受者的遮蔽等话题,展开予人启发的探讨。①而在笔者看来,相关考察似还有推进的必要。要想对这类问题产生更为细致的认识,我们仍需进一步深入历史语境,体察古人自身理路,逐一检验"以意逆志"信奉者为落实该观念而预设的诸种条件,思考它们何以产生、有效程度如何。这些条件,呈现出"以意逆志"所依托的支撑性观念。对其加以辨析,既有益于我们通过剖析古人的运思方式、价值诉求,来理解"以意逆志"限度之具体表现、产生根源等问题;也有助

---

① 请参看董洪利《孟子研究》,江苏古籍出版社,1997 年;周光庆《中国古典解释学导论》,中华书局,2002 年;张伯伟《中国古代文学批评方法研究》,中华书局,2002 年;尚永亮、王蕾《论以意逆志的内涵、价值及其接受主体的遮蔽》,《文艺研究》2004年第 6 期;杨红旗《以意逆志与诠释伦理》,巴蜀书社,2009 年;尚永亮《中国古典文学的接受理论与实践》第一章《"以意逆志"说之内涵、价值及其对接受主体的遮蔽》,新文丰出版公司,2016 年等。

于我们判断"以意逆志"之于古人的实际意义。

在中国古代文论史中,"以意逆志"的意涵是经历代申说而日益丰富的。不过其提出者孟子毕竟为后世的发挥奠定了基础,而后人有关该观念成立条件的预设方式也多可溯源至孟子。因此,本章的讨论,就以对《孟子》文本中该观念的相应考察为起点。

一 《孟子》中"以意逆志"的 成立条件及相应限度

在《孟子》中,"以意逆志"产生的原始语境,是孟子通过与咸丘蒙辨析舜的事迹,揭示君臣、父子关系应遵守之准则。二人的第一轮对谈如下:

> 咸丘蒙问曰:"语云,盛德之士,君不得而臣,父不得而子。舜南面而立,尧帅诸侯北面而朝之,瞽瞍亦北面而朝之。舜见瞽瞍,其容有蹙。孔子曰:'于斯时也,天下殆哉岌岌乎!'不识此语诚然乎哉?"孟子曰:"否。此非君子之言,齐东野人之语也。尧老而舜摄也。《尧典》曰:'二十有八载,放勋乃徂落。百姓如丧考妣。三年,四海遏密八音。'孔子曰:'天无二日,民无二王。'舜既为天子矣,又帅天下诸侯以为尧三年丧,是二天子矣。"

被孟子灌输了"舜之不臣尧"的观点之后,咸丘蒙尚不满足,于是继续提问:"《诗》云:'普天之下,莫非王土;率土之滨,莫非王臣。'而舜既为天子矣,敢问瞽瞍之非臣,如何?"孟子答曰:

> 是诗也,非是之谓也;劳于王事,而不得养父母也。曰:"此

莫非王事,我独贤劳也。"故说《诗》者不以文害辞,不以辞害志。
以意逆志,是为得之。如以辞而已矣,《云汉》之诗曰:"周余黎
民,靡有孑遗。"信斯言也,是周无遗民也。孝子之至,莫大乎尊
亲;尊亲之至,莫大乎以天下养。为天子父,尊之至也;以天下
养,养之至也。《诗》曰:"永言孝思,孝思惟则。"此之谓也。
《书》曰:"祗载见瞽瞍,夔夔斋栗,瞽瞍亦允若。"是为父不得而
子也。①

解释"不以文害辞,不以辞害志。以意逆志,是为得之"这段名言时,研
究者的兴趣,多在于辨析"意"到底指说《诗》者之意还是文本中的意,
以及"文""辞"二概念的具体所指。不过,如果避开这类思路的干扰便
可发现,这段话背后其实还潜藏着三种重要支撑性观念。其一,孟子将
"志具有可确知性、唯一性"当成了无需分辨的常识。在这个申说伦理
原则的语境里,《诗》之"志",也即诗人的本意,乃是证明孟子观点的关
键论据。既然如此,它必然被孟子视作可准确指明的、不容有任何歧义
的真相,而不会只是一种见仁见智、"无达诂"的推测结果。这种观念,
与儒家的引譬连类、断章取义等"用诗"观截然不同。相比之下,后者
重视的,便是读者对文本的引申性解读、创造性发挥,而不是对作者本
意的推求考索。其二,孟子同样信赖"志由文显"。具体而言,他所谓
"不以文害辞,不以辞害志"只是反对迂执地将文本的字面含义等同于
志而已。这种观点与《孟子·尽心》中的"言近而指远者,善言也"②具
有相似内蕴:它们都承认文辞字面意思与真实含义可以存在差别,但
绝不是要否定文辞作为传达真实含义之媒介的可能性,也从未对文辞
反映功能的实在性提出过怀疑。在这一点上,孟子当然既和道家一系

---

① 　[清]焦循《孟子正义》,中华书局,1987 年,第 633—641 页。
② 　《孟子正义》,第 1010 页。

的"言不尽意"观,也和日后佛家"文字笔墨性空"①观存在差别。其三,孟子认为,诠释者能够通过对文、辞的合理解读,穿透字面含义,揭示诗中之志。也就是说,在他眼中,诠释者完全可以具备正确解读文本的能力。如果不是这样的话,即便志确由文显,也是断无被揭示之机会的。

接下来的两个问题就是:对这《诗》中的志,孟子是否有内涵上的规定? 既然诠释者必能逆志,那么,孟子是否对其"逆志如何可能"有所反省?

先看前一个问题。中国古代文论中的"志"概念,在广义上可以泛指人心中所包含的思想、情感、意念,在狭义上则专指思想、情感、意念中带有目的性的、尤其是与政教抱负相关的内容。《孟子》中的"志"有怎样的含义呢?《孟子·尽心》:

> 王子垫问曰:"士何事?"孟子曰:"尚志。"曰:"何谓尚志?"曰:"仁义而已矣。杀一无罪,非仁也;非其有而取之,非义也。居恶在? 仁是也。路恶在? 义是也。居仁由义,大人之事备矣。"②

此处,"志"被明确地与"仁义"关联在一起。而通观《孟子》涉及《诗》的三十余例可知,无论解说还是引用,孟子都无一例外地将《诗》当作

---

① 如大珠慧海曰:"经是文字笔墨,性空,何处有灵验? 灵验者,在持经人用心,所以神通感物。试将一卷经安着案上,无人受持,自能有灵验否?"(《景德传灯录》卷二十八,转引自方立天《禅宗概要》,中华书局,2011 年,第 93 页)按:佛学"性空"观念否认万物的实在性,此为中土固有思想所未具。孟子所处时代远在佛教入华之前,他显然不可能有此种认识。又按:佛教中人毕竟又多有特重佛典的传播、翻译与诠释,肯定佛典具有传达真理之积极意义者。可以说,重视语言又不执著于语言,乃是佛教语言观的典型特征。有关此类问题,可参看方立天《中国佛教哲学要义》第三十一章《中国佛教的语言观》,中国人民大学出版社,2002 年。
② 《孟子正义》,第 926 页。

仁义之辞看待。且除了对《齐风·南山》中"娶妻如之何,必告父母"句是否具备普遍法则意义略存异议外,他一直将《诗》视为修身、立言的根本依据。显而易见,在《孟子》的语境中,《诗》中之"志",不可能泛指人间各类情感意念,而是被预设了纯正无邪、足为读者楷式的品格。这一情况,周光庆、张伯伟等都曾涉及,故笔者仅补充证据,不过多展开。

再看后一个问题。从论说的原始语境可知,孟子提出"以意逆志"的直接动因,是将"率土之滨,莫非王臣"理解为诗人缘事而发、带有夸饰特征的怨愤之辞,反对将其字面意思判为真理。为了增加这一论断的说服力,他还进而指出:"《云汉》之诗曰:'周余黎民,靡有孑遗。'信斯言也,是周无遗民也。"从这两例来看,孟子似乎懂得,对于"逆志"来说,能否理解文学表现手法的特点应是前提之一。可耐人寻味的是,他并未沿这条路径自觉开显今人关注的"诗文本的艺术特性"或"文学性语言与技术性语言的区别"一类问题意识;在其解《诗》的其他案例中,也鲜有从这些角度分析文本表意特征的自觉倾向。除开这一点,今人亦已发现,孟子在和公孙丑讨论《小弁》《凯风》的创作意图时,曾应用过论"尚友"时提出的"知人论世"法。①不过需要注意的是,这种结合《诗》之历史语境来"逆志"的手段,在《孟子》中也属吉光片羽。它同样很难说是得到了孟子自觉反省的。

那么,为了有效实现"逆志",孟子是否在诠释者这一方面规定了更具普遍意义的条件呢?

---

① 《孟子·万章》:"孟子谓万章曰:'一乡之善士,斯友一乡之善士;一国之善士,斯友一国之善士;天下之善士,斯友天下之善士。以友天下之善士为未足,又尚论古之人。颂其诗,读其书,不知其人,可乎?是以论其世也。是尚友也。'"(见《孟子正义》,第725—726页)在这个语境中,欲"尚友",则必须"知人",而"论世"乃是达至"知人"的方法;无论"知人"还是"论世",都不是服务于解读作品或作者本意的。由此可见,孟子本人并未自觉地把"知人论世"总结为今人规定的"文学批评方法"。

其实只要回到上述诸例的原始语境,就不难发现,无论是关注"表现手法"还是运用"知人论世",它们都被一个共同的统帅所支配。这个统帅,就是孟子自身的政教、伦理观念。孟子之所以把"率土之滨,莫非王臣"视为带有夸饰特征的怨愤之词,更深层的原因恐怕在于,他把"父父子子"这一伦理原则视为真理,并且相信:在这样一个不容违逆的重大原则上,作为仁义之辞的《诗》文本不可能与自己存在分歧。我们再来仔细体察一下孟子如何用知人论世法解读《小弁》《凯风》:

> 公孙丑问曰:"高子曰:'《小弁》,小人之诗也。'"孟子曰:"何以言之?"曰:"怨。"曰:"固哉,高叟之为《诗》也!有人于此,越人关弓而射之,则己谈笑而道之;无他,疏之也。其兄关弓而射之,则己垂涕泣而道之;无他,戚之也。《小弁》之怨,亲亲也。亲亲,仁也。固矣夫,高叟之为《诗》也!"曰:"《凯风》何以不怨?"曰:"《凯风》,亲之过小者也;《小弁》,亲之过大者也。亲之过大而不怨,是愈疏也;亲之过小而怨,是不可矶也。愈疏,不孝也;不可矶,亦不孝也。孔子曰:'舜其至孝矣,五十而慕。'"①

《小弁》《凯风》究竟系何人所作、因何而作,并无定论。关于《小弁》,《毛序》认为系"刺幽王也,大子之傅作焉",今文家则认为系伯奇遭父尹吉甫放逐所作。闻一多《诗经通义》尚有"本妻不见答之诗"一说。至于《凯风》,《毛序》曰:"凯风,美孝子也。卫之淫风流行,虽有七子之母,犹不能安其室。故美七子能尽其孝道,以慰其母心,而成其志尔。"但如此则很难说"亲之过小"。而关于诗中母亲到底有何过错,《毛序》外诸家亦歧见纷呈。后世尚多有忠实于文本意义,视《凯风》为礼赞慈

---

① 《孟子·告子》,见《孟子正义》,第820页。

母之诗者。① 可见就现存文献而言,孟子选择的说法是否与真相吻合,很难找到一锤定音的旁证。但无论如何,对于孟子本人而言,如此"知人论世"的结果,完全能够与他信奉的"亲之过大而不怨,是愈疏也;亲之过小而怨,是不可矶也"原则呼应,因此自然是合理的。而通观孟子用《诗》的各种实践,这种以自身政教伦理理想推求《诗》之含义、追寻己意与《诗》义之共鸣的诠释特征,确乎是他一以贯之地奉行的正道。罗根泽早已敏锐地觉察到这个特点。如他所说:"孟子虽然能提出以意逆志的好方法,但以自己是讲道德、说仁义的哲学家,而不是文学家,由是其意是道德仁义之意。"②明乎此便可知晓,孟子说《诗》引《诗》,为何时而能正确指出文本表现手法之奥妙,时而却脱离文本语境,或将《大雅·既醉》中的"既醉以酒,既饱以德"读作"言饱乎仁义也,所以不愿人之膏粱之味也,令闻广誉施于身,所以不愿人之文绣也"③,或决绝地以"君子居是国也,其君用之则安富尊荣,其子弟从之则孝悌忠信"④揭示《魏风·伐檀》中"不素餐兮"的含义,甚至在引用《大雅·公刘》《大雅·緜》时产生诸如"公刘好货""太王好色"⑤这类匪夷所思的"乱断"。原因无他,恰恰在于:这位大儒根本没有从语言艺术角度独立分析《诗》文本的自觉。也就是说,在他的逻辑中,说《诗》者应该具备的普遍有效之"逆志"条件,并不是有关语言艺术特征、规律的理解力,也

---

① 以上内容,笔者参考了王先谦《诗三家义集疏》及程俊英、蒋见元《诗经注析》之《小雅·小弁》《邶风·凯风》题解。按:今人颇有因孟子据《诗经》时代较近,便认为其解《小弁》《凯风》之语可靠者。但以《诗》为经典,并遵照政教理想对其做出阐释,乃是儒家学派前后相继、目的明确的系统工程,且学派内部诸家恐亦有因弘扬自家价值理想或争夺解释权力乃至政教特权等因素而刻意各树一帜的可能。既然这类诠释本身未必处处严格以可信史料为据,那么在关键证据不足的情况下,就不宜径以其中某说"产生时间据作品形成年代较近",即认为其必接近真相。
② 罗根泽《中国文学批评史》,上海书店,2003年,第39页。
③ 《孟子正义》,第797页。
④ 《孟子正义》,第926页。
⑤ 《孟子正义》,第139页。

不是严格地考辨史料、以史证诗;而是正确的政教、伦理观念及由此产生的判断力。关于这一点,他那著名的"知言养气"说,为我们提供了重要旁证:

> "敢问夫子恶乎长?"曰:"我知言,我善养吾浩然之气。""敢问何谓浩然之气?"曰:"难言也。其为气也,至大至刚,以直养而无害,则塞于天地之间。其为气也,配义与道;无是,馁也。是集义所生者,非义袭而取之也。行有不慊于心,则馁矣……""何谓知言?"曰:"诐辞知其所蔽,淫辞知其所陷,邪辞知其所离,遁词知其所穷。生于其心,害于其政;发于其政,害于其事。圣人复起,必从吾言也。"①

众所周知,孟子"浩然之气"的产生根源,乃是达到至高水准的道德理性修养、觉悟。而是否具备这种修养、觉悟,正被他看作能否"知言"的关键条件。不难推知,对于孟子而言,具备这一条件,不仅能洞悉"诐辞""淫辞""邪辞""遁辞",也必然能正确地理解作为经典的《诗》之真意。对此,张九成在《孟子传》中曾有所揭示:

> 父不得而子,蒙乃引《诗》普天率土之意以问,亦可谓难答矣。然天下一理也,古今一理也,死生幽明一理也,岂有作《诗》者使父不得以盛德之士为子乎? 孟子乃解此诗为叹独劳而言,非为父子而云也。因又使学者先当明天下之理,然后以理探诗人之意……故有不以文害辞,不以辞害志之说。②

张九成认为,一则《诗经》作者不可能写出违背伦理原则的内容,二则

---

① 《孟子·公孙丑》,见《孟子正义》,第 935—948 页。
② 张九成《孟子传》卷二十二,《景印文渊阁四库全书》,台湾商务印书馆,1986 年。

孟子解《诗》的根本前提是"明天下之理",也即具备领会伦理原则的能力。这种分析与文学创作基本规律水米无干,也带有浓重的理学家味道,但观其大旨,正可谓深得孟子之心。这种思路下的读《诗》,其实便是将诠释视作说《诗》者、作《诗》者两颗仁义之心的相迎相会。而这种相会所以成为可能,自然还完全可以从下面这些孟子宣扬心心相通、推己及人的基本观念中得到支持:

> 口之于味也,有同嗜焉;耳之于声也,有同听焉;目之于色也,有同美焉。至于心,独无所同然乎? 心之所同然者何也? 谓理也,义也。圣人先得我心之所同然耳。故理义之悦我心,犹刍豢之悦我口。①

> 万物皆备于我矣。反身而诚,乐莫大焉。强恕而行,求仁莫近焉。②

跳出孟子的逻辑看其解《诗》,则其"逆志"结论确乎时而合理,时而纯属主观臆测;其"知人论世"与其说服从于"证据可靠性"原则,不如说是服从于"价值理想优先性"原则。然而就其自身理路观之,它们之于孟子,哪一个不是符合"不以文害辞,不以辞害志"之要求的正确解读呢?

通过上述分析可以知道,对《诗》及说《诗》者能力的一系列预设,构成了孟子"以意逆志"得以成立的前提条件。不过也正是从这些预设中,我们看到,孟子的"以意逆志",主要成就的是对《诗》之政教意义的揭示。至于《诗》之创作与诠释在实然层面存在的复杂情况、《诗》文本无可回避的文学品格,则只是因与特定话题机缘凑泊,才偶尔得到其

---

① 《孟子·告子上》,见《孟子正义》,第765页。
② 《孟子·尽心上》,见《孟子正义》,第882页。

合理阐发。整体上看,它们并未被孟子作为核心问题自觉纳入论证视野。就此而言,其"以意逆志"之成立,是依托于独断论语境的。这样的"逆志",既容易夸大道德理性修养之于解读文学文本的有效性,也注定会窄化甚至歪曲文学文本的诠释空间。志是否具有可确知性、唯一性,是否必由文显? 仁义之心是否能成为洞察文辞奥秘的关键因素?这些疑问也许对于孟子而言,都是不成其为问题的。但,它们又都是真实存在的。

二　《孟子》之后"以意逆志"的成立条件与相应限度

"以意逆志"经《孟子》提出之后,不仅被用于说《诗》,更成为很多古人,尤其是正统儒家学人心中的读书解文之法则。应该承认,如卢文弨般将"以意逆志"与"诗无定形,读诗者亦无定解"、"各有取义,而不必尽符乎本旨"①挂钩者确实存在。不过,这种公然认为"以意逆志"可以抛开"志"(也即"本旨")的看法,似在古代并不具代表性。与之相比,很多信守它的古人,仍然最为关注"如何还原志"的问题,并随之预设相应条件,以确保解读的有效。这些预设本身同样既具有深刻的一面,也因对文学活动实情的规避,呈示出"以意逆志"的限度。

如前所述,孟子的"以意逆志",在诠释对象一端,存在"志具有可确知性、唯一性"与"志由文显"两个预设条件。后人如果将诠释目标定位于本意还原,那么以它们为真理自然再正常不过。如边连宝就说:"董子云:'《诗》无达诂。'此言害道不浅。诂而不达,非诂也;诗而不可以达诂,非诗也。孟子曰:'以意逆志,是为得之。'既可以得其志,何不

---

① 　[清]卢文弨《抱经堂文集》,中华书局 1990 年,第 28 页。

可达之于诂哉？后世'不落言筌,不堕理障'、'诗之妙在可解不可解之间'种种妄说,皆从此出,甚矣,其害道也!"①可不管多么振振有词,有关诠释对象的这类预设究竟是否具有普遍有效性,终归有待检验。行文至此,当予以具体剖析。

从实质上看,古人之"志"乃是一种真实地存在过的东西,属于"历史事实"之一种。关键在于,它是否必然可确知？

如本书《导论》所说,"历史事实"至少包含着"行为事实""精神事实"及"情境事实"三个方面。其中"精神事实""情境事实"只可能得到书写者、研究者的描述、理解与诠释,不可能被忠实还原。而本章所论的作者之"志",其实正属于"精神事实"。在这个意义上,即便是我们说的"可确知之志",也不过是可以被"合理诠释"或"有说服力地诠释"的东西而已。至于那些难以被合理地、有说服力地诠释的"志",又的确为数不少。文艺创作所承担的模拟、交际、应试、治生等实用功能,使其于达意抒怀之外,尚具有生产性、制作性等复杂目的。另外,作家的创作心理、创作意图,还完全可能具有变易性、模糊性、随机性。关于作者未必于每次染翰之时都理性、自觉地规划某一具体意图,诸如谢榛所谓"诗有不立意造句,以兴为主,漫然成篇"②、袁枚所谓"人有兴会标举,景物呈触,偶然成诗,及时移地改,虽复冥心追溯,求其前所以为诗之故而不得"③都是精彩的说明。尼采的相关看法在尖酸中不失深刻：

　　　　思路不清晰的作家的运气则在于读者费尽心力读他们的书,
　　　　并将他自己努力中的乐趣归于他们。④

①　[清] 边连宝《病余长语》,齐鲁书社,2013年,第333页。
②　[明] 谢榛《四溟诗话》,丁福保编《历代诗话续编》,中华书局,2006年,第1152页。
③　[清] 袁枚《程绵庄诗说序》,《小仓山房文集》,浙江古籍出版社,2015年,第561页。
④　[德] 尼采著,杨恒达译《人性的,太人性的》,中国人民大学出版社,2005年,第163页。

贡布里希对创作动机可能的随机性也有过精彩揭示：

> 许多鱼形或别的动物形状的器皿以及做成圣餐杯模样的大酒
> 杯,看上去更像是为闹着玩而做,而不像是为了让它们带有某种
> 魔力。①

由上可以推知,在未必自觉以"言志"为目标、或未必仅以自觉"言志"为目标的创作活动中,作者的心意乃是一个真伪杂陈、虚实交错、变动不居的意义空间。既然如此,即便有"知人论世"带来的证据作为辅助(此类情况详后文),读者又有多少把握能确保"逆志"能够"中的"呢? 何况肇始于弗洛伊德的精神分析学说,早已通过对"无意识"的研究犀利地揭示出另一个冰冷事实:人的精神活动对其自身来说未必是透明的。当代的社会心理学研究同样揭示出:人的态度、信念、价值观存在"外显"(有意识的)和"内隐"(无意识的)之差别,而人通常较难觉察到自己在上述精神活动中"内隐"的一面。这些结论意味着,即便作者自认为在诚恳地"言志",也有可能不过是在做出与其实然心意不合的"伪陈述"而已。② 由上观之,认为作者之"志"必然可确知,未免是过于乐观了。而由此类分析也不难推出:预设志的唯一性,同

----

① [英]贡布里希著,范景中等译《秩序感》,广西美术出版社,2015 年,第 185 页。

② "外显""内因"说,参见[美]迈尔斯《社会心理学》第四章《态度和行为》,侯玉波等译,人民邮电出版社,2016 年。关于这类情况,诸如赫施(E. D. Hirsch)等坚持认为"作品能够可信地传达作者意图"的学人也是有所考虑的。如赫施在讨论作者用意时,就对作者的"言语意向"(verbal intention)和"创作时的意识状态"(state of consciousness at the time of writing)做出区别。他所论说的"作者本意",其实指的就是"言语意向"在文本中呈现出来的东西。在他看来,既然"言语意向"系借由语言惯例、规范传达,那么了解这类惯例、规范的读者,自然可能对其有准确把握。(参见[美]赫施著,王才勇译《解释的有效性》,三联书店,1991 年)有趣的是,对于弗洛伊德及其追随者来说,那逃宫般的无意识世界,是可以获得确定性说明的。就此而言,他们反倒与意图可知论者并无差别。

样存在问题。显而易见,作者的"志"即便可确知,也完全可能具有多元性品格。将其判定为立意自觉、非此即彼、带有绝对一元性的东西,与其说是在直面创作世界的真相,不如说更多地迎合了那种以对象的确定性、纯一性为追求的认知梦想。有必要再补充一点:这种梦想,还常常伴随着一种想象——"志"是一个先于写作而存在的现成之物。韦勒克、沃伦的相关评判至今仍是值得借鉴的:

> (这种想象)把诗的存在完全置于一个过去的主观经验中。作者的创作经验在作品开始存在的刹那就停止了。假定这一说法是正确的话,我们就永远不可能直接接触作品本身,却需要不断去假定我们读诗的体验怎样才能与作者很久以前的经验相吻合……从字面上看,这一提法必然引向对作者心理状态延续的准确时间及其准确内容甚至可能包括创作时发生的一次牙痛之类的事的不着边际的推测。这种通过探索不论是读者的、听者的、讲述者的还是作者的心理状态的心理学方法产生的问题可能比它能够解决的还要多。①

下面来看"志由文显"的问题。其实中西先贤的许多反省,早已构成了对此种信念的挑战。道家"言不尽意"说便揭示出语言用于表达思想情感时的有限性。陆机在《文赋》中说:"恒患意不称物,文不逮意。"刘勰《文心雕龙·神思》云:"意翻空而易奇,言徵实而难巧。"康德认为,一个表达者如果"不曾充分规定他的概念",那么其思考、表达就会"违背了自己的本意"。② 雅各布逊则说:

---

① [美]韦勒克、沃伦著,刘象愚等译《文学理论》,江苏教育出版社,2005年,第164—165页。
② 参见[德]康德著,邓晓芒译《纯粹理性批判》,人民出版社,2004年,第270页。

　　每一种语言现象都会在某种程度上对所描述的事件进行风格化和修饰化。这种风格化取决于意图达到的效果、观众、预防性审查机制,以及可以利用的常规惯例资源库。在所有这些因素的影响下,诗中所讲述的一种实际经验实际上可能会变得面目全非。①

上述诸公的认识,都深刻地揭示出一个事实:文本表意的客观效果常会溢出作者控制。换个角度看,只要作品不是忠实再现与创作原境相关之时、地、人信息的纪实性书写,其中的情意世界便纯然是虚灵的"审美化情意"。它的涵义由其所在文本语境支持,和作者本人产生于实在历史语境中的、携带具体历史信息的"本意"或许存在关联,但毕竟性质有别,不可能成为后者镜像式的替代品。② 并且,还是从创作动机来说,作者是否具备"以文显志"的自觉目的,也是一个不容回避的疑问。在这方面格外值得提及的一种现象是,作者完全可能将作品视为私人体验的载体,从而有意背离其"可交流性"特征。贺贻孙在《诗筏》中说的"诗人托寄之语,十之二三耳。既云托寄,岂使人知"③就是对此类可能性的揭示。既然这样,读者凭文去"逆志"到底胜算几成,恐怕实在是难有确切把握的。

　　综合上述种种情况,可以知道,无论在哪个时代,作为"以意逆志"

---

① ［美］雅各布逊《什么是诗》,转引自［美］厄利希著,张冰译《俄国形式主义》,商务印书馆,2017 年,第 302 页。

② 颜昆阳在《文心雕龙〈知音〉观念析论》中提出,古人所说的"情志"具有"一般性""类型性""个别性"三种层级概念。"第一个层级是'人性论'上的概念",是"一般性"的。第二个层级是"类型性"的,"指涉的是某一类型具有特殊性质的情感意念。就'情'而言,例如喜、怒、哀、乐各类性质不同的情,男女、亲子、兄弟、家国、山川景物等各类不同性质的情。而就'志'而言,例如对政治、道德、功利、人生等各类不同的意念"。第三层级,即"个别性"的"情志",则"指涉的是一个别主体在一特定的时空背景中,就个别发生的事实所引生的情感或意念"。(参见颜昆阳《六朝文学观念丛论》,正中书局 1993 年) 按照颜先生的说法,则笔者所说的"审美化情意"即多近乎"类型性"的;而作者本意,则是"个别性"的。

③ 郭绍虞编《清诗话续编》,上海古籍出版社,1983 年,第 144 页。

说成立的基本前提,"志具有可确知性、唯一性""志由文显"这两个条件始终只是或然性的,而不可能是必然性的。将其上升为普遍真理,无疑是将应然理想主观地等同于实然现象。孟子如此,其追随者亦然。故而说他们在此处具有独断品格,应并不为过。

那么,追随孟子的"以意逆志"信奉们在诠释者方面,又预设了哪些条件呢?与孟子相同,在后世儒家一派文论中,要求诠释者具备高尚的道德人格,几乎是无需反复强调即可被普遍默认的。除开这一点,赵岐延续孟子"心之所同然"观念提出的古今"人情不远"说也很知名:

> 文,诗之文章,所引以兴事也。辞,诗人所歌咏之辞。志,诗人志所欲之事。意,学者之心意也。孟子言说《诗》者当本之志,不可以文害其辞,文不显乃反显也。不可以辞害其志。辞曰:"周余黎民,靡有孑遗。"志在忧旱,灾民无孑然遗脱不遭旱灾者,非无民也。人情不远,以己之意,逆诗人之志,是为得其实矣。①

不过,孟子之后的古人似乎并不充分地信赖这类带有理想主义色彩的观念,因而又规划着其他更具操作可能的条件,以保证"逆志"的有效。以下,便择其典型者逐一分析。

首先请看著名的"知人论世"。在文学诠释活动中,"知人论世"常指通过全面考辨作者个人生平思想、具体创作语境以及文本内容中的历史信息,确保实现对本意的正确理解。如前所论,这一命题在提出者

---

① 《孟子正义》,第 638 页。按:关于人情(人心)因具有共通性而可达到彼此理解,道家文献中亦有精彩言说。如《庄子·大宗师》描绘的情境:"子桑户、孟子反、子琴张三人相与友,曰:'孰能相与于无相与,相为于无相为?孰能登天游雾,挠挑无极;相忘以生,无所终穷?'三人相视而笑,莫逆于心,遂相与为友。"(见郭庆藩《庄子集释》,中华书局,2019 年,第 271 页)而佛学的兴起,或亦对此类观念的巩固、发展有辅助作用。如禅宗特重"以心传心"。此说并非为逆志而发,也否定语言的传播、交流功能,但无疑为"心心相会"的信仰提供了支持。

孟子那里,并未被自觉当做"以意逆志"的必备条件。不过,它在汉儒对《诗经》《楚辞》的解读中,便与"逆志"相辅相成,此后便于批评史中生生不息;尤其于赵宋以降,既体现于"纪事""年谱"之撰述,也表现在大量文本笺注实践中。阎若璩所谓"以意逆志,须的知某诗出于何世,与所作者何等人,方可施吾逆之之法"①、顾镇所谓"不问其世为何世,人为何人,而徒吟哦上下,去来推之,则其所逆者乃在文辞,而非志也"②,颇能代表这类实践者的信念。乍一看来,保证作者真实意图得以再现的最基本条件,自然是通过实证重建创作原始语境。从理想状况来讲,似乎只要诠释者掌握的历史信息足够丰富、具体、可靠,就有可能如现场目击者一般,正确体察作者用心所在。就此来说,不放过每一条与文本相关的外围史料信息,确乎是诠释者必须做到的事情。

　　然而,问题恰恰并不如此简单。保障"以意逆志"的"知人论世",其实也面临着"是否可能""如何可能"的问题。如前所说,历史事实至少包含"行为事实""精神事实""情境事实"三部分,且后两个部分不可能得到还原。而"知人论世"者所面临的首要难题便是,他们所能知、所能论的,只能是有关上述诸重事实的历史书写、历史研究,而这历史书写或研究偏偏已经不可能是对"人"和"世"的完满重现。除此而外,还需看到,记录"人"和"世"的史料信息是否详实,能否有效地还原"行为事实"、合理地诠释"精神事实"与"情境事实",恰恰是不受诠释者主观愿望决定的。无论是章学诚的"为古人设身处地"、陈寅恪的"了解之同情"还是柯林伍德的"历史的想象力",都必须建立在足以为其提供充分支持的史料信息基础上;否则的话,它们也就不再是对真相的还原或合理诠释,而是变形为艺术创作了。上述种种情况意味着,"知人论世"之于"以意逆志",实为应然之辅助,而非无条件适用的良

---

① ［清］阎若璩《尚书古文疏证》,上海古籍出版社,2010 年,第 304 页。
② 转引自《孟子正义》,第 639 页。

方。诠释者对于史料信息,应本着"信以传信,疑以传疑"的原则,且正视其适用范围。如果对这些情况缺乏反省,盲目地将"知人论世"判定为解决问题的不二法门,那就将不但无益于逆志,反而会陷入"外围史料决定论"的思维定势,进而可能因主观地推测文本与现存史料的关系,导致诠释出现漏洞。根据有限史料,为阮籍《咏怀》各篇章强索唯一本意,为李白上天入地、难以情测的歌行落实讽喻对象,在解读杜甫诗时"弃其大旨,取其发兴于所遇林泉人物草木鱼虫,以为物物皆有所托,如世间商度隐语者"①,或将李商隐诸多意趣朦胧之作与历史事件、诗人具体遭际一一比附,都是人所共知的显例。在这些案例中,"知人论世"本应遵守的实证原则,经常被自说自话取代。在如此"知人论世"的辅助下,"以意逆志"实无异于"牵诗就史料"或"以史料填志",与其初衷渐行渐远。为硬性落实"逆志"之理想而拒绝承认知人论世的有限性,结果往往如此。②

其次,意在提升阅读修养的"博观",是古人另一种辅助逆志的重要条件。这种条件在古代文论中的代表人物首推刘勰。他在专论接受、批评问题的《文心雕龙·知音》篇中自信地说:"夫缀文者情动而辞发,观文者披文以入情,沿波讨源,虽幽必显。世远莫见其面,觇文辄见其心。岂成篇之足深,患识照之自浅耳。"③这其实便是对"以意逆志"真理意义的充分支持。在刘勰看来,能否准确地捕捉作者的旨趣,关键在于弥补诠释者"识照之自浅"的不足。而他在《知音》中,是明确地提出了解决方案的:"凡操千曲而后晓声,观千剑而后识器。故圆照之象,务先博观。"这一观点的内在理路是:文坛现象广大丰富,而个人的先天眼界、趣味均存在局限;因此,必须通过后天广泛阅读,获得对各种风格类型的体察能力,实现诠释水准的拓展与提升。承接这

---

① [宋]黄庭坚《大雅堂记》,见《黄庭坚全集》,中华书局,2021年,第384页。
② 此类问题笔者于本书第二章有详细论述,请参阅。
③ [梁]刘勰著,范文澜注《文心雕龙注》,中华书局,1998年,第715页。

一观点,刘勰又写道:"是以将阅文情,先标六观:一观位体,二观置辞,三观通变,四观奇正,五观事义,六观宫商。斯术既形,则优劣见矣。"可见他不仅在原则上提出"博观",而且还从多个角度出发,为落实该目标设计了可供操作的缜密法则。其论文之"思精",于此亦可见一斑。

应该承认,刘勰的阐述具有不容忽视的价值。无论何时,拥有广博而深厚的阅读修养、把握理性而细密的诠释规则,都是体察文心无可置疑的前提。不过回到刘勰的语境中,我们仍可发现其理论存在一处致命问题:他在自己的论述中,混淆了"审美批评"与"逆志"的差别。能在博观基础上完善地操作"六观"之法的读者,其实主要收获的是审美品鉴能力。这种能力有益于风格辨析,适用于对作家创作个性的体察、对作品艺术水准的评判,但并非"沿波讨源"、觅得本意的充分条件。如前所论,文本中的情意世界与作家本意未必是同一的。也正如颜昆阳在《文心雕龙知音观念析论》中指出的那样:

> "六观"这套方法主要的批评效用是作品艺术性的评价,而不是作者情志的诠释。在批评过程中,其所涉及的诠释性活动,一为作品的"题材类型"(或说情志类型)的说明,而所谓"情志"也是类型性而非个别性的情志。二为作品语言结构意义及艺术性的说明。但这些诠释只是批评论证过程中的手段,其终极标的则是观察作品是否完满地实现文体,从而评估其优劣。但刘勰自己在《知音篇》中却不免混淆了"六观"之法的批评效用,而不明此法的限定即是不能用以求解作者在某一作品中的个别性情志。①

就此而言,刘勰恐怕是通过将实证功能有限的"博观"硬性嫁接到"逆

---

① 颜昆阳《六朝文学观念丛论》,第 240 页。

志"上,呵护了"季札观乐"、"伯牙鼓琴,钟子期知音"、"孔子学鼓琴于师襄子"这类经典故事内含的诠释之梦:

> 吴公子札来聘……请观于周乐。使工为之歌《周南》《召南》,曰:"美哉! 始基之矣,犹未也,然勤而不怨矣。"为之歌《邶》《鄘》《卫》,曰:"美哉,渊乎! 忧而不困者也。吾闻卫康叔、武公之德如是,是其《卫风》乎?"为之歌《王》,曰:"美哉! 思而不惧,其周之东乎!"为之歌《郑》,曰:"美哉! 其细已甚,民弗堪也。是其先亡乎?"……为之歌《唐》,曰:"思深哉! 其有陶唐氏之遗民乎? 不然,何忧之远也? 非令德之后,谁能若是?"为之歌《陈》,曰:"国无主,其能久乎!"自《郐》以下无讥焉……①
>
> 伯牙鼓琴,钟子期听之。方鼓琴而志在太山,钟子期曰:"善哉乎鼓琴! 巍巍乎若太山。"少选之间,而志在流水,钟子期又曰:"善哉乎鼓琴! 汤汤乎若流水。"钟子期死,伯牙破琴绝弦,终身不复鼓琴,以为世无足复为鼓琴者。②
>
> 孔子学鼓琴师襄子,十日不进。师襄子曰:"可以益矣。"孔子曰:"丘已习其曲矣,未得其数也。"有间,曰:"已习其数,可以益矣。"孔子曰:"丘未得其志也。"有间,曰:"已习其志,可以益矣。"孔子曰:"丘未得其为人也。"有间,有所穆然深思焉,有所怡然高望而远志焉。曰:"丘得其为人,黯然而黑,几然而长,眼如望羊,如王四国,非文王其谁能为此也!"师襄子辟席再拜,曰:"师盖云

---

① 《十三经注疏(清嘉庆刊本)·春秋左传正义》,中华书局,2009 年,第 4355—4358 页。

② 许维遹集释《吕氏春秋集释》,中华书局,2009 年,第 312 页。此故事又见《列子·汤问》:"伯牙善鼓琴,钟子期善听。伯牙鼓琴,志在登高山。钟子期曰:'善哉! 峨峨兮若泰山!'志在流水。钟子期曰:'善哉! 洋洋兮若江河!'伯牙所念,钟子期必得之。"见杨伯峻集释《列子集释》,中华书局,1979 年,第 178 页。

文王操也。"①

《左传》关于季札观乐的记载有怎样的史料来源、是否符合历史真相，不是本章讨论的重点。笔者重点关注的是：对于这个故事的记述者来说，通过欣赏文艺表演就能察知作品产生于哪种历史背景、就能判断相关诸侯国的命运，乃是一种令人向往且可信的能力。但问题在于，即便季札所观之乐包含歌词，故而表意较之纯音乐具体得多，获致他这样的认知能力是否可能呢？再看后两个故事。音乐确实具有描绘性功能，但如果不是辅标题以行，此种描绘也就只限于开显某种虚灵的情趣、态势或模拟某种声响，而不可能明确呈现具体的心理或行为事实。钟子期对伯牙"志在流水"的推断，或许尚可能因古琴技法足以模拟水声而获得较可靠的根据；但那难以通过拟声而准确传达的"高山"之形貌、境界，被接受者毫发不爽地定向领会的可能性有多大呢？而孔子仅仅通过学习鼓琴，就做到了准确"逆志"，甚至准确地推断出作者非周文王莫属。这种从艺术表达媒介限度中超拔而出的认知能力，尤其显得神乎其神。不管怎样，这些令人心向往之的接受情境，比前及"人情不远"观所含的理想主义色彩更为浓重。以之宣示对知音的渴求与神往，谁曰不然？但像刘勰那样，认为它们可以通过系统的后天培养而达至，也是难以服人的。

古人对季札观乐、孔子学琴、子期知音的可信性，就已颇多质疑。如嵇康《声无哀乐论》：

---

① 《史记·孔子世家》，中华书局，1982 年，第 1925 页。按：记载这段故事的《韩诗外传》对学琴过程的叙述与史公大体相似，不过又多出如下内容："故孔子持文王之声，知文王之为人。师襄子曰：'敢问何以知其文王之操也？'孔子曰：'然。夫仁者好伟，和者好粉，智者好弹，有殷勤之意者好丽；丘是以知文王之操也。'"（许维遹集释《韩诗外传集释》，中华书局，1980 年，第 175 页）与《史记》相比，《韩诗外传》更为明确地把人的道德品格、个性气质等要素与特定的习惯、风格联系起来，这又与"文如其人"观的思维方式存在一致性。

又曰:"季子听声,以知众国之风;师襄奏操,而仲尼睹文王之容。"案如所云,此为文王之功德与风俗之盛衰,皆可象之于声音。声之轻重,可移于后世;襄涓之巧,能得之于将来。若然者,三皇五帝可不绝于今日,何独数事哉? 若此果然也,则文王之操有常度,《韶》《武》之音有定数,不可杂以他变,操以余声也。则向所谓声音之无常,钟子之触类,于是乎踬矣。若音声之无常,钟子之触类,其果然耶? 则仲尼之识微,季札之善听,固亦诬矣。此皆俗儒妄记,欲神其事而追为耳。①

又如《朱子语类》:

> 问:"季札观乐,如何知得如此之审?"曰:"此是左氏妆点出来,亦自难信。如闻齐乐而曰国未可量,然一再传而为田氏,乌在其为未可量也? 此处皆是难信处。"②

再如郝敬曰:

> 季札观乐,后人因缘《三百篇》修辞耳,不足以征《诗》。③

归根结底,能从审美感发、艺术品鉴中收获有关创作真相的实证知识,在现实的批评活动中是并不具有规律性的。

其三,请看"虚心"说。它为"逆志"预设的条件,乃是排除主观成见、细读文本。朱熹可谓该观念的代表人物。

在中国古代思想史中,认为排除成见、内心澄明能够保证体察或认

---

① [三国魏]嵇康著,戴明扬校注《嵇康集校注》,中华书局,2014 年,第 348 页。
② [宋]黎靖德编《朱子语类》,中华书局,1986 年,第 2170 页。
③ [明]郝敬《毛诗原解》,中华书局,2021 年,第 644 页。

识的正确性,乃是久已有之的观念。《老子》曰:"涤除玄鉴,能无疵乎。""致虚极,守静笃,万物并作,吾以观复。"《庄子》则格外推崇"虚静""心斋""坐忘"之境。严格地讲,这类主张不只是要排斥"成见",更是要清除所有被意识驱动的"见"。它们的宣扬者,是希望通过对情感、意识的彻底挣脱,获得与天同体、与大化同一的至上生命境界。此境既达,则所谓"观""见",皆是与至道契合的"不观之观""不见之见"。相比之下,《荀子·解蔽》中的"虚壹而静"说则另有意趣:

> 人何以知道?曰:心。心何以知?曰:虚壹而静。心未尝不臧也,然而有所谓虚;心未尝不满也,然而有所谓一;心未尝不动也,然而有所谓静。人生而有知,知而有志。志也者,臧也,然而有所谓虚,不以所已臧害所将受谓之虚。心生而有知,知而有异,异也者,同时兼知之。同时兼知之,两也,然而有所谓一,不以夫一害此一谓之壹。心,卧则梦,偷则自行,使之则谋。故心未尝不动也,然而有所谓静,不以梦剧乱知谓之静。未得道而求道者,谓之虚壹而静。作之,则将须道者之虚则人,将事道者之壹则尽,尽将思道者静则察。知道察,知道行,体道者也。虚壹而静,谓之大清明。①

这种主张不讲精神对"见"的彻底超越,只是以去除各类成见,获得正确认识为目的。且在《解蔽》中,荀子还把"以圣王为师""以圣王之制为法"视作保证认识正确性的条件。可见"虚壹而静"追求的"正确认识",无非是与儒学价值理想相合的认识而已。所有这些,都呈现出该说与老、庄的区别。除儒、道二家外,佛教认识论亦特重"依定摄心,令心一境"②,认为"思专则志一不挠,想寂则气虚神朗。气虚则智恬其

---

① ［清］王先谦集解《荀子集解》,中华书局,2013年,第467—469页。
② 韩廷杰校释《成唯识论校释》,中华书局,1998年,第357页。

照,神朗则无幽不彻"①、"缘法察境,唯寂乃明"②。到宋儒那里,有关"排除成见"与"有效逆志"之关系的思考,于张载、二程等人处已见萌芽。此类观念经朱熹"虚心"说阐发后,遂意旨大畅。他的相关言论十分丰富,笔者此处仅举三段文字为例:

> 大抵读书须是虚心平气,优游玩味,徐观圣贤立言本意所向如何,然后随其远近浅深轻重缓急而为之。如孟子所谓以意逆志者庶乎可以得之。若便以吾先入之说横于胸次,而驱率圣贤之言以从己意,设使义理可通,已涉私意穿凿而不免于郢书燕说之诮,况又义理窒碍,亦有所不可行者乎。③

> 今之学者正是如此。只是将圣人经书拖带印证己之所说而已,何尝真实得圣人之意? 却是说得新奇巧妙,可以欺惑人,只是非圣人之意。此无他,患在于不子细读圣人之书。人若能虚心下意,自莫生意见,只将圣人书玩味读诵,少间意思自从正文中迸出来。不待安排、不待杜撰,如此方谓之善读书。④

> "启棘宾商"四字,本是启梦宾天,而世传两本,彼此互有得失,遂致纷纭不复可晓⋯⋯大抵古书之误,类多如此。读者若能虚心静虑,徐以求之,则邂逅之间,或当偶得其实。顾乃安于苟且,狃于穿凿,牵于援据,仅得一说而遽执之,便以为是,以故不能得其本真。而已误之中,或复生误。此邢子才所以独有"日思误书"之适,又有"思之若不能得,则便不劳读书"之对,虽若出于戏剧,然

---

① [晋] 慧远《念佛三昧诗集序》,见[晋] 僧肇著,张春波校释《肇论校释》注引,中华书局,2010 年,第 144 页。
② [梁] 慧皎《高僧传》,中华书局,1992 年,第 426 页。
③ [宋] 朱熹《答胡伯逢》,见《朱熹集》,四川教育出版社,1996 年,第 2246 页。
④ 《朱子语类》,第 3258 页。

实天下之名言也。①

"虚心",客观无私之心也。朱熹认为,实现有效"逆志"的关键,在于对文本的实然形态保持由衷尊重,戒除接受者可能存在的主观偏见。如果没有这样的起点,便不可能透过文本,正确领会创作意图。他于其他语境中一再强调"逆志"之"逆"当解作"等待""迎接",反对以己意"捉志",也正是出于这一片苦心:

> 且如孟子说《诗》,要以意逆志是为得之。逆者,等待之谓也。如前途等待一人,未来时且须耐心等待,将来自有来时候。他未来,其心急切,又要进前寻求,却不是以意逆志,是以意捉志也。如此,只是牵率古人言语,入做自家意中来,终无进益。②
>
> 董仁叔问以意逆志,曰:"此是教人读书之法。自家虚心在这里,看他书道理如何来,自家便迎接将来,而今人读书都是去捉他,不是逆志。"③

而持这种观念的他,尚强调在此基础上细究文本意涵的重要性。他对训诂的高度重视,对读书方法的自觉总结,乃是向来为世人所熟知的。由此可见,朱熹讲的"虚心",又与纯粹冥会、神遇式的直觉解悟不尽一致。

无可否认,文本自身的内容及表意逻辑具有相对的客观性。它们构成了对诠释者的限制,不能被随心所欲地破坏。就此来说,平心静气、尽可能用中性眼光体会文本既有特征,显然是对这种客观性的尊

---

① 《楚辞辩证·天问》,见朱熹《楚辞集注》,上海古籍出版社,2022年,第254—255页。
② 《朱子语类》,第180页。
③ 《朱子语类》,第1359页。

重;较之我说即是的主观态度,也更容易令人认可。但是仔细推究,则"虚心"一说的学理的确存在不够完足之处。其漏洞之一就在于,作者之意图表达是存在具体创作语境的,仅关注文本而缺乏对语境的准确认识,便可能会遗漏实证所必需的重要信息。关于语境缺失对理解本意可能造成的妨碍,其实朱熹本人就曾有所觉察。他曾说过:"大抵前圣说话,虽后面便生一个圣人,有未必尽晓他说者。盖他那前圣,是一时间或因事而言,或主一见而立此说。后来人却未见他当时之事,故不解得一一与之合。"①这一看法,无异于对"虚心"说破绽的自我揭穿——如果掌握不了"前圣"因何事立言的关键证据,"解得一一与之合"这一终极目标,就是很难完满实现的。

除此之外,我们还需提问:"虚心"真的能让诠释者获得绝对客观的立场吗? 在中国古代文论史中,尚存在众多支持《周易》"见仁见智"、《春秋繁露》《诗》无达诂"、《维摩诘经》"佛以一音演说法,众生随类各得解"诸观念的言论。它们大多涉及一个深刻的认识:任何一种文本接受活动,都不可避免地会受到接受者气质、趣味、目的、接受语境的影响,也会随接受者年龄、阅历的变化而变化。这些情况,都是主观意志难以扭转的。从某种意义上讲,现象学所说的"被动综合",现代诠释学、文论中的"前理解""期待视野"诸观点,正可谓与此类认识殊途同归。而以上诸说无疑又一起引人直面一个无可回避的基本事实:人的存在是具有有限性品格的。这有限性不仅意味着凡人必死,还提醒我们:人的心胸识见不可能彻底摆脱其所处之各种语境的影响,达到理想中的"全知"之境。省思到这些以后,我们也就能清楚地发现"虚心"说的不足。如果将"虚心"界定为道家意义上的无思无虑、离形去智,那么,它就只能作为悬设的范导性理想存在,于现实的认知活动中断难落实。而如果将其认定为有"前理解"支持之心,那么就必

① 《朱子语类》,第 2625 页。

须有效地证明,该"前理解"能够确保诠释的客观性,其他的"前理解"则是主观偏见。可事实上,只要不存在诸如缺乏文献依据、释义惯例依据或无视可知创作语境等违背"诠释伦理"的硬伤,各类"前理解"便只有视角差别、内容差别,而不存在价值差别。在这种情况下,任何是此非彼之举,都意味着对他人诠释权利的无理剥夺。

　　回到朱熹这一个案。不难发现,他的身上恰好典型地体现出上述"虚心"存在的问题。现有研究成果多已令人信服地指出,朱熹的"虚心"并不排斥价值观念、人生阅历、文化修养等"前理解"内容,因而与道家学派之虚静观存在差异。不过,问题的关键不在于朱熹是否意识到"前理解"存在的必然性,而在于他将其中哪些内容视作"虚心"能够戒除的成见,又把哪些判定为足以护持"虚心"的积极内容。从潘德荣、曹海东、杨红旗等学者的研究中可以察知,朱熹评价某说是否成功地"逆志"时,很难做到平等地审视因性情、气质、趣味造成的诠释差别。① 特别是那些与理学家人格、伦理理想相背离的个性气质、阅读趣味,尤其容易被他视作错误地"逆志"的根源。这一点,他和二程等人并无实质差别。这等于是说,合乎自身价值理想、认知习惯的"前理解",就是护持"虚心"、保证有效"逆志"的有利条件;不合乎这一理想的,便可能无益于"逆志",甚至属于必须戒除的先入之见。可这样一来,他其实就是将某些因气质、趣味、视角等因素造成的歧解,与违背诠释伦理的硬伤混为一谈了。而与此同时,为什么自己所认定的诠释视角、方式便是正解,其他歧解便定属谬误,他并没有拿出过有效的论证。于是,我们只能在这里看到孟子独断理路的还魂。这种我说即是的态度,是不能构成对"见仁见智"诸说之有效回应的。事实也是如此。无论朱熹对自己的"前理解"存在怎样的自信,从客观结果来讲,他以此

---

①　当然也必须承认,对于朱熹来说,那些未能成功地逆志的诠释,也往往仍有其价值。如他曾说:"大凡看人解经,虽一时有与经意稍违,然其说底自是一说,自有用处,不可废也。不特后人,古来已如此。"(《朱子语类》,第 1942 页)

为支撑的"虚心",在"逆志"实践中收获的,仍多是启发后学的见解,而非颠扑不破的真理。举例来说,他的《诗经》本意诠释固然犀利地挑战了对毛序的迷信,但其理路与结论直到今天仍是激起诸多争议的。至于他有关《楚辞》的"逆志",同样存在类似问题。如他认为,只要诠释者"能虚心下意,自莫生意见",就可以发现屈原"作《离骚》数篇,尽是归依爱慕,不忍舍去怀王之意","何尝有一句是骂怀王?"①此观点固然不失深刻。但《离骚》中那些怨愤之辞,何尝不也是该文本复杂意义空间中的实有内容,何尝一定与楚王了无干系? 以此为据讨论屈原心境,又何尝不能得出"既怨且恋"这类不失说服力的结论呢? 在朱熹这种是此非彼式的解读中,我们更多看到的,其实是朱熹人格理想、诠释理想的影子。这种结论足以丰富读者对《楚辞》意旨的理解,但并不能做到尽废他说。此类解读,于朱熹的逻辑来说,固然是不违背"虚心"原则的。但其能否成为定论,终归不是由朱熹主观愿望所能决定的。

综上观之,"知人论世""博观""虚心"这三类预设,已经在诠释者一端,覆盖了保障"逆志"的各种条件。从相关表述中可见,持这些观点的古人执着地相信:"以意逆志"理应具备还原本意的普遍有效性,关键只是在于如何保证其正确运行。不过我们已能发现,如果将这类讨论与前文所涉"志具有可确知性、唯一性""志由文显"二预设合观,则"以意逆志"无可逃脱的困境,恰恰愈发昭然。"志"的可确知性本身并不是普遍真理,"以意逆志"的落实程度注定受主客观多方面因素影响。既然如此,无论操作条件被设计得多么全面,诠释者的心愿有多么执着,"逆志"所得的结果,依然首先是诠释者解释出来的内容。这种内容到底是不是符合作者本意,或许在某些个案上能够得到有说服力的明断,但从根本上讲,试图给未必具备合规律性、可检测性的"志"设计客观的、普遍有效的重建法则,本身就是脱离实际的一厢情愿。而将

① 《朱子语类》,第3259页。

这种主观理想、诉求硬性地真理化的做法最易产生的极端结果,便是牵材料以就我,将诠释变格为说明自家观念的循环论证。就客观结果来看,这样的"逆志",仍然能为诠释提供颇具参考意义的假说;可它终归存在学理破绽,尤其在面对着那些意义空间丰富、历史语境模糊的文本时,其限度也就表现得更加清晰:这类文本,最适合以多元诠释的理念加以观照。与此相反,为其硬性地预设一个确定性的作者之志,常常会令诠释者在思维方式上陷入排他式的自我封闭,于是,也就容易执着于是此非彼的论争,而低估多元对话本身的可行性与合理性。①

　　理解上述问题后,我们或许也能更为合理地认识"以意逆志"与"见仁见智"的差别。在今天的研究中,认为"以意逆志"同时酝酿了文本诠释的"意图论"和"多元论",是一种较为重要的观点。用周裕锴先生的话来说,"以意逆志"一方面"肯定作者之志是一切阐释的目标",故属于"意图论的阐释学";另一方面则"依赖于读者的主观推测,这就意味着承认不同读者的推测都具有合法性,从而成为一种多元论的阐释学"。② 不过在笔者看来,这样的表述对于揭示"以意逆志"信奉者的自身理路来说,或许仍存在商榷余地。孟子未必认为自己的"逆志"只属于可供讨论的主观推测,那些为应用此法而设计各种条件的先贤,也都自觉地以寻找"志"的客观真相为使命。相比之下,"见仁见智"等"多元论"恰好悬置了有关"真相如何"的讨论,转而以"多元解读的合理性"这一预设为逻辑起点,因此与"以意逆志"的根本命意并不一致。可以说,虽然同样重视诠释者的能动性,但"以意逆志"的目的在于凭此更准确地再现本意,而"见仁见智"则凭此生发文本的新意味。这样分析,绝不意味着要将古代诠释者机械地划分成"以意逆志""见仁见智"两大阵营,而只是试图指出:我们没有必要将"见仁见智"置入"以

---

① 关于这一话题,笔者将在第二章中展开具体分析,此处不作过多展开。

② 周裕锴《以意逆志新释》,《文艺理论研究》2002 年第 6 期。相关内容亦可参看其《中国古代阐释学研究》,复旦大学出版社,2019 年。

意逆志"的逻辑框架内,以此刻意强化后者在中国古代诠释传统中的核心地位。二说的逻辑关系与其说是派生的,还不如说是并列的。或许准确地讲,对于中国古代很多"以意逆志"的操作来说,"还原真相"乃是其主观理想,而见仁见智的多元结果,则只是其在某些情况下无可逃避的客观归宿而已。

三 "以意逆志"之于古人的实际意义

通过对"以意逆志"成立条件及相应限度的辨析,我们尚可进一步反思该观念之于古人的实际意义。

尚永亮、王蕾曾将孟子"以意逆志"的价值概括为"肯定作者的主体地位,对于避免断章取义以及准确地把握作者所要表达的创作意图和思想情感起到了积极作用"、"肯定了把握作者之志,得其用心的可能"及"肯定了作者及其志的客观性、社会性因素,为文本诠释提供了可操作的具体途径"[1]三方面。在笔者看来,从可能性而不是真理性上申说"以意逆志",或许未必尽合孟子及其追随者之原意,但的确道出了"以意逆志"在某些个案研究上具备相对合理性的事实。与此同时,如前文所及,"以意逆志"往往能在客观上为文本诠释提供有价值的角度与观点,也是无疑的。此外,如果沿着尚、王的思路再说得具体一些,则无论古人对"逆志"普遍有效性的信仰是否合理,我们都必须承认,再现真相的执着信念,会令其重视再现真相的条件问题,这就带动了部分诠释者对诠释伦理、诠释法则的自觉追求。拿本文所及刘勰、朱熹来说,他们的相关成果无论是否有助于"逆志",终归都为文本诠释的严谨化、学理化,为规避阅读的主观任意性做出了程度不同的

---

[1] 尚永亮、王蕾《论以意逆志的内涵、价值及其对接受主体的遮蔽》。

贡献。

　　还应看到的是,在中国古代,"以意逆志"既为以求得"创作真相"为圭臬的"史学化批评"提供了原理支持,又被这一类批评在实践中落实为持续运用的经典方法。追问"作者想要表达什么确定性的东西",乃是文学批评活动中的常情。一旦这种朴素的求真兴趣上升为终极理想,批评的核心目的便被定位在还原作者意图、重建创作原始语境。这样的话,文学批评在实质上就已经与史学同条共贯了。格外值得关注的是,在中国儒家政教诗学传统中,说《诗》者无论是否真的严格以史家原则探求创作真相,都在客观上凸显了一种认识:诗歌反映着创作者、使用者哪种确定性的情志事实,是批评活动必须揭示的核心内容;只有做出这样的揭示,才能为政教之合理运作提供确凿的参考内容和明确具体的对象。也就是在这个意义上,诗作为一种特殊史料的价值,便得到了权威意识形态的格外强化。而"以意逆志"既出自儒学代表人物孟子之口,从而在很多语境中具有权威品格;其主观目标也正是于诗歌批评中追求确定性知识(作者本意),认可诗歌的反映、认识功能。既然如此,它能够得到"史学化批评"的信奉与自觉应用,岂非顺理成章之事。而当《诗经》等经典文本的"本意"被其诠释者以"逆志"法代代不绝地追寻的时候,"史学化批评"的意义,也就越发容易在其信奉者那里得到强化——即便面对同一篇作品时,此类批评形成的结论未必是一致的。

　　由此又可以讨论的是,虽然以"言志""缘情"或"吟咏情性"为诗歌文类的"区别性特征"乃是古人共识,但在这大前提之下如何合理地批评诗歌,在古人那里毕竟是有着多种选择的。除"史学化批评"外,中国古代诗学中本还有开显诗歌感发功能、玩味诗歌丰富微妙之意义空间的一路,具有今人所谓"审美批评"的品格。对于中国古人来说,这"审美批评"和"史学化批评"有时可以和平共生、各司其职——一个批评者在某一语境中探索诗的本意,在另外的语境中又玩味其意趣无穷之美,这种现象在古代并不罕见。不过,一旦把其中某一者上升为诗歌批评必须坚守的"第一原理",情况就可能会发生变化。请看冯班批评严羽的话:

> 沧浪论诗,止是浮光略影,如有所见,其实脚跟未曾点地,故云盛唐之诗如空中之色,水中之月,镜中之象,种种比喻,殊不如刘梦得云"兴在象外"一语妙绝。又孟子言:"说《诗》者不以文害辞,不以辞害志。以意逆志,是为得之。"更自确然灼然也。呜呼! 可以言此者寡矣。沧浪只是兴趣言诗,便知此公未得向上关捩子。①

按严羽《沧浪诗话》曰:"诗者,吟咏情性也。盛唐诸人惟在兴趣,羚羊挂角,无迹可求。故其妙处透彻玲珑,不可凑泊,如空中之音,相中之色,水中之月,镜中之象,言有尽而意无穷。"②无疑,这样的批评重在对诗歌虚灵意义空间的体验、捕捉,重在对诗歌审美品格的开显。其格外推重的"兴趣""言有尽而意无穷",事实上绕开了对"确定性本意"的关注——正和"以意逆志"异趋。就此而言,冯班的批驳虽说带有浓重的独断色彩,却也正好表露了自己信奉之"第一原理"遭到挑战时的焦虑,以及对"以意逆志"及相应史学化批评的执着信仰。事实上,何止在古代,这种信仰直到当代,也是被为数众多的后继者们真诚地守护着的。

最后尚有必要指出,在很多古人那里,"以意逆志"的展开,实包含着"真相确认"与"价值阐发"这两个水乳相融的因子。于他们而言,"逆志"不仅是获取知识,还意味着通过对事实的确认,落实诠释之于个人、之于世事的积极意义。在这个层面上,"以意逆志"的确不是一

---

① [清]冯班《严氏纠谬·诗辨》,见[宋]严羽著,郭绍虞校释《沧浪诗话校释·附辑》,人民文学出版社,2005年,第285页。
② 《沧浪诗话校释》,第26页。

个可有可无的观念或批评方法,而是通过上述两个因子的相辅相成,承担着安顿个体生命、守护价值理想的严肃使命。在孟子那里,"以意逆志"呈示着他对自身道德人格的自信,维护着《诗》的政教经典地位,确保其政教、伦理观念得以通过说《诗》得到格外鲜明的表达。也如时贤久已指明的那样,即便汉儒有关《诗经》的本意诠释存在诸多可议之处,他们以此捍卫道义、弘扬政教理想的自觉意识,仍令人肃然起敬。而我们同样可以发问:尽管朱熹再现古人本意的信念不无迂执之嫌,但如果没有这一信念的鼓舞、支撑,他那些深深地启迪着后学的一己之见,又是否能自觉自信地生成呢? 如此讲来,"以意逆志"或许不能普遍有效地落实求真理想,但其激活的生命体验、价值诉求及诠释行为却真实地存在着,既是文学史,也是思想史的有机组成部分。无论它们是否都能令人信服、予人启示,一个事实终归很难否认:它们的产生、累积与碰撞,是令文学活动获得永生的巨大动力。与此相比,作者本意是否能在诸般条件的护佑下得到还原,或许已经不是唯一重要的话题了。

第二章
阮籍《咏怀》"本意索隐"诠评

在中国传统诠释活动中,本书第一章讨论的"以意逆志",属于"本意诠释",向来具有重要地位。而在"本意诠释"的践履者中,又有一种可称为"本意索隐"的观念颇为常见,即:认为某一作品必然暗藏具体的"文外意",只有通过重建文本历史语境等手段破解之,才算准确觅得作者的真实旨趣。① 通观古今"本意索隐"所涉作品,"厥旨渊放,归趣难求"②的阮籍《咏怀》组诗,正是一个代表性个案。相关索隐观念在颜延之、钟嵘处即有呈现,进而又在《文选》"五臣"、刘履、陈祚明、陈沆、蒋师爚、曾国藩等人那里落实为具体的批评实践。自20世纪至今,黄节、陈伯君、邱镇京、韩传达、顾农等人均是其自觉的后继者。③

---

① 按:"文外意"与"文内意"的边界未必是绝对清晰的。这是因为"文内意"并非绝对一成不变的存在——它完全可能在不同的读者那里有不同的开显结果。但是,认为对"文内意"的解读完全不可能存在相对共识,也就未免带有极端的唯名论色彩,未必具有说服力。"一千个读者就有一千个哈姆雷特",不过读者应不至于将哈姆雷特读成李尔王或奥赛罗。以本文所涉个案为例,对阮籍《咏怀》的文本含义可以有多种解读方式,但这文本含义中至少的确没有明确指涉与阮籍本人共在的具体人、事,也应是读者的共识。

② [梁]钟嵘著,曹旭集注《诗品集注(增订本)》,上海古籍出版社,2011年,第151页。

③ 按:本书讲论"古代文论"问题。以时间断限而言,黄节、陈伯君、顾农诸先生自然不属"中国古代",不过他们的本意索隐甚为典型地呈现着古人此类观念的基本特征,与古人正处于同一个观念系统,因此笔者仍将其纳入探讨范围。

毋庸置疑,时常在史料证据上捉襟见肘的"本意索隐",在古人那里便常有争议。而随着文本中心主义、读者中心主义、后结构主义等思潮在当代文论界的盛行,"本意索隐"更是在必要性及可能性上屡遭时贤质疑。不过尽管这样,笔者仍不想断然否决其生存权,而是认为:没有哪种观念具有绝对的真理意义。它们都既具备价值,又存在限度。既然"本意索隐"在文论史上保持着长久的生命力,我们就理应首先尽可能持中性立场对其肌理加以剖析,然后再予以审慎评判。

就阮籍《咏怀》这一个案来说,学界已对该组诗诠释史的流变脉络有所描述,对诠释结论之多样性特征有所关注;①但是,专门以"本意索隐"为切入点,并对其基本表现类型做出清晰归纳者,似仍鲜见。与此同时,下列要点,亦有待今人拈出,予以自觉考察:索隐者习惯于如何理解《咏怀》创作的性质,又习惯于用怎样的方式建立论证逻辑? 他们这样解读《咏怀》的动因可能是什么? 辨析这些,既为我们理解"本意索隐"之深层特征所必需,也有益于我们对其得失做出理性评价。进一步说,文学文本与史料文献的性质本就差别明显;而可用于解释文本的外围史料信息是否充分、有效,也并非诠释者主观愿望所能决定。由此观之,只要对"本意"心存好奇,就难以回避真相还原的可能性与程度问题;而"本意索隐"毋宁说是以一种极端的姿态,彰显着同类考察中普遍存在的思维惯性与研究通则。因此,有关《咏怀》"本意索隐"诸问题的辨析,亦能引发我们反省文学史研究中"本意诠释"的原则、方法等问题。笔者即力图于本章中,就上述各问题具陈管见。

---

① 有关《咏怀》诠释问题的研究成果,可参看刘上江《阮籍〈咏怀诗〉阐释史中的诗学问题——试论〈咏怀诗〉的无达诂特色》(暨南大学 2002 年硕士论文)、钱志熙《论〈文选〉咏怀十七首注与阮诗解释的历史演变》(《文学遗产》2009 年第 1 期)、张建伟《论黄侃〈咏怀诗补注〉——兼谈阮籍〈咏怀诗〉的注释》(《江汉大学学报》2012 年第 2 期)等。有关本文所论"本意索隐"之方法论层面的反省,颜昆阳曾以李商隐为个案,做出予人启发的探讨。参见颜昆阳《李商隐诗笺释方法论——中国古典诠释学例说》,里仁书局,2005 年。

一　阮籍《咏怀》"本意索隐"的表现类型

就现存文献而言,历代诠释阮籍《咏怀》诸家中,颜延之最早流露出"本意索隐"观念。他在《五君咏·阮步兵》中写道:"(阮籍)沉醉似埋照,寓辞类托讽。"又曾于注阮籍《咏怀》时指出:"说者:阮籍在晋文代,常虑祸患,故发此咏耳。"①可见他已经不满足于只理解《咏怀》的字面意思,而是对其可能具有的托喻含义有所关注。不过从现存颜注来看,其对阮诗的具体解读均系疏通词语,无涉本意探究。钟嵘《诗品》评阮籍诗时曾有"颜延年注解,怯言其志"②说,与此情况颇为相合。至于《诗品》关于阮籍《咏怀》的专门评价,则有"源出于《小雅》"、"言在耳目之内,情寄八荒之表"③诸说。我们知道,在中国古代《诗经》诠释传统中,淮南王刘安"《小雅》怨悱而不乱"说甚具代表性;把士大夫寄托政治忧患之作视为《小雅》之典型,颇为常见。就此来讲,钟嵘的判断应该包含着对《咏怀》确有文外深意的认可,但他终归也未将这样的观念转化为具体批评成果。可以说,真正在解读阮籍《咏怀》时实践"本意索隐"的,还是其后诸家。在笔者看来,这些后继者有关《咏

---

①　《文选》李善注引。见[梁]萧统编,[唐]李善等注《六臣注文选》,中华书局,2012年,第419页。按:李注于阮籍《咏怀》"夜中不能寐"篇后尚曰:"嗣宗身仕乱朝,常恐催谤遇祸,因兹发咏。故每有忧生之嗟,虽志在刺讥,而文多隐避,百代之下,难以情测,故粗明大意,略其幽旨。"这段话未标出处,后人多以其为颜注内容,但亦有质疑者。陈伯君注《咏怀》即在"夜中不能寐"篇"集评"部分判定其为李善语。(见[三国魏]阮籍著,陈伯君校注《阮籍集校注》,中华书局,2012年,第210页)后来钱志熙亦认为,李注既有于他处引文明标"颜延年曰"之例,则此段无标注之语即当为李善本人见解(参见钱志熙《论〈文选〉咏怀十七首注与阮诗解释的历史演变》,《文学遗产》2009年第1期)。对这类作者权有争议的文字,笔者均不加引用。

②　《诗品集注(增订本)》,第151页。

③　《诗品集注(增订本)》,第151页。

怀》的本意索隐,主要可被归纳为四种类型。以下即分别阐述之。①

《咏怀》组诗中,经常出现有关时空、景物、鸟兽的词语、意象。索隐者往往将其视为经学意义上的比兴,致力于揭示其托喻意义。这是《咏怀》本意索隐的第一种类型。

通读《咏怀》诸家诠释,不难看出,面对组诗中大量与晨昏景象或光阴流转相关的词语、意象,索隐者往往认定其托喻王朝易代或时事变乱。如关于组诗其一的"夜中不能寐"②句,吕延济、冯惟讷均认为"夜中喻昏乱"③。关于"薄帷鉴明月"句,题王昌龄《诗格》曰:"言小人在位,君子在野,蔽君犹如薄帷中映明月之光也。"④针对组诗其八的"灼灼西颓日,余光照我衣"⑤,张铣曰:"颓日喻魏也,尚有余德及人。"⑥吴淇曰:"灼灼句以日之暮比魏祚之将革,余光句,魏与己尚有一线之义未绝。"⑦关于组诗其十八的前四句"悬车在西南,羲和将欲倾。流光耀四海,忽忽至夕冥"⑧,刘履曰:"言魏之将亡,犹日之将倾也。何盛衰若此其速!国祚且移于晋矣。"⑨至于其三十五中的"愿揽羲和辔,白日不移光"⑩,则蒋师爚解为"欲延魏祚也,天阶路绝,势所不能,托之游仙而已"⑪,曾国藩解作"为使魏祚不遽移于晋也"⑫。而体察组诗中的动植

---

① 按:阮籍《咏怀》异文较多,各本排列次序亦有出入。笔者所引《咏怀》诗例皆出自陈伯君《阮籍集校注》,对涉及诠释分歧的重要异文则专门指出;诗篇排列次序亦据此本。

② 《阮籍集校注》,第210页。

③ 《阮籍集校注》,第210页。

④ 张伯伟校考《全唐五代诗格汇考》,凤凰出版社,2002年,第169页。

⑤ 《阮籍集校注》,第235页。

⑥ 《六臣注文选》,第423页。

⑦ 《阮籍集校注》,第238页。

⑧ 《阮籍集校注》,第276页。

⑨ 《阮籍集校注》,第278页。

⑩ 《阮籍集校注》,第315页。

⑪ 《阮籍集校注》,第316页。

⑫ 《阮籍集校注》,第316页。

物意象时,索隐者也常持此思路。如读到组诗其三中的"嘉树下成蹊,东园桃与李。秋风吹飞藿,零落从此始"①时,吕延济做出了"言晋当魏盛时则尽忠,及微弱则凌之,使魏室零落自此始也"②这一推断,何焯则认为"秋风吹飞藿"是"伤六族之被夷也"③。与此相类,关于组诗其四十九中的"泽中生乔松,万世未可期。高鸟摩天飞,凌云共游嬉"④,曾国藩曰:"乔松,冀有国桢扶魏祚于将倾者。高鸟,自喻其遗世外也。"⑤黄节曰:"泽中生乔松,言魏之兴复无望,不如远举,与高鸟游嬉,奚必孤行垂涕也。"⑥从这些例子可以看出,在索隐者眼中,《咏怀》里的晨昏昼夜、草木鸟兽,的确往往关乎人事,系作者别有用心的营造。

　　《咏怀》组诗中还有一些词、句,索隐诸公并不将其视作比兴,而是将其理解为影射阮籍同代人或事的廋语。揭示这些廋语的所指,乃是《咏怀》本意索隐的第二种类型。

　　《咏怀》其二十五前四句云:"拔剑临白刃,安能相中伤。但畏工言子,称我三江旁。"⑦这里表意较为晦涩的,乃是三、四两句。从语意可以推断,所谓"工言子"应是指某一与阮籍同时之人,"称我三江旁"当指此人某种不利于阮籍的言行。那么,如何认清这里隐藏的人和事呢?蒋师爚曰:

　　　　《阮籍传》:"籍本有济世志。属魏晋之际,天下多故,由是不与世事……钟会数以时事问之,欲因其可否而致之罪。"《三国

---

① 《阮籍集校注》,第216页。
② 《六臣注文选》,第420页。
③ 《阮籍集校注》,第218页。
④ 《阮籍集校注》,第342页。
⑤ 《阮籍集校注》,第343页。
⑥ 黄节《阮步兵咏怀诗注》,见《黄节注汉魏六朝诗六种》,人民文学出版社,2008年,第525页。
⑦ 《阮籍集校注》,第293页。

志·钟会传》:"毌丘俭作乱,大将军司马景王东征,会从,典知密事。"故云:"但畏工言子,称我三江旁。"①

在他眼中,钟会存在"中伤"阮籍的言行;"三江旁"并非用典,乃指司马师东征毌丘俭事,而此役钟会亦在其中。两条线索合于钟会一处,廋语所指似乎也就非此人莫属了。因为的确再难找出其他索隐路径,所以黄节、陈伯君都认同该结论②。与这个例子相比,《咏怀》中还有一些词语,看上去无非是一般性的时间、地理名词,不过在索隐诸公眼中,它们也是隐含了重要信息的廋语。如解读组诗其五中的"驱马复来归,反顾望三河"③两句时,吕向即曰:"晋文王河内人,故托称三河。"④解读组诗其七的"炎暑惟兹夏,三旬将欲移"⑤时,张铣曰:"三旬,谓六月之旬,将入于秋也。喻魏之末,权移于晋。"何焯则曰:"甘露五年六月甲寅,常道乡公立,改元景元,月之三日也,故曰三旬。四时代谢,以比易代。"这便是把此二句坐实为隐指司马昭立曹奂这一史事。此外,《咏怀》中另有一些语句,似隐括了阮籍同代人的某些言行,但又难以从文内意中得到确认。这样的表达,也很容易被索隐诸公视作廋语穷究到底。例如组诗其五十五:

> 人言愿延年,延年欲焉之? 黄鹄呼子安,千秋未可期。独坐山岩中,恻怆怀所思。王子一何好,猗靡相携持。悦怿犹今辰,计校在一时。置此明朝事,日夕将见欺。

---

① 转引自《阮籍集校注》,第 294 页。
② 参见《阮籍集校注》,第 294 页。
③ 《阮籍集校注》,第 222 页。
④ 《六臣注文选》,第 422 页。
⑤ 《阮籍集校注》,第 232 页。

解读这首诗时，黄节引蒋师爚说曰：

> 　　按《三国志》高贵乡公甘露五年注："帝见威权日去，召王沈、王经、王业，谓曰：'司马昭之心，路人所知也。吾不能坐受废辱。今日当与卿自出讨之。'经曰：'昔鲁昭不忍季氏，败走失国，为天下笑。今权在其门久矣，陛下何所资用？'帝曰：'行之决矣。正复死何所惧！'于是入白太后。沈、业奔告文王，文王为之备。帝遂率僮仆数百鼓噪而出。贾充逆帝，战于南阙下，帝自用剑，众欲退，成济曰：'事急矣。当云何？'充曰：'畜养汝辈，正为今日。'济乃抽戈犯跸。"《晋书·文帝纪》："天子以帝三世宰辅，政非己出，又虑废辱，将临轩而行放黜，夜召沈、业，出怀中诏示之，戒严俟旦。沈、业驰告于帝，帝召贾充为之备。天子知事泄，率左右攻相府。"诗谓"延年焉之"者，死何所惧之说；"明朝事"者，戒严俟旦也；"日夕见欺"指成济犯跸事。①

可见他们根据《三国志》注引《汉晋春秋》及《晋书·文帝纪》的内容，认为诗中的"人言愿延年，延年欲焉之"两句系指曹髦讨司马昭前所发愤激之词；"置此明朝事，日夕将见欺"两句系指曹髦与诸臣秘议讨贼，旋即被出卖一事。经过这样的解密，该篇中的部分语句，显然已不被看作抒情主人公对一己之穷通的咏叹了。

　　变幻多端的用典，是《咏怀》的典型创作特征。而寻找组诗中"古典"背后的"今典"，便构成了索隐诠释的第三种类型。

　　我们先以组诗其十一为例：

　　　　湛湛长江水，上有枫树林。皋兰被径路，青骊逝骎骎。远望令

---

①　参见《阮籍集校注》，第353—354页。

人悲,春气感我心。三楚多秀士,朝云进荒淫。朱华振芬芳,高蔡相追寻。一为黄雀哀,涕下谁能禁。①

这首诗通篇皆用与楚地相关之语典、事典,末二句尤其涉及《战国策》中庄辛谏楚襄王事。而多数本意索隐者均将注意力集中到曹魏统治者昏聩荒淫,司马氏借机篡逆这一"今典"上。如以下三例:

> 按《通鉴》:正元元年,魏主芳幸平乐观,大将军司马师以其荒淫无度,亵近倡优,乃废为齐王,迁之河内,群臣送者皆为流涕。嗣宗此诗,其亦哀齐王之废乎! 盖不敢直陈游幸平乐之事,乃借楚地而言夫江水之上,草木春荣,其乘青骊驰骤而去,使人远望而悲念者,正以春气之能动人心也。彼三楚固多秀士如宋玉之流,但以"朝云"荒淫之事导而进之,无有能匡辅之者,是其目前情赏虽如春华芬芳之可悦,至于一遭祸变,则终身悔之将何及哉! 故以高蔡、黄雀之说终之,可谓明切矣。(刘履)

> 此篇以襄王比明帝,以蔡灵侯比曹爽。嗣宗,爽之故吏,痛府主见灭,王室将移也……"朱华"句谓私取先帝才人为伎乐,"高蔡"句谓兄弟数出游也……此盖追叹明帝末路荒淫,朝无骨鲠之臣,遂启奸雄睥睨之心,驯致于亡国也。(何焯)

> 按《曹爽传》有南阳何晏、邓飏,沛国丁谧。晏乃进之孙,飏乃禹后。《后汉·何进传》:"南阳宛人。"《邓禹传》:"南阳新野人。"是皆楚士,皆进自爽。(蒋师爚)②

---

① 《阮籍集校注》,第 251 页。
② 转引自《阮籍集校注》,第 253—254 页。

与这首用典并不生僻且文内意明晰的作品相比,《咏怀》中还有一些篇章,实存在用典所指模糊、典源难以考实的问题,这也往往导致了文内意的晦涩。而诸公相关索隐就要费力得多,因为它同时面临着"疏通文意"与"落实今典"双重任务。如组诗其二十九:

> 昔余游大梁,登于黄华颠。共工宅玄冥,高台造青天。幽荒邈悠悠,凄怆怀所怜。所怜者谁子,明察自照妍。应龙沉冀州,妖女不得眠。肆侈陵世俗,岂云永厥年。①

此诗采用的是《咏怀》中常见的"遥望—兴感—讽喻"模式。可问题在于,至少自"所怜者谁子"至"妖女不得眠"四句,会给读者的诠释造成很大困难。因为作者以"所怜者谁子"发问后,先写出与上下文语义关系并不明确的"明察自照妍",又继之以含义晦涩的"应龙沉冀州,妖女不得眠"。"应龙"虽可考,但"应龙沉冀州"所指并不明晰。而"妖女不得眠"句典源何在,一样难以确认。如果无法解通作为感怀与讽喻聚焦点的这四句,读者就无法实现对全篇文内意的完型,遑论其他? 面对这一难题,索隐诸公提出了三种诠释方案。

第一种以杨慎为代表。在《诗话补遗》中,他声称《战国策》有"赵武灵王西至河,登黄华之上,梦处女鼓琴歌诗,因纳吴广女娃嬴孟姚"这一记载,并根据赵武灵王因宠爱娃嬴而乱国亡身的故事,指此女为"妖女"。这样一来,阮籍诗中的"黄华""妖女"似乎便有了着落。同时,杨慎又认为,"应龙沉冀州,妖女不得眠"亦应以张衡《应间》中的"女魃北而应龙翔"为典源。在他眼中,"女魃"即"妖女","应龙"乃隐指帝王。按《应间》相关文字如下:

---

① 《阮籍集校注》,第301页。

安危无常，要在说夫。咸以得人为枭，失士为尤。故樊哙披帷入见高祖，高祖踞洗以对郦生，当此之会，乃鸱鸣而鳖应也，故能同心戮力，勤恤人隐，奄受区夏，遂定帝位；皆谋臣之由也。故一介之策，各有攸建，子长谍之，烂然有第。夫女魃北而应龙翔，洪鼎声而军容息，溽暑至而鹑火栖，寒冰沍而虻虿蛰。①

据此文本语境，"女魃"句意近张震泽先生所释"贤人当出处有时，不当其时则宜退居修养"②。看来杨慎并不关注张衡的原意，而经过他这一番读解，阮籍用典也就处处与帝王因女子致祸相关。曹魏时，魏明帝后宫诸事正好与这一情况相类，于是，杨慎最终便将典故所指确定于他所谓"魏明帝郭后、毛后妒宠相杀"③。

第二种方案以黄节为代表。他认为，"共工宅玄冥，高台造青天"乃暗指曹魏邺中三台，并根据《三国志》对魏明帝"沉毅断识，任心而行"④的描述，将"明察自照妍"视作对魏明帝的反讽，且认定全诗最后两句正与明帝早逝形成对应。那么，"应龙"二句到底该如何诠释呢？黄节指出，句中"妖女"的"妖"字疑"姚"字之误，且"姚"与"魃"通用；而张衡《应间》里的"女魃北而应龙翔"乃是申说该文中"得人为枭，失士为尤"⑤之理，可以与魏明帝不能得人的事实相对应。经过这样的解释，"应龙"两句的典故，正好用张衡《应间》原意，也正好与全诗"刺魏明帝"的主题一致。⑥

① ［汉］张衡著，张震泽校注《张衡诗文集校注》，上海古籍出版社，2009 年，第 288 页。
② 《张衡诗文集校注》，第 289 页。
③ ［明］杨慎著，王大厚校注《升庵诗话新校注》，中华书局，2008 年，第 1016 页。按：杨慎所及《战国策》引文不见于该书今本。诸祖耿《战国策集注汇考》（凤凰出版社 2008 年）将其辑入"附录"之《战国策》逸文。
④ ［晋］陈寿撰，［南朝宋］裴松之注《三国志》，中华书局，1982 年，第 115 页。
⑤ 《张衡诗文集校注》，第 286 页。
⑥ 参见《阮步兵咏怀诗注》，见《黄节注汉魏六朝诗六种》，第 502 页。

　　第三种方案则来自陈伯君。在其理解中,出现于《山海经》等古籍里的应龙与水旱相关;冀州可指中土,为中州之通名;"妖女"之"妖",究其本意,无非艳媚之意。与此同时,他又大量征引魏明帝朝史料,指出"明帝之世,迭遭水旱,而好兴土木,且广选美女以充后宫"。故这两句无关明帝后宫诸事,也无涉明帝是否善于知人善任,而是阮籍"怆怀明帝,特举其失政最大者"①。一言以蔽之,以上三家,都将"刺魏明帝"判定为此诗用典之本意,但在如何用典、所刺究竟何事上,则是各持一理,难有一致意见的。

　　我们知道,阮籍擅长用整首诗营建一个完整生动的情境,以之塑造特定的人物形象或精神品格。而如何探究这类情境背后的本事,是索隐者同样关心的话题。如果说前三种索隐类型是侧重从词语、意象、典故这些文本细部构成要素进入问题,那么第四种的关注点就在于篇章整体,而非局部。当然,《咏怀》部分诗篇既具有上述情境特征,也存在用典或类似比兴、廋语的细节。针对这类诗篇的索隐,也就会形成诸种类型的交叉。

　　先举《咏怀》中迹近描绘某类现实经历、体验的情境为例。如其五云:

> 平生少年时,轻薄好弦歌。西游咸阳中,赵李相经过。娱乐未终极,白日忽蹉跎。驱马复来归,反顾望三河。黄金百镒尽,资用常苦多。北临太行道,失路将如何。②

李周翰曰:"言虽黄金百镒,资用苦多,岂可供其失路之费也。喻人素有美行于魏,今失路归晋,其于美行尽已丧矣,将如之何哉?"刘履曰:

---

①　《阮籍集校注》,第304页。
②　《阮籍集校注》,第222页。

"此嗣宗自悔其失身也。言少时轻薄而好游乐,朋侪相与,未及终极而白日已暮,乃欲驱马来归,则资费既尽,无如之何。以喻初不自重,不审时而从仕。服事未几,魏室将亡,虽欲退休而无计,故篇末托言太行失路,以寓懊叹无穷之情焉。"而方东树认为:"此言为人之失与失路同,疑是以己托讽曹爽不可荒淫失道,虽若裕如,而祸患忽来,虽悔失路,无如何也。"①顾农则先指出,据《晋书》本传,阮籍"或闭户视书,累月不出;或登山临水,经日忘归",与诗中所述的情状大异;继而认为:"'轻薄'一词屡见于阮诗,大抵用来形容邪气十足、品质低劣、私德腐败、追逐名利之徒;这样一种外貌妖艳而本质低劣只能一时称盛的人物,与阮籍同时者,最典型的莫过于何晏。以何晏之有关史料与阮诗互证,处处合若符契。"②以此为据,他最终视此诗为代言体,以之为讽刺何晏辈之作。

与此篇不同,组诗中另有一些作品的情境,就具有浓重的神幻色彩。面对这样的书写,索隐诠释者尤其着力于探究其到底实指何人何事。如组诗其二:

> 二妃游江滨,逍遥顺风翔。交甫怀环佩,婉娈有芬芳。猗靡情欢爱,千载不相忘。倾城迷下蔡,容好结中肠。感激生忧思,萱草树兰房。膏沐为谁施,其雨怨朝阳。如何金石交,一旦更离伤。③

张铣、陈祚明、何焯、蒋师爚等都认为此诗是在言说君臣关系,事涉司马氏背主之行;陈伯君则另辟一说,推测该诗为有感于明帝因宠郭后而废杀毛皇后之事所作④。又如组诗其十九:

---

① 参见《阮籍集校注》,第 227—228 页。
② 参见顾农《〈文选〉所录阮籍〈咏怀诗〉五题》,《文学遗产》2010 年第 4 期。
③ 《阮籍集校注》,第 212 页。
④ 参见《阮籍集校注》,第 213—215 页。

　　西方有佳人,皎若白日光。被服纤罗衣,左右佩双璜。修容耀
姿美,顺风振微芳。登高眺所思,举袂当朝阳。寄颜云霄间,挥袖
凌虚翔。飘飘恍惚中,流眄顾我傍。悦怿未交接,晤言用感伤。①

刘履曰:"'西方佳人'托言圣贤如西周之王者,犹《诗》言'云谁之思,
西方美人'之意。此嗣宗思见圣贤之君而不可得,中心切至,若有其人
于云霄间恍惚顾盼而未获际遇,故特为之感伤焉。"吴汝纶曰:"此首似
言司马之于己也。末言:彼虽悦怿,吾则未与交接也;然吾终有身世之
感伤。盖兴亡之感,忧生之嗟,无时可忘耳。"黄节曰:"寻'举袂当朝
阳'及'流眄顾我傍'句意,则非无所指者。《晋书》本传云:'曹爽辅
政,召为参军,籍因以疾辞,屏于田里。岁余而爽诛,时人服其远识。'
或即诗中所指欤?"②可见他们都认为,诗中这美丽、高贵、超拔于俗世
之上的西方佳人系托喻某个真实人物。再如组诗其六十五:

　　王子十五年,游衍伊洛滨。朱颜茂春华,辩慧怀清真。焉见浮
丘公,举手谢时人。轻荡易恍惚,飘飘弃其身。飞飞鸣且翔,挥翼
且酸辛。③

何焯曰:"阮公咏怀,所选止十七篇,作者之要指已具矣。惟其间尚有
'王子十五年'一篇言明帝不能辨宣王之奸,轻以爱子付托,最为深
永。"蒋师爚曰:"此伤常道乡公也。《三国志》纪,禅位司马,公年二十,
即位之年,年方十五。'焉见浮丘公',以况司马昭之诡幻也。'轻荡弃
身',已有高贵乡公前鉴,徒酸辛而已矣。"黄节曰:"《逸周书》:'王子
曰:"吾后三年上宾于帝所。"'孔晁注曰:'王子年十七而卒。'则是十五

---

① 《阮籍集校注》,第 279—280 页。
② 参见《阮籍集校注》,第 281 页。
③ 《阮籍集校注》,第 370—371 页。

时未遇浮丘也。诗言王子十五,未即上宾,以喻高贵初年不期遽折。"①
可见诸公均认为此诗很可能是在吟咏曹魏后期的少年天子,至于到底
是咏曹芳、曹髦还是曹奂,则意见不能统一。举例至此,索隐诠释的第
四种类型,庶几亦可以明矣。

二 阮籍《咏怀》"本意索隐"的思维模式

归纳阮籍《咏怀》本意索隐的表现类型,有助于今人了解诠释者
"说了什么",而这只是研究的第一步。不难发现,无论存在怎样的结
论分歧,索隐诸公其实都一致认定:"文外意"具有实在性、唯一性,系
《咏怀》本意所在。而在寻找这文外意的唯一答案时,他们又正是以对
诠释对象中"作者""文本"及"外围史料"三要素的具体预设为前提,
以相应诠释策略为手段的。我们有必要于此擘肌析理,逐一揭示这些
具体预设及策略;由此,庶几可以开显诸公索隐观念的思维模式。

从前述各案例可以发现,有关《咏怀》的作者阮籍,索隐诸公恐怕
首先普遍潜藏着这样的预设:他必然具备记录或批判实有之人、事的
创作意图,并能理性地利用各种手法落实这一意图。这种预设可以从
两个方面看出:第一,如前所说,本意索隐往往将《咏怀》中大量词语、
意象视作政教诗学意义上的比兴,并认为典故的使用、神幻情境的塑
造,都必然暗指当代人或事。这实际上便将阮籍的诗歌写作,完全视作
带有明确托喻目的的理性行为。此种认识无疑回避了如下推测:阮籍
是否也有可能只是在传达即景会心式的生命体验,或者只是以想象中
的虚境渲染气氛、泛咏具有普遍意义的人生现象? 可以说,如果考虑到
诗人阮籍同样具备艺术思维,存在自由感发、自由抒情的可能性,索隐

---

① 参见《阮籍集校注》,第371—372页。

诸公的立论,或许也就不会这般斩截了。第二,面对迹近描绘某类现实经历、体验的情境时,索隐诸公或认为阮籍系于此指涉自身政坛遭际,或认为其在为他人代言。例如有关前举组诗其五(平生少年时),诸公的争议无非在于,该诗到底是折射阮籍失身于司马氏这一事实,还是以代言体吟咏何晏或其他人生平。若还是从艺术思维的特征来考量,则此类观点的破绽一望即知。原因不难理解:诗人构想情境,运思每多虚灵,行文即便带有某些纪实色彩,也未必一定与某种具体历史背景机械关联,更未必是对实在之人、事的镜像式反映。

其次,有关"作者",除了上面的情况,部分索隐者还表现出另一种倾向——将阮籍预设为史料中所见时事政治的全知者。也就是说,在索隐时,有些人会规定这样的诠释起点:举凡文献可见的曹魏后期史事,只要与阮籍同时,就必会为他所知晓,并写入诗中。显然,这种预设排除了对作者掌握当代史事之条件、能力的省思。有关组诗其五十五(人言欲延年)的索隐,就典型地反映出这个问题。如前所说,推测这首诗诸多廋语之所指时,蒋师爚等根据《汉晋春秋》及《晋书·文帝纪》等史料,认为"人言欲延年,延年欲焉之"两句是隐指曹髦讨司马昭前所发愤激之语;"置此明朝事,日夕将见欺"两句则指曹髦与诸臣秘议讨贼,旋即被诸臣出卖一事。不过,面对这些考证,陈伯君即提出了挑战:"高贵乡公与王沈、王经、王业等密谋讨昭,此何等机密事!且夜召沈、业,戒严待旦,亦不过一夕间事,阮氏何能与知,而于当日忧危迫切,形诸吟咏,如蒋师爚、陈沆、陈祚明、黄节等之所言耶?"①我们当然可以认为,心忧天下,同时生活环境又接近曹魏权力中心的阮籍,确实有可能比很多人更早知晓帝王秘事。但是,陈氏的质疑同样值得深思。曹髦的整个行动过程非常仓促,诸多商议都是在高度隐秘的环境中展开的。尤其是,即便司马昭专擅国政、目无君王,弑君行为仍然是突破专

---

① 《阮籍集校注》,第355页。

制社会价值底线的极恶之举。以常理推之,相关细节必然会被他百般遮盖,如何能即刻昭显于世? 既然这样,阮籍对事变各个环节都了如指掌的可能性会不会很大? 就此来说,"阮籍知情"便只具有或然性,而非必然性。而蒋师爚等的索隐结论,只是在完全回避"阮籍未必知情"这另一种可能性的前提下,才得以顺利推出的。

下面来看索隐诸公有关《咏怀》文本的预设及相关问题。很容易发现的是,在诸公的读解背后存在一条约定俗成的原则:文本表意的真实所指具有一元性、确定性,能够被明确地解释。这种观念,与前述他们有关作者的理解方式实乃一体之两面。应该指出的是,与追求表意精确、无歧义的"技术型语言"(如科学语言、法律语言等)相比,诗歌语言、特别是抒情类诗歌的语言,具有鲜明的情感性、意象性、格律性特征;故而即便也遵守既定之结构法则①、具备这样或那样的陈述功能,却终归属于典型的"表现型语言",常营造出虚灵的、非确定性的意义空间。② 像《咏怀》这类并不具体地指事言人的作品,尤其典型地具备这种特征。其所开显的"情意",乃是典型的"审美化情意"。③ 就此而言,索隐诸公在其诠释实践中,既预设了一个处处自觉地设计托喻之法的诗人阮籍,也同时把《咏怀》的语言理解成具有确定性意指的托喻性、暗示性符号系统,将其"表现功能"主观地转化为"表示功能"。这就注定造成对《咏怀》意义空间的窄化。而这样的"窄化"有时又可能在释义的圆融性上遭到质疑。《咏怀》中多数语词、意象依照常见含义惯例作解,并不难在与文本语境的"诠释循环"中获得安顿;其所在全诗意脉也常具有汉魏古诗惯例意义上的贯通、浑成之特征。与此相比,

---

① 诗之"结构法则",即古人所讲的章法、句法一类,它们属于赫施所说的"公共语言规范"之一种,是落实诗歌含义可传达性、可交流性的基本条件。

② 严格地讲,即便是"技术型语言"也不可能绝对地克服语言的隐喻性、意向性,实现陈述的绝对精确。这里所说的"技术型语言"与"表现型语言"之差别,只是相对意义上的而已。

③ 关于"审美化情意",笔者已于第一章中有所说明,可参看。

经索隐确定的语词、意象释义,其惯例根据往往并不充分,如此作解后,诗的意脉亦未必如前者那样通畅。

另值得指出的是,《咏怀》文本表意还存在其他一些与"一元性、确定性"预设相冲突的情况。面对这些情况,索隐诸公便会动用有针对性的诠释策略,以求为论证解决障碍。毋庸讳言,《咏怀》中的个别篇目确实表意晦涩。前举其二十九(昔余游大梁),就体现出这种特征。如何诠释其中"所怜者谁子,明察自照妍。应龙沉冀州,妖女不得眠"呢?杨慎、黄节、陈伯君所代表的三种诠释结论,其实在策略上具有共同性。他们都是先从文本若干相对易解处入手,为全诗预设一个一以贯之的基本旨趣,继而通过对语词典故目的明确的定向阐发、对史料文献目的明确的取舍,为全篇意涵做出吻合其预设旨趣的完型。除开有关这类文本的诠释,索隐诸公尚有一种针对其他情况的策略值得特别提出,那就是根据诠释目的,排除异文。应该承认,对《咏怀》中有些异文的取舍,不会影响诗篇基本旨趣。但还有一些异文,就会令诠释产生多种可能。我们仍以组诗其二十九(昔余游大梁)为例。其中"所怜者谁子,明察自照妍"二句,乃是据冯惟讷《诗纪》本。而冯本于"明察自照妍"句后即注"一作'应自然'"①,范钦、陈德文本及刘成德本等亦作"明察应自然"。至于"应龙沉冀州,妖女不得眠"二句,则范钦、陈德文本及刘成德本中"应龙"均作"奸龙"②。从前文可知,多家诠释者均将这首诗定为刺魏明帝之作;有效证明这一点的关键,恰恰就是论定这几句均必指涉曹睿。可问题在于,如果将"明察自照妍"校作"明察应自然",那么黄节的索隐就将出现破绽。如前所述,他是根据《三国志》对魏明帝"沉毅断识,任心而行"的描述,将"明察自照妍"视作反讽明帝

---

① ［明］冯惟讷编《诗纪》,李致忠主编《四部丛刊四编》第 169 册,中国书店,2016 年,第 994 页。

② 出自范钦、陈德文本之异文见《阮嗣宗集》,《四部丛刊四编》第 138 册,第 125—126 页;他本异文见陈伯君《阮籍集校注》,第 301 页。

的。而"明察应自然"句,就不具备这种表现效果。至于"应龙沉冀州"句,如果将"应龙"校改为"奸龙",那么《应间》中的"女魃北而应龙翔"便很难再被视作典源;而此诗托喻魏明帝的可能性更几乎不复存在。因为一则即便对曹睿心怀再多不满,阮籍似也不至于以"奸龙"比之;二则一旦"应龙"被"奸龙"置换,则其原来具备的"主水旱"等意涵就没有着落,这样的话,又如何能与明帝朝水旱频发等事实对应呢? 再如组诗其二十六(朝登洪坡巅)中有"建木谁能近,射干复婵娟"①二句,乃本冯惟讷《诗纪》。诸家索隐或将其与"群小攀附"关联,或认为其与该诗其他意象一起隐喻"玄鹤高飞,不与鹑鷃同游之意"②。可问题在于,在范钦、陈德文本等多家刊本中,"建木"均作"庭木","射干"均作"秋月"③。如果将这两句校作"庭木谁能近,秋月复婵娟",那么诗趣就顿时大变,而前述诠释也就无从说起了。不难看出,当需要确立自身一元化诠释的绝对合理性时,索隐诸家几乎必然回避有关重要异文的考辨。决定他们采取哪种文本,又对哪种文本不予理会的,是对诠释基本方向的预设,而不是对诸文献源流关系及文献可靠性的判断。

接下来,我们探讨本意索隐有关《咏怀》外围史料的预设。从前文可知,不少索隐者在诠释《咏怀》时,无意于体察现存外围史料失载的新信息,而是致力于寻找诗歌文本信息与现存外围史料的对应关系。这也就意味着,他们习惯于将《咏怀》文本与其外围史料的关系,理解成证明与被证明的关系。换言之,对他们来说,文本之所以存在认识价值,正在于其具备反映外围史料信息的能力。拿前举组诗其五(平生少年时)来说,为什么不少诠释者或将其看成代言体,或以其为自伤失身于司马氏之作呢? 一方面原因或许在于,他们未充分考虑艺术思维

---

① 《阮籍集校注》,第295页。
② 《阮籍集校注》,第296—297页。
③ 出自范钦、陈德文本之异文见《阮嗣宗集》,第117页;他本异文见陈伯君《阮籍集校注》,第295页。

的特征(这一点前文已经分析);而另一方面,如果从"外围史料至上"
这一观念来看,则原因恐怕在于:从现存涉及阮籍的文献中,找不到有
关诗中所述情、事的明确记载(前文所及顾农的看法就是如此),也很难
发现令阮籍自伤的其他理由。这类理解或许既忽略了艺术思维的特征,
也低估了《咏怀》独立的认识价值。在现当代学界,颇有学者高度评价
《咏怀》在反映阮籍思想世界、深层心理上的独特意义。黄侃早已说过:

> 阮公深通玄理,妙达物情。咏怀之作,固将包罗万态,岂厪厪心曹
> 马兴衰之际乎! 迹其痛哭穷路,沉醉连旬,盖已等南郭之仰天,类子舆
> 之鉴井。大哀在怀,非恒言所能尽,故一发之于诗歌。颜、沈以后,解
> 者众矣。类皆撧字以求事、改文以就己。固哉高叟,余甚病之。①

又如高晨阳曰:

> 无论是《乐论》《通易论》,还是《达庄论》《大人先生传》,它们
> 所展示的仅仅是一个抽象的单纯的理性或理想世界,而《咏怀诗》
> 则在心理的更深层次、思想的更广层面,反映的是一个至为复杂而
> 丰富,同时也充满了矛盾和冲突的情感世界……从某种意义上说,
> 《咏怀诗》所展现的情感世界是一个更为真实的世界,特别与《达
> 庄论》《大人先生传》相比是这样。②

从这个角度切入,我们就能又增加一种揣测:透过《咏怀》的诗性表达,
我们是否能品味到某些外围史料难以反映的阮籍之情绪、心境? 而这
些外围史料不能提供、也难以解释的"心灵史"信息,恰好并不是多数

---

① 黄侃《阮籍咏怀诗补注》,见黄侃《文心雕龙札记》,中华书局,2006 年,第 296 页。
② 高晨阳《阮籍评传》,南京大学出版社,1997 年,第 182 页。

索隐者所关心的。

　　在索隐时高度倚重外围史料的另一个结果,就是对其真伪问题、有效性问题缺乏反省。人之心理恐怕存在一种常见特征:容易对稀缺之物予以更多重视,随之主观地放大其实际价值。不难发现,造成《咏怀》本意索隐歧见纷出的关键原因之一,正在于与创作背景直接相关之史料的稀缺。而这恰恰更导致索隐诸公加倍重视现存信息,即便片言只语,亦珍若拱璧。正是在这种情况下,他们很容易在鉴别史料时放松警惕。如前所论,在诠释组诗其五十五(人言欲延年)时,陈伯君能根据情境逻辑,反思阮籍知晓曹髦秘议诸事的可能性,从而质疑蒋师爚等的结论。而同样能够发现的是,陈仍有一点在实质上与他公相近。那就是,他很少从情境逻辑出发,对史料本身的可信度作出反省。还是以关于组诗其五十五的解读为例。质疑黄节观点的陈伯君,似对另一种情况仍不够警觉。在《汉晋春秋》《晋书》中,有关曹髦事件诸细节的记载,可谓相当具体。可这叙事越有在场感,就越让人担心:它们是否全都真实地发生过? 如钱锺书所言:

　　　　史家追叙真人实事,每须遥体人情,悬想事势,设身局中,潜心腔内,忖之度之,以揣以摩,庶几入情合理。盖与小说、院本之臆造人物、虚构境地,不尽同而可相通。[1]

正像鉏麑槐下兴叹、项羽帐中作歌未必实有一样,深宫秘议这类高度私密之事,被忠实记录的可能性究竟有多大? 更何况中古文献大量散佚,我们既较难确认这些记载的最初来源,也不易找到其他旁证以资比较。如果这些细节或场面本身的真实程度都未经辨明,那么毫无保留地以之作为索隐起点,就是欠审慎的。与此相似,有些索隐者对《六臣注文

---

　　① 　钱锺书《管锥编》,中华书局,1996 年,第 166 页。

选》中李善等注引臧荣绪《晋书》的"籍属文初不苦思,率尔便作,成《陈留》八十余篇"①这段话颇为敏感,因为它提供了有关组诗篇名的另一种叙述。顾农即以此为关键证据,判定组诗既以《陈留》为题,就必是阮籍在高平陵事变前于故乡陈留所作,因而与司马氏夺权后诸事无关。② 这一推测,当然为我们理解《咏怀》本事提供了有益思路。不过,姑且不论组诗以"陈留"为题,是否就一定写于该地;从史料真实性角度,我们亦仍能对其质疑。在现存文献中,《咏怀》本名《陈留》一说,仅见于《文选》上述注引,这一孤证是否完全可靠呢? 更何况《文选》李善注在颜延之《五君咏·阮步兵》篇中,还引用过一段同样来自臧荣绪《晋书》的文字:"(阮籍)善属文论,初不苦思,率尔便成,作五言诗《咏怀》八十余篇,为世所重。"③臧荣绪《晋书》原书已佚,具有高度相似性的两段引文,到底哪一个是准确的呢? 正因为存在这些疑问,顾先生的观点恐仍非定论。而在《咏怀》本意索隐中,像这类于史料本身缺乏反省的情况,尚存在极端表现,那就是将发生在阮籍死后的史事作为索隐证据。如蒋师爚认为组诗其五十七(惊风振四野)中的"床帏为谁设,几帐为谁扶"④乃是讽郑冲致仕后获赐几帐、床帏一事。而陈伯君即已针对此说指出:"(郑冲)以泰始九年抗表致仕,赐几杖、床帏,则更在籍死后十年矣,诗中何由及之?"⑤可见蒋师爚将注意力过度集中在史料细节与文本内容的相似性比较上,却忘记了史事发生在阮籍死后。既然如此,其结论遭人诟病,也就无足为怪了。

　　综上所述,阮籍《咏怀》本意索隐往往以排除与其预设无关的其他可能性为前提,有时亦必须依赖特定策略才能展开。诸多诠释,都是在

①　《六臣注文选》,第419页。
②　参见顾农《〈文选〉所录阮籍〈咏怀诗〉五题》,《文学遗产》2010年第4期。
③　《六臣注文选》,第396页。
④　《阮籍集校注》,第357页。
⑤　《阮籍集校注》,第359页。

为"文外意的实在性、唯一性"这一信念护航。在笔者看来,"求真"这一主观动机的生发,恐怕是从来不受研究对象客观条件制约的"人之常情"。因此,无论文献足征与否,诸公的索隐动机本身,都不应被否定。但也应该看到,"求真"的意义和价值,有时未必会体现于一锤定音地解决问题,而是体现于尽可能多样地提出切合研究对象实际情况的假说。就《咏怀》而言,文本意义空间的丰富性、某些文本表意的晦涩性、现存文本多种异文的存在、外围史料的高度匮乏等客观情况,决定了有关其"文外意的实在性、唯一性"判断,也不过是无法证实的预设而已。这样看来,在进入此问题领域时,根据《咏怀》文本与外围史料的实际特征,为某一诗篇的本意提供多元诠释,不回避每一种可能性假设,不执着于坐实文外意,或许是最为合理的办法。而索隐诸公的症结,正在于认定本意必在文外,只有一个,且必可寻得;在于被此执念牵引,对作者、文本、外围史料特征产生非此即彼式判断。于是,其诠释理路、策略与诠释对象的实际情况便往往凿枘不合,有关"唯一正解"的阐发,也常带有循环论证的特征。至于误用史料及望文生义,就更属于最易被人诟病的极端情况了。① 可以说,如果面对意义空间丰富、实证依据稀少的研究对象时,仍一定要坚持带有独断色彩的一元化诠释,那么即便这种诠释不无参考价值,也是注定会遭遇各种质疑的。

三 阮籍《咏怀》"本意索隐"的动因

需要继续追问的是:如何理解阮籍《咏怀》"本意索隐"的动因?要想合理回答这个追问,就需要在两个层面上展开分析:一、"本意索

---

① 误用史料例前文已涉及。至于望文生义,则或体现于对词语做出缺乏训诂依据的解释,或体现于破坏本来清晰的文本表意逻辑。对这类硬伤,黄侃的批评颇具代表性(见黄侃《阮籍咏怀诗补注》),当前学界讨论亦多,故不再展开分析。

隐"产生的普遍动因可能是什么？二、阮籍《咏怀》"本意索隐"产生的特殊动因是什么？以下即尝试论之。

在笔者看来，除了认识论意义上的"兴趣"之外，人对"认知安全"的天然追求、依赖，或许是一切本意索隐观念及实践的重要原发动力。

人之所以能够获得生命安顿，不仅有赖于基本生理需求获得满足，还至少有赖于在对世界万物、对自我及他人的认知上获得确定感。这认知上的确定感，就是笔者所谓"认知安全"。佛家"自性执"说就站在反对的立场上，揭示出"认知安全"的普遍实在。如释印顺曰：

> 众生生死根本的自性执，应该是众生所共的，与生俱来的俱生自性执。这是什么？不论外观内察，我们总有一种原始的、根本的、素朴的，即明知不是而依然顽强存在于心目中的实在感，这即一切自性执的根源……这种直感的实在性，根深蒂固地成为众生普遍的妄执根源。①

倘若追本溯源，则寻求、依赖认知安全，可能本就与人的先天能力密不可分。举例来说，按照认知心理学的讲法，"形成概念"，即"相似的物体、事件、想法和人在头脑中形成思维集合"，乃是人类原发性的心理活动②；"知觉恒常性"（perceptual constancy）的存在则使人能够确切地识别物体，不被其大小、形状、亮度或颜色所欺骗③。又据当代神经科学家坎德尔（Eric R. Kandel）所言，"有机体许多行为的潜能是先天内置于大脑的"，"神经环路的解剖图谱是康德式先验知识的一个

---

① 释印顺《中观今论》，中华书局，2010年，第47—48页。
② 参见［美］迈尔斯著，黄希庭等译《心理学导论（第9版）》，商务印书馆，2019年，第332页。
③ 《心理学导论（第9版）》，第229页。

简单例子"。① 而在人的实践行为中,对"认知安全"的追求、依赖更是无处不在。万物皆流,刹那生灭,而人为变化多端、生生不息之物规定形式的同一性、定义其区别性特征、推敲概念,否则便无法形成认识、发展认识。自然界充满各种类型的运动方式,而人从其中捕捉、提炼出秩序与规则,否则,自己的行为就会变得无据可依、茫然无措。人乃是世间最大的"变量",无论个体人还是人类历史,都是变态百出、内容复杂、隐显交织的深奥存在。而每个人都在提炼自我与他者可具体把握的确定性特征,从而既实现自我认识,又实现彼此的交流、理解、心心相会。具有历史意识者,则需要在历史记录中探寻逝者可把握的品格、气质,探寻事件真相、因果关系及规律,否则历史叙述、历史解释、"尚友古人"便都是不可能的。一言以蔽之,人恐怕无法假设自己能在绝对混乱的认知状态中生存,哪怕同时已然衣食无忧。至于这带来确定感的认知是否具有真理性,倒不是首要的问题。那似乎同样纯然发自本性的"求知"兴趣倘若不能转化为任何确定性结论,就可能丧失持续生发的动力。而那些同样是人之存在方式的诸多非确定性体验(如审美体验、宗教迷狂、悲喜爱恨等情感体验),也正是因为与已获致的认知安全相生、共在,才可能令体验者从容地理解其意义、乃至沉浸其中不能自拔。

就上述情况而言,在面对文艺作品时生发出"作者(或作品)想要表达什么""作者的本意是什么"这样的疑问,其深层根由之一,恐怕也正在于对认知安全的追求与依赖。既然这样,第一章谈论的"以意逆志"之所以具有长久的生命力,也就愈发不是什么难以理解的事情。本章所探讨的"本意索隐",不过是这某种意义上体现着认知安全需要的"以意逆志"之极端表现罢了。

---

① 参见[美]坎德尔著,喻柏雅译《追寻记忆的痕迹——新心智科学的开创历程》,中国友谊出版公司,2022 年,第 216—217 页。

　　那么,为什么在"以意逆志"中会出现"索隐"这样的极端表现呢?文本语义与诠释者的阅读期待不匹配,或许是索隐动机产生的一个重要原因。无论文本语义是纯俭的还是复杂的、是明言人事的还是发言玄远的,只要诠释者对其真实性、完足性产生怀疑,就会形成索隐之念。当在诠释者眼中,一个意象未必只是作者即景所得、一首思妇诗未必只是在表达对爱与离别的体验、一首咏物诗未必只用心于描画物象之美、一篇咏史诗未必仅仅感叹往昔、一阕小词未必仅为娱宾遣兴而生的时候,为它们寻找一个似乎"真确"的言外之本意,便是自然而然的事情了。进一步来说,关于这种"不匹配"何以产生,仍需我们继续分析。对此,笔者拟从以下几方面申说之:

　　其一,对诠释对象的"超文本经典性"认知。当诠释者将某一作品视作经典的时候,便很容易以自己的价值理想要求它、品味它。可作品的意义空间中未必显性地包含诠释者期待的内容。于是,这类诠释者通常就不会满足于理解该对象的文本语义,而是希望挖掘出足以与自己理想相合的文外意义。中国古代经学观念笼罩下的《诗经》《楚辞》解读,即在这方面提供了很多典型例证。对于汉儒来说,《诗经》既然是政教经典,那么便理应开显具有政教意义的人、事、情思。但问题在于,《诗经》文本的表意并不时时与这些期待中的内容相符,有些甚至可能会与这些内容相悖。既然这样,为其考索、推求、坐实合乎要求的文外之意,当然就是甚为现实、且必须为之的。再如王逸对《楚辞》的解读。单就文本语义来讲,《离骚》的确具有典型的托喻品格,却也未必处处皆有具体的托喻目的、尤其是合乎经学解读要求的托喻目的。而当王逸不满班固等对《离骚》的评价,且欲从儒家政教理想出发赋予《离骚》典范意义时,就会以"依托《五经》以立意"高度评价之,认为"'帝高阳之苗裔',则'厥初生民,时惟姜嫄'也;'纫秋兰以为佩',则'将翱将翔,佩玉琼琚'也;'夕揽洲之宿莽',则《易》'潜龙勿用'也;'驷玉虬而乘鹥',则'时乘六龙以御天'也;'就重华而陈词',则《尚书》咎繇之谋谟也;'登昆仑而涉流沙',则《禹贡》之敷土也"①,且对其做出"依《诗》取兴,引类譬喻,故善鸟香草,以配忠贞;恶禽臭物,以比谗佞;灵修美人,以媲于君;宓妃佚女,以譬贤臣;虬龙鸾凤,以托君子;飘风云霓,以为小人"②这样的解读。与此相类,一旦读者拿阮籍《咏怀》与经学意义上的《小雅》相比,认为其具有"怨诽而不乱"的品格、必然包含怨刺之深意时,为其坐实"归趣",也就是一件必然也必须要做的事情了。

其二,典范性诠释行为的影响。汉儒对《诗经》《楚辞》做出的索隐解读,会在经学信仰的语境下具备示范意义。而用托喻思维理解诸如思妇(艳情)、咏史、咏物、游仙诸诗歌品类,同样是在古人处存在代代相传之惯例的。③ 所有这些,至少可能潜移默化地影响某些接受者的阅读期待,令其产生心理学所谓"知觉定势"(perceptual set):那些表意相对虚灵、字面上并不直说当下具体人、事的文本,必然隐藏着字面意思之外的精确"本意",且唯一正解是有可能得到落实的。又如第一章所说,中国古代诗歌批评本还有用"知人论世"辅助"以意逆志"的传统。这种传统同样足以培养出一种知觉定势:那些不容易从文本中准确地提炼出的"创作原境",应该能通过对外围史料的考索、解读,得到准确捕捉。也就是说,一旦诠释者相信涉及某一作家的史料足以开显关于其创作原境的确定性信息,那么,对该作家那些并不明确呈现创作原境的作品产生不满足感,进而形成为其"解密"的冲动与自信,便是顺理成章的。

---

① [宋]洪兴祖《楚辞补注》,中华书局,2002年,第49页。

② 《楚辞补注》,第2—3页。

③ 如朱自清曰:"后世的比体诗可以说有四大类。咏史,游仙,艳情,咏物……咏史之作以古比今……游仙之作以仙比俗……艳情之作以男女比主臣,所谓遇不遇之感……咏物之作以物比人。"(见朱自清《诗言志辨》,广西师范大学出版社,2004年,第71—72页)当然,说"比体诗"有这四大类,不等于说这四大类都必然是"比体诗"。

其三,专制时代文人对生存困境及相应表达惯例的领会与共鸣。笔者格外重视《毛诗序》中经典表述的代表性意义:

> 上以风化下,下以风刺上,主文而谲谏,言之者无罪,闻之者足以戒,故曰风。至于王道衰,礼义废,政教失,国异政,家殊俗,而变风变雅作矣。国史明乎得失之迹,伤人伦之废,哀刑政之苛,吟咏情性,以风其上,达于事变而怀其旧俗者也。故变风发乎情,止乎礼义。发乎情,民之性也;止乎礼义,先王之泽也。①

这段话呈现士大夫文人以诗为政教工具的责任意识,亦通过"主文而谲谏""止乎礼义"云云,传达出立身处世时自觉的规范意识。不过细思之,"自觉的规范意识"背后,似还隐藏着在下位者的丝丝戒惧之心。如果不是常有"因言获罪"之事,何必特别宣称"言之者无罪"? 如果不是"发乎情"常遭打击,何必特别标出"民之性也",刻意强调这"发乎情"乃是无可违逆的生之本然? 班固下面这段名言,便把此意味说得颇显豁:

> 潜龙不见是而无闷,《关雎》哀周道而不伤。蘧瑗持可怀之智,宁武保如愚之性,咸以全命避害,不受世患。故《大雅》曰:"既明且哲,以保其身。"斯为贵矣。②

此种滋味,在《白虎通义·谏诤》中亦有呈示:

> 人怀五常,故知谏有五。其一曰讽谏,二曰顺谏,三曰窥谏,四

---

① 《十三经注疏(清嘉庆刊本)》,第 566—567 页。
② [汉]班固《离骚序》,见《楚辞补注》,第 49 页。

曰指谏,五曰陷谏。讽谏者,智也。知祸患之萌,深睹其事,未彰而
讽告焉。此智之性也。顺谏者,仁也。出词逊顺,不逆君心。此仁
之性也。窥谏者,礼也。视君颜色不悦,且却,悦则复前,以礼进
退。此礼之性也。指谏者,信也。指者,质也。质相其事而谏。此
信之性也。陷谏者,义也。恻隐发于中,直言国之害,励志忘生,为
君不避丧身。此义之性也。孔子曰:"谏有五,吾从讽之谏。"事君
进思尽忠,退思补过,去而不讪,谏而不露。故《曲礼》曰:"为人
臣,不显谏。"纤微未见于外,如《诗》所刺也。若过恶已著,民蒙毒
螫,天见灾变,事白异露,作诗以刺之,幸其觉悟也。①

由此不难推论:儒家诗学特重节制、含蓄、"温柔敦厚而不愚",反对
"叫嚣骂詈",当然开显着"中和"这一君子人格理想,也体现出士大夫
文人对自我等级地位及相应规范的认同与遵守;可与此同时,恐怕终归
还带有因畏惧人主不测之威而生的自保动机,体现出生存困境中艰难
的自我安顿之道。诚然,中国古代之帝王专制亦有相对的宽严之别,但
如何安排足以适应专制语境的言与行,如何在表达真情实感、坚守价值
理想的同时,也找到合理的表达策略及安顿自我的有效手段,当是士大
夫文人一以贯之地思考的问题。既然如此,当他们中的某些人(或其
他世代中具有相近生命体验的人)读到那些可以与君臣关系、出处之
道形成类比的文学表达时,便推己及人、以果求因,敏感地将其判为别
有寄托,又何足为奇呢。而对于这些诠释者来说,此时的索隐,也就有
了与古之同命运者心心相会的意味。

其四,上述多种动因的融汇与延伸。人的精神世界,本就常常是由
各种要素复杂交织着的。故而上述动因在某诠释者那里形成合力并迸
发出新的火花,应非难以理解之事。这一点上,黄节先生的《咏怀》索

----

① [汉]班固等撰,[清]陈立疏证《白虎通疏证》,中华书局,1994 年,第235—237 页。

隐便是一个重要案例。他在写于 1926 年的《阮步兵咏怀诗注·自叙》中这样自陈心曲：

> 世变既亟，人心益坏，道德礼法尽为奸人所假窃，黠者乃藉辞图毁灭之。惟诗之为教，最入人深，独于此时学者求诗则若饥渴。余职在说诗，欲使学者籀诗以明志而理其性情，于人之为人，庶有裨也。念参军沉抑藩府，康乐未忘华胄，其诗虽工，其于感发人心，不若嗣宗为至……顾余宁受讥后人，余于此时不重注阮籍诗，则无以对今之人，其于嗣宗犹后也！古之人有自绝于富贵者矣，若自绝于礼法，则以礼法已为奸人假窃，不如绝之。其视富贵有同盗贼，志在济世，而迹落穷途；情伤一时，而心存百代。如嗣宗岂徒自绝于富贵而已邪？余是以欲揭其志，尽余所能知者，以告今之人。钟嵘有言，嗣宗之诗源于《小雅》。夫雅废国微，谓无人服雅而国将绝尔。国，积人而成者，人之所以为人之道既废，国焉得而不绝，非今之世邪？余以饥寒交困，风雪穷冬，茅栋执忧，妾御求去，故乡路阻，妻孥莫保，暮齿已催，国乱无已，而独不废诗。余亦尝以辨别种族，发扬民义垂三十年，其于创建今国，岂曰无与？然坐视畴辈及后起者藉手为国，乃使道德礼法坏乱务尽，天若命余重振救之，舍明诗莫籀。天下方毁经，又强告而难人，故余于《三百篇》既纂其辞旨，以文章之美曲道学者，蕲其进窥大义。不如是，不足以存诗也……嗣宗其《小雅》诗人之志乎？故余于其事不敢妄附，于其志则务欲求明。不如是，不足以感发人也。往往中夜勤求未得，则若有鬼神来告，豁然而通。余是以穷老益力，虽心藏积疾，不遑告劳者，为古人也，为今人也。①

----

① 参见黄节《黄节注汉魏六朝诗六种》，第 458—460 页。

黄先生是诗人、学者,也是反清志士、忧心民瘼的政治活动家。他于民国建立之后,目睹大盗窃国、军阀混战,每每抨击国贼,严拒权势之诱,终自甘寂寞,寄情志于学术文章。① 投身革命,身处"道德礼法尽为奸人所假窃"的时代,令他对阮籍"自绝于礼法"表象背后的巨大痛苦,表现出深切的"了解之同情"。而他亦将《咏怀》视为寄托忧愤之作,且反复强调:自己注《咏怀》同样是满怀忧愤、意在当下的。此文中,他引钟嵘有关阮籍的著名评价,并由此用经学意义上的《小雅》精神与《咏怀》相关联,正是意在阐发《咏怀》怨刺时政的批判精神,及其包蕴的士大夫文人之政教理想。其着眼点不仅在表现手法,更在于这种手法承载的价值意义。由这种解读塑造出的阮籍,乃是苟活乱世,但心怀良知,每于时政有所感发,必微辞婉转,隐志于诗的。故对黄先生来说,解读《咏怀》本意,就不仅意味着纯由"诠释惯例""思维定式"推动的中性阅读,也不仅意味着通过与先贤的心心相会获致困境中的自我安顿,更意味着揭示阮籍诗笔对《小雅》精神的赓续,以此振作民风、表彰道义。无论他的索隐实践是否具有足够的说服力,此种立意都足以令我辈肃然起敬。

最后需思考的便是,在中国古代,足以引发读者"托喻"猜想的作品,并非只有《咏怀》。那么,为什么偏偏是《咏怀》成为历代索隐者重点关注、持续挖掘的对象之一? 为什么某些索隐者会觉得《咏怀》具有"超文本经典性"? 除开阮籍的"名人效应"外,《咏怀》自身的艺术魅力,恐怕是令其得到索隐者格外青睐的重要原因吧。笔者想起博尔赫斯那未必严谨,但甚具启发性的观点:"我相信,我们是先感受到诗的美感,而后才开始思考诗的意义。"②于是,也就想到贡布里希在《拉斐尔的签字厅壁画及其象征实质》中的一段精辟见解:

---

① 黄节事迹,请参阅马以君编《黄节年谱》,见《黄节诗集》,中国人民大学出版社,1989 年。

② [阿根廷]博尔赫斯著,陈重仁译《诗艺》,上海译文出版社,2015 年,第 110 页。

难怪如此多的拉斐尔崇拜者希冀将他们在这组壁画中所感觉到的意义转译成深奥的哲学语言,借此来使上述反应理性化。他们完全是受壁画的美和复杂性的激发而去从事这项充满自信的研究。平图里基奥的组画不能打动他们,他们可以忽略它,或只把它看成是普通的自由学科(文科)形象。作为一个艺术家,拉斐尔的伟大在于,他知道如何运用绘画的整个传统来处理这个任务——这个任务最终让观者产生了上述那种无限丰富的情感。这种丰富绝不是幻觉,尽管我们最终发现,拉斐尔所得到的工作指令也许只不过是这个学派通用的陈词滥调。①

拉斐尔在梵蒂冈绘制"签字厅壁画",须令图像扮演"喻体"角色,指称已然规定在先的隐喻"本体",不能逾越工作指令任意发挥。但是,诠释者之所以在为"签字厅壁画"释义、解密的道路上前后相继、乐此不疲,正是因为这组作品不仅是落实了工作指令,更以其非凡的艺术魅力开显出一个丰盈、迷人、绝非工作指令所能限定的情意世界。这样的情意世界打动他们、吸引他们,与他们"求真相"的动念相生相伴,成为激发其索隐癖的重要媒介;而其索隐的结论,也因之远远溢出拉斐尔接受的工作指令之外。绘画与诗歌属于不同的艺术品类,但其品格、功能、诠释特征,每每可以相通。例如:无论是在绘画研究还是诗歌研究中,"求真相"这种认识行为之所以能得到强化,往往正与审美感发有莫大关系。拉斐尔的签字厅壁画绝不仅是简单的隐喻图示,更是伟大的艺术作品。与之相同,姑且不论是否存在托喻,阮籍《咏怀》的艺术水准,在文学史上实久有定评。这组大型作品或直陈心迹、或微词讽刺、或造语取象扑朔迷离;以浑朴之汉魏体格,开显出或高远、或隐曲、或悲切、

---

① 见[英]贡布里希著,杨思梁、范景中编选,邵宏校译《象征的图像》,广西美术出版社,2015年。

或苦涩、或奇幻的多彩境界,令读者闻之动心,味之无极。钟嵘《诗品》列其为上品,盛赞其"可以陶性灵,发幽思""洋洋乎会于《风》《雅》,使人忘其鄙近,自致远大",岂偶然哉!诸公索隐的心理过程,笔者自是无法证实的。但认为其可能由兴发感动而生格外关注之心、进而强化本意索隐之念,当还不失为一种值得参考的解释方案吧。依此理路,则老杜诗、李商隐诗、《红楼梦》等经典何以成为索隐的热门对象,也可获得有意义的解释路径。

四　有关"本意诠释"的多角度省思

以考察阮籍《咏怀》本意索隐为契机,我们也可对普遍存在于文学批评中的"本意诠释"这一重要内容产生更为深入的省思。

无可否认,在当代的文学批评语境中,经过新流派、新范式的轮番攻击,"作者中心主义"及"本意诠释"于很多论者心中已经不再具有真理意义。如今,我们很容易把下面这些重要观念纳入自己的学术视野,从而告别那独断地遵奉"作家中心"与"本意诠释优先"的时代:

> 创造某个作品的艺术家并不是这个作品的理想解释者。艺术家作为解释者,并不比普遍的接收者有更大的权威性。就他反思他自己的作品而言,他就是他自己的读者。他作为反思者所具有的看法并不具有权威性。解释的唯一标准就是他的作品的意蕴(Sinngehalt),即作品所"意指"的东西。(伽达默尔)①

我们应该暂且先不考虑下面这些典型的问题:一个自由的主

---

① 《真理与方法》,第277页。

体是如何穿透了浓密的事物,把意义赋予它们？一个自由主体是如何从话语内部激活了话语规则,从而实现了自己的构想？相反,我们应该这么问:在什么样的条件下,通过什么形式,像主体这样的实体才会在话语秩序中显现？它将占据什么样的位置？它将展现什么样的功能？在每一种类型的话语中,它又将遵循什么样的规则？简而言之,必须剥离主体(及其替代者)的创造性作用,把它作为一种复杂多变的话语功能来分析。(福柯)①

与其说作者的意图及其在形式中的实现形成了诠释,不如说诠释创造了意图及其形式上的实现。它首先创造了相应的条件,从这些条件中,便可以得出相应的结论。(费什)②

的确,把作者当成神一样的创造者,将作者及其意图理解成绝对自律自足的存在、文艺活动唯一的核心,就既忽略了作者、作品实然的"互文性"品格,又将文艺活动中相生相伴的诸多要素机械地割裂开来,独断地贬低了作者外诸要素的功能和价值。不过同样有必要看到的是,以"文本中心"或"读者中心"对抗"作者中心",仍然是形而上学传统内部以此之"第一原理"替代彼之"第一原理"的以暴易暴之举。犀利之余,其偏激固自在也。至于各种类型的"解构主义"思想家,当其用极端的态势表现出拆解形而上学传统、拆解"主体性"霸权的魄力和深刻性时,亦主观地把"解构"本身打造成了凌驾于一切之上的"第一原理",于是也就在事实上形成了新一代观念霸权。他们都忘记了:人和世界存在方式的复杂性,是任何单一的、是此非彼模式的理论都难以穷尽的。言说至此,愈发可见:从古至今,既然那些在世界上留下印

① [法]福柯《什么是作者？》,见[美]普雷齐奥西主编,易英等译《艺术史的艺术:批评读本》,上海人民出版社,2016年,第307页。
② 转引自张隆溪《道与逻各斯》,江苏教育出版社,2006年,第202—203页。

记的思想家、文艺家毕竟体现出难以被“互文性”“规训”之网完全束缚的独特性、创造性①，既然“言志”或“达意”始终是文学创作的自觉目的之一，既然“逆志”仍是阅读活动中难以被硬性排斥的常见现象，既然有关作者情志内容的相对共识毕竟时时存在，我们就没有理由武断地否定“本意诠释”的意义。只不过，我们在尊重这一视角的同时，需要尽量对其限度和操作原则保持敏感，并以此为前提，更为充分地思考它与其他诠释视角的关系问题。

　　如本书第一章已经说过的那样：在文学诠释活动中，诠释者的视角与问题意识会受到自身“前理解”的限制，从而形成这样或那样的盲点；创作者的运思、动机这类“精神事实”本体意义上的真相很难绝对客观地展现给后人。由此可见，与其说本意诠释能毫发不爽地再现真相，不如说它只可能在自身所处之历史语境许可的范围内，得出最具说服力的结论。而通过前文围绕《咏怀》本意索隐的诸般辨析，我们可以发现：为实现这一理想，诠释者必须尽可能针对研究对象的实际情况设计理路，不能任由未经省思的主观理想支配一切。文学文本的类别、题材、表现手法复杂多样，如何具体针对不同类型的个案展开合理解读，本章难以细论。不过在笔者看来，如果“规避主观任意性解读”可以成为本意诠释的公认前提，那么，接下来首先确定若干在这一点上足以令诠释者达成“最低限度彼此认同”的原则，就是必要的，也是可能的。这样的原则，就是笔者第一章曾经提及，但未曾细论的“诠释伦理”。它乃是有关本意诠释合理起点的规范性言说，不提供解决问题的具体方法，不能决定诠释结论的一元或多元，也不可能评判诠释实践

----

① 耐人寻味的是，福柯、巴特、德里达等拆解“主体性”、推翻作者神话的思想家们，恰好为世界贡献了推陈出新、冲破既有惯例与规训的成果。换句话说，他们在申说“作者已死”的真理性时，恰好以自己的实践证明了“作者不死”。同时，其理论本身恐怕亦存在自挖墙脚之处：既然主体性、创造性及其相应的存在合法性都是可以被拆解的，那么他们自己的理论是否具有创造性及实际意义？其合法性又该于何处立足呢？

中的歧解。它能否有效落实,既与诠释者的自律性有关,也与其他各种主客观条件(如认识能力、接触必需文献的可能性等)有关。当然,它不光适用于本意诠释,也适用于其他任何一种意义诠释。

笔者所说的"诠释伦理",有如下三条:

一、诠释须有充分的文献根据。有关作家、作品及其所在历史语境的文献内容,凡已被证伪者或真伪存疑者,都不应采用。对可信文献应在认识能力范围内做全面掌握,作为一元或多元解读之根据,不可主观地取舍。可信文献存在异文时,对其中导致歧义者均应予以保留,作为一元或多元解读之根据,不能主观回避之。

二、诠释作品语义时需重视惯例依据。即:语词释义应具备训诂依据,应识别可能出现的语典与事典。对意象及各层级文本语境作托喻、象征解读时,尤其需注意它们是否存在传统中的相应惯例。应遵守语法、结构规则之惯例。

三、惯例依据需置于诠释对象的语境中加以检验,以决定取舍。语词、语句的备选含义,理应置于其所在语境(包括其"文本语境"及文本所在"历史语境")中加以考察,通过"诠释循环"以求得最佳答案。关于"语境优先"的理由,本书导论已有说明,此不赘述。只是要再次强调:在这个过程中,如果一元解读具有充分的合理性,就不宜强作它解。反之,如果存在多元解读可能,就不应将解读限定为一元的。"历史语境"在解读本意时有两种作用值得专门标出:

其一,它可能提供关于作者知识视野的信息,从而对文本含义的合理解释有重要辅助意义,至少可以对诠释者如何选择、运用不同的惯例提供根据。就此而言,自然不应像"新批评"派中某些人那样,机械地在"文本自身含义"与"外围历史语境"间画出一条绝对界限。举例来说,笔者某位友人确乎把"夜中不能寐,起坐弹鸣琴"中的"鸣琴"理解成"钢琴"。之所以这个读解会令人感觉格外荒谬,恰好是因为历史语境常识在悄无声息地起着裁断作用。再如埃科说到的这个案例:

　　我曾对哈特曼说他是一个"温和的"解构主义者,因为他不会像《花花公子》的当代读者那样去解读华兹华斯下面这句诗:

A poet could not but be gay.

换句话说,一位敏锐而有责任心的读者并没有去揣测华兹华斯在写这句诗时头脑中到底正在想些什么的义务,但他有责任考虑华兹华斯时代语言系统的基本状况。在那个时代,gay 这个词还没有任何"性"的内涵。承认这一点意味着认同从作品与其社会文化语境相互作用的角度去对作品进行分析的方法。①

　　仅从华兹华斯那句诗本身来看,无论把 gay 理解成"快乐"还是"同性恋",语义都是通顺的。可是问题在于,在华兹华斯所处的历史语境里,gay并没有后一种意思,因此,选择这种含义"惯例"当然是没有说服力的。

　　其二,它可能提供创作的"本事"(或曰"今典""创作原境")信息。且当这本事信息足够精确、可信时,本意诠释无须考虑文本表意问题即可获致合理性。不过这也正提示诠释者:何种本事信息能有效支持或逆转文本表意,从而有说服力地开显"本意",并无规律性可言,只能视实际情况而定。因此,绝不能因自己主观的求索欲,夸大此类信息的诠释效力。至于主观推演的、无史料依据的"想象之本事",或来自未经严格考辨、可信性存疑的本事史料,自然就是不宜使用的。

　　三条诠释伦理既已阐明,那么在遵循它们的前提下,本意诠释较为合理的走向便或许是:如果历史语境信息足以合理开显本事(今典、创作原境),则由它即可断定本意,无论文本表意情况如何。而如果历史语境信息达不到此种要求,则文本现存文献形态越稳定,文本表意越明晰,有关本意的诠释空间就越单纯;文本现存文献形态越复杂,文本表意越丰富,有关本意的诠释空间就越多样。言说至此,可以发现:那些

---

① 《诠释与过度诠释》,第 78—79 页。

最易被人视作穿凿的诠释观点,往往正是对上述走向的逆反。它们在缺乏关键历史语境证据的情况下,将本应趋向单纯的诠释空间主观地改造成另具歧解的,将本应趋向多样的诠释空间压缩为非此即彼的。就前者而言,沿袭《诗经》汉学的比兴思路读解王维《终南山》等文本,可谓文学史上的著名案例。① 这类解读的最大问题就是,诠释者在逐一发明文本中每个意象托喻意义的同时,也破坏了原本因具备惯例支持而明晰、自足的文本表意逻辑;同时,又提不出可信的文本外关键证据,证明作者确实别有用心。就后者而言,有关本章所论之《咏怀》,以及有关李商隐式隐约朦胧之作的本意索隐等案例,都堪称典型。诸家相关结论之所以常处于见仁见智的争议中,重要原因之一,就是他们为意义空间复杂、历史语境信息不够精确的文本,预设了必然存在、也必可找到的唯一本意,同时在论证过程中独断地排斥其他可能性。由此自可以推论,当诠释这类文本的本意时,我们尤其应着重思考:文本现存文献形态对本意诠释是否可能产生影响? 可考的历史语境为解释本意提供了怎样的可能? 文本的意义是否具备多元品格? 当自觉地以此类反省为研究前提时,我们或许便不至于为机械地"自圆其说"而跋前疐后。这也意味着,为合理解释这类文本的本意,前文所云"不回避每一种可能性假设,不执著于坐实文外意",反倒最有助于提升结论之说服力。多元对话式的诠释局面,不是必然出现在诠释者群体中,而是在每一个诠释者个体那里就应该形成的。在笔者看来,为打磨一个圆融的自我论证逻辑而不惜遮蔽诠释对象复杂的实际特征,实在是得不偿失的。

　　在文学诠释活动中,本意诠释和其他诠释视角的关系应该是怎样的? 文学文本产生后,便具有相对独立性,其诠释空间也具有相对开放性。如此观之,无论是文学文本的篇章整体还是局部意象,其实都有可

---

① 此类解读在古代颇常见,王琦等亦曾驳斥之。具体情况可参莫砺锋《王维的〈终南山〉是讽刺诗吗?》,《古典文学知识》2016 年第 2 期。

能被我们从不同的方向上诠释。如何品味阮籍《咏怀》中的翔风、庆云、朝日、夕晖，或者那"登高眺所思，举袂当朝阳"的西方佳人？我们可以考察其背后真相，也有理由去剖析意象、情境自身的意蕴及审美魅力。这就正如品味朱庆余的《近试上张水部》时，即便其托喻意图昭然若揭，亦并不妨碍读者欣赏其细腻诗笔下活灵活现的新妇娇羞情态。也正如解读著名的《锦瑟》时，我们既能推测其所指，又能同时分析文本那惝恍迷离的意趣。就此而言，解读《咏怀》不必只从本意诠释立说，亦不必只关注文本独立品格。推而广之，中国古代诗歌传统中的代言体文本、美人香草式的比兴手法，或许都能用如是观念加以诠释。即便是指事陈情如在目前的文本，我们也需要一面确认其意图，一面留意其文本世界相对于事实真实的独立价值。问题的关键在于，如果上述基本诠释视角都是无法被证伪的，那么其共生就具有必要性。只要在操作时尽可能遵守合理的诠释原则，我们便会受益于一个具备丰富可能性的诠释天地，而不是沉迷于靠独断维系的一元化空间。

行文至此，尚有必要再对"文学诠释"与文学接受活动中其他现象的关系问题做一简要判断。如此，"本意诠释"之意义或将在更丰富的参照中得到理解。众所周知，除了"诠释"之外，文学接受中尚有一典型内容，那就是自由的审美感发及由其激活的各类关联性生命体验。笔者想起梁启超的名言：

> 义山的《锦瑟》《碧城》《圣女祠》等诗，讲的什么事，我理会不着……但我觉得他美，读起来令我精神上得一种新鲜的愉快。须知美是多方面的，美是含有神秘性的；我们若还承认美的价值，对于此种文字，便不容轻轻抹煞。①

---

① 梁启超《中国韵文内所表现的情感》，转引自〔唐〕李商隐著，刘学锴、余恕诚集解《李商隐诗歌集解》，中华书局，2004年，第1595页。

他所以欣赏李商隐《锦瑟》《碧城》《圣女祠》等朦胧幽微之作,不是因为对其含义的理解、认同,而是因为从阅读中获得了超越表意内容的兴发感动。无论古今中西,有此类体验者不胜枚举。如博尔赫斯就在一段表达中,与梁启超形成了跨越文化与时空的共鸣:

> 事实上,诗与语言都不止是沟通的媒介,也可以是一种激情,一种喜悦——当理解到这个道理的时候,我不认为我真的了解这几个字,不过却感受到内心起了一些变化。这不是知识上的变化,而是发生在我整个人身上的变化,发生在我这血肉之躯的变化……我认为第一次阅读诗的感觉才是真实的感觉,之后我们就很容易自我沉溺在这样的感觉中,一再让我们的感官感受与印象重现。不过就正如我所说的,这种情形有可能是单纯的忠于原味,可能只是记忆的恶作剧,也可能是我们搞不清楚这种热情是我们现在有的,还是从前就感受过的。因此,我们也可以说,每一次读诗都是一次新奇的体验,每一次我阅读一首诗的时候,这样的感受又会再度浮现,而这就是诗。①

与诠释相比,梁启超、博尔赫斯这种兴发感动似乎显得格外具有非确定性,也难以被任何家法、范式限定、评估。正因为此,它们常被"求真"、"求实"、言必有据的诠释者们轻视。然而,这类诠释者似乎忘记了:诠释和感发不过是文艺世界的两种存在方式。当然,它们也是把握文艺世界的两种不同方式。前者是理性主导的,后者是感性主导的。前者并不因为其论证的自觉性、结论的确定性就具备真理意义;而后者正以其原发性、多样性、不可羁勒的灵动性,书写着文学接受中那至为自由、最具创造性的部分。与其说它们浅白无根、不值得与诠释相提并论,还

---

① [阿根廷]博尔赫斯《诗艺》,第6—7页。

不如说它们太过丰富多变,远非任何确定性视野所能把握,所以才时时招致嫉妒与误解。毫无疑问,诠释当然是接受行为的应有之义。但以其为接受的第一原理,甚至由此形成带有霸权色彩的共同体规则,就容易造成对接受世界的殚残,从而引发苏珊·桑塔格式的反击:

> 现在重要的是恢复我们的感觉。我们必须学会去更多地看,更多地听,更多地感觉。我们的任务不是在艺术作品中去发现最大量的内容,也不是从已经清楚明了的作品中榨取更多的内容。我们的任务是削弱内容,从而使我们能够看到作品本身。①

当桑塔格采用是此非彼的态度表达自己的理想时,她恐怕是和唯"诠释"是尊的那些人同样陷入了形而上学的思维传统中。不过,这种反击毕竟是启人心智的。读者自可以继续追问:当我们执着地投身于和感发分道扬镳的诠释,倾尽全力构建一个个确定性结论时,是否既窄化了文艺的接受空间,也回避了对精神世界本然的存在方式、对自己思维习惯的批判性省思呢?严格地讲,将"理性"与"感性"二分,不过是出于分析精神世界的需要而由思维做出的规定。人之精神世界的实然存在方式,根本不是疆界分明之诸种要素的机械组合。既然这样,把文学接受中的"诠释"与"感发"视作绝对对立,便是不合理的——它们至多不过是在不同的接受活动中各有侧重而已。笔者无法想象一种能绝对地戒除感发的文学诠释。而看上去再自由的文学感发,恐怕也是以某种诠释结论为根据的——无论这结论是否合理、无论这诠释行为能否被诠释者本人察知。当接受者想让这感发对作品负责,想让这感发有根据地、有说服力地开显时,感发便自觉与诠释合流。而如前文所述,索隐的动力之一,有时也正在于诠释者被作品感动,于是对其形成

---

① [美] 苏珊·桑塔格著,程巍译《反对阐释》,译林出版社,2021 年,第 19 页。

特别的关注。无论从哪个角度看,在"诠释"与"感发"间作抑扬之论,都未免是画地为牢之举。正视二者实然的共在性,理解各自的典型特征与意义,接受活动便走向了宽容和开放。

总而言之,作为"本意诠释"中甚为典型、又略显极端的案例,阮籍《咏怀》本意索隐能激起的话题,不仅限于其自身。将求真目标施加于意义空间丰富、历史语境不够精确的文本,注定意味着目标的求实性将与文本诠释、接受的开放性、不确定性形成程度不同的冲突。这种诠释,既未必得到一元的结论,也可能因每个人、每代人"前理解"的不同,出现方式、材料取舍等方面的变化,令其本身即呈现为存在诸多变数的动态现象。有关真相的答案未必是唯一的,诠释活动也未必注定要以寻找一元真相或放弃求真为唯一归宿。归根结底,对诠释及接受的可能性心存好奇、对多样的接受现象均心怀尊重,同时自觉省思诠释主体、诠释对象的性质、限度,恐怕是令本意诠释始终保持活力、予人启发的基本条件。

附:韦应物《滁州西涧》是否有寄托?

韦应物七绝《滁州西涧》,是一首脍炙人口的佳作。一类读者只是爱重诗人那"状难写之景如在目前"的妙笔,沉醉于诗中的天机野趣。另一类读者的理解便与此相左。如谢枋得曰:"幽草、黄鹂,比君子在野,小人在位。春潮带雨晚来急,乃季世危难多,如日之已晚,不复光明也。末句谓宽闲寂寞之滨,必有贤人如孤舟之横渡者,特君不能用耳。"(高棅《唐诗品汇》引)杨慎、黄生、章燮的诠释模式,均与此相类。这种认定该诗确有寄托的观点,在当代仍属常见。倪其心先生的看法颇具代表性。他认为:"幽草安贫守节,黄鹂居高媚时,其喻仕宦世态,寓意显然……(春潮带雨二句)蕴含着一种不在其位、不得其用的无奈而忧伤的情怀。"(程千帆等主编《唐诗鉴赏辞典》之《滁州西涧》赏析文)黄天骥先生虽不主张将该诗用意如此坐实,却依然表示从诗中"可以看到韦应物牢落无助的心影"(《说韦应物〈滁州西涧〉》)。据笔者所见,"寄托说"在当下中小学课堂关于此诗的讲解中,也是屡被采用的。

《滁州西涧》到底是否在优美的景语背后别有寄托?追问这个问题,实质上就是在追问:合理地说明《滁州西涧》的寄托意是否可能?欲明辨之,首先需对该诗的文本表意特征细加分析。

先来品读"独怜幽草涧边生,上有黄鹂深树鸣"。要想判定这两句确有寄托,至少应满足以下两个条件之一:"幽草"(或"怜幽草")、"黄鹂"(或"深树黄鹂")在创作传统中具备稳定的托喻义,两句形成之文本语境具有明确的褒贬意味、反差效果。情况是否如此呢?

在中国古代文化史上,某些物象或表达程式确有相对稳定的托喻义。当松、竹、梅、菊或"思美人""嫉蛾眉""浮云蔽日"在诗中现身时,读者心中油然而生"寄托"之揣测,并不属牵强。不过,"幽草""黄鹂"似不在此列。《诗经·小雅·何草不黄》:"有芃者狐,率彼幽草。有栈之车,行彼周道。"郑笺以为"狐草行草止,故以比栈车辇者",方玉润从中读出"一种阴幽荒凉景象"(《诗经原始》)。韦应物本人则在《贾常侍林亭燕集》中以"凌露摘幽草,涉烟玩轻舟"抒写士大夫雅集情趣,在《过昭国里故第》中以"池荒野筱合,庭绿幽草积"渲染感旧悼亡的气氛。不难看出,"幽草"在古人笔下并不专守某类寓意。既然如此,径把"幽草"("怜幽草")坐实为"君子在野"或"安贫守节",就有我说即是之嫌。(按:此句"幽"异文作"芳"。古代诗歌中的"芳草"或"寻芳草""怜芳草"在不同语境中或托喻理想,或托喻归隐,或表达惜时、恋物华等情思,亦不可一概而论。)至于黄鹂(也即仓庚、黄莺),自《诗经》以降,便一直是古人表现生机勃勃之春夏佳景时常用的物象,且唐人尚常以"迁莺"喻进士登第、官职升迁一类美事。由此可见,恐怕并不存在什么以黄鹂为恶鸟、以之喻指"小人"的传统。而"黄鹂深树鸣"

这一意象,或系从王维《瓜园诗》点染山中论道情境的景语"黄鹂啭深木"化出。一定认为其另有所指、尤其是"小人在位"之指,同样未免牵强。

　　那么,"幽草""黄鹂"所在的前两句整体语境,是否具备某种特别的文外之意呢?倪其心先生分析道:"诗人独爱自甘寂寞的涧边幽草,而对深树上鸣声诱人的黄莺儿却表示无意,置之陪衬,以相比照。"在笔者看来,这一理解仍是存在商榷余地的。一则,一韵诗中,一句处理"仰观",一句处理"俯察",乃是古人空间描写的常见路数,该对比结构本身并不必然包含抑扬意味。二则,"上有黄鹂深树鸣"是否上隶于"独怜",或有见仁见智余地;但该句至少并未表现出对黄鹂的无视甚至厌恶。按古人常见写法,"但恨黄鹂深树鸣"或"何必黄鹂深树鸣"才会形成扬幽草而抑黄鹂之意。值得一提的是,据何良俊《四友斋丛说》、李日华《六研斋二笔》,"上"异文作"尚"。如果此句作"尚有黄鹂深树鸣",那么倒确乎是在表达对黄鹂的喜爱了。三则,"涧边幽草""深树黄鹂"并无强烈反差感、冲突感,很难令人联想到褒贬寓意,因此就更难令人把前者定向理解为"君子"(或"安贫守节")、把后者定向理解为"小人"(或"居高媚时")。与之相比,左思《咏史》中的"郁郁涧底松,离离山上苗。以彼径寸茎,荫此百尺条"这种描写,才是在意象间形成巨大张力的。即便不以"世胄蹑高位,英俊沉下僚"云云承之,读者也自会察觉其中隐藏的褒贬意味与怨愤之情。

　　下面来看"春潮带雨晚来急,野渡无人舟自横"。这两句是否为"危难""失遇"之喻,是否包含着"无奈而忧伤的情怀"呢?"春潮带雨晚来急"句中物象,在古人景语中均属常见。就如"幽草""黄鹂"一样,"春潮""急流"并不必然携带某种具体托喻含义。故而认为其实指某种具体人生境遇、社会环境,或许依然有失武断。至于此句整体语境是否蕴含动荡、危难等意味,且令"野渡无人舟自横"在其映衬下别有微旨,还值得多论几句。如黄天骥先生所说,"春潮带雨晚来急"的意趣,的确不同于"幽静宁谧"的"微雨夜来过,不知春草生"。不过细玩之,此句描写潮、雨之动势、力感,毕竟仅用一个"急"字,点到为止,别无渲染。且在常规想象中,西涧似非浩瀚巨流,"晚来急"亦到底不同于阴幽意味更浓重的"夜中急"。因此,"春潮带雨晚来急"固然未必是"幽静宁谧"的,却也终归与惊涛迅雨异趣,更和韦应物笔下"山郡多风雨,西楼更萧条"(《送中弟》)、"数家砧杵秋山下,一郡荆榛寒雨中"(《登楼寄王卿》)这类鲜明地呈现荒疏、凄冷色彩的诗境大有不同。这样看来,黄天骥先生将其等同于"潮急雨骤"、"潮水急涌而来,势如奔马"之境,进而据此将下句中的"舟自横"想象为"无人料理,孤孤单单,可怜巴巴,任由颠簸"(《说韦应物〈滁州西涧〉》),或许便略欠斟酌。再专门玩味"野渡无人舟自横"。"野",郊外,离城市较远之处也,又常有真朴自然、闲散不羁一类含义,与"荒""空"意趣并不完全一致。故"野渡无人"写出了远离尘嚣的滋味,又和情感倾向更加明确的荒凉、空寂一类情境存在微妙差别。而"自"字在古人诗中,常用于表现物象、人情自我经营,与他者无涉。此句中的"舟自横",当然是具备这类意趣的,不过其表意终归到此为止,无关其余。它和《诗经》中"泛彼柏舟"、《庄子》中"不系之舟"的关联,均在有无之间,难以辞逮。读者固然可从这样的意象联想到"不在其位,不得其用"或"无奈而忧伤",但又何尝不能联想到"安闲自在,超然物外"等其他意味呢?

　　言说至此,已可发现,《滁州西涧》呈现给读者的,乃是虚灵、微妙、不落言筌的意义空间,而不是旨趣非此即彼的托喻结构。正因为此,一旦试图通过语义分析来确定某种寄托之意,就可能窄化其意义空间,也常难免有增字作解之失。值得注意的是,持寄托说的诠释者,通常还会动用"知人论世"之法。与韦应物创作《滁州西涧》直接相关的信息既已无存,则通过揭示安史乱后诗人沉郁、失落的"时代病"及韦应物在滁时"有志改革而无力,思欲归隐而不能"(见倪其心《滁州西涧》赏析文)的个人心境来推论此诗深意,便是唯一可行之举了。可问题在于,人之精神世界并非时空中有形迹之物,且系世间最为幽深复杂、变化多端者。即便我们能够掌握明确记录《滁州西涧》创作动机的可信文献,也至多会得出"合理的""有说服力的"诠释结论,难以如明镜映物般还原诗人所思所想。至于目前诠释者只能倚重的时代精神、个人典型心境,本就来自"简单枚举归纳",系或然性推理的结果。以之作为大前提推测《滁州西涧》用心,结论自也是或然性的,且常陷入决定论的窠臼。当诠释者把作家"或然之意"认定为"必有之意"的时候,对《滁州西涧》的理解便可能受控于这类心理定向。于是在其眼中,不落言筌的诗篇,就愈发显得别有深意;而文意解读时的独断,恐亦愈发难以被其觉察。

　　总而言之,品味《滁州西涧》,读者当然可以"各以其情而自得",生发出多种联想。但归根结底,无论从文本表意特征还是从与"知人论世"相关的现存信息特征来看,想要令人信服地坐实该诗"确有寄托",都是不太可能的。通过本文的辨析,读者或许还可发现,若要使"探求寄托"这种诠释行为获得合理性,有几个基本前提当得到重视。其一,在缺乏可信文献旁证的情况下,对文本托喻义、隐指义的判定,应遵守"合惯例原则"。其二,应对文本在文献形态上可能存在的多样性保持警觉,尊重异文可能导致的诠释多元性。其三,应尽可能自觉地辨析与"知人论世"相关之文献信息的性质、效力、限度。

第三章
"文如其人"的思想基础与思维模式
——以刘勰为核心案例

　　"文如其人"是中国古代文论史上的重要观念,也得到了当代学界的持续关注。① 综览目前相关研究,可知重点有二。其一为梳理该观念在古代文论史上的生成过程与具体内容,属于以复现史实为目的的描述式考察;其二则在于结合古人围绕该观念的种种争议,探讨其成立限度或可能合理的内涵、外延,这也就表现出在当代理论视野中评析该命题的积极意图。

　　然而除开上述思路,我们似有必要采用新的视角体察"文如其人"。因为已有研究虽取得了丰富的成果,但并没有完满地解答以下重要问题:其一,为什么屡遭质疑,"文如其人"仍得到古人的持续青睐? 其二,既然从当代研究者的立场上看,该观念的可信度存在问题,

---

① 按:古代文论中"文如其人"要义,在认定作品能够反映作家的人格、思想情感或个性气质等内容。本文循研究惯例,将刘勰及其他古人自觉阐发此要义的表述均纳入考察。凡非特别说明,行文中所谓"文",皆指创作者个人作品。关于本题近期成果,笔者参考了蒋寅《古典诗学的现代诠释》第九篇《文如其人? ——诗歌作者和文本的相关性问题》(中华书局,2003 年)、邓心强《"文如其人"研究述评》(《淮阴工学院学报》2009 年第 2 期)、任遂虎《分层析理与价值认定——文如其人命题新解》(《文学评论》2010 年第 2 期)等文。

那么在古代文论史上,导致这种问题产生的根源到底何在? 古人又是否可能自觉察知此根源? 为解答这些,我们就必须对"文如其人"在古代文论情境中特有的思想基础与思维模式进行考察;由此,庶几会对其生成及长期延续的原因产生细致理解,并对其内在问题及文论史意义作出更为深刻的反省。

在中国古代诸多"文如其人"的信奉者中,刘勰无疑甚为引人瞩目。《文心雕龙·体性》①开篇即曰:

> 夫情动而言形,理发而文见,盖沿隐以至显,因内而符外者也。然才有庸俊,气有刚柔,学有浅深,习有雅郑,并情性所铄,陶染所凝,是以笔区云谲,文苑波诡者矣。故辞理庸俊,莫能翻其才;风趣刚柔,宁或改其气;事义浅深,未闻乖其学;体式雅郑,鲜有反其习;各师成心,其异如面。

在通论文有"典雅""远奥"等"八体"后,刘勰又专门举贾谊等十二位作家为例,证明"文"与"人"的一致:

> 若夫八体屡迁,功以学成,才力居中,肇自血气;气以实志,志以定言,吐纳英华,莫非情性。是以贾生俊发,故文洁而体清;长卿傲诞,故理侈而辞溢;子云沉寂,故志隐而味深;子政简易,故趣昭而事博;孟坚雅懿,故裁密而思靡;平子淹通,故虑周而藻密;仲宣躁锐,故颖出而才果;公幹气褊,故言壮而情骇;嗣宗俶傥,故响逸而调远;叔夜俊侠,故兴高而采烈;安仁轻敏,故锋发而韵流,士衡矜重,故情繁而辞隐。触类以推,表里必符。岂非自然之恒姿,才气之大略哉。

---

① ［梁］刘勰著,范文澜注《文心雕龙注》,人民文学出版社,1998 年,第 505—506 页。

继而补充道:

> 夫才有天资,学慎始习,斫梓染丝,功在初化,器成采定,难可翻移。

而在《文心雕龙·情采》中,尚有"为情造文""为文造情"说:

> 昔诗人什篇,为情而造文;辞人赋颂,为文而造情。何以明其然?盖风雅之兴,志思蓄愤,而吟咏情性,以讽其上,此为情而造文也;诸子之徒,心非郁陶,苟驰夸饰,鬻声钓世,此为文而造情也。故为情者要约而写真,为文者淫丽而烦滥。而后之作者,采滥忽真,远弃风雅,近师辞赋,故体情之制日疏,逐文之篇愈盛。故有志深轩冕,而泛咏皋壤,心缠几务,而虚述人外,真宰弗存,翩其反矣。夫桃李不言而成蹊,有实存也;男子树兰而不芳,无其情也。夫以草木之微,依情待实,况乎文章,述志为本,言与志反,文岂足征?①

通观上述言论,可知刘勰的"文如其人"观,要义有以下四端。一、"人"和"文"的内外相符乃是无可置疑的"自然之恒姿"。二、这种内外相符,乃是作者个性气质与文之风格的相符,未必是作者道德品格、思想观念与文章内容的相符。如《情采》所说,提笔为文者完全有可能"志深轩冕,而泛咏皋壤,心缠几务,而虚述人外",在文章中刻意掩盖自己的真实心志。与此相对,《体性》中贾谊等十二位作家的"文""人"一致,均为气质与风格的一致,与情志内容、道德品格等无关。三、气质、风格由先天的"才""气"与后天的"学""习"共同塑成,既具有恒定的因子,也于整体上存在历时性变异可能;不过一旦"器成采

---

① 《文心雕龙注》,第538页。

定",就往往呈现出某种稳定特征,不易改变。四、"文"与"人"一致不仅在事实层面上成立,也理应是被作文者奉为圭臬的创作原则。

不难看出,刘勰虽非"文如其人"语词符号形式的正式确定者,但其认识既甚为典型地表现出"文如其人"观的主要特征,又在思理的精密上胜过诸多泛泛而论者。因此,笔者探讨"文如其人"的思想基础和思维方式诸问题,就以它为核心案例。

一 "文如其人"的思想基础

以刘勰为代表的"文如其人"论者,可能具备怎样的思想基础呢?

"文如其人"观的内核,在于肯定文承载创作者人品、思想情感或个性气质的有效性。而在中国传统儒家思想诸多根深蒂固的观念中,恰有一种与此息息相关,那就是承认并重视文(尤其是自作之文)的反映、认识功能。中国儒家素有"宗经"传统。"圣人也者,道之管也;天下之道管是矣,百王之道一是矣,故《诗》《书》《礼》《乐》之道归是矣"①、"在则人,亡则书,其统一也"②这类信念便反映出对语言文字有效承载其创作者(编制者)思想、精神的信赖。儒家诗学经典文献中的相关表述亦值得关注。《尚书·尧典》中的"诗言志"、《诗大序》中的"诗者,志之所之也,在心为志,发言为诗,情动于中而形于言"③等判断,均至少是在认定,诗能够反映创作者的思想情感。至于《论语·阳货》中所谓《诗》"可以观"④、《礼记·乐记》与《诗大序》共同讲到的

---

① 《荀子·儒效》,见[清]王先谦《荀子集解》,中华书局,1988年,第133页。
② 《法言·吾子》。见[汉]扬雄著,汪荣宝义疏《法言义疏》,中华书局,1987年,第82页。
③ 《十三经注疏(清嘉庆刊本)》,中华书局,2009年,第563页。
④ 《十三经注疏(清嘉庆刊本)》,第5486页。

"治世之音安以乐,其政和;乱世之音怨以怒,其政乖;亡国之音哀以思,其民困"①及《汉书·艺文志·诗赋略》中的"(诗)可以观风俗,知薄厚"②这类判断则至少认为:通过诗(文艺),可以认识其创作者(在某种情境中也可指吟诵者)的思想情感、心理状态,进而合理推断特定时代的民风与政治状况。其实"反映"与"认识"不过是一个问题的两个方面而已;上述文献的共同之处,正在于认定文之承载作者情志、心理无可争议。除了这些言论,孟子被众多后学奉为圭臬的"以意逆志"实也包含着上述事实判断。细玩《孟子·万章》中"说《诗》者不以文害辞,不以辞害志,以意逆志,是为得之"这段名言,不难发现,支撑该判断的,无疑有对正确发挥读解者主观能动性的肯定与期待;但除此而外,则还有一点比较隐蔽,那就是对语言文字反映、认识功能的认可。因为在对该方法的表述中,孟子否定的仅仅是认知主体不恰当的理解方式,而绝不是作品承载"志"的真实性——如本书第一章曾指出的那样,"以意逆志"成立的前提之一,其实正是"志由文显"。

不过,儒家经典《周易》毕竟托言孔子,提出了与道家思想颇为一致的"书不尽言,言不尽意"观。这类观念是否足以导致对"文如其人"的颠覆呢?

《周易》中的"言不尽意",来自《系辞》,其原始文本语境如下:

> 子曰:书不尽言,言不尽意。然则圣人之意其不可见乎?子曰:圣人立象以尽意,设卦以尽情伪,系辞焉以尽其言,变而通之以尽利,鼓之舞之以尽神。乾坤其易之缊邪?乾坤成列,而易立乎其中矣。乾坤毁,则无以见易。易不可见,则乾坤或几乎息矣。是故形而上者谓之道,形而下者谓之器,化而裁之谓之变,推而行之谓

---

① 《十三经注疏(清嘉庆刊本)》,第564页。
② [汉]班固《汉书》,中华书局,1962年,第1756页。

之通,举而错之天下之民谓之事业。是故夫象,圣人有以见天下之赜,而拟诸其形容,象其物宜,是故谓之象。圣人有以见天下之动,而观其会通,以行其典礼,系辞焉以断其吉凶,是故谓之爻。可极天下之赜者存乎卦,鼓天下之动者存乎辞,化而裁之存乎变,推而行之存乎通,神而明之存乎其人,默而成之,不言而信,存乎德行。①

关于这段文字,可注意者有以下几点:首先,提出"书不尽言,言不尽意""圣人之意其不可见乎",乃是为了引出"圣人立象以尽意,设卦以尽情伪,系辞焉以尽其言"这一系列观点。"言不尽意"云云,并非此段文字的核心意旨所在。其次,从"系辞焉以尽其言""系辞焉以断其吉凶""鼓天下之动者存乎辞"这类表述可见,此文甚为重视"辞"的价值,绝不至于认为"辞"会偏离圣人之意。也就是说,在"辞"的问题上,作者仍表现出对语言文字反映、认识功能的肯定。其三,此文涉及的"文"和"人"之关系,其实只是"文之意"和"人之意"的关系,并不包括"文之风格"与"人之个性"的关系,故而并不至于对后者意义上的"文如其人"形成挑战。而此理既明,我们庶几也可再进一步,更为合理地把握道家思想可能对理解"文""人"关系产生的影响。的确,在老、庄那里,作为万物终极根据、原理的"道",乃是超出一切条件、一切形式规定的;故而任何有条件、具形式者,都不可能还原"道"本身。论者若以此为根据,自然会在道与器、体与用关系的判断上,形成"器不能再现道""用不能再现体"这类思维模式。于是,下面这些著名观点,也就自然而然地产生:

　　世之所贵道者书也;书不过语,语有贵也。语之所贵也,意也;意有所随。意之所随者,不可以言传也。而世因贵言传书。世所贵之,

---

①　《十三经注疏(清嘉庆刊本)》,第170—172页。

我犹不足贵也,为其贵非其贵也。故视而可见者,形与色也。听而可闻者,名与声也。悲乎,世人以形色名声为足以得彼之情。夫形色名声果不足以得彼之情,则知者不言,言者不知,而世岂识之哉!

桓公读书于堂上。轮扁斫轮于堂下,释椎凿而上,问桓公曰:"敢问公之所读为何言邪?"公曰:"圣人之言也。"曰:"圣人在乎?"公曰:"已死矣。"曰:"然则君之所读者,古人之糟魄已夫。"桓公曰:"寡人读书,轮人安得议乎? 有说则可,无说则死!"轮扁曰:"臣也,以臣之事观之:斫轮,徐则甘而不固,疾则苦而不入;不徐不疾,得之于手而应于心,口不能言,有数存焉于其间;臣不能以喻臣之子,臣之子亦不能受之于臣,是以行年七十而老斫轮。古之人与其不可传者死矣,然则君之所读者,古人之糟魄已夫!"(《庄子·天道》)①

然而,尽管有这些犀利地挑战语言文字存在价值的言论,《庄子·齐物论》中毕竟还有这样的表达:

今且有言于此,不知其与是类乎? 其与是不类乎? 类与不类,相与为类,则与彼无以异矣。虽然,请尝言之。②

郭象释曰:"至理无言,言则与类,故试寄言之。"成玄英疏曰:"夫至理虽复无言,而非言无以诠理,故试寄言,仿象其意。"《齐物论》的这种意趣在《庄子·外物》中便被明确地提炼、转化成"言者所以在意,得意而忘言"这一命题。可见道家并不是时刻都绝对地否认语言达意的功能。且该派哲学终归还有一要害之处值得注意,那就是道器不离、体用

---

① [清]郭庆藩集释《庄子集释》,中华书局,2019 年,第 495—497 页。
② 《庄子集释》,第 85—87 页。

相即观念。《老子》第二十一章:"道之为物,惟恍惟惚。惚兮恍兮,其中有象。恍兮惚兮,其中有物。"①第三十四章:"大道氾兮,其可左右。"②可见在《老子》的观念中,形而上之本(道)与形而下之万物,实乃相亲相即的关系。又第五十一章:"道生之,德畜之,物形之,器成之。"③这便是说,世间万有既秉承道的品性,又由物、器赋形成体。形上形下,于此绝非断为两截。《庄子·天地》:"行于万物者,道也。"④《天道》:"夫道,于大不终,于小不遗,故万物备。广乎其无不容也,渊乎其不可测也。"⑤《知北游》:"(道)无所不在……物物者与物无际,而物有际者,所谓物际者也;不际之际,际之不际者也。"⑥可知《庄子》所谓"道"("物物者"),既和形而下的"物"绝非一事,又与其浑然共生,绝非高悬于经验世界之外的超验主宰。这类思想,在王弼《老子指略》中得到进一步开显:

> 夫物之所以生,功之所以成,必生乎无形,由乎无名。无形无名者,万物之宗也……故象而形者,非大象也;音而声者,非大音也。然则,四象不形,则大象无以畅;五音不声,则大音无以至。⑦

在这样的认知模式中,"器""用"固然不能还原"道""体",却也必然具有开显后者的功能。而以此观念把握"文"与"人"的关系,便不难获得这样的认识:"文"未必能准确地反映或传达"人"(即"文"的生发者、

---

① [三国魏]王弼著,楼宇烈校释《王弼集校释》,中华书局,1980年,第52页。
② 《王弼集校释》,第86页。
③ 《王弼集校释》,第136页。按:"器成之",王弼本原作"势成之"。此从马王堆帛书《老子》甲乙本。参见高明校注《帛书老子校注》,中华书局,1996年。
④ 《庄子集释》,第414页。
⑤ 《庄子集释》,第492页。
⑥ 《庄子集释》,第751—752页。
⑦ 《王弼集校释》,第195页。

表达者）的全部内容（"言不尽意"正揭示此理），却必然能开显属于
"人"的某些信息。可以说，拥有相即不离的道器、体用观念，却能斩钉
截铁地把"文"和"人"一刀两断，反而是一件不可思议的事情了。

　　至此可以知晓，在构成中国古代思想主干的儒、道二家观念里，都
存在支持"文必与人存在关联"的因子。其中可能引发的歧见，恐怕主
要还是在于"文"能否全方位地"如其人"、在哪些地方"如其人"。还
可注意的是，这种"文必与人存在关联"的信念，尚在古人其他常见表
达中被一再确认。所谓"读其书，想见其为人"是被古人多次重复的心
愿，这其中潜藏的，是对文之能够承载他者情志、个性的肯定。《汉
书·司马迁传》所载《报任安书》中的"藏之名山，传之其人"说，则和曹
丕《典论·论文》中的"年寿有时而尽，荣乐止乎其身，二者必至之常
期，未若文章之无穷"①这类判断一样，不单关注着文对德性或声名的
传播，还表达出对文之展示自我情感、个性的信赖。在这类观念中，具
备上述功能的文，已不仅具有一种认知媒介的意义，更是异代之人感通
的桥梁、创作者精神永存的保证了。

　　由此回观刘勰。他在《文心雕龙·原道》中即曰："心生而言立，言
立而文明，自然之道也。"②这种"道因文显"论，正呈现着"道器不离"
"体用相即"观。他在《原道》中所谓"道沿圣以垂文，圣因文而明
道"③，在《明诗》中所谓"人秉七情，应物斯感，感物吟志，莫非自然"④，
在《定势》中所谓"夫情致异区，文变殊术，莫不因情立体，即体成势
也"⑤，在《情采》中所谓"五色杂而成黼黻，五音比而成韶夏，五情（性）
发而为辞章，神理之数也"⑥，在《知音》篇中所谓"夫缀文者情动而辞

①　《六臣注文选》，第967页。
②　《文心雕龙注》，第1页。
③　《文心雕龙注》，第3页。
④　《文心雕龙注》，第65页。
⑤　《文心雕龙注》，第529页。
⑥　《文心雕龙注》，第537页。

发,观文者披文以入情,沿波讨源,虽幽必显。世远莫见其面,觇文辄见
其心"①,都显然至少和儒学经典观念一脉相承,呈现出对"文"有效承
载"人"之信息的信心。而他还如司马迁、曹丕诸公一样,对自我精神、
识见借《文心雕龙》长存世间充满期待:

> 夫宇宙绵邈,黎献纷杂,拔萃出类,智术而已。岁月飘忽,性灵
> 不居,腾声飞实,制作而已。夫有肖貌天地,秉性五才,拟耳目于日
> 月,方声气乎风雷,其超出万物,亦已灵矣。形同草木之脆,名逾金
> 石之坚,是以君子处世,树德建言,岂好辩哉? 不得已也。(《文心
> 雕龙·序志》)②

由此可见,他在《体性》中自信地断言文之风格与人之个性"表里必
符",实良有以也。至此亦不难推知,既然"文必与人存在关联"乃是被
经典著作及文人普遍情感反复确认的真理性认识,那么"文如其人"不
仅被刘勰,也被其他古人代代不绝地拥护,绝非偶然。

除"文必与人存在关联"这种"客观事实认定"外,在"人"与"文"
关系的应然层面,"文如其人"观同样存在深厚的思想基础。在这个层
面,"文如其人"表达的是一种贵真理念,即文、人一致是理应追求的境
界。而真,正是中国古代哲学、文艺思想共同推崇的价值理想。在中国
古代道家学派中,"真"往往是终极理想"自然"的另一种表达形态,其
对立面乃是一切形态的伪与矫饰。至于道家所推崇的真人,则是超越
道德理性、世俗情感乃至自我意识,与天地万物浑然无间的绝对自由
者。只不过在思想史流程中,该理想往往也会激发一种维护并真实表
现自我个性的观念。在这种观念中,个体人格、情感的存在既是事实,也

---

① 《文心雕龙注》,第 715 页。
② 《文心雕龙注》,第 725 页。

同时合理。与之相比,儒家学派并不否认个体人格、情感的客观实在,不过同时还要求这种实然意义上的"真"在符合道德理性规范后方具有充分价值。所以,儒家尊崇的人格、情感之真,是往往以"修身"为前提条件的。但不管怎样,言行不符、表里不一,同样为其价值理想所厌弃。

落实到文艺观,"真"正是古代文论一以贯之的价值尺度。总体来说,中国古代文艺观中的"真"尺度一方面要求作家真诚地表达真实的思想情感,一方面要求作品具备完满呈现作者真情实感的水平。如果说后者是对作品客观效果的考虑,其实现程度尚不完全取决于作者主观愿望;那么前者就是对创作者主观动机的要求,即要求作家无论创作水准怎样,至少理应保证内容的真实、表达态度的真诚。这两点原则上人人皆可实现,如果不能做到,为人为文就都不足取。(当然,对于信守儒学的论文者来说,足以成为价值理想的为文之"真",同样存在"符合道德理性规范"这一潜在前提。)就文论史事实来看,《易传·文言》中的"修辞立其诚"①、《礼记·表记》中的"情欲信、辞欲巧"②就已包含了对真原则的自觉确认。到刘勰这里,《文心雕龙·情采》关于"为情造文""为文造情"的判断,堪称以此尺度衡量文之价值的典型例证。在这篇文字中,刘勰先是断言:"情者文之经,辞者理之纬,经正而后纬成,理定而后辞畅,此立文之本源也。"③以情、理为经,以文、辞为纬,这便意味着把情理视作决定文辞质量的关键因素。而接下来,他就推出了前引著名的"昔诗人什篇,为情而造文;辞人赋颂,为文而造情"说,且明确表示:"言与志反,文岂足征?"他有关"诗人""辞人"的论断,显系上承扬雄"诗人之赋丽以则,辞人之赋丽以淫"一类观念而来。由否定"辞人"作品风格趣味上升到否定其创作动机的真诚性,这自然包含着偏见。但不管此判断是否严谨,至少有一点还可以确认:对于刘勰来

---

① 《十三经注疏(清嘉庆刊本)》,第 27 页。
② 《十三经注疏(清嘉庆刊本)》,第 3568 页。
③ 《文心雕龙注》,第 538 页。

说,作为文辞之根本的"情",除了应满足《宗经》里所谓的"情深而不诡"这一要求外,还理应做到真诚无伪(这一点本章引言部分已有说明)。这正是对"修辞立其诚""情欲信"一类规范性命题的继承,也的确在古代文人那里得到代代不绝的响应——即便是格外重视形式风格如明之"七子派"文人者,在上追汉魏盛唐典范之余,也是绝不背弃"真"这一原则的。不难看出,当"真"成为古代文人立身、为文的普遍追求时,在他们心中,同样标举该理想的"文如其人"也就必定具有"应然"意义了。

综上所述,"文如其人"观在中国古代具备坚实的思想基础。或者毋宁说,它的生成不过是上述认识和理想的具体表现、必然结果而已。在知识背景与价值观念均发生了较大变化的当代,我们很容易将"文如其人"当做一个中性的观念加以多角度剖析。而在古代思想文化语境中,质疑、否定该观念者动摇的就可能是真理性认识的普遍有效性及修身、为文价值理想的合理性。在古人处,"文未必如其人"可能引发如下疑问:诗言志、以意逆志是否可能? 文能否成为沟通异代人心灵的有效媒介? 对人的全部行为而言,内外相符、表里如一原则是否普遍适用? 这类问题固然深刻、尖锐,但它们已经是在质疑多数古代文人心中的"事实"或"信念",恐怕是他们不愿、也不可能透彻思考的;即使拥有这种思考的勇气,能否以其既有的思想武器完满地反省、解答,也将成为问题(这一点详见本章第二部分)。正因为此,就如今日研究者普遍承认的那样,在古代文论中,即便"文未必如其人"一说也屡有及者,"文如其人"仍在事实上得到了多数论者的支持。除开刘勰的言说,我们很容易在古代文献中找到"文若是心弗若是,奚以文为"①、"心声心画,吾辈正赖有此留天地间互相参验者"②、"诗是心声,不可违心而出,

---

① [明]毛伯温《毛襄懋先生文集》卷三《送萧司训序》,《四库全书存目丛书》集部第63册,齐鲁书社,1997年,第258页。
② [清]余廷灿《存吾文稿·与蔡东塾同年书》,《续修四库全书》第1456册,上海古籍出版社,2002年,第88页。

亦不能违心而出"①、"倘词可馈贫,工同礐帨,而性情面目隐而不见,何以使尚友古人者读其书想见其为人乎"②这类掷地有声的陈述。它们的不同之处,或在于有关"文如其人"的表达方式、判断方式,但绝不在"文必与人相关"的信念,更不在"文应如其人"的理想。

二　"文如其人"的思维模式

下面需要探讨的是:"文如其人"观念的确立、表达与应用体现着古人怎样的思维模式、其中可能存在何种疏失?

按照思维常规,欲形成"文如其人"判断,第一步要明确"文"与"人"各自包含的信息,然后才谈得上发现二者相关性,进而得出"文"与"人"某方面或全部相符的结论。有关"文"的信息,通过对作品的分析即可获得。而欲获得有关"人"的信息,则至少有两种基本途径:一为亲身接触,一为他者转述(史料、耳闻均属此类)。

此处首先需要思考的是,在"文如其人"判断中,古代文人一般怎样理解上述诸信息的价值? 在笔者看来,相关理解可分为两类。

第一类理解认为,欲得出"文如其人"的结论,仅凭"文"的信息就已足够,其他证据并不具有在场的必要。这便是把"文"视作忠实地反映"人"之某些信息的一面明镜。扬雄《法言·问神》云:"言,心声也,书,心画也。声画形,君子小人见矣。"③这等于在说,凭借观察"言"与"书",就足以准确判断其作者的道德品格。刘勰在《文心雕龙·体性》中所说的"情动而言形,理发而文见,盖沿隐以至显,因内而符外者"、

---

① [清]叶燮《原诗》,人民文学出版社,1998年,第52页。
② [清]沈德潜《说诗晬语》,人民文学出版社,1998年,第257页。
③ 《法言义疏》,第160页。

"各师成心,其异如面",其实是把"人"必与"文"一致当成了毋庸置疑的真理,故而自也隐含了对单由"文"即可知"人"的肯定。不过如前所说,刘勰讲的"文"与"人"一致,乃是文之风格与人之个性气质的一致,这就与扬雄大不相同,而与后世如"(诗人)面目无不于诗见之。其中有全见者,有半见者……然未有全不可见者"①一类观念遥相呼应。表面看来,刘勰等立足于个性气质("面目")而非道德品格,言论似比扬雄更具说服力;实则二者在思维模式上却具有一致特征。他们都在判断时混淆了"实然"与"应然"的界限,由此,便对作品的反映能力做出了过高估计。应该看到,就作者思想感情、道德品格内容而言,作品只有同时满足创作动机真实、表达效果真实两方面条件时,才可能让观察者读出相关的可靠信息。而个性气质能否在作品中准确呈示,则至少与表达效果真实这一条件相关。遗憾的是,考诸文学史事实,符合上述条件的情况固然不乏实例,却毕竟并非普遍现象。刘勰自己在《文心雕龙》中的一些观点,其实就对此类情况有所揭示。如前所述,他在《情采》篇中已经合理指出:作家存在刻意隐瞒真实情志的可能,因此思想感情、道德品格意义上的"文"与"人"未必是一致的。② 更值得注意的则是他的另外一些言论。它们在事实上足以构成对"文之风格"与"人之气质"一致说的挑战,只是刘勰本人对此未必有所觉察而已。如《神思》曰:

> 神居胸臆,而志气统其关键;物沿耳目,而辞令管其枢机。枢机方通,则物无隐貌;关键将塞,则神有遁心。③

---

① 《原诗》,第 50 页。
② 《老子》:"信言不美,美言不信。"《庄子·齐物论》:"言隐于荣华。"这类观点已经包含了对类似问题的认识。
③ 《文心雕龙注》,第 493 页。

又如《定势》曰：

> 章表奏议,则准的乎典雅;赋颂歌诗,则羽仪乎清丽;符檄书移,则楷式于明断;史论序注,则师范于核要;箴铭碑诔,则体制于弘深;连珠七辞,则从事于巧艳:此循体而成势,随变而立功者也。①

在《文心雕龙》"论文叙笔"诸篇中,刘勰常指出某一文类应具之"标准风格"。这一思理,正与《定势》中的上述认识呼应。姑举三例:

> (檄)植义飏辞,务在刚健……气盛而辞断。(《檄移》)②
>
> (议)文以辨洁为能,不以繁缛为巧。事以明核为美,不以深隐为奇。(《议对》)③
>
> 原笺记之为式,既上窥乎表,亦下睨乎书,使敬而不慑,简而无傲,清美以惠其才,彪蔚以文其响,盖笺记之分也。(《书记》)④

再如《时序》曰:

> 故知歌谣文理,与世推移,风动于上,而波震于下者。⑤

《神思》其实提醒我们:因受"志气"统率,"神"这一作家的内在主宰未必能自由运行;而能否具备相当的艺术表现能力、合理地驾驭"辞令",

---

① 《文心雕龙注》,第 530 页。
② 《文心雕龙注》,第 379 页。
③ 《文心雕龙注》,第 438 页。
④ 《文心雕龙注》,第 457 页。
⑤ 《文心雕龙注》,第 671 页。

决定了作家能否合理地落实创作目的、达致预期的表现效果。《定势》《时序》等篇章则启发我们思考另一种重要现象：作者的自我表现往往受制于各类既成创作传统、风格惯例，受制于其所在历史语境中的诸多要素。尽管刘勰自己在《通变》篇中乐观地讲到过"设文之体有常，变文之数无方""凭情以会通，负气以适变"①，但如何在创作实践中真正地落实这些理想，毕竟是每一位作家都必须面对的难题。从文学活动的事实来看，有些作家的创作个性确乎在哪一种文类的写作中都不可遏制地表现出来，甚至强大到足以实现对既有风格惯例、创作传统的改造。但与此相对，毕竟尚有为数众多的作者并不具备这样的气魄、能力——他们在特定文类的写作中，不过是开显着社会心理学所说的"从众效应"罢了。如此看来，受创作活动中各类主客观条件制约，"文"之风格对"人"之个性气质来说，未必是透明的。它对后者的有效呈现，哪里是自然而然之理呢。

　　接下来看第二类理解。它是在同时拥有"文"之外与"人"相关的"其他信息"（如前述史料、目见耳闻所得等）的前提下，建立"文"与"人"间的反映与被反映关系。在《文心雕龙·体性》中，刘勰尽管于开篇即有"因内而符外""各师成心，其异如面"之断言，但为了使观点更具说服力，仍然在随后跟上"贾生俊发，故文洁而体清；长卿傲诞，故理侈而辞溢"②一类论证（其具体表述请参第一部分引文），以坐实文之风格与人之气质必相吻合。在这一点上，后世与刘勰相似者颇多。此仅举沈德潜为例：

　　　　性情面目，人人各具。读太白诗，如见其脱屣千乘。读少陵诗，如见其忧国伤时。其世不我容，爱才若渴者，昌黎之诗也。其

---

① 《文心雕龙注》，第519页、第521页。
② 《文心雕龙注》，第506页。

嬉笑怒骂,风流儒雅者,东坡之诗也。即下而贾岛、李洞辈,拈其一章一句,无不有贾岛、李洞者存。①

这类思维模式的特征往往是:观察者自信能够从"文"之外的"其他信息"中获得对"人"的可靠了解,然后在此基础上认定,"文"必然准确地反映这些"其他信息"的全部或某一侧面。比之第一类,此种理解有"其他信息"为旁证,得出的结论似乎更为准确。然而一旦仔细分析,便可发现问题并非如此简单。

其一,在这种条件下,"文如其人"判断得以成立的关键,不仅在于"其他信息"是否全面可靠,更在于"文"能否有效地反映出这些信息。显然,第二类理解者在此处与前举第一类并无实质差别。他们也是在将"应然"预设为"实然",强调乃至夸大"文"对这些信息的反映能力后,才能得出这种答案的。进一步来说,文学作品往往是虚灵的情意世界,而读者读解作品时,自常有彼此不同的"前理解""意向性"。既然如此,在掌握"文以外的其他信息"后论证"文如其人",就很容易根据这"其他信息"的内容,预设对"文"的诠释方向,从而对"文"的风格、意趣做出定向解读。故而第二类理解有时便可能存在循环论证之嫌。姑以刘勰的两处论断为例。

《文心雕龙·体性》曰:"子云沉寂,故志隐而味深。"按"沉寂"一说,当来自《汉书·扬雄传》"默而好深湛之思,清净亡为,少耆欲"②一类概括。它是否足以涵盖扬雄的人格、个性,此暂不论。值得注意的是,现存扬雄作品风格、意趣的诠释空间,恐怕和刘勰为对应"沉寂"而做出的"志隐而味深"之说不尽一致。他沿袭汉大赋铺张扬厉之惯例写作的《河东赋》《甘泉赋》《长杨赋》《羽猎赋》,就不宜用

---

① 《说诗晬语》,第 257 页。
② 转引自《文心雕龙注》,第 509 页。

"志隐而味深"加以简单概括。其《解嘲》抒写坎壈不平之志,慨叹、反讽、调侃俱在其中,其"味"固然不失"深",其"志"是否能以"隐"称之,仍有见仁见智的余地。而他仿《论语》作的《法言》、仿《周易》作的《太玄》到底是"志隐而味深",还是徒有艰深之表,在古代本就是人见人殊的。苏轼《与谢民师推官书》中这段著名评判就颇具代表性:

> 辞至于能达,则文不可胜用矣。扬雄好为艰深之词,以文浅易之说,若正言之,则人人知之矣。此正所谓雕虫篆刻者,其《太玄》《法言》皆是类也。而独悔于赋,何哉? 终身雕虫,而独变其音节,便谓之经,可乎? 屈原作《离骚经》,盖风雅之再变者,虽与日月争光可也。可以其似赋而谓之雕虫乎?①

《文心雕龙·体性》又论王粲曰:"仲宣躁锐,故颖出而才果。""躁锐",急躁、敏锐也,此归纳当系综合《三国志·魏志·王粲传》"善属文,举笔便成,无所改定,时人以为宿构"②、《杜袭传》"(王粲)性躁竞"③诸说而成。至于与之对应的"颖出而才果",大体可理解为詹锳所释"文章锋芒外露,表现出果断的才华"④。不过取现存王粲作品观之,这类判断仍然存在商榷余地。皎然读王粲名篇《七哀诗》(其一),便有如下感想:

---

① 《苏轼文集》,中华书局,1986年,第1418页。另,《文心雕龙·诠赋》:"子云《甘泉》,构深伟之风。"(《文心雕龙注》,第135页)《文心雕龙·才略》:"子云属意,辞人最深,观其涯度幽远,搜选诡丽,而竭才以钻思,故能理赡而辞坚矣。"(《文心雕龙注》,第699页)这些评价依然侧重挖掘扬雄作品"深"之品格。它们是否受到了史传对扬雄人格、气质描绘方式的影响? 这恐怕是一个值得思考的话题。
② 《三国志》,中华书局,1982年,第599页。
③ 《三国志》,第666页。
④ [梁]刘勰著,詹锳义证《文心雕龙义证》,上海古籍出版社,1989年,第1028页。

及至"南登灞陵岸,回首望长安"。察思则已极,览辞则不伤。一篇之功,并在于此,使今古作者味之无厌。①

按王粲此诗穷极笔力,描画汉末战乱之惨象、抒写去国怀乡之哀愁;渐入尾声时,以"南登"二句含蓄地写出对治世的追怀,于是因今昔巨大反差而生的浓重悲情亦见于言外。由是观之,皎然的评价,可谓中的。而通观现存王粲作品,如三首《七哀诗》这类伤时悯乱的篇章,何尝不可以"悲慨深挚"一类评语加诸其上?对《登楼赋》这样的抒情小赋杰作,以清真简净、宛转悲凉评之,亦似更为贴切。再如《为刘表与袁尚书》《为刘表谏袁谭书》这类代笔散文,不仅仅表现出敏捷的文思,也委婉得体,于诚挚中见分寸。可不难发现,若是如此评价上面这些作品,"躁锐"就难以和它们形成因果关联了。

其二,同样不容忽视的问题是,尽管引入了"其他信息",刘勰式的判断者终归缺乏对此类信息限度的反省。在相关判断中,这类信息与作品间的关系,往往是一种一致或包含关系,而不是互补的,当然更不是矛盾的关系。换言之,刘勰式的判断者往往认定,这些信息足以涵盖"人"的全部,"文"则必然与之完全相应,或至少符合其中的某一部分。可严格地讲,我们所考察的"人",实具有两个层面的意义。一个层面乃是"存在的人",另一个层面乃是其通过各种途径向他者呈示出的内容。第一个层面意义上的"知人"与其说是可实现的具体目标,不如说是可以不断向之趋近的终极理想。实际的读解操作,只可能在第二个层面进行。在这个层面上,任何与"人"相关的材料,包括"文"在内,都是为"知人"提供的具体切入点或考察角度。明乎此便可知晓,在"知人"这一目的上,前述"其他信息"未必

---

① 《全唐五代诗格汇考》,第247页。

能做到全面可靠。相比之下，"文"同样是了解"人"的重要途径；不仅与"其他信息"存在彼此印证的关系，还可能保存"其他信息"未必能反映的内容，与之形成相辅相成、互相补充的关系。就前举扬雄、王粲二例来说，扬雄作品所呈现的意义空间，不也正是为读者开显着非"沉寂"二字所能涵盖的人格、心理信息？王粲表现在作品中的情趣、风貌，同样在提示读者：史传中的总结，或许并不足以道尽这位才子性情的奥秘。与此相同，刘勰在《体性》中列举的贾谊、司马相如、阮籍、嵇康、陆机、潘岳等作家，其现存作品都程度不同地具备有关其心理、情感世界的认识价值。想把它们纳入史料文献有关其人格、气质那"盖棺论定"式的几句描述，便有削足适履之嫌。而刘勰这样的"文如其人"论者，无疑是将"其他信息呈示出的人"等同于"存在的人"，于是便在夸大此类"其他信息"认识价值的同时，也低估了文本身的认识价值。

下面需要考察的问题是，刘勰等"文如其人"论者怎样把握"人"与"文"各自的特征？

在这个方向上，我们不难察知：此类论者往往倾向于分别对"人"与"文"作出一元化概括，然后确定二者的相关性。也就是说，他们在判断"人"时，较少自觉地省思人格或气质可能存在的复杂性；在判断"文"时，则较少考虑文风多元化问题。如前所述，刘勰能够认识到作家可能会因后天的"学"与"习"而使创作风格发生历时性变化，这一点的确难得。不过，对"文"与"人"可能的复杂性、多元性缺乏深细把握，毕竟令其《体性》篇中的某些判断说服力不够。这一情况，前面的讨论实已有所触及，此处再做专门分析。如在讲到阮籍、嵇康的"文如其人"时，刘勰说："嗣宗俶傥，故响逸而调远；叔夜俊侠，故兴高而采烈。"以"人"而言，无可否认，阮籍那些不拘礼法，任真而行的著名故事，的确呈现出一个"俶傥"的名士形象。不过，从诸如"天下之至慎者，其唯阮嗣宗乎！每与之言，言及玄远，而未尝评论时事,臧否人物,可谓至慎乎"①、"阮籍胸中垒块,故须酒浇之"②、"阮籍常率意独驾,不由径路,车迹所穷,辄恸哭而反"③这些评价、记述中,读者又可读出一个谨慎、压抑、痛苦乃至扭曲的阮籍。他的这一面特征,哪里是"佚傥"所能掩盖的呢。在有关嵇康的史料中,诸如"少有俊才,旷迈不群,高亮任性,不修名誉,宽简有大量"④、"好言老庄而尚奇任侠"⑤、"性烈而才俊"⑥这样的评价及相关事迹,久已为世人所熟知。它们的确能反映出嵇康"俊侠"品格。不过毕竟应该承认,另外一些史料对嵇康形象的描画,就呈现出他性情气质的其他侧面,如:

> 王戎云:"与嵇康居二十年,未尝见其喜愠之色。"⑦

> 康性含垢藏瑕,爱恶不争于怀,喜怒不寄于颜。所知王浚冲在襄城,面数百,未尝见其疾声朱颜。⑧

喜怒不形于色、"爱恶不争于怀",可能是具备甚高玄学修养后呈现出的超卓气质,也可能是为应对复杂险恶之社会而培养出的生存策略。不管怎样,这种人生品格与"俊侠"是存在差别的。而鲁迅的论断,亦有助于打开理解嵇康的另一扇窗口:

> 嵇阮的罪名,一向说他们毁坏礼教。但据我个人的意见,这判

---

① 《世说新语·德行》注引李秉《家诫》记司马昭语,见[南朝宋]刘义庆撰,[南朝梁]刘孝标注,余嘉锡笺疏《世说新语笺疏》,中华书局,2007年,第21页。
② 《世说新语·任诞》,见《世说新语笺疏》,第896页。
③ 《世说新语·栖逸》注引《魏氏春秋》,见《世说新语笺疏》,第762页。
④ 《三国志·魏志·王粲传(附嵇康传)》注引嵇喜《嵇康传》,第605页。
⑤ 《三国志·魏志·王粲传(附嵇康传)》,第605页。
⑥ 《三国志·魏志·王粲传(附嵇康传)》注引《嵇康别传》,第606页。
⑦ 《世说新语·德行》,见《世说新语笺疏》,第22页。
⑧ 《世说新语·德行》注引《嵇康别传》,见《世说新语笺疏》,第22页。

断是错的……曹操司马懿何尝是著名的孝子,不过将这个名义,加罪于反对自己的人罢了。于是老实人以为如此利用,亵渎了礼教,不平之极,无计可施,激而变成不谈礼教,不信礼教,甚至于反对礼教。但其实不过是态度,至于他们的本心,恐怕倒是相信礼教,当作宝贝,比曹操司马懿们要迂执得多……他们生于乱世,不得已,才有这样的行为,并非他们的本态。但又于此可见魏晋的破坏礼教者,实在是相信礼教到固执之极的。①

倘若结合嵇康《家诫》的内容、以鲁迅式的眼光观察嵇康,则他的"俊侠"背后,又可能恰好隐藏着对"真名教"的坚持、对世道人心的畏惧与失望。按照这种理解,嵇康就不止是开放的、热烈的,也是深沉的、执拗的,甚至是如阮籍一样扭曲的。由上可见,现存有关阮籍、嵇康其人的文献,既反映出二公在多样情境下的复杂面目,其文本表意本身有时又存在被多元解读的可能。因此,在只能以它们作为根据的情况下,想要为阮籍、嵇康寻找具有"跨情境一致性"的人格、气质特征,实在不易。显而易见,刘勰对阮、嵇人格、气质的一元化解读,既是建立在对现有史料不完全归纳之基础上的,又可能存在一种诠释失误,即:将"人"在某些情境性行为中呈现出的特征等同于其一以贯之的人格、气质本身,犯下社会心理学所说的"基本归因错误"(fundamental attribution error)②。

接下来看阮籍、嵇康作品的风格、情趣。它们同样难以用一元化描述方式穷尽。刘勰所谓"响逸而调远",恐不是仅仅指阮籍作品声调方面的特征,而是主要指与人格之"俶傥"对应的"洒落超卓、不拘常格"

---

① 鲁迅《魏晋风度及文章与药及酒之关系》,见《而已集》,《鲁迅全集》,人民文学出版社,2005年。

② 按:"基本归因错误"最初由李·罗斯提出,一般指解释他人行为时容易低估情境的影响,高估个人人格、特质的影响;解释自己行为时则容易高估情境的影响,低估自我人格、特质的影响。参见[美]迈尔斯著《社会心理学(第11版)》。

这种作品整体风貌。① 在阮籍作品中,《大人先生传》及《咏怀》中的部分篇章(如"于心怀寸阴""炎光延万里""壮士何慷慨""鸿鹄相随飞""危冠切浮云"诸篇),庶几可被称为"响逸而调远"。问题在于,仅以今存八十二首《咏怀》而论,其中寄兴幽微、难以情测者有之,细腻地开显矛盾心态、复杂人格者有之,慷慨淋漓地抒写忧患感者有之,含而不露地讽时刺世者有之,"响逸而调远"至多不过能得其一端而已。至于嵇康文风问题,刘勰所谓与"俊侠"对应的"兴高",大体当指情感高远脱俗;"采烈",当指《三国志》本传所说的"文辞壮丽"②或范文澜所谓"言辞峻烈"③。用这些言辞评价嵇康诗文,固然有相当合理性,但总归不尽完满。嵇康闻名于世的论辩文字,就既有畅快淋漓、议论风发的特征,又往往兼具严谨精密之品格。其诗风如徐公持所说,"亦有高古、劲健等优点"④。而他在《家诫》中呈现出的恭谨品格,更是离"兴高而采烈"甚远的。与阮籍、嵇康相似,潘岳、陆机这样的作家,个性气质、心灵世界及文风同样颇为复杂。表面看来,潘岳追名逐利、迷恋权术之恶态更为典型;陆机"服膺儒术,非礼不动"⑤的风范更为后世传颂。但深入体察后便可发现,政治人格卑污的潘岳,对所爱之人毕竟一往情深。"非礼不动"的陆机,同样醉心名利不能自拔。而他们又共具善感的文艺家心灵,其作品除共同代表太康文坛繁缛精巧之风外,又各有别样光彩。陆机抒写怀土恋乡之情的诗赋,细腻、悲戚、动人肝肠。潘岳的悼亡诗、赋及哀诔文章,则缠绵缱绻、情浓意厚。以这些作为参照,刘

---

① 按照字面意义,把"响逸"之"逸"、"调远"之"远"理解为钟嵘《诗品》所谓"言在耳目之内,情寄八荒之表。厥旨渊放,归趣难求"一类含义,似亦未尝不可。不过在刘勰《体性》相应语境中,"响逸而调远"既然与"傲诞"相对应,则将此"逸""远"理解为风格意义上的"洒落""高远",应更为合理。

② 《三国志·魏志·王粲传(附嵇康传)》,第605页。

③ 《文心雕龙注》,第510页。

④ 徐公持《魏晋文学史》,人民文学出版社,1999年,第215页。

⑤ [唐]房玄龄等《晋书·陆机传》,中华书局,1974年,第1467页。

勰"安仁轻敏,故风发而韵流;士衡矜重,故情繁而辞隐"一类评价,就难免显得单薄。说到这里,不妨更举其他"文如其人"论者的同类言说为例。他们的不足,正与刘勰类似。如吴处厚曰:

> 白居易赋性旷达,其诗曰:"无事日月长,不羁天地阔。"此旷达者之辞也。孟郊赋性褊隘,其诗曰:"出门即有碍,谁谓天地宽。"此褊隘者之词也。然则天地又何尝碍郊,孟郊自碍也。①

只要拥有唐代文学史常识者,均可以如此质疑:白居易的性情,岂能仅用"旷远"概括?"江州司马青衫湿"这类诗句体现的岂是"旷远"型人格?同样地,孟郊其人其文确实可能给部分读者留下"褊隘"印象,但是否因此便要将其细腻深沉的《游子吟》、开放热烈的《登科后》斥为矫饰之作呢?无可否认,"人"与"文"往往存在较为稳定的典型特征,故某些"文如其人"的一元化概括实存在一定合理性。然而,将典型特征等同于纯一特征,就未免机械、武断。尤其是,当考察对象的人格、气质或文风的确存在多元解读之可能时,这样的一元化概括就不仅是存在漏洞,而是以偏概全乃至严重歪曲了。

论述至此,自然需要追问:作为"文如其人"的对立面,古代文论中那些"文未必如其人"的阐释是否已有效质疑了上述思维方式呢?

总体来看,这个反命题主要有三种类型。第一类当以元好问屡被征引的《论诗绝句》最为知名:"心画心声总失真,文章宁复见为人。高情千古闲居赋,争信安仁拜路尘。"②同样的思路,也表现在古人对隋炀

---

①　[宋] 吴处厚《青箱杂记》,中华书局,1985 年,第 75 页。

②　[金] 元好问著,郭绍虞笺《元好问论诗三十首小笺》,人民文学出版社,2001 年,第62 页。

帝、宋璟、严嵩等"人"与"文"存在明显差异者的反思中①。它们通过列举具体文学现象,肯定"人""文"分离确为事实。第二类则以萧纲在《诫当阳公大心书》中的名言"立身之道与文章异。立身先须谨重,文章且须放荡"②为典型。与其相近的便是"为人不可狠鸷深刻,为文不可不狠鸷深刻"③或"诗心与人品不同,人欲直而诗欲曲,人欲朴而诗欲巧"④这类表达。它们并非从现象列举,而是从价值理想的角度,指明"人""文"分离具有合理性。至于第三类,则着重通过原因分析的方式,证明"文未必其人"确非虚谈。前及《文心雕龙·情采》中的"为文造情"说当属此类代表。

关于第一类反命题,当代论者多已指出,此种结论重于考察道德品格内容而非个性气质,因此未必能形成对"文如其人"的有效质疑。这一见解自堪称深刻。但在笔者看来,该反命题的症结,更主要在于其思维模式上的漏洞。同"文如其人"论者一样,这类判断者实缺乏对"文"与"人"各自相关信息性质、限度的反省——我们至少可以向元好问也提出两个问题:现存有关潘岳的史料和作品,能够完整揭示其人品或个性气质吗? 就理解潘岳其人来说,那些证明其人品卑劣的史料与《闲居赋》,为什么一定是此真彼伪的关系,而不是互补关系呢? 与此同时,这类判断者依旧是将"文"与"人"的特征分别作出纯一化归纳后再进行关系判断。与"文如其人"论者相比,他们不过是颠倒了判断结论,依然对"人"与"文"可能存在的多元特性缺乏自觉反省。在这个意义上,我们当然同样可以向元好问式判断提问:为什么潘岳只可能拥

---

① 相关文献今人多有引用,此不具列。
② [清]严可均校辑《全上古三代秦汉三国六朝文》,中华书局,1999年,第3010页。
③ [明]王铎《拟山园初集·文丹》,转引自钱锺书《管锥编》,中华书局,1996年,第1388页。
④ [清]叶娇然《龙性堂诗话初集》,郭绍虞编《清诗话续编》(上册),上海古籍出版社,1999年,第938页。

有一种理想或气质,而不可能是逐利之心与山林之趣兼而有之呢?①
一言以蔽之,这类论者在完成质疑的同时,忠实地复制了其对立面思维
模式的漏洞。这样,他们与"文如其人"论者的差别,往往或在于看到
对象的不同侧面,或在于理解对象的方式不同;二者本难以形成有效对
话关系,更何谈有效的驳难? 至于以萧纲为代表的第二类反命题,则存
在两种情况。其一,这类判断中,有些存在偷换概念之嫌。就前例而
言,不论"放荡"确切意旨何在②,至少为文、为人意义上的"狠骛深刻"
或"曲""巧"显然存在本质差别。在为文意义上,它们实属对艺术风格
或手法的描述,并非指作品包含的人品内容。所以,这类判断描述的
"人品"与"文品"并非同类概念,其矛盾关系本就难以成立,又如何能
驳斥"文如其人"? 其二,即便"放荡"这类判断所指确为作品所含人品
内容,也不能不面临如何证明其合理性的问题。今天看来,这类判断必
须由"作家可以在作品中塑造虚构的、与自己有别的人物形象、艺术世
界"这一文论观念支持,方才可能具备成立的恰切理由。可不幸的是,
萧纲辈仅仅是做出了判断,却从未给出此类理论依据。既然如此,他们
刻意分"文""人"为两途的价值理想,至少违背了"真"或"自然"一类
立身、为文的普遍原则,这即便在当代也是难以得到积极评价的。既然

---

① 按:潘岳《闲居赋》确实表达出作者远离名利场的愿望。不过在小序中,安仁即对自
己为官履历津津乐道。正文中,"其西则有元戎禁营,玄幕绿徽"、"其东则有明堂辟
雍,清穆敞闲"、"爰定我居,筑室穿池。长杨映沼,芳枳树篱。游鳞瀺灂,菡萏敷披。
竹木蓊蔼,灵果参差"云云,恰自然流露出对名利、对生活享受的在意。由此观之,
《闲居赋》固然表现出山林之趣,但是否当得起"高情千古"之赞誉,亦是值得讨论的
问题。

② 按:"放荡"一词确有歧义。鲁迅曰:"帝王立言,戒饬其子,而谓作文'且须放荡',非
大有把握,哪能尔耶? 后世小器文人,不敢说出,不敢想到。"(见《书苑折枝》,《集外
集拾遗补编》,《鲁迅全集》第八卷,第 215 页)钱锺书曰:"此言端悫人不妨作浪子或
豪士语。"(《管锥编》第四册)而赵昌平《文章且须放荡论》认为:"萧纲并非专尚淫
佚浮荡,而要在于文章代新,不拘成法,以美文更自由地抒写情性。"(《古代文学理
论研究》第九辑,第 95 页)照这样理解,则此观念便无非与萧子显"若无新变,不能
代雄"一致,与道德问题无关。

自身成立尚面临困难,该判断又如何能形成对他者的反击呢? 而前举第三种类型,仍然存在可议之处。"为文造情"说的优点在于追本溯源的分析意图。可是,这类分析一则在推断作家动机时有主观之嫌,二则毕竟绕开了文之风格与人之个性气质能否割裂的问题,而很多"文如其人"论者认定的恰恰是: 这个层面上的文、人一致,不以作者的主观意念为转移——刘勰本人在《文心雕龙·体性》中,就是坚定不移地将文与人在该层面的一致认作普遍事实的。所以,这类分析依旧很难在整体上推翻该命题。

综合上述辨析,今人自不难看出,"文如其人"命题之所以在古代文论史上光景常新,既是源自前文所述的思想基础因素,也是源自论辩对手的虚弱无力。

三 "文如其人"思维模式探源

刘勰式的"文如其人"观念何以具有前述思维模式? 此处,笔者姑择其大端,尝试论之。

前文说过,"文如其人"命题成立的思想基础之一,在于古人"文必包含与人相关的信息"这一信念。而不难发现,表述"文如其人"观念时混淆"实然""应然"界限,从而夸大文之反映、认识功能的现象,在那些具有思想基础意义的经典判断中就已存在。如当代多家学人指出的那样,"诗言志"这类模糊表述不仅内含"实然"意蕴,同时恐怕也兼有"应然"意蕴。"诗者,志之所之也,在心为志,发言为诗"这类句子虽属明确的事实陈述,但严格地说,被其认作事实的内容只有在前文所述诸多条件齐备的前提下方能成立,在"实然"意义上未必经得起推敲。明乎此,亦可发现古人在"宗经""诗可以观""以意逆志"等观念中表现出对文之反映、认识功能的信赖,本也包含着以"应然"为"实然"的独

断色彩。而刘勰建基于道器不离观念的"心生而言立,言立而文明,自然之道也"亦然。请看《文心雕龙·原道》中的表述:

> 文之为德也大矣,与天地并生者何哉?夫玄黄色杂,方圆体分,日月叠璧,以垂丽天之象;山川焕绮,以铺理地之形:此盖道之文也。仰观吐曜,俯察含章,高卑定位,故两仪既生矣;惟人参之,性灵所钟,是谓三才。为五行之秀,实天地之心。心生而言立,言立而文明,自然之道也。傍及万品,动植皆文,龙凤以藻绘呈瑞,虎豹以炳蔚凝姿;云霞雕色,有逾画工之妙,草木贲华,无待锦匠之奇。夫岂外饰,盖自然耳。至如林籁结响,调如竽瑟;泉石激韵,和若球锽。故形立则章成矣,声发则文生矣。夫以无识之物,郁然有彩;有心之器,其无文欤!

优美的文辞,坚定的信念,并不能遮盖学理上的破绽:天地万物之有"文"(即美的形态、品格),的确是自然而然、不劳外力安排、无需任何后天经营的。不过对于人而言,由心而及言,由言而及文,至多是在"动机"的意义上可能具有自然而然的特征;至于其具体的表达、转化、完成过程,就未必是自然而然的了——语言意义上的"文",尤其是书面语言意义上的"文",必经人工安排、精心锤炼,方才可能成立并具备美的品格,绝非与生俱来、无假于外者;且常常受到诸多非作者个性因素的影响,甚至被其左右。如前所及,刘勰本人于《文心雕龙》中,就已经在客观上揭示出"文"的这种非"自然"品格。比较而言,真正可能和天地"自然而然"之"文"形成类比关系的人之"文",与其说是书面之文章,不如说是人的音容笑貌、神采风韵这些东西——作为"用",它们才是与人之"体"相即不二、自然而然地开显着后者的。由此可见,"道器不二""体用相即"作为哲学思辨固然精湛,但以此为前提推出"文必包含人的信息",的确一样是难以服人的独断。在论文时,它和"诗言志"诸观念一样,实质上更多地带有规范性品格,是对应然之理的申说,未必是对实然现象的可信描述。而古人在此处,恰好常将应然之理视作实然之事。"仅凭文的信息即可知人"这类理解,正是以这种并不牢靠、又充满自信的认识为前提的。

再进一步看,说到人格、个性问题,应该承认,刘勰事实上对其变化问题有所触及,且前述那些反映阮籍、嵇康等作家复杂个性气质的史料并不冷僻,应当不至于在他的阅读范围之外。但,客观地剖析多样情境与人格的关系、冷静地审视人性复杂特征并赋予其价值意义,至少是近代方才逐渐成熟的思维方式、认识原则。在笔者看来,自由、平等观念及相应制度,是为相对客观地审视、评价个体人的存在方式奠定了基础的。它们的成熟,至少可能让信奉者具备超拔于政治、宗教专制权威及相应意识形态之外的心胸和条件,从而对个体人实在的感性世界、生命世界,自信地做出"了解之同情"式的把握——即便是后来那些挑战、拆解"自由""平等"之形而上学品格的思想者,其观点之所以能够自信地、有保障地表达,也恰恰是以这些观念及相应制度的成熟为前提的。而在中国古代,与追求"权威、封闭、稳定"的专制统治理念相适应,"人在专制政治结构中的功能、地位"和"受专制功利驾驭的道德理性"这两个要素作为理解、评判人格、人性的主要尺度长期地存在着。这不但可能对"和而不同""道不远人""民胞物与"诸观念形成压制,而且不利于中性地体察个体人的实然存在方式,尤其是不利于发现并合理地把握该存在方式中那些溢出专制政治、道德结构的复杂内容。

另需指出,19世纪中期以降,西方哲学界、思想界对形而上学传统的批判性反省,也与理解人性、人格问题之新视角的形成有莫大关系。马克思特别关注人在实践中、在现实的社会关系中呈现出的具体特征。不妨重温一下他在《关于费尔巴哈的提纲》中的名言:

　　　　人的思维是否具有客观的真理性,这并不是一个理论的问题,而是一个实践的问题。人应该在实践中证明自己思维的真理性，即自己思维的现实性和力量，亦即自己思维的此岸性。关于离开实践的思维是否具有现实性的争论，是一个纯粹经院哲学的问题。

人的本质并不是单个人所固有的抽象物。在其现实性上，它是一切社会关系的总和。①

尼采自觉地对人的历史性品格、对人性的可变性做出揭示：

性格是不变的，这句话从严格意义上讲是不真实的。只能说，这个受欢迎的命题只不过意味着在一个人短暂的一生中，有影响的动机通常不可能留下深深的痕迹，以足以破坏几千年铭刻下的字迹……人的生命之短促，导致我们对人的特性做出了一些错误的判断。②

而卡西尔亦指出：

人之为人的特性就在于他的本性的丰富性、微妙性、多样性和多面性……传统的逻辑与形而上学本身就不适于理解和解开人这个谜，因为它们的首要和最高的法则就是不矛盾律。理性的思想，逻辑和形而上学的思想所能把握的仅仅是那些摆脱了矛盾的对象，只是那些具有始终如一的本性和真理性的对象。③

还可看到的是，在 20 世纪，存在主义坚持"存在先于本质"，实用主义

---

① 见《马克思恩格斯选集》第一卷，人民出版社，1972 年，第 16—18 页。
② ［德］尼采著，杨恒达译《人性的，太人性的》，中国人民大学出版社，2005 年，第 50 页。
③ ［德］卡西尔著，甘阳译《人论》，上海译文出版社，2003 年，第 19 页。

特重从实践行为、实效中认识、评价人与事,现象学家则强调"朝向事物本身",把现象世界视作唯一真实的存在。如果说自由、平等诸观念的成熟令个体人之实然存在方式获得了被正视、被尊重的可能,那么,上述哲学省思就有助于诠释者在理解人格、人性问题时,从抽象的、一元化的、本质主义的思维模式中脱身而出。

当然,多角度地理解人性、人格,尚离不开当代心理学、生物学等学科具体研究成果的支持。"自我""本我""超我"这类人格结构也好,受情境影响或"角色意识"指引而呈现出的多种存在方式也好,被视作精神变态现象的"双重人格""多重人格"也好,都为我们审视、评价人格、个性气质问题打开了新的窗口。深受西学影响,亦自觉吸纳心理学成果的钱锺书,即有前人未必具备的卓见:

> 人之言行不符,未必即为"心声失真"。常有言出于至诚,而行牵于流俗。蓬随风转,沙与泥黑;执笔尚有夜气,临事遂失初心。不由衷者,岂惟言哉,行亦有之。安知此必真而彼必伪乎……见于文者,往往为与我周旋之我;见于行事者,往往为随众俯仰之我,皆真我也。身心言动,可为平行各面,如明珠舍利,随转异色,无所谓此真彼伪,亦可谓表里两层,如胡桃泥笋,去壳乃能得肉。①

用这类认识来回观古人,则很多在古代思想文化语境中曾被视作

---

① 钱锺书《谈艺录》,中华书局,1984年,第163—164页。关于钱锺书对心理学成果的吸纳,学界已多有探讨。如李清良、何书岚在《文学阐释与心理分析——钱锺书文学阐释思想之一》(载《湖南师范大学社会科学学报》2005年第3期)指出:仅在钱锺书大学四年级(1932年下半年至1933年上半年)发表文章中引用到的心理学家就约有15位,"从《释文盲》(1939年)、《谈中国诗》(1945年)、《谈艺录》(1948年)、《通感》(1962年)、《外国理论家作家论形象思维》的两篇'前言'(1966年)及《管锥编》(1979年)、《谈艺录补订》(1980年)等论者对十心理学理论的引用与运用来看,完全可以说,对心理学的兴趣贯穿了钱锺书的整个学术历程"。

"言行不一""表里不符"者,便可能是蒙冤待雪的。而在一个缺乏前述观念基础的历史文化语境中,这申冤雪耻之事,就是不易实现、也难以得到普遍理解的。

除了观念、制度基础之外,"文如其人"论者一元化思维模式的形成,或许还另有原因可寻。拿刘勰来说,当他脱离"文如其人"这一言说语境时,是能够认识到时代风尚、文类写作惯例等对作家创作风格之制约的(这一点前文已及)。不仅如此,他也在其他言说中不止一次地表现出对《体性》所涉作家文风的别样理解。如《文心雕龙·才略》中曾讲到:"仲宣溢才,捷而能密,文多兼善,辞少瑕累。"以"密"论王粲作品,就溢出了《体性》中"颖出而才果"这一概括。再如《文心雕龙·明诗》评阮籍诗曰:"阮旨遥深。"这"遥深",恐怕与《体性》中对应"倜傥"个性的"响逸而调远"存在差别。又《明诗》评嵇康:"若夫四言正体,则雅润为本……叔夜含其润。"罗宗强先生认为:

> 彦和所说的"叔夜含其润",大概就是指其四言诗感情的浓郁醇厚、明净纯正吧。而这一点,正可与"雅"结合,成为"雅润",是对四言诗提出了情思要中和纯正的要求。

可见这"润",自与《体性》所谓"兴高而采烈"不尽一致。[①] 问题在于,这些认识为什么没有被刘勰整合到《体性》有关"文如其人"的具体判断中呢?

在笔者看来,塑造人之思维、认识、行为方式的因素,除了无可抗拒的生理变化及相对稳定的意识形态、文化传统、认知惯例、信仰、价值观等之外,还有人随时经历的诸多情境。换言之,人看起来相对稳定的思维、认识、行为方式,完全可能随着所在情境的变化而产生或自觉、或非

---

① 罗宗强《读文心雕龙手记》,中华书局,2019 年,第 70 页。

自觉的变化。不妨以"情境效应"指称这种变化。拿"非自觉变化"一类来说,一个能够明断他人是非的人,在面对亲人、爱人时,就可能是是非不分的;一个在常时能自觉地、合理地规划自我心智的人,在突发状况中完全可能陷入思维混乱;一个生活环境发生改变的人,其旧有的观念、生活方式可能被新环境悄无声息地改造。再拿"自觉变化"一类来说,一个生存需要受到威胁的人,可能会因求生而主动选择背弃价值理想;一个想要获得所在共同体接纳、于其中实现自我价值的人,可能会主动选择放弃部分乃至全部本有立场;一个为追求论证逻辑完满、以求支撑自己既定观点的人,可能会对意义空间复杂的文本作出合乎其论证目的的定向解读,甚至可能主动屏蔽或曲解那些明明被自己发现、却不利于论证的信息。此类道理,古今一也。

　　以此观照刘勰,或者可以作如此推论:在写作《体性》时,他正处于捍卫"文如其人"信念的具体情境中。而此处"情境效应"的具体表现就是:排除一切不利于证明"文如其人"的信息,令论证过程尽可能圆融无碍。在《文心雕龙》其他篇章的创作情境中,言说作家风格的刘勰,并不需要随时考虑如何令其言论与"文如其人"观契合。问题在于,回到《体性》,如果把有关"体"的多元理解纳入对"文如其人"的论证,就必然出现两种难题:其一,若为了与"体"之多元性相应而选择对"性"也做出多元解释,就必须令人信服地说明:为何这"性"是多元的。而在这个问题上,刘勰恐怕既缺乏扎实的理论根据,也缺乏相应的信念。何况如何去说明多元之"性"与多元之"体"的合理对应,又是一个诠释上的难题。其二,若以"性"(人之个性气质)之"一元"与"体"(文之风格)之"多元"对应,就必须要为这种"一"与"多"对应的合理性做出更多追加解释,而这同样会大大提升理论分析的难度。我们看到,在《体性》中,刘勰的确也写出过"八体虽殊,会通合数;得其环中,则辐辏相成"这样的观点,从而与《定势》所谓"渊乎文者,并总群势;奇正虽反,必兼解以俱通;刚柔虽殊,必随时而适用"遥相呼应。可是问题在于,那些差别较大的"体"(如"典雅"与"轻靡"、"精约"与"繁缛"等),到底如何在作家笔下"会通"、"相成"、开显出内在一贯性,从而与作家一元的个性气质匹配呢? 在这一点上,刘勰恰好并没有、也很难给出令人信服的原理说明、事实根据。与此形成鲜明反差的是,在刘勰看来足以证明"文如其人"的那十二位作家,其创作风格在《体性》篇的描绘中,恰好无一体现出"相反相成""对立统一"的特征。言说至此,读者应能够看清刘勰在《体性》中为迎合"文如其人"观而采取的策略:一、提出"八体虽殊,会通合数",保持与《定势》《通变》相关观念的一致;但对此观念可能给论证"文如其人"造成的麻烦含糊带过,不予讨论。二、举证说明"文如其人"时,将作家文风"删繁就简",以贴合对其性情的一元概括。这样的策略固然暴露出学理破绽,不过倒也可能是"情境效应"影响下必然出现的结果吧。

总之,就以上三方面来看,笔者于前文对"文如其人"思维方式作出的诸多批评、反省,其实很难由刘勰等人在古代文论的具体情境中自我完成。那些持"文未必如其人"看法的古人之所以难以对"文如其人"构成致命威胁,原因也正在于,他们与其对立面身处同样的思想、文化空间,较难站在崭新的视角、价值立场上窥得庐山真面。按照刘勰等的思维方式论证"文如其人",其实际意义恐怕在于:儒学认可文之反映及认识功能的经典判断能由此得到无条件印证,文之沟通异代心灵的高贵价值可由此得到决绝维护,儒道二家共同推崇的贵真理想也足以由此获得简捷的确认。

四 本题研究引发之启示

从考察思想基础、思维模式的角度进入"文如其人",意味着尽可能站在局外人立场上,对已成事实的古代文论现象进行反省。这种反省同样具有面向当下的意义。在文学研究活动中,通过反省这类古文论既有观念的特质、得失,我们尚能在多个方向上获得启示。

在笔者看来,重要的古代文论观念,多具有"开放"与"封闭"两重特征。"开放"是指其内蕴及问题意识往往具有超越时间限制的普遍意义,足以对后世文艺活动形成长久的启发;其既有内容也将在阐释、反省过程中不断丰富,成为新时代文论的组成部分。"封闭"则指这类观念同时也是既成事实的历史现象,往往生长在特定的古代文化土壤中,其形成、意蕴均有独特的内在理路,虽然必经当代诠释才能开显,但是不能用当代观念任意置换。"文如其人"即体现着以上两重特征。我们今天的相关研究确实所获良多,不过,对上述特征缺乏足够估计的情况,恐怕也多少存在。这样,部分论断未免便出现了"代古人立言"的倾向,而淹没了对古人自身理路的自觉探寻。尽管任何研究都不可能避免当代观念的介入,但尽可能对上述二特征的界限保持警醒,却也是必要的。这样,我们庶几可尽量保证一方面积极地阐发、引申前述重要观念,一方面也与其既有形态建立对话关系,而不是"六经注我"甚至取而代之。研究古代文论命题如此,研究其他历史现象或许也莫不如此。

此外,从反省古人思考"文如其人"时的漏洞起步,我们就会发现,当文学研究已经获取类别众多的信息时,重要的首先并不在于对其做出诠释,而是在于辨明其性质与价值,尽可能对其限度、适用程度作出理性判断。否则,即便颇具价值的信息,也可能随着过度诠释而降低甚至丧失其应有意义。当我们从事传统的"作家研究"时,不可避免地既要面对其作品,也要面对与其人相关的诸多史料。想当然地认为史料文献具有无限度的合理意义,便会产生相当的危险。应该尽量判断的是:相关史料具有怎样的来源?其叙述者可能具有怎样的目的与态度?如果不同的史料存在不同的描述、判断,那么原因何在?与此同时,武断地认为作品只存在证实史料的价值,不存在与史料平等的认识价值,就有可能忽视前者所具有的"心灵史"意义。而在这一方向上仍需注意的,便是作品作为"心灵史"的限度。面对作家自作之文,我们同样需要尽可能地反省:它们是在怎样的具体情境下写出的?其创作是否带有特定目的?其表达特征与文学史既有写作传统或特定创作风习是否存在关联?尽管任何判断与研究均不可能完成对精神事实、情境事实的还原,但在反省的基础上尽量有效地利用信息,终归有可能推动我们获得更为合理的诠释结论。

进一步讲,足以激活相关思考的,又不仅在于反省"文如其人"的漏洞。

足以与古人反复确认"文如其人"之真理意义相映成趣的,莫过于当代部分文学研究者对作品与作者关系的淡然视之。"作者缺席"甚至"作者已死"是当代文学批评常见的起点。面对这类现象,我们似乎同样有必要提问:即便古代文论中的"文如其人"命题存在这样或那样的不足,它所热衷论证的作家、作品之必然联系,就真的毫无道理、了无启示意义吗?笔者已于第二章讲到,如20世纪诸多文论流派那样刻意排除作者因素,本身并不具有真理意义。偏激地否认作者在场的必要性其实正与偏激地坚持"作者中心"一样,都有"各照隅隙,鲜观衢路"之嫌。再专就"文学接受"的实然品格而言,即便读者确实是作品意涵的开显者及生发者,完全不必、也不可能被虚幻的"作家权威"所限制;但"读其书想见其为人"、体验"文"与"人"的共通性,毕竟是古今中西概莫能外的普遍心理特征。其实文学接受的乐趣,往往正在于灵动的、综合性的接受目的与体验效果。当我们悬置诸多理论规则自以为是的"真理属性",尽可能轻松地回到这乐趣的原发状态时,就不难发现,这乐趣本身,常随感兴、随情境而生,可能指向作家,可能指向作品,可能是摆脱作品含义限制的无边遐想,也可能是以上诸多指向的自由融贯。它的确可能被理论规则影响,却很难绝对受制于这些规则,也理应摆脱这些规则一家独大、唯我独尊的狂想。认识到这些后,恐怕便不能不承认,古代文人关于文、人关系的高度敏感及随之产生的理解、体会,对于我辈把握文学接受的复杂特性、理解文学接受的本然特征,仍是不无有益启示的。而我辈在阅读时油然生出"想见作者为人"之一念的那个瞬间,也一定是理解同有此念之古人的瞬间吧。

其实写到此处,最令笔者慨叹的,已然不是"文"与"人"关系的难以明断。每个人的心灵和生命,都是如宇宙般丰盈、渊深的世界。那些提笔为文的作者,他们曾在这个世界上爱过、追求过,在无穷多个情境中,开显出无穷绚烂的生命活动;其中有人所共知的品格,也有只能由自己品咂的滋味。而所有这一切终归烟消云散。一个个情境中的、活泼泼的人,无非化作盖棺论定的几行记录、几篇几卷遗作、同代亲友心中的几段记忆而已。不仅古人命运如此,每一个在世者,命运也都注定如此。人的存在特征如此丰富,丰富到难以被任何确定性的东西所覆盖。而认知、理解的欲求,却注定推动每一个人对他者做出确定性的归纳、判断。这种无可弥合的矛盾,令任何以"求真"自我标榜的"知人"行为都显得格外苍白。唯一令人欣慰的是,在"知人""析文"的实践中,即便无法还原任何实在的人与文心,我辈总还可能不断地为自己的认识、体验解蔽,于是终归可能深化对"人"及其"文"的把握,亦随之在这种把握中生发永无消歇的共鸣与感动,令自我生命获得更多安顿。

第四章
《文心雕龙》"风骨"含意多歧特征探析

　　《文心雕龙》"风骨"观素以难解著称。"风骨"本就具有黄侃所谓"假于物以为喻"①的特征,其涵义并不是自明的。而面对《文心雕龙·风骨》及其外围文献时又不难发现,刘勰这里的"释名以章义",并没有采取正面描述"区别性特征"的方式,对"风骨是什么"给出一语中的之解说;且与"风骨"相关的阐述,又存在多种原因导致的语义模糊乃至矛盾,令今人诠释殊难一锤定音。"风骨"这种含意多歧特征,学界久有察觉,但深细研究似尚不多见。② 本章的写作,便是试图主要体察两个关键问题:到底是文本中的哪些原因导致了这种含义多歧? 此

---

① 黄侃《文心雕龙札记》,中华书局,2006 年,第 123 页。
② 笔者参考的与本文主题直接相关之成果主要包括:陈耀南《〈文心〉"风骨"群说辨疑》,《求索》1988 年第 3 期;黄维樑 *Fenggu*, *Tamkang Review*, 1994 年春夏号;符欲静《20 世纪〈文心雕龙〉风骨论研究述评》,《许昌学院学报》2005 年第 4 期;李军《20 世纪以来〈文献雕龙〉之"风骨"问题研究述评》,《四川民族学院学报》2013 年第 3 期;归青《刘勰诗学观中的内在矛盾》,《上海师范大学学报(哲学社会科学版)》2015 年第 2 期;黄维樑《符号学瑕疵文本说:从〈文心雕龙〉的诠释讲起》,《符号与传媒》2020 年第 1 期;余贝贝《"风骨"之含混性——刘勰阐释"风骨"不明之因探析》,《安顺学院学报》2021 年第 2 期。指出《风骨》具有"瑕疵文本""含混"一类整体特征,是上述成果意义所在。未能做到对此多歧特征之多样类型的辨识、对今人诸种释义方案的有效性分析、对相关诠释现象背后隐藏的思维模式之探究,则是其薄弱之处。

多歧究竟是否可以在诠释中得到化解？而解析这类问题，自然同时意味着对相关诠释行为的思维模式与方法做出检省。这种检省，亦当有助于今人思考另一个历久弥新的基本问题：如何在古代文论研究中相对合理地认识、选择自身的思维工具，从而令诠释的说服力得以提升。

一　审美性表达造成的语义模糊

导致"风骨"含意多歧的原因之一是，刘勰在有关"风骨"的具体分析中动用了颇多审美性表达。《风骨》"论文"与"美文"兼具的特征，由此凸显。但因此必然形成的文本多义性品格，就给推断"风骨"的准确含义造成难题。① 这一情况较为常见，且有时会与导致歧义的其他原因形成叠加效应。于此，先专门列出研讨之。

先请看《风骨》中的"结言端直，则文骨成焉"②句。把"结言"理解成"组织语言"应争议不大，可什么是结言"端直"呢？宗白华曰："词是有概念内容的，词清楚了，它所表现的现实形象或对于形象的思想也清楚了。'结言端直'，就是一句话要明白、正确，不是歪曲，不是诡辩。这种正确的表达，就产生了文骨。"③郭绍虞、王文生曰："'结言端直，则文骨成焉'，指的是文学作品语言结构的准确严密。"④这两种观点典型呈现出学界解释"骨"时的重要分歧所在：文之"义正"（即《宗经》中

---

① 　就如陈耀南早已指出的那样："（《风骨》中）比喻、双关等等文学技巧，提供读者许多暗示和想象余地，余地太多，弹性太大，意象就变得隐晦模糊，难以掌握。"见陈耀南《〈文心〉"风骨"群说辨疑》。

② 　[南朝梁] 刘勰著，范文澜注《文心雕龙注》，人民文学出版社，1998 年，第 513 页。按：本文所引《风骨》文字，均据范注本正文。

③ 　宗白华《中国美学史中重要问题的初步探索》，转引自《文心雕龙义证》，第 1051 页。

④ 　郭绍虞、王文生《文心雕龙再议》，转引自《文心雕龙义证》，第 1051 页。

要求的"义贞而不回")①是不是形成"骨"的必要条件？成就文骨的，仅仅是"语言结构"这类要素吗？"端直"一词，在《文心雕龙》中仅见于《风骨》。古代文献中，该词常指事物不偏不斜的形态或人格、心境的正直、坦荡。《汉书·律历志》："绳者，上下端直，经纬四通也。"②此以"端直"形容事物例。《楚辞·涉江》："苟余心之端直兮，虽僻远其何伤。"③此以"端直"形容人格、心境例。以之论文，其表意显然弹性颇大。故而无论哪种前举看法，都是具备合理性的。

再请看"意气骏爽，则文风清(一作生)焉"。在这一有关"风"之形成条件的关键陈述中，"骏爽"又一次给诠释带来难题。郭绍虞、王文生曰："'意气骏爽，则文风清焉'，指的是文学作品思想感情的清新激越。"④杨明则认为"意气骏爽"系指"作者写作时必须情思饱满，精神健旺，还须思路明白畅达，情志贯通周流于整个作品"⑤。牟世金释"骏爽"为"高昂爽朗"⑥，周勋初则释该词为"昂扬明快"⑦。按"骏爽"在《文心雕龙》中，亦仅见于《风骨》。"骏"，《说文解字》释为"马之良才者"⑧，可引申为快速、雄健。《神思》篇"若夫骏发之士，心总要术，敏在虑前，应机立断"⑨、《总术》篇"夫骥足虽骏，缰牵忌长"⑩中的

① 《文心雕龙·宗经》中的"义贞而不回"，刻本作"义直而不回"。杨明照曰："'直'，唐写本作'贞'。按唐写本是也。《明诗》篇：'辞谲义贞。'《论说》篇：'必使时利而义贞。'并其证。"(见[南朝梁]刘勰著，杨明照校注《增订文心雕龙校注》，中华书局，1999年)詹锳曰："《广雅·释诂一》：'贞，正也。'……直解为'义理坚正而不邪'。"(见《文心雕龙义证》，第84页)

② [汉]班固《汉书》，中华书局，1962年，第970页。

③ [宋]洪兴祖《楚辞补注》，中华书局，2000年，第130页。

④ 郭绍虞、王文生《文心雕龙再议》，转引自《文心雕龙义证》，第1051页。

⑤ 杨明《文心雕龙精读》，复旦大学出版社，2007年，第124页。

⑥ [南朝梁]刘勰著，牟世金译注《文心雕龙译注》，人民文学出版社，2022年，第483页。

⑦ 周勋初《文心雕龙解析》，凤凰出版社，2018年，第489页。

⑧ [汉]许慎《说文解字》，《四部备要》第13册，中华书局，1989年，第189页。

⑨ 《文心雕龙注》，第494页。

⑩ 《文心雕龙注》，第656页。

"骏",正是取这类含义。而《诗经·大雅·崧高》"崧高维岳,骏极于天"中的"骏",则有《毛传》所释"大"义。① 至于"爽",《说文解字》释为"明"②;明亮、清朗、畅快,都是其常用义。由此可知,前述解"骏爽"诸家,均有训诂依据。这些诠释多有交叉,但终归是难以完全统一的。

与上举"端直""骏爽"相似的问题,还有许多。如,导致"无风"的"思不环周",到底是指"思想感情不饱满畅通"③还是"情思"不能"充溢周流于文"④? 这似乎很难判定。而解释体现"风骨之力"的"捶字坚而难移,结响凝而不滞"句时,同样面临此类难题。"坚而难移",可能仅仅指文辞的表达效果,也可能同时包含着对内容真实性、正确性的要求。至于"结响凝而不滞",牟世金先生在其《文心雕龙研究》中说:"'响'指回声,乃'影之随形,响之应声'的响,即作品对读者的影响。其影响作用能凝结牢固而不停滞,这就正是'风'之力了。"⑤问题在于,《文心雕龙·原道》即曰:"林籁结响,调如竽瑟。"此处"结响",自然是指声音。且《风骨》明言:"若丰藻克赡,风骨不飞,则振采失鲜,负声无力。"可见刘勰在论风骨效果时,是包括声音在内的。既然如此,以"作品发生的影响牢固而没有止境"⑥解释"结响凝而不滞"便依旧难成定论;将该句理解成有关文章声韵美的描述,则仍有其合理性。再如,作为"无骨之徵"的"瘠义肥辞,繁杂失统"究竟是什么意思?《文心雕龙·附会》:"是以附辞会义,务总纲领,驱万途于同归,贞百虑于一致,使众理虽繁,而无倒置之乖,群言虽多,而无棼丝之乱……若统绪失

---

① 见《十三经注疏(清嘉庆刊本)·毛诗正义》,中华书局,2009年,第1219页。
② 《说文解字》,第69页。
③ 王运熙《〈文心雕龙·风骨〉笺释》,见王运熙《文心雕龙探索》,上海古籍出版社,2021年,第117页。
④ 此说见童庆炳《〈文心雕龙〉"风清骨峻"说》,《文艺研究》1999年第6期。
⑤ 牟世金《文心雕龙研究》,人民文学出版社,1995年,第376—377页。
⑥ 《文心雕龙译注》,第485页。

宗,辞味必乱,义脉不流,则偏枯文体。"①如果根据这段表述,可以把"繁杂失统"大体确定为结构不严谨、条理不清晰,那么"瘠义肥辞"是否仅指含义贫乏、用语冗赘?"瘠义"又是否一定无涉"义正"?所有这些,都很难做出非此即彼的判断。此外,言说风骨"力之美"的品格时,刘勰曾以"征鸟之使翼"为喻,也曾写出下面这段设譬之辞:

> 夫翚翟备色,而翾翥百步,肌丰而力沉也。鹰隼乏采,而翰飞戾天,骨劲而气猛也。文章才力,有似于此。若风骨乏采,则鸷集翰林;采乏风骨,则雉窜文囿。唯藻耀而高翔,固文章之鸣凤也。

《礼记·月令》:"季冬之月,征鸟厉疾。"正义:"征鸟谓鹰隼之属也。时杀气盛极,故鹰隼之属,取鸟捷疾严猛也。"②可见"征鸟使翼""鹰隼高飞"本身既具备"有力"的特征,又格外带有"雄强劲健之力"的特征。那么这样的喻体,到底是泛指一般意义上的生命活力,还是特指"雄强劲健的力"呢?(此问题亦与后文内容有关涉,这里暂不展开)而特别值得关注的表述,尚有"昔潘勖锡魏,思摹经典,群才韬笔,乃其骨髓峻也"。力主"骨"与"义正"无关的学者,几乎都将其视作铁证。如以下二例:

> 潘文规范典诰,辞至雅重,为九锡文之首选,其事鄙悖而文足称者,炼于骨之功也。(范文澜)③

> 汉末潘勖作《册魏公九锡文》,为曹操歌功颂德。曹操篡汉之心天下皆知,潘勖迎合权势,卖文求荣,在古人看来自然有失操节。

---

① 《文心雕龙注》,第651页。
② 转引自《文心雕龙注》,第516页。
③ 《文心雕龙注》,第517页。

但他的文章规仿《尚书》《左传》和《国语》,语言高简雅重,格调浑朴质穆,符合刘勰崇尚刚健质朴,要求熔铸经典、翔集子术以举要去异的审美理想,故被评以"骨髓峻"。(汪涌豪)①

诸公理由无非在于:潘勖《策魏公九锡文》系为权臣篡逆帮忙的文字,在思想内容上无正确性可言——既如此,所谓"骨髓峻"自然只能是指涉结构、美感特征一类问题。这种推论看似合理,实则存在破绽。原因无他:他人如何评价这篇作品的思想内容是一事,刘勰在《文心雕龙》文本中呈现出怎样的相关理解特征,则又是一事。倘若尽量排除"帮忙文字"这类先入之见,便不难发现,无论从《风骨》还是从《文心雕龙》其他篇章中,都看不出刘勰对潘勖此文是否"义正"有何明确表态。在《风骨》中,就如"结言端直""捶字坚而难移""瘠义肥辞"一样,"骨髓峻"同样是审美性表达,含义并不明晰。如果读者目光不仅聚焦于《风骨》,便又可发现,《诏策》称"潘勖《九锡》,典雅逸群"②,《才略》称"潘勖凭经以骋才,故绝群于锡命"③。而"典雅""凭经",如何必然无涉"义正"呢?何况魏晋南北朝时期,以禅让之名行易代之事实属常态;在"禅让"过程中扮演重要角色的"九锡文",还是被时人推重的品类。④ 既然这样,身处此种语境中的刘勰究竟如何理解君臣伦理,正属

---

① 汪涌豪《中国古典美学风骨论》,商务印书馆,2019 年,第 121—122 页。
② 《文心雕龙注》,第 359 页。
③ 《文心雕龙注》,第 699 页。
④ 此类情况,可参周勋初《潘勖〈九锡〉与刘勰崇儒》,《社会科学战线》1989 年第 1 期。又,王更生评潘勖及其《九锡文》曰:"尽管他歌功颂德,但所颂曹操的事迹,多数还合乎真实的条件……所以刘勰称潘文骨髓峻,这和当时刘氏目睹的同一体裁的文章,如《全齐文》卷九载王俭的《策齐公九锡文》,和《全梁文》卷四十一载任昉的《策梁公九锡文》,两相比较,就知道是不可同日而语的。"(王更生《文心雕龙新论》,文史哲出版社,2011 年,第 90 页)此观点亦可供参考。耐人寻味的是,扬雄《剧秦美新》同样既见于《文选》,也得到了刘勰"骨制靡密,辞贯圆通,自称思极,无遗力矣"(《封禅》)的评价。他们对此文的肯定,是仅仅出于文辞原因,还是也包含着对君臣伦理较灵活的理解?这依然是值得思考,且难有定论的问题。

不易坐实之事。明乎此便愈发可知,言之凿凿地揭示"骨髓峻"这类审美性表达的确切含义,总归是有武断之嫌的。

二 缺乏区分近义概念之自觉

刘勰在剖析"风骨"时,动用了颇多近义概念,却并未说明其内涵的异同。像《总术》中"发口为言,属笔曰翰,常道曰经,述经曰传"①这类令人一目了然的区分,在《风骨》中就难觅踪迹。这是导致"风骨"含义多歧的另一个重要原因。其中,有关"志""情""意"及"言""辞"的使用问题最为典型。以下即围绕这些个案展开讨论。

《风骨》论"风"时,以之为"志气之符契",且曰:"怊怅述情,必始乎风。""情之含风,犹形之包气。""意气骏爽,则文风生焉。""深乎风者,述情必显。"可见如何诠释"志""情""意"的内涵,对于把握"风"之要义,至为关键。"志"在广义上可以泛指人心中所包含的思想、情感、意念,在狭义上则专指思想、情感、意念中带有目的性的、尤其是与政教抱负相关的内容。这一点,笔者于第一章中已经论及。至于"志"是否与"情"存在后天、先天的差别,或尚有考辨余地(此问题详后文)。关于"情""意"二概念的常见内涵及彼此差别,笔者认为张健先生的分析颇为合理:

> 意在传统诗学中有三方面的含义:内容、思想、情感。当意往感性方面诠释,意接近于情。狭义的情是指喜怒哀乐之类情感,所谓"人禀七情",即是这种意义上的情;广义的情不仅指喜怒哀乐,还包括喜怒哀乐指向的内容,比如男女之情、夫妇之情。接近情的

---

① 《文心雕龙注》,第655页。

意与广义的情相当,它重点指情的内容,比如"思佳人"是意,也伴随着情感活动。在这种层面上,情意相通,可以连说情意。当将意往理性方面诠释,意指思想观点。立意或命意的意即思想观点,在一首诗当中是主题思想。当强调主题的理性意义,意就近乎理。①

可以说,在中国古代文献中,论广义,"志""情""意"彼此相通,有时可互相替代;论狭义,它们各有侧重,不宜混为一谈。关键在于,今人需根据其所在文本语境,对其具体语义做出合理判断。而刘勰在《风骨》及《文心雕龙》其他篇章中,并未严格、明晰地界定"志""情""意"的关联与区别;有关语例,也多可依据惯例原则做出多元解读。这样的话,读者自然难以得出唯一合理的答案。王运熙以"作者的思想、感情、气质、性格等"浑言"志气",释"情"为"思想感情",释"意气"为"思想、感情、气质等"。② 这便是取广义,把《风骨》中的"志""情""意"视作同一性概念。寇效信、牟世金、杨明等先生大体也采用了这种方案。此类诠释在事实上与"奥卡姆剃刀原理"相合,令解读不至过分繁琐缠绕,不过亦或有含混之嫌。与之相对,若对"志""情""意"各取狭义,则三者便被阐释成不同概念,"志气之符契""意气骏爽"云云,也就可被判为各有所指。如有关"意"的解释,潘华主要以《文心雕龙·神思》"是以意授于思,言授于意"、《二程粹言》"志自所存主言之,发则意也"及孟子"以意逆志"说为据,指出:"意的内涵就是思想观点,它的作用在于将因情感感悟得来的志进行立意构思,变成具体观点,以便于用言来表达。"③这一结论当然值得参考,不过仍有斟酌余地。因为潘先生所

---

① 张健《知识与抒情——宋代诗学研究》,北京大学出版社,2015 年,第 131 页。需要补充的是,"情"在某些语境中,可解作"性质""特征""内涵"等。《风骨》中的"情"与此类含义无关,故本文不作具体讨论。

② 王运熙《〈文心雕龙·风骨〉笺释》,见王运熙《文心雕龙探索》,第 113—114 页。

③ 潘华《论〈文心雕龙〉"风骨"之内涵》,《文艺研究》2016 年第 8 期。

据文献中的“意”和《风骨》之“意”毕竟分属不同语境,其含义能否等同,尚值得推敲;而“意授于思”中的“意”含义究竟是什么、“以意逆志”中的“意”究竟是“读诗者之意”还是与作者之“志”直接关联的“文中之意”,终归是见仁见智、难有定论的。《文心雕龙·神思》曰:“方其搦翰,气倍辞前,暨乎篇成,半折心始。何则? 意翻空而易奇,言徵实而难巧也。是以意授于思,言授于意,密则无际,疏则千里。”①这“翻空而易奇”“授于思”的“意”,既可能是“情感内容”意义上的“意”,也可能是“思想观点”意义上的“意”。在笔者看来,将此“意”理解为泛指情感内容和思想观点,该文本语境就是圆融的。如果一定要将其含义坐实为“情感内容”或“思想观点”中的一者,就必须追加解释:为什么在这个语境,刘勰一定要以“意”特指其中一者而排除另一者。而在这一点上,似乎很难给出令人信服的答案。又,关于“以意逆志”之“意”,古今诠释者或将其理解为读诗者之意,或将其理解为诗中之意,此情况已是文论史常识。之所以有这种分歧,还是因为其原始语境“故说《诗》者不以文害辞,不以辞害志。以意逆志,是为得之”在相关表意上具有模糊性,哪一种解释都能够令其语义圆融。而即便把此“意”理解为“诗中之意”,进一步将其坐实为“思想观点”,仍可商榷。因为“思想观点”毕竟是理性思考的结晶。我们如何能把诗歌中的丰盈复杂的情意世界径窄化为“思想观点”呢?

再如,童庆炳、潘华都以《明诗》中的“人禀七情,应物斯感。感物吟志,莫非自然”为重要论据,判定刘勰存在明情、志之别的自觉。童先生曰:

> 刘勰是从“情”开始他的诗歌生成论的,认为“人禀七情,应物斯感”。七情,是先天的,自然的;“志”,是后天的,个人的,同时也

---

① 《文心雕龙注》,第494页。

是社会的,但总的说是经过审美情感过滤的,或者可以说"志"已经是审美的"志"。作为先天的"情","应物"而动,而形成志,或者说先天的"情"经过"感""应"的心理与"物"接通,变为后天的社会的"志"。这样,诗作为人的情志活动就形成了这样的链条:"禀情"——"感物"——"吟志"。①

潘先生曰:

> 在刘勰的观念里,"情"与"志"并不是同一概念。"人禀七情,应物斯感。感物吟志,莫非自然。"(《明诗》)"人禀七情"指"七情"是人的天然禀赋……"情"——"物"——"志",这是一个顺序链……对"志"的内涵,可称为情感与外物相结合的具体表达倾向,从"感物吟志"可看出志是情动感物的结果。孔颖达曰:"感物而动,乃呼为志。志之所适,外物感焉。"从"乃呼为志"可看出之前并不称为"志","志"并非天生而来,而是"感物而动"的结果……"情"是天生的情感,往往特指人的七类情感,"志"是后天的针对外物或社会环境所产生的一种基于情感的判断和选择。②

如果真能如此清晰地辨明"情""志"差异,当然有助于将"风骨"界定精严。不过,问题并没有这样简单。原因有二。

其一,关于"情"和"志"是否一定有先天、后天之别,古人似无统一认识。在上古、中古文献中,存在大量把"情"和"志"作为同义词使用的案例,从中很难看出使用者是否有严格区分此类差异的自觉。③ 刘

---

① 童庆炳《〈文心雕龙〉"感物吟志"说》,《文艺研究》1998 年第 5 期。
② 潘华《论〈文心雕龙〉"风骨"之内涵》。
③ 这方面的案例,请参杨明《言志与缘情辨》,《上海师范大学学报(哲学社会科学版)》2007 年第 1 期。

勰亦然。《文心雕龙·养气》即曰：

> 率志以方竭情，劳逸差于万里。①

又《物色》曰：

> 是以献岁发春，悦豫之情畅；滔滔孟夏，郁陶之心凝；天高气
> 清，阴沉之志远；霰雪无垠，矜肃之虑深。岁有其物，物有其容；情
> 以物迁，辞以情发。②

姑且先不说"人禀七情"那段话中的"志""情"该怎样解释。以骈文写
作常识而论，在以上两处表达中，与其说刘勰存在区别"志"与"情"的
深意，不如说他出于修辞方面的考虑，使用了同义词替换的手段，以求
得到理想的对偶效果。③ 照这样理解，上面两段文意自然清通易晓。
而与此相反，如果一定要对这两段话里"情""志"含义做出区别性解释
的话，就必须随之跟进一系列追加解释以使此种区别具有合理性，而这
些追加解释又必须能被证明是合理的。如：在上举《养气》引文中，为
什么志与"率"搭配、情与"竭"搭配？为什么"志"关涉"逸"而"情"关
涉"劳"？又如：在上举《物色》引文中，为什么言情而曰"悦豫"、言志
而曰"阴沉"？既然"情""志"有别，那么与"情"对偶的"心"、与"志"
对偶的"虑"是否也有特别含义？为什么刘勰以"情""心""志""虑"分
别对应春、夏、秋、冬四季？为什么刘勰先言"情""心""志""虑"，最后
又以"情"（即"情以物迁，辞以情发"之"情"）通称之？显而易见，这样

---

① 《文心雕龙注》，第 646 页。
② 《文心雕龙注》，第 693 页。
③ 即便是在今天的学术文章写作中，使用词项不同的"同一性概念"，仍是常见之举。
   这样做，无非是为了使文辞在遵守形式逻辑"同一律"前提下又尽可能生动而已。

的追加解释,必然令论者为自圆其说而陷入解释的无穷倒退。治丝益棼,此之谓也。而尚有必要补充说明的是,前述潘先生引以为据的"感物而动,乃呼为志。志之所适,外物感焉"四句,在《毛诗正义》中所处完整文本语境如下:

> 诗者,人志意之所之适也。虽有所适,犹未发口,蕴藏在心,谓之为志。发见于言,乃名为诗。言作诗者,所以舒心志愤懑,而卒成于歌咏。故《虞书》谓之诗言志也。包管万虑,其名曰心。感物而动,乃呼为志。志之所适,外物感焉。言悦豫之志,则和乐兴而颂声作;忧愁之志,则哀伤起而怨刺生。《艺文志》云:哀乐之情感,歌咏之声发,此之谓也。①

在这段表述中,"志"并不是"情动感物的结果",而是"心感物而动"的结果。"心"和"情"并非同一性概念,且从该段文字整体表述中,并不能推断出孔颖达辈必然具备"情在志先"的认识。关于"情"的来源及其呈现,古人本就存在不同认识。一种是认为"情"与"性"分别为禀受"六气""五行"而来。如《大雅·烝民》"民之秉彝,好是懿德",郑笺:"天之生众民,其性有物象,谓五行,仁、义、礼、智、信也。其情有所法,谓喜、怒、哀、乐、好、恶也。"正义:"五性本于五行,六情本于六气……人之情、性,共禀于天。"②另一种则认为,"性""情"非截然二分者,但"情"因"性"感物而动才有具体呈现。《郭店楚简·性自命出》:"凡人虽有性,心无定志,待物而后作,待悦而后行,待习而后定。喜怒哀悲之气,性也。及其见于外,则物取之也。性自命出,命自天降。道始于情,情生于性。始者近情,终者近义。"③《论衡·本性篇》引刘向语:"性,

---

① 《十三经注疏(清嘉庆刊本)·毛诗正义》,第563页。
② 《十三经注疏(清嘉庆刊本)·毛诗正义》,第1224页。
③ 刘钊《郭店楚简校释》,福建人民出版社,2015年,第88页。

生而然者也,在于身而不发;情,接于物而然者也,形出于外。"①贺场云:"性之与情,犹波之与水。静时是水,动则是波。静时是性,动则是情。"②《荀子·正名》"性之好、恶、喜、怒、哀、乐谓之情",杨倞注:"人性感物之后,分为此六者,谓之情。"③《礼记·乐记》所谓"人生而静,天之性也;感于物而动,性之欲也",也常在"性感物而生情"这个意义上得到后人的解读。《毛诗正义》的思想来源和表意语境均较为复杂,该书对"情"(包括"情"的来源)的认识是否只存在一种方式,当还需讨论。故而把上引《正义》言论中的"志"与"情"理解成同一性概念,且均解释为感物而生的结果,恐亦不为无据。顺便可提及一点:关于刘勰对"情"之来源的认识,也未必仅有一解。《明诗》中的"人禀七情",的确和"人之情性,共禀于天"看法一致。不过《物色》所谓"物色之动,心亦摇焉"、"情以物兴,辞以情发",或许就可看作包含着"情由感物而生"这一观念。

其二,既然如上所言,"情""志"完全可能被刘勰当成同一性概念使用,那么就可以认为:《明诗》中"人禀七情,应物斯感。感物吟志,莫非自然"的表意逻辑其实并不明确。第三句"感物吟志"之"志"与首句"情"的关系,可解作派生,也可解作重复。解作派生关系,则"情在志先、志因情生"这个判断确实在该句语境内可以成立。不过如果解作重复关系,那么先用"情",后用"志",就可被看作同一性概念的彼此替换,同样系为使文章表述生动而使用的修辞技法。朱自清谈及"人禀七情"这段话时,认为"这个地方的'志'明指'七情'"④。杨明也认为,这段话中的"情""志""都是心之所存的意思,不需强生分别"⑤。

① [汉]王充著,黄晖校释《论衡校释》,中华书局,1990年,第141页。
② 转引自《十三经注疏(清嘉庆刊本)·礼记正义》,中华书局,2009年,第3527页。
③ [清]王先谦《荀子集解》,中华书局,第412页。
④ 朱自清《诗言志辨》,广西师范大学出版社,2004年,第29页。
⑤ 《文心雕龙精读》,第51页。

这些判断,绝非望文生义。

如此说来,前举童、潘二位先生的诠释,恐仍属方案之一,很难做到此说一出,他说尽废。而由此愈发可见,为刘勰笔下的"情""志"坐实确定性的、排他的一元含义,未免是一种难以实现的理想。

最后来看有关"言"与"辞"的问题。潘华认为:

> "沉吟铺辞,莫先于骨",不仅表明"骨"有"铺辞"的作用,更透露出一个重大信息:在文中,"骨"是先于"辞"产生的。由此可知,"骨"并不是文章辞句全写成后的框架结构,而是构思完成后并且开始书面写作之前的作者内心的文章结构模型。刘勰说文骨成立的条件是"结言端直",需要注意的是,"结言"并不是"结辞","言"与"辞"是有区别的。《易传》云:"圣人立象以尽意,设卦以尽情伪,系辞焉以尽其言。"在古人眼中,"辞"是为"言"服务的,两者并不是同一概念。先有"言"而后"系辞",正如先有"骨"而后"铺辞"、"析辞"。"予以为:发口为言,属翰曰笔"(《总术》)。这可看出"言"是口头语言,与书面的文笔辞采有明显区别,并有先后次序……"骨"是"结言端直"的结果,可以用"事"、"义"来作为内部充实物。它在书面写作开始前就已构思定型,其作用是"铺辞"和"析辞",即在书面写作时指导对"辞"的选用,并以"端直"作为其审美标准。因此,可将"骨"描述为构思定型后的言语结构系统。①

如前文所及,将"骨"理解为"结构"者,早已有之。但想要将其坐实为"书面写作开始前就已定型"的结构,就必须有充分的根据。在潘先生这里,这根据一在于"沉吟铺辞,莫先于骨"的"先",另一便在于"言"

---

① 潘华《论〈文心雕龙〉"风骨"之内涵》。

与"辞"的"口头"与"书面"之别。在笔者看来,汉语表达中的"先",固然可以是潘先生所说的时间意义上的"先",但也可以是重要性意义上的"先"(即"优先"之"先"),所以此前众多解释者依"优先"意理解"莫先于骨",并非无理。那么"言""辞"含义,到底该如何理解? 的确,在古人某些语境中,"言"和"辞"分别指口头语和书面语。刘勰亦在《总术》中有"发口为言"这一明确界定。但我们能否据此就认为刘勰及其他古人必然一向如此定义"言""辞"呢?

事实上,在古人的表达习惯中,本并不时刻严"言""辞"之别。《汉书·刘歆传》录刘歆文:"及夫子没而微言绝,七十子终而大义乖。重遭战国,弃笾豆之礼,理军旅之陈,孔氏之道抑,而孙吴之术兴。陵夷至于暴秦,燔经书,杀儒士,设挟书之法,行是古之罪,道术由是遂灭。"①《后汉书·楚王英传》:"楚王诵黄老之微言。"②如果说在刘歆责难太常博士的语境中,"微言"尚不无被解释成"口头表达"的可能;那么《后汉书》语例中的"微言",则肯定是指"精微要妙的文辞"。而后人尚从刘歆文中概括出"微言大义"一词,以之指《春秋》文本的表意特征。这里的"微言"之"言",当然指书面文辞,而非口语。又如《史记·太史公自序》:"子曰: 我欲载之空言,不如见之于行事之深切著明也。"③司马贞《索隐》即释曰:"空言,谓褒贬是非也。空立此文,而乱臣贼子惧也。"可见在他的理解中,"言"和"文"实无差别。我们自然也可以说,这"言"和"辞"亦无实质不同。至于刘勰本人,他在《颂赞》篇论"赞"体曰:

　　　　所以古来篇体,促而不广,必结言于四字之句,盘桓乎数韵之辞。④

---

① [汉] 班固《汉书》,中华书局,1988 年,第 1969 页。
② [南朝宋] 范晔《后汉书》,中华书局,1983 年,第 1428 页。
③ [汉] 司马迁《史记》,中华书局,1982 年,第 3296 页。
④ 《文心雕龙注》,第 159 页。

又《哀吊》篇曰:

> (潘岳)结言摹《诗》,促节四言,鲜有缓句。①

这两处引文中的"结言",我们将其理解为写作实践中的"组织语言"或"组织文辞"即可。如果一定要将其坐实为"组织口头语言"、限定为构思阶段之事,反而显得牵强、生涩。至于"四言"之"言",当然和"下笔千言"一类表达中的"言"一样,是指句或篇的字数,无涉"口语"。

又《徵圣》篇曰:

> 夫鉴周日月,妙极机神;文成规矩,思合符契。或简言以达旨,或博文以该情……故《春秋》一字以褒贬,"丧服"举轻以包重,此简言以达旨也……五例微辞以婉晦,此隐义以藏用也。②

不难看出,"简言",是指《春秋》《礼记》文辞中的特征,和"口语"无关。而指称《春秋》"五例"的"微辞",和同样常用于指称《春秋》的"微言"恐也当属同义词。

又《养气》篇曰:

> 夫三皇辞质,心绝于道华;帝世始文,言贵于敷奏。三代春秋,虽沿世弥缛,并适分胸臆,非牵课才外也。战代技诈,攻奇饰说,汉世迄今,辞务日新,争光鬻采,虑亦竭矣。故淳言以比浇辞,文质悬乎千载;率志以方竭情,劳逸差于万里。古人所以馀裕,后进所以莫遑也。③

---

① 《文心雕龙注》,第240页。
② 《文心雕龙注》,第15—16页。
③ 《文心雕龙注》,第646页。

细玩文意,"夫三皇辞质,心绝于道华;帝世始文,言贵于敷奏"无非是讲三皇和尧舜时期文风的不同;其后"淳言"和"浇辞",不过分别指"质"与"文"两种文辞风格。之所以"言""辞"并出,恐也是出于修辞的考虑,而与"口头""书面"并无关涉。至此可见,前引潘先生"在古人眼中,'辞'是为'言'服务的,两者并不是同一概念"、"'言'是口头语言,与书面的文笔辞采有明显区别,并有先后次序"诸结论,是产生于"不完全归纳"基础上的。既然这样,以此为前提(同时也要与之配合,把"先于"之"先"解作时间上的"先"),得出"骨"属于"构思阶段"这一结论,或许依然是说服力不够充分的。

三 "风"与"骨"、"风骨"与"体"关系不明

令"风骨"含意多歧的第三种原因在于,刘勰未对"风"与"骨"的关系、"风骨"与"体"的关系做出明确阐释。① 这两种关系,前者涉及"风""骨"结合成一个统一概念的理据,后者涉及"风骨"成为文章有机组成部分的理据。它们都为精严地建构"风骨说"所必需;如果相关表述缺失,引发争议就是必然的。

在《风骨》中,刘勰对"风骨"既有析言,也有浑言,但惟独未能明确地、精辟地分析"风"与"骨"的关系。以常理论,同是文之要素,"风"与"骨"岂能各司其职,了无关联? "深乎风者,述情必显",然而情无辞何以述? 风不凭有骨之辞,又如何感人? "练于骨者,析辞必精",可这辞中之骨,如何不也必然在塑造着情的品貌、风的神髓呢? 既然刘勰语

---

① 按:古代文论史上的"体",可关涉文类、个人创作品格、时代文风、群体性文风等,具有指涉其"区别性特征"的意味;故很多时候与今人所用源自西学的"风格"概念相近。此处所说之"体",即取此近"风格"之义。《文心雕龙·体性》中的核心概念"体",即是此义。

焉不详,读者也就只能在《文心雕龙》中寻找各种线索,以填补空白。

　　在刘勰理论里,风、骨分别处于情、辞之中。可以说,刘勰的风骨二分模式,正是其惯用的情(志、意)与辞(言、文)二分模式之映像。既然如此,从刘勰对"情""辞"关系的理解惯例中推断风骨关系,也就成为办法之一。先请看下面这些取自《文心雕龙》的著名论断:

　　　　情者,文之经。辞者,理之纬。经正而后纬成,理定而后辞畅。此立文之本源也。(《情采》)①

　　　　情理设位,文采行乎其中。刚柔以立本,变通以趋时。立本有体,意或偏长;趋时无方,辞或繁杂。(《镕裁》)②

　　　　意授于思,言授于意。(《神思》)③

　　　　气以实志,志以定言,吐纳英华,莫非情性。(《体性》)④

　　由这些观点可见,刘勰习惯于把情(志、意)理解成先于辞(言、文)存在,且决定着后者、被后者服务的东西(当然,他并不否认后者具有重要价值)。这其实与"言以足志,文以足言"、"意不称物,文不逮意"及后来的"文以载道"诸观念一样,呈现出"语言工具论"色彩。这种观念并不把语言视为思想感情得以存在的"构成性要素",而是将其视作表达思想感情的"工具性要素"。曹学佺曾认为:"风骨二字虽有分重,然毕竟以风为主,风可包骨,而骨必待乎风也。"⑤今天看来,他的这一观点,其实是能够从上述刘勰情辞说中推演而出的。但是,此说毕竟无法

---

　　① 《文心雕龙注》,第 538 页。
　　② 《文心雕龙注》,第 543 页。
　　③ 《文心雕龙注》,第 494 页。
　　④ 《文心雕龙注》,第 506 页。
　　⑤ 转引自《文心雕龙义证》,第 1046 页。

解释《风骨》文本何以对"风""骨"绝无轩轾,因此,也就在后世屡遭反驳。与此相比,寇效信的看法就有所不同:

> 风和骨二者之间互相渗透,互为表里,相辅相成。没有风,则文骨无灵魂;没有骨,则文风无所附。①

这种对"风""骨"关系的理解当然是深刻的。不过,它毕竟是对《风骨》文本表意的补充,似也不易在《文心雕龙》其他篇章中找到充分的理论依据。我们知道,在《文心雕龙·原道》中,刘勰从天地之文皆自然而然者,类推出作为三才之一的人之有文亦属自然而然——"心生而言立,言立而文明,自然之道也"。这种类比在事实上混淆了人文与天地之文的差别(详见本书第三章相关论述),但表现出与"语言工具论"相异的理论指向。按照这种理解,言、文皆为"心"自然而然之开显,它们固然非"心",但"心"亦绝不在其外孤立地存在。这正是所谓道器相即、体用不二。它在某种程度上,或许能与"语言不仅表达思想情感,也建构着思想情感"这类现代语言哲学观念形成跨越时空的共鸣。而问题在于,这种"道因文显""道器不二"观念,似乎并未被刘勰自觉地、一以贯之地应用于自己的情辞关系论。如前所说,"情者文之经,辞者理之纬""情理设位,文采行乎其中"诸观念,就在强调语言工具属性的同时,低估甚至回避了语言之于思想情感实然的构成性品格。在《文心雕龙》中,上述两类认识是并存的。由此正可见出刘勰思想的复杂性,也可见出他对"道因文显"用于解释情辞("思想情感"与"语言")关系时的理论潜力尚未有充分认识。而上举寇先生式的辩证思维,或许是更典型地体现于刘勰"神与物游"、"情以物兴,故义必明雅;

---

① 寇效信《论"风骨"》,见张少康编《文心雕龙研究》,湖北教育出版社,2002年,第520页。

物以情观,故辞必巧丽"诸说的。

下面来说"风骨"与"体"的关系问题。

通观《风骨》,可知"风骨"之所以绝不仅仅是思理、结构这些文之抽象要素的代名词,正是因为它具备今人所谓"力之美"的品格(在这一点上,当代学者还是存在共识的)。不过也正因为本身具备这种鲜明可感的审美品格,"风骨"和"体"的界限,就容易变得模糊。而《风骨》恰好在这一关节点上再次语焉不详。因此,我们也就只有从涉及风骨"力之美"的描述中推断其与"体"的关系。《风骨》中这类文字,或属化用《周易》,或属设譬之辞。设譬之辞,便是前文曾经论及的几次猛禽之喻。如前文所说,单就这类喻体本身来看,它们到底是泛指一般意义上的生命活力,还是特指"雄强劲健的力",并不明确。至于化用《周易》的文字,乃是下面几处:"是以缀虑裁篇,务盈守气。刚健既实,辉光乃新。""若能确乎正式,使文明以健,则风清骨峻,篇体光华。文明以健,珪璋乃骋。"当代学者多已指出,"刚健既实,辉光乃新"语本《大畜》象辞"刚健笃实,辉光日新其德"[1],而"文明以健"则取自《同人》象辞中的"文明以健,中正而应,君子正也"[2]。如邓仕樑所说,在《周易》原始语境中,"大畜之卦含有健而能止之义","文明以健"也并不取威武之义。[3] 正因为此,邓先生遂有如下见解:

> 要之同人之《彖辞》"文明以健",合离下乾上言之;大畜之《彖辞》"刚健笃实",合乾下艮上言之。《风骨》引用这些词句,明显地兼顾了"文明"和"健","刚健"和"实"这两面,因而理解上不能只考虑"健"的一面,甚或望文生义,解释为"以刚健的志气充实于

---

① 《十三经注疏(清嘉庆刊本)·周易正义》,第80页。
② 《十三经注疏(清嘉庆刊本)·周易正义》,第57页。
③ 参见邓仕樑《"能研诸虑,何远之有哉"——〈文心雕龙·风骨〉九虑》,《中国文哲研究集刊》第十二期,"中研院"中国文哲研究所,1998年,第150—156页。

内"或"实以刚健之力",完全忽略了刘勰援引《易》理以论文的现象。①

这一观点甚具启发意义。不过,《风骨》对《周易》诸语的运用毕竟是化用,而不是明确地直接引用。何况"刚健"句在改"笃实"为"既实"、改"日新"为"乃新"后,确与《周易》原文在表意特征上不尽一致。由此可知,刘勰是否严格地使用《周易》原意,仍然难以断言;径将"以刚健的志气充实于内"这类常见解释斥为"望文生义",未免欠审慎。

应该看到,在论说与风骨"力之美"品格颇有相近之处的"势"时,刘勰具备明确界定的自觉。《定势》:"文之任势,势有刚柔,不必壮言慷慨,乃称势也。"②这便是明确指出:他所谓"势",并不是专指刚性的品格,而是同时包含了"刚"和"柔"。一语既出,歧义顿消。而从上述分析可见,《风骨》有关"力之美"的文字,恰好缺乏这种自觉、精严的界说。这种界说的缺失,决非小事。《定势》曰:"然渊乎文者,并总群势,奇正虽反,必兼解以俱通,刚柔虽殊,必随时而适用。"③《明诗》:"四言正体,则雅润为本;五言流调,则清丽居宗。"④《哀吊》:"(潘岳)促节四言,鲜有缓句,故能义直而文婉,体旧而趋新。"⑤《论说》:"若毛公之训《诗》,安国之传《书》,郑君之释《礼》,王弼之解《易》,要约明畅,可为式矣。"⑥不用再多举证就可看出,刘勰论文之"势"时,的确并不扬"刚"而抑"柔";在有关文类、作品的评价中,也的确不以"雄强劲健"作为一篇佳构的必备要素。而在其理论中,"风骨"又正乃是构成理想

① 《"能研诸虑,何远之有哉"——〈文心雕龙·风骨〉九虑》。
② 《文心雕龙注》,第531页。
③ 《文心雕龙注》,第530页。
④ 《文心雕龙注》,第67页。
⑤ 《文心雕龙注》,第240页。
⑥ 《文心雕龙注》,第328页。

之文的必要条件。由此可见，一旦其特征被确定为"雄强劲健"，就必然令《文心雕龙》内部出现义理破绽。正因为此，以"一般意义上的生命活力"理解风骨的"力"，当然便成为更好的选择。请看杨明的理解：

> 虽然《风骨》篇有"文明以健"、"刚健笃实，辉光乃新"、"骨劲而气猛"之语，但我们不认为风骨只是指阳刚那一类型的风格，只是指那种气势壮大雄强的风貌……有风骨的作品，就是内容表达得明朗生动、语言运用得正确精约、干净利落的作品……其所谓刚健，指作者写作时精神饱满、思维清明连贯而言，具有此种状态，则其文明朗动人，亦即有风力；非就文章风格言，非专指壮言慷慨之阳刚风格。①

此说若干细节或可再议，但其对"风骨"与"体"之关系的解说，大体是明晰、合理的。从中可见："风骨"的"力之美"，不是某一具体的、具有"体"之实质的审美品格，而是一种各"体"皆可具有的、特征各异的活力美。可惜的是，这些内容并不是刘勰本人在《风骨》中准确地阐明的。且将"刚健"释为"精神饱满、思维清明连贯"，毕竟与该词使用惯例相去较远。《文心雕龙·檄移》："故其植义扬辞，务在刚健；插羽以示迅，不可使辞缓；露板以宣众，不可使义隐；必事昭而理辨，气盛而辞断，此其要也。"②此处之"刚健"，便是取该词"雄强劲健"之常用含义。在《风骨》相关文本语境表意含混的情况下，如何有效地说明论风骨时的"刚健"必与《檄移》中的"刚健"含义有别呢？除非像杨明先生那样增字作解，代刘勰把理路说圆。否则，这个难题就是难以解决的。

---

① 《文心雕龙精读》，第 126、131 页。
② 《文心雕龙注》，第 379 页。

四 表意矛盾

导致"风骨"含意多歧的第四个原因是：刘勰在《风骨》中，对某些概念的确做出了界定，但又没有在同一思维过程中一以贯之地使用这种界定。随之而产生的表意矛盾，就是难以用诠释策略消弭的。

表意矛盾之一，来自刘勰对政教诗学中"风"观念的引用。《风骨》开篇即曰：《诗》总六义，风冠其首，斯乃化感之本源，志气之符契也。"按《毛诗序》曰："风，风也，教也。风以动之，教以化之……上以风化下，下以风刺上，主文而谲谏，言之者无罪，闻之者足以戒，故曰风。"①而政教语境中的"化感"一词，乃是专指教化及与之相伴的感发、感染，与一般意义上的"兴发感动"有别。请看下例：

> 唐虞至治，四凶滔天。致讨俭钦，罔不肃虔。化感海外，海外来宾。②

> 后妃化感群下，既求得之，又乐助采之。③

就此来说，王运熙对《风骨》中"《诗》总六义"至"化感之本源"句的解说，是具有合理性的："'国风'居《诗三百篇》'六义'之首，在上者以风教化下民，在下者以风讽刺居上位者，上下互相风动感发，故曰化感之本源。"④

按刘勰论文，本就以"宗经"为原则。他在言"风"时依经以立义，

---

① 《十三经注疏·毛诗正义》（清嘉庆刊本），第562—566页。

② ［南朝梁］沈约《宋书·乐志·大晋篇》，中华书局，1974年，第631页。

③ 《十二经注疏（清嘉庆刊本）·毛诗正义》，第572页。

④ 《〈文心雕龙·风骨〉笺释》，《文心雕龙探索》，第112—113页。

不足为奇。但是，"化感之本源"说和其他有关"风骨"之"风"的阐释，毕竟有抵牾之嫌。还是请看《风骨》中的"意气骏爽，则文风清（清一作生）焉"句。如前文所言，何谓"意气骏爽"，诸家释义并不一致。不过尽管如此，有一点仍然不难察知："意气骏爽"与政教含义、政教功能并无必然联系。且《风骨》中恰巧又有"相如赋仙，气号凌云，蔚为辞宗，乃其风力遒也"这样的表达。"气号凌云"，系从《史记·司马相如列传》"相如既奏大人之颂，天子大说，飘飘有凌云之气，似游天地之间意"①化出。由此可见，刘勰之所以肯定司马相如《大人赋》有"风力遒"之品格，恰好是因为该作品在他看来具有强大的感染力、生命活力，能令汉武帝"飘飘有凌云之气"。这种让帝王得意忘形的感染力，非但与政教意义上的化感无干，反倒还颇有与之对立的可能。不妨再举《文心雕龙·乐府》中的文字为旁证："魏之三祖，气爽才丽，宰割辞调，音靡节平。观其北上众引，秋风列篇，志不出于淫荡，辞不离于哀思，虽三调之正声，实韶夏之郑曲也。"②"气爽"，意近"意气骏爽"。如果说意气骏爽则"文风清"（或文风生），那么三祖乐府庶几可算是风清的（或是有风的）。然而它们同时又被刘勰视作"韶夏之郑曲"。既然这样，三祖之"风"是否还称得上是"化感之本源"呢？通观上述情况，可见刘勰在论"风骨"之"风"时，既推出《诗》总六义，风冠其首，斯乃化感之本源"，又在事实上认为"某些风不是化感之本源"。这当然是自相矛盾的。牟世金曾说："风教仍应是其（按：即指风）主要含义，但又绝非其全部含义……征之全篇所论，所谓'文风清'、'述情显'、'风力遒'和'文明以健''风清骨峻'等，只是要有鲜明、突出、健劲的感人之力，故称'风力'，刘勰并未给'风'划定一个具体的、狭小的范围。"③认为刘勰"并未给'风'划定一个具体的、狭小的范围"，无疑是合理的。

---

① 《史记》，第 3063 页。
② 《文心雕龙注》，第 102 页。
③ 《文心雕龙研究》，第 378 页。

可"风教"是否应为风的"主要含义",也的确难以从刘勰带有逻辑错误的表述中推断而出。王运熙曾指出：

> "国风"的教化感发作用与风骨的艺术感染力量虽同属文学作品对读者(或听者)的积极影响,但内涵并不相同。刘勰喜欢引用儒家经典阐发自己的见解,有时立论不免牵强。①

汪涌豪亦指出：

> 这里,他(按：即刘勰)取的是与《诠赋》《颂赞》《比兴》等篇一样的作法,即以《诗大序》所谓"六义"为立论依据,用"六义"之"风"所包含的"风化""风教"乃至"风动"之意,喻文学作品鲜明显豁的文风,及这种文风对人的道德感化力和艺术感染力。尽管不能说他这种引经据典是托体自尊,漫作门面之语,但是"六义"之"风"与作为作品风貌的"风骨"之"风"之间,毕竟没有本质上的联系,所以《风骨》篇中,这个"风"在很大程度上说是游离主旨的。②

这样的观点,都是切中要害的。

表意矛盾之二,来自刘勰在《风骨》篇中对"气"概念的运用。《风骨》在专论"风"时,有"志气之符契""意气骏爽,则文风清(一作生)焉""思不环周,索莫乏气,则无风之验也""气号凌云"诸语,浑言"风骨"时,又以"气"为其生成的基本条件。显而易见,刘勰特重"气"与"风骨"的关系。不过,《风骨》中"气"概念的含义,却着实会令诠释陷

---

① 《〈文心雕龙〉风骨笺释》,《文心雕龙探索》,第113页。
② 《中国古典美学风骨论》,第124页。

入困境。

据《说文解字》，"气"的本义系"云气也"①，即流布、弥散于天地中的无形迹之物质。而作为中国思想史、文化史基本概念的"气"，则以今人所谓"生命力"（即人与万物不可须臾离之的根本生命质素）为基本含义，也可以特指"化生天地万物的始基""精神状态""人或文的个性气质"等。这些含义固然并非泾渭分明、绝无交叉，但终归具有相对独立性。如，今人不能将孟子"浩然之气"的"气"等同于无关道德修养的"血气""精气"之"气"，也不能将化生万物的"元气"之"气"等同于曹丕的"文以气为主"之"气"。在《文心雕龙》里，《体性》中的"气"上承曹丕《典论·论文》，指不可改易的个性气质；而《养气》中的"气"，则指可以调节、改善的生命力或精神状态，二者同样是不宜被视作同一概念的。

现在回到《风骨》本文。笔者提出的疑问是：我们能为刘勰在其中屡次言及的"气"，寻得一个贯通全篇的圆融解释吗？在《风骨》中，刘勰曾引用《典论·论文》有关"气"的著名论断及刘桢的类似观点：

> 故魏文称文以气为主，气之清浊有体，不可力强而至。故其论孔融，则云体气高妙；论徐幹，则云时有齐气；论刘桢，则云有逸气。公幹亦云，孔氏卓卓，信含异气，笔墨之性，殆不可胜，并重气之旨也。

这段话出现在《风骨》诸多涉及"气"的文字之后，且以"故"字发端，承接前文之意。由此可以判定，这些"气"应该是同一个概念。在《风骨》中，有关"气"之含义的唯一一处明确界说，即来自上述引文。如果遵从此处之界说，那么《风骨》中的"气"就是特指创作者难以改易，且必

---

① 《说文解字》，第20页。

然呈现于文中的"个性气质";这一含义与《体性》中"气有刚柔""风趣刚柔,宁或改其气"之"气"一致。可是问题在于,以这一狭义解说《风骨》中其他的"气",能否获得有说服力的结论呢?将"志气之符契""意气骏爽"之"气"解作"个性气质"或亦可通,但将此篇他处之"气"也做此解,就可能产生麻烦。先来看"若丰藻克赡,风骨不飞,则振采失鲜,负声无力;是以缀虑裁篇,务盈守气,刚健既实,辉光乃新"这段文字。《左传·昭公十一年》记叔向语:"不道不共,不昭不从,无守气矣。"正义:"言无守身之气,将必死。"①这种"气",解作"生命力"即通。而"务盈守气"便可因之解作"务须令(创作中的)生命力充盈、活跃"。如此,"缀虑裁篇,务盈守气"句意上可承"若丰藻克赡,风骨不飞,则振采失鲜,负声无力",下可接"刚健既实,辉光乃新",文理通畅。与此相反,若以"个性气质"这一狭义作解,就会导致文理的窒碍不通——该意义上的"气",清浊有别,面目各异。如果"务盈守气"指的是令这种"气"充盈,那么这充盈的结果,恐怕就并不必然是飞动之力、"刚健"之风了。而把"思不环周,索莫乏气,则无风之验也"、"相如赋仙,气号凌云,蔚为辞宗,乃其风力遒也"句中的"气"释为"个性气质",同样欠妥。因为在刘勰完整引述的曹丕观念中,个性气质与生俱来,无可剥夺,无可改易,似乎谈不上乏不乏的问题。而如前文所说,"气号凌云"系化自"天子大说,飘飘有凌云之气,似游天地之间意",可见此"气"更与"个性气质"无关。相比之下,从"生命力"角度解释这两段话中的"气",文义就自然是圆融的。

于是可知,刘勰引用曹丕气论,固然可能意在"弥纶群言,而研精一理"②。不过,无论他在主观上可能怎么理解"气"的含义,此种引用似都造成了一个文本表意上的事实:在同一个思维过程里,把同词异

---

① 《十三经注疏(清嘉庆刊本)·春秋左传正义》,第4475页。

② 此系《文心雕龙·论说》篇中语,见《文心雕龙注》,第327页。

义的"气"当作同一概念来使用。这样的话,便难免导致矛盾的产生。今人在解释《风骨》中"气"概念时,或语义含混,或强为弥缝,岂偶然哉。

五 关于"风骨"研究之思维模式及方法的反思

综上所述,《文心雕龙》"风骨"的含意多歧特征,不是存在于某些论说片段内的局部现象,而是全局性现象。在《文心雕龙·论说》中,刘勰曾说:"(论)义贵圆通,辞忌枝碎,必使心与理合,弥缝莫见其隙;辞共心密,敌人不知所乘,斯其要也。"①由上述事实来看,实现这一理想何其难哉。而对于当代诠释者来说,"寻找风骨说的确切含义"这一研究目标,实内在地包含着对"风骨"含义之合逻辑性、可论证性的要求。该要求既然与研究对象充满逻辑破绽及语义空白、外围史料信息存在多元解读余地等实际特征抵牾,那么想求得有说服力的"确切含义",当然是不可能的。时至今日,学界在"风骨具有力之美"、"风不等于文意,骨不等于文辞"、"风骨不能与'风格'简单等同"②、"风骨说系刘勰为医治文坛靡弱之病而发"等大方向上足以形成共识;不过一旦欲更进一步,去精确地界说、分析其内涵,就容易落入费什在讨论弥尔

---

① 《文心雕龙注》,第328页。

② 在相关诠释史上,风骨是否是一种风格,曾存在争议。如詹锳曾曰:"风骨就是鲜明、生动、刚健、有力的风格。从这个角度来阐述《风骨》篇的理论,无不迎刃而解。"(詹锳《文心雕龙的风格学》,第48页)但这种解释显然存在学理破绽。牟世金的驳论是一针见血的:"风骨并不等于风格,如以风骨为风格的一种,则无异于改'数穷八体'为'数穷九体',显然不能成立;如以风骨为一种综合性的、总的'风格',这个'风格'就失去了风格的意义,不成其为风格了。"(《文心雕龙译注》,第70页)

顿《快板》诠释问题时揭示的那种诠释程序：

> 1. 每一种读解的主张者略作让步，通常是承认他所反对的读解也有自己的根据。
>
> 2. 每一位评论家都能指出一些细节，这些细节确实能为他提供支持。
>
> 3. 但为了充分支撑各自的观点，每一位评论家都不得不去弄清有关诗句的意思，方法是建立起比文本本身更为坚实明晰的联系。
>
> 4. 这种做法往往试图把原文中的意象和事件安排到一个逻辑序列中去。①

进入这样的程序，就注定会根据自己的诠释预期，对表意具有复杂性、模糊性的概念、命题、陈述系统地做出定向解读，而这也就意味着规避不利于自己论证的其他解读可能。既如此，焉能不陷入"牵材料以就我"的窠臼呢？就此而言，罗宗强先生多年前有关"风骨"释义之原则、方法的认识，仍是甚有参考价值的：

> 要给彦和的风骨论作一番义界明确的解释，是十分困难的，不惟今日作不到，恐今后亦难有满意之结果。我想，在介绍彦和风骨论时，先确立一个原则，这就是用体认和描述的方法，明其大意……他的论述是弹性的，我们也使用一种弹性的方式意会之、描述之。②

不过，分析"风骨"含意多歧特征，其意义又绝不仅止于此。通过

---

① 转引自张隆溪《道与逻各斯》，第 203 页。
② 罗宗强《魏晋南北朝文学思想史》，中华书局，2006 年，第 243—244 页。

前文的讨论,尚有关于研究之思维模式、方法的其他一些重要问题渐渐浮出水面,值得予以专门申说。

令笔者特别关注的一种现象是,在诠释"风骨"时,颇有研究者难以摆脱关于刘勰理论的"逻辑完美性想象"。请看牟世金先生的认识:

> 只要从本篇论"骨"的全部文句着眼,承认刘勰不可能在同一篇、同一段的论述中自相矛盾;只要否定不了"结言端直,则文骨成焉"等明确的论断,就不难发现,"瘠义"二字在原话中是不应被孤立起来的。①

> (刘勰)在具体论述中,虽时有角度不同而各执一端者,但其主旨无不在求文质相称、华实相符。"风骨"论是《文心雕龙》的重要组成部分,自不能游离于这个体系之外,它只能符合这个体系,而不容违反这个体系。倘有不合,就必然是研究者的理解有出入,而不可能是刘勰自身有矛盾。②

牟先生反对断章取义、主张在完整文本语境中把握概念含义,当然是合理的。但笔者的疑问是:刘勰为什么"不可能在同一篇、同一段的论述中自相矛盾"、其表述为什么不可能"自身有矛盾"呢?在诠释古人某一学说、观念时,我们总免不了从对其逻辑完美性的预设出发。但是不管怎样,这种预设终归需要诠释者在有关研究对象的各层级"诠释循环"中加以检验。一旦把它直接当成必须被证明的真理,就是把生成诠释的必要起点误解为终点,也忘记了人的实然存在特征。无论个人还是整个人类历史,都充满非逻辑、非确定性的内容。人的世界因此时时具有非机械刻板之确定性结论、法则所能束缚的活力和魅力,同

---

① 牟世金《文心雕龙研究》,第 380 页。
② 牟世金《文心雕龙研究》,第 385 页。

时自然也因此具有格外神秘甚至混乱的一面。不妨回顾一下尼采的
看法：

> 　　会使一个思想家感到绝望的事物中，包含着这样一种认识，即
> 非逻辑对人类来说是必要的，许多善的事物均出自非逻辑。它如
> 此根深蒂固地植根于激情中、语言中、宗教中，以及赋予生命以价
> 值的一切事物中，以至于人们如果不可怕地损害这些美好事物就
> 不可能将其拔除。相信人性会变成纯粹逻辑的人性的人实在是太
> 天真了；但是如果可以不同程度地接近这个目标，那么就没有什么
> 东西必须全部丧失了！甚至最有理性的人也需要不时恢复天性，
> 也就是说，恢复他对一切事物的非逻辑的基本姿态。①

回到本题。对于人之思想表达来说，逻辑学是规范性的学说，而不是描
述性的学说。逻辑完美是理论著作追求的应然目标，而不必然为任何
一部理论著作所实际具备。正如王元化先生指出的那样：

> 　　过去一些优秀思想家的理论著作，往往呈现了矛盾状态。他
> 们的思想原则并不是永远贯穿并浸透在每个具体的论点里面。原
> 理和原理的运用之间，体系和方法之间，形式和内容之间，可能存
> 在某种不一致的情况。②

应该看到，所谓《文心雕龙》"体大思精"，只是相对于中国古代其他文
论文献而言的。它只是对该著作典型特征的指认，不属于、也不可能来
自"完全归纳"或"科学归纳"，因此不等于"逻辑完美"，不能无条件地

---

① ［德］尼采著，杨恒达译《人性的，太人性的》，中国人民大学出版社，2005 年，第 38—
　　39 页。
② 王元化《文心雕龙讲疏》，广西师范大学出版社，2004 年，第 69 页。

成为任何演绎的起点。而研究者一旦陷入"逻辑完美性想象",忽略这一事实,就容易窄化甚至歪曲《文心雕龙》中可能存在的复杂意义空间。为刘勰修补原本并不融贯的论证逻辑、我说即是地指定概念含义、拼接重组原始文本语境等情况,都是其具体体现。这样的话,就在事实上把本来需要揭示的"刘勰说了什么、又是如何说的"置换成了"刘勰怎样说才是合理的"。而陷入"逻辑完美性想象"的极端表现之一,就是认为《文心雕龙》存在一个界定精严且逻辑关系井然有序的、对各篇文本普遍有效的概念系统,认为刘勰对其中每个概念都严格地、一贯地使用其一种含义。读者从前文有关"情""志""意""气""言""辞"的辨析中,应该已经对这个现象有所察觉。它无疑忽视了《文心雕龙》各篇实际存在的语境差别,也忽视了《文心雕龙》与其他文献的语境差别。而一个失去"语境优先"前提的《文心雕龙》概念系统建设,只能是脱离文本表意实情的、精致的空中楼阁罢了。就此而言,那些立足于语境特征来理解概念的做法,就格外值得我辈尊重。此处仅以寇效信先生关于"骨""骨髓"的辨析为例:

> 《附会》篇的"必以情志为神明,事义为骨髓,辞采为肌肤,官商为声气",其中"情""志""事""义""辞""采"无疑是专门术语,而所谓"神明""骨髓""肌肤""声气",不过是拿人的身体来比拟文章,并非专门术语。如果把《文心雕龙》的一切"骨"字都和"风骨"的"骨"看成一个东西,那也会像有的人那样,根据《体性》篇的"辞为肤根,志实骨髓",又把"情志"当作文"骨"了。①

---

① 按:关于《文心雕龙》中的"骨""骨髓",牟世金先生亦曾细致地分析其在不同语境中的含义。他指出:"不能以同词异喻相混同,这是风骨论研究中必须明确的。参证全书其他有关论述是应该的,也可说是必要的,但若不具体分析,慎重对待,简单的文词类比与互证,只能徒增混乱而无补于实。"(见《文心雕龙研究》,第394页)这一观点无疑是甚为深刻的。

再深究之,体现于"风骨说"诠释的"逻辑完美性想象",恐怕正折射出"膜拜式诠释"的思维模式与特征。中西文化史上普遍存在的一种现象是,当某一对象(无论是人、典籍还是其他)成为诠释者心中不容置疑的神圣存在时,倾尽全部才智证明其合理性、完美性就变成了诠释的终极目的、核心内容。可无法回避的是,任何诠释对象的含义、价值都不可能自动呈现,它们必然也必须经过读者的诠释活动才能够开显出来。而读者的诠释活动本身,注定是无法脱离其前理解及阅读期待的。就此而言,所谓经典"完美性""合理性"的内容与标准,其实无非都是诠释者自身的产物。于是,这种"膜拜式诠释"往往只是在精致的循环论证中,成为对诠释者自身价值理想的反复确认与强化,也常常在彼此之间形成伊瑟尔阐发过的"解释的冲突"。在这里参照一下他的相关思考,是颇有必要的:

> 左右阐释的假设在很大程度上决定了文本应有的意义。因此,当有人宣称自己找到了那个意义时,其实是在暗示只有他的设想和假设才具有正当性,这就引发了长久以来被称作解释的冲突的现象。这种冲突以竞争的形式展现出来,每一种方法都试图通过否定其他方法来维护自己的地位,以证明自身的重要、见解的深邃、涉猎的广泛。然而,解释的冲突所揭示的正是所有假设本身固有的局限性,从而揭示它们在完成所承担的任务时其应用是有限度的。①

毋庸置疑,在人类文化史上,正是"膜拜式诠释"生成了无可计数的、深湛的原创性思想。而问题同时在于,"创造性的诠释"并不必然等于"合理的诠释"。"膜拜式诠释"对诠释对象意义空间的遮蔽,对自身思

---

① 《怎样做理论》,第69页。

维模式的缺乏反省,以及因是己非人而导致的无谓之争,终归应被今人正视、规避。

另一个无可回避的问题,就是"以今释古"的限度。我们今天用以认识、诠释古代文论现象的概念、观念、思维模式乃至语言表述形态,均深受西学浸染,是 20 世纪中西文化交锋、融合的产物。异质文化之间当然存在大量相似的、可供类比的内容;与此同时,也必定存在各种类型的凿枘不合。时至今日,诸如以浪漫主义、现实主义二分法或唯物主义、唯心主义对立斗争模式解析《文心雕龙》,已因其牵强附会而被多数学者自觉规避。不过,当我们仔细地检查今人的研究时,便会发现,像"刘勰的文学理论一般认为可以分为总论、创作论、作品论、欣赏论、发展论等五论,风骨属于作品论"①这类认识,仍然常见。刘勰的文论中,的确包含"五论"指涉的内容。可是,《文心雕龙》全书结构并不是按照"五论"模式设计的,且诸篇即便内容各有侧重,也多并不严格地专论"创作""作品""欣赏""发展"中的一者而不及其余。由此可见,如果《文心雕龙》并未呈现出"五论"式的思维模式,那么诸如"风骨"到底是"创作论"还是"作品论"这类问题,就是有牵古人以就我之嫌的。再进一步看,不必说研究范式、理论模型,即便是"文学""审美""形式""内容""风格""结构"等一系列为古代文论研究所不可或缺的基本概念,都无不具有深厚的西学背景。古人的思想世界中,固然有不少内容与之近似,但它们之间也常存在或微妙、或重大的差别。仅就本

---

① 童庆炳《〈文心雕龙〉"风清骨峻"说》。按:据高建平等著《当代中国文学批评观念史》第一章《现实主义文艺理论体系建设的新起点》(中国社会科学出版社,2019年),1961 年 5 月,上海市委组织南方各高校联合编写"文学的基本原理",由以群主持。1963—1964 年,其成果《文学的基本原理》由上海文艺出版社出版,成为我国首部统编文艺学教材。1961 年,由蔡仪主持,北方各高校联合编写《文学概论》,于1979 年出版。这两部教材基本确立了中国当代文学理论教材以"本质论""作品论""发展论""批评论"为框架的写作模式。本章所及以"五论"分析《文心雕龙》,其思维模式当源于此。

章涉及的概念为例,前文所说的狭义之"志"概念,其内涵便兼有感性与理性要素。如胡家祥指出的那样,它很难用西学中的"will""ideal"或"aim""ambition"精确对译。① 而即使"情"可大体被视作"内容",与它对举的"辞"也显然不能随之被简单等同于"形式"。因为"辞"往往并不仅指"情感的外在装饰物",也不具备"使某物'是其所是'的第一原理"这种哲学含义;无论在哪条理路上,都不能简单地和西学中的"形式"概念等量齐观。既然"情辞之别"未必等于"内容形式之别",那么有关"风""骨"到底属于"形式"还是"内容"的激烈讨论,或许在前提上就是存在破绽的。当然,无论我们如何辨析此类问题,都不能拒绝一个基本事实:人是历史性的存在;人和其所在世界的共在,就是他的存在方式。既然我们的认识能力注定来自并成长于以中西交流、碰撞、彼此吸纳为基本特征的当代世界,那么追求用"纯粹的中国话语系统"诠释包括《文心雕龙》在内的中国古典,就既无必要,也无可操作性。何况所谓"中国话语",也常因其历史语境差别而各有不同。认定其中存在某些足以贯通中国古今百代的、具有严格同一性的内容,就有可能陷入本质主义的独断。自 20 世纪八、九十年代至今,如何尽可能用一套中西碰撞语境中形成的思维工具合理地开显古代文论的意义世界,始终是学界热烈争论的话题。经由本文讨论,我们或许可以又一次看到:面对西学资源,重要的不是以"民族化""本土化"为理由,轻蔑地否定其生存权,而是审慎地思考其限度,避免对其滥用。在那梦想中的"最优思维工具"现身之前,能够立足于对研究对象基本性质的判断,尽可能自觉地辨明现有思维工具中哪些应被搁置一旁,又有哪些需要适当修正,就不失为一件有意义的工作。

---

① 胡家祥《王夫之"志"论疏解》,《哲学研究》2017 年第 1 期。

第五章
从五古《修竹篇》看陈子昂"兴寄"观

在陈子昂存世作品中,《修竹篇并序》无疑最为鲜明地呈示着他的诗歌理论主张。全文如下:

东方公足下:文章道弊五百年矣。汉魏风骨,晋宋莫传,然而文献有可征者。仆尝暇时观齐梁间诗,彩丽竞繁,而兴寄都绝,每以永叹。思古人,常恐逶迤颓靡,风雅不作,以耿耿也。一昨于解三处见明公《咏孤桐篇》,骨气端翔,音情顿挫,光英朗练,有金石声。遂用洗心饰视,发挥幽郁,不图正始之音复睹于兹,可使建安作者相视而笑。解君云:"张茂先、何敬祖,东方生与其比肩。"仆亦以为知言也。故感叹雅制,作《修竹诗》一篇,当有知音以传示之:

龙种生南岳,孤翠郁亭亭。峰岭上崇崒,烟雨下微冥。夜闻鼯鼠叫,昼聒泉壑声。春风正淡荡,白露已清泠。哀响激金奏,密色滋玉英。岁寒霜雪苦,含彩独青青。岂不厌凝冽,羞比春木荣。春木有荣歇,此节无凋零。始愿与金石,终古保坚贞。不意伶伦子,吹之学凤鸣。遂偶云和瑟,张乐奏天庭。妙曲方千变,箫韶亦九成。信蒙雕研美,常愿事仙灵。驱驰翠虬驾,伊郁紫鸾笙。结交嬴台女,吟弄升天行。携手登白日,远游戏赤城。低昂玄鹤舞,断续彩云生。永随众仙去,三山游玉京。①

20世纪至今的中国古代诗学研究中,这篇作品的序得到特别关注,被视为陈子昂师法汉魏、排诋齐梁的宣言。在此序所涉重要内容里,"兴寄"尤为引人瞩目。从现存文献看,该词偶见于六朝著述,至唐则首先在子昂此文中用于诗学,后渐被论诗者广泛接受。不过,子昂兴寄观的旨趣并未在《修竹篇并序》中得到具体阐发。因此,如何理解之、诠释之,便成为学界持续讨论、歧见纷出的话题。

应该看到,"兴寄"所处的原始文本语境,乃是由序和诗构成的。这两部分文本共同营建出一个完整的意义空间,实具有互相证明、彼此生发的关系。就此而言,五古《修竹篇》就不仅是一篇通常意义上的"文学作品",更是承载着重要理论信息、为我们诠释"兴寄"所必需的文论文献。而当代研究恰好普遍存在舍诗而论序、低估《修竹篇》理论价值的情况。在这样的整体研究格局中,《修竹篇》即便在阐释"兴寄"时被提及,也常被视作与《感遇》价值相似的外围旁证文献。即便指明《修竹篇》理论意义的时贤,似也多只是对这种意义点到为止,未作深细讨论。② 笔者不敢断言,诗、序并论之后,有关"兴寄"含义诠释的诸多难题就可以迎刃而解。但至少有一点毫无疑问:在完整的原始文本语境

① [唐] 陈子昂著,彭庆生校注《陈子昂集校注》,黄山书社,2015年,第163页。按:此文题目《唐文粹》作"与东方左史虬修竹篇并序",《唐诗纪事》作"寄东方左史修竹篇序",《唐诗品汇》作"修竹篇与东方左史虬并序"。弘治四年(1491)杨澄校刻本《陈伯玉文集》(陈集现存最早刻本)作"修竹篇并序"。

② 关于言及此诗理论意义的成果,可参看韩理洲赏析《修竹篇》之文(周啸天主编《唐诗鉴赏辞典补编》,四川文艺出版社,1990年,第63页),及许总《风骨兴寄的实践成果及其渊源影响——陈子昂诗论》,《中国韵文学刊》1994年第2期;张采民《论陈子昂的诗歌革新主张与诗歌创作》,《南京师大学报》1998年第4期;萧义玲《理想情怀、现实顿挫与超越企求——陈子昂的抒写历程与文学史意义》,花木兰文化出版社,2011年等。

中展开探索,我们的结论将更具说服力、更为切近陈子昂的原意。而讨论有关《修竹篇》表现特征的诸多问题,也有助于我们深入地理解陈子昂"兴寄"与前代文学、尤其是与其力诋之齐梁文学的复杂关联。

一　从《修竹篇》看"兴寄"之"兴"的含义

"兴寄"中的"寄",系寄寓、寄托之意,该词语义明确,当代诠释者并无异议。争议所在,往往在于如何解释"兴寄"之"兴"。笔者所见的相关观点,大体可分为两类。

一类是将其解释为"比兴"之兴。如郭绍虞主编《中国历代文论选》释兴寄曰:"指文章有深刻的含义。兴,即比兴的表现手法;寄,指有所寄托。"[1]王运熙《中国古代文论中的比兴说》:"所谓兴寄,就是比兴寄托……所谓比兴寄托,是指通过对目前事物的歌咏来表现诗人对国事民生的关怀和意见。"[2]彭庆生《陈子昂集校注》:"谓以比兴寄托深刻内涵也。"[3]在这一类诠释中,尚有将比兴与美刺、讽喻关联者。如周勋初认为,兴寄"即比兴寄托,运用委婉而形象的美刺手法,寄寓对国事民生的意见和理想。"[4]袁行霈等《中国诗学通论》:"陈子昂所说的兴寄,就是诗歌的比兴寄托,这也是《诗经》'风、雅'的优秀传统。就其特点来说,它是通过'因物喻志'、'托物起兴'的表现方法,以进行'美刺'、'讽喻'。"[5]乔象钟、陈铁民主编《唐代文学史》:"所谓风雅、兴寄,是说诗歌应发扬《诗经》比兴寄托的优良传统,具有充实的社会内

---

①　郭绍虞主编《中国历代文论选》,上海古籍出版社,1996年,第2册,第55页。
②　王运熙《中国古代文论管窥》,上海古籍出版社,2014年,第73页。
③　《陈子昂集校注》,第167页。
④　周勋初《中国文学批评小史》,复旦大学出版社,2007年,第60页。
⑤　袁行霈、孟二冬、丁放《中国诗学通论》,北京大学出版社,1994年,第364页。

容。具体的要求是,关心现实,有为而作,作而寓讽喻寄托之义,例如指陈时弊,讽刺统治者,抒发对社会人生的感慨等等。"①

至于另一类,则是将兴理解为"感兴"之兴。如罗宗强《唐代文学思想史》:"兴,是兴发感情;寄,是寄托。兴寄,就是有感而作,作而有所寄托,侧重点是在有所寄托上。这是对比兴说的一个发展。"②王运熙、杨明著《中国文学批评通史·隋唐五代卷》:"陈子昂《修竹篇序》之兴寄,也就是寄寓感慨之意……至于具体手法,则既可'托事于物'、'婉而成章',如借咏物、咏史等寓意,也可喷薄而出,直抒胸臆。这两种手法都是陈子昂常用的。总之,兴寄强调的是真实深沉的感慨,而不局限于托事于物的手法。"③又如张少康认为,兴寄之兴"指感兴、意兴,是诗人浮想联翩,形象思维十分活跃时的一种状态";兴寄说"要求以审美形象来感动读者,并从中体会到积极的思想意义","要求诗歌创作在审美意象内隐含有深刻的思想。"④成复旺则指出:"所谓兴寄,就是将自己在社会人生中有感而发的深挚之情,寄寓于眼前景物的歌吟咏叹之中。这是感物生情与寄情于物的统一,是兼及思想与艺术的创作手法。"⑤

"比兴"说、"感兴"说,究竟哪一者是"兴寄"之"兴"的正解? 抑或此二说之外,尚有其他诠释方式?

无论将"兴寄"中的"兴"释为"比兴"还是"感兴",都是有其诠释史依据的。"兴"是中国古代诗学最为重要的概念之一,自汉代以降,诸家诠释即歧义纷出,众多观点均有可能成为"兴寄"的理论渊源。因此,在进入正式辨析之前,有必要对汉至初唐的相关理解做一简要

---

① 乔象钟、陈铁民《唐代文学史》,人民文学出版社,1995 年,第 203 页。
② 罗宗强《隋唐五代文学思想史》,中华书局,2003 年,第 80 页。
③ 王运熙、杨明《中国文学批评通史·隋唐五代卷》,上海古籍出版社,1996 年,第 118 页。
④ 张少康《中国文学理论批评史》,北京大学出版社,2005 年,第 272 页。
⑤ 成复旺《新编中国文学理论史》,中国人民大学出版社,2010 年,第 149 页。

归纳。

　　大要观之，这些诠释呈现出两个基本方向。一个是将兴释为"喻"之一种。《诗经》毛传便常用喻的思维方式理解其标注的兴句。如释《周南·关雎》之"关关雎鸠，在河之洲"："兴也。关关，和声也。雎鸠，王雎也，鸟挚而有别。水中可居者曰洲。后妃说君子之德，无不和谐，又不淫其色，慎固幽深，若关雎之有别焉。然后可以风化天下。"①又如释《小雅·黄鸟》"黄鸟黄鸟，无集于谷，无啄我粟"："兴也。黄鸟宜集木啄粟者，喻天下室家不以其道而相去，是失其性。"②除毛传外，孔安国将孔子"《诗》可以兴"之"兴"释为"引譬连类"③。郑众曰："比者，比方于物也。兴者，托事于物。"④郑玄则在将比释为"见今之失，不敢斥言，取比类以言之"的同时，认为兴乃是"见今之美，嫌于媚谀，取善事以喻劝之"⑤。在这类理解中，兴与比实为同类概念，皆属"喻"。只不过比系明喻，而兴在毛亨、郑众的诠释中，似具有本体、喻体关系并不呈现于字面意义的托喻品格。在这类观念牵引下，比、兴合称，也就通常与"赋"对举，指托物以言情志，或特指托物以寄美刺讽喻。这既是对创作方法的要求，也是对创作内容、创作功能的要求。⑥ 而通篇都带有这种譬喻模式的作品，即是后人所谓"比兴体"（或朱自清《诗言志

---

① 《十三经注疏（清嘉庆刊本）·毛诗正义》，第570页。
② 《十三经注疏（清嘉庆刊本）·毛诗正义》，第929页。
③ 程树德集释《论语集释》，中华书局，1990年，第1212页。
④ 《十三经注疏（清嘉庆刊本）·周礼注疏》，第1719页。
⑤ 《十三经注疏（清嘉庆刊本）·周礼注疏》，第1719页。
⑥ 需要注意，"比兴"有时亦被用来作为诗的代称，且在某些语境中专指具备政教品格的诗。这种现象在唐代诗学中多处可见。如杜甫《同元使君春陵行并序》："当天子分忧之地，效汉官良吏之目。今盗贼未息，知民疾苦，得结辈十数公，落落然参错天下为邦伯，万物吐气，天下少安可得矣。不意复见比兴体制，微婉顿挫之词，感而有诗，增诸卷轴。简知我者，不必寄元。"而被杜甫以"比兴体制"称之的元结《春陵行》《贼退后示官吏作》，整体上皆是直陈时事、己志的作品。参见徐正英《先秦至唐代比兴说述论》，《西北师范大学学报》2003年第1期，钱志熙《唐人比兴观及其诗学实践》，《文学遗产》2015年第6期。另，陈子昂曾以"比兴"泛指言志抒怀，说详后。

辨》所称"比体")诗了。至于另一个诠释方向,则是沿兴的"起"这一本意衍生而来。《诗经》毛传所标兴句,一般位于全篇开首部分,故其兴义除"喻"外,亦当包含"发端""引发"之意。① 刘熙《释名》曰:"兴物而作谓之兴……事类相似谓之比。"②挚虞《文章流别论》曰:"比者,喻类之言也。兴者,有感之辞也。"③这样的诠释,是将兴理解成心物相逢的感发之所得,于是,也就令其和比有了实质性区别,而与专指"感发所得之心理、情感状态"的"感兴"之兴、"兴会"之兴同属一类。值得一提的是,刘勰曾在《文心雕龙·比兴》篇中讲道:"比者,附也;兴者,起也。附理者,切类以指事;起情者,依微以拟议。起情,故兴体以立。附理,故比例以生。比则蓄愤以斥言,兴则环譬以托讽。"④可见他认为比、兴于生成原理、思维模式上存在"附理"与"起情"的性质差别,在内容、功能上则同属譬喻,且为政治讽谏服务。这就代表了一种折中的思路。至于钟嵘释兴为"文已尽而意有余",在诸家中确属独立特出。不过,汉儒、刘勰辈以托喻思路释兴,本就规定了兴应具有文外之意;而钟嵘本人同样有过"专用比兴,则患在意深"⑤一类表达,可见《诗品》论兴,固然已不将其品格限定于政教,但仍是同汉儒譬喻说存在义理关联的。

根据这样的诠释史背景,我们可以先对六朝时出现的"兴寄"及其相近概念中的"兴"试作解读。僧肇《答刘遗民书》:"威道人至,得君《念佛三昧咏》,并得远法师《三昧咏》及《序》。此作兴寄既高,辞致清

---

① 如朱自清所说的那样:"《毛传》兴也的兴有两个意义,一是发端,一是譬喻;这两个意义合在一块儿才是兴。"见朱自清《诗言志辨》,广西师范大学出版社,2004 年,第42 页。

② [汉] 刘熙《释名》,中华书局,2016 年,第91 页。

③ [清] 严可均校辑《全上古三代秦汉三国六朝文》,中华书局,1999 年,第 2 册,第1905 页。

④ 《文心雕龙注》,第601 页。

⑤ 《诗品集注(增订本)》,第53 页。

婉。能文之士,率称其美,可谓游涉圣门,扣玄关之唱也。"①钟嵘评张华诗曰:"其体华艳,兴托多(一作不)奇。"②慧远、刘遗民《念佛三昧咏》今未见,张华诗亦不专主托喻。故根据以上二文的整体语境特征,将其"兴寄""兴托"之"兴"解作"感兴"或"托喻",义皆可通,似不必强执一律。而认识到这些,对于把握陈子昂的"兴寄"之"兴"来说,仍是远远不够的。处理这一问题,应明确一个前提:无论哪种已有的"兴"之意涵,都必须在与《修竹篇并序》文本语境的"诠释循环"中得到检验。只有与这一文本语境最为契合的意涵,才是最有说服力的。

《修竹篇序》中可作为兴寄意涵诠释之参照的内容,主要有三方面:陈子昂推崇的"汉魏风骨"及"风雅"典范,作为"兴寄"对立面出现的"彩丽竞繁",以及子昂为《咏孤桐篇》做出的高度评价——"骨气端翔,音情顿挫,光英朗练,有金石声"。无论是"比兴寄托"还是"感兴寄托"之作,其实都可能上合汉魏风骨、风雅典范,成为所谓"彩丽竞繁"作风的对立面,也都可能具备"骨气端翔"等品格。因此,如果仅将《序》当成"兴寄"的文本语境,则把"兴"解作"托喻"或"感兴"皆有其理由。但是,"兴寄"的原始文本语境毕竟不仅仅是这一篇《序》。诚然,《咏孤桐篇》今已不存,我们无法判断《修竹篇》在创作细节上和它的关系。不过显而易见的是:《修竹篇》即便带有唱和性质,也绝非信笔戏为或被动应酬的产物。如《序》所示,它是陈子昂"感叹雅制",希望"有知音以传示"的精心之作,带有与备受其推崇之《咏孤桐篇》共鸣的创作意图。这便意味着,子昂是自觉地把《修竹篇》当作《序》中所言价值理想之直观示范的。笔者前文之所以认为序与诗"共同营建出一

---

① 《全上古三代秦汉三国六朝文》,第3册,第2410页。按:僧肇《般若无知论》曾由竺道生带至刘遗民处。遗民汇总自己与庐山僧众疑难之处后作书核问,僧肇即又作此回书进一步阐释之。此往来书信原均无标题,后人所加题目各异。具体情况可参张春波《肇论校释》,中华书局,2010年。

② 《诗品集注(增订本)》,第275页。

个完整的意义空间,实具有互相证明、彼此生发的关系",原因正在于
此。既然这样,考察"兴寄"之"兴"的意涵,就必须兼顾《修竹篇》的内
容与特征。而不难发现的是,《修竹篇》恰是一首典型的"比兴体"诗。
细玩之,该诗从开篇至"春木有荣歇,此节无凋零",乃是借吟咏修竹的
居处高洁、不畏霜雪,托喻孤高耿介、独善其身的品行。经"始愿与金
石,终古保坚贞。不意伶伦子,吹之学凤鸣"四句过渡后,自"遂偶云和
瑟,张乐奏天庭"直至篇末"永随众仙去,三山游玉京",则大体是在借
吟咏修竹被琢为乐器后奏曲天庭、追随仙灵,托喻为人主所用后的经历
及人生理想。① 这一段喻体的营建,显然受到曹植《升天行》《仙人
篇》、鲍照《代升天行》等游仙诗的影响;也存在化用鲍诗"从师入远岳,
结友事仙灵""凤台无还驾,箫管有遗声"②等句的痕迹。彭庆生认为:
"'永随众仙去,三山游玉京',实隐寓挂冠之意。"③萧义玲亦持相同看
法。④ 然通读《修竹篇》后半部分,从"信蒙雕斫美,常愿事仙灵"直至
"永随众仙去,三山游玉京"意趣较一贯,前之"仙灵"与后之"众仙"似
并非两指。且以道教之仙界宫殿喻指帝王居所,以仙界人、物、事喻指
朝廷人、物、事,为初唐时所常见。陈子昂为张昌宗所作之《窅冥君古
坟记铭序》曰:"朝廷大宁,天下无事。皇帝受紫阳之道,延访玉京;群
臣从白云之游,载驰瑶水。"⑤宋之问《秋莲赋》描绘禁城内秋莲曰:"晓
而望之,若霓裳宛转朝玉京。夕而察之,若霞标灼烁散赤城。既如秦女
艳日兮凤鸣,又似洛妃拾翠兮鸿惊。"⑥又如宋之问《太平公主池山

---

① 韩理洲《陈子昂研究》、徐文茂《陈子昂论考》、许总《风骨兴寄的实践成果及其渊源
　影响——陈子昂诗论》均指出此诗后半部整体上的托喻品格,可参考。
② [南朝宋]鲍照著,钱仲联集注《鲍参军集注》,上海古籍出版社,2008年,第174页。
③ 《陈子昂集校注》,第165页。
④ 见萧著《理想情怀、现实顿挫与超越企求——陈子昂的抒写历程与文学史意义》。
⑤ 《陈子昂集校注》,第1049页。
⑥ [唐]沈佺期、[唐]宋之问著,陶敏、易淑琼校注《沈佺期宋之问集校注》,中华书
　局,2001年,第631页。

赋》："厌绮罗与丝竹,爱清池及赤城。构仙山兮既毕,侔造化之神术。"①故"挂冠"一说,尚有推敲余地。宇文所安指出,这段表达是陈子昂"向东方虬暗示,希望能够在宫廷圈子升得更高,接近'天庭'——皇帝",且推测"赢台女"可能暗指武后。② 此说亦可供参考。简言之,《修竹篇》后半部分具体喻指似不必坐实,而观其大要,则毕竟意趣朗健,呈现出高贵自尊之人格特征,在格调上与前半部分保持一致。这样的咏唱既非风云月露中的直觉感发,又远离缠绵缱绻的男女之情,更与以描绘竹之形貌为满足的"尚巧似"趣味无缘。它与士大夫穷通出处之志息息相关,且绝无萎靡之气、卑微之态。可以说,在痛斥齐梁诗"彩丽竞繁,而兴寄都绝"时,陈子昂头脑中构想的合乎"兴寄"要求之代表作品,正是要具备《修竹篇》这样的特征:取譬于物象,曲折地吟咏儒家君子端直、高远的理想、抱负。

　　分析至此可见,《修竹篇》中的"寄",是典型地依靠托喻实现的。暗示、反讽等创作方法,也可以实现"寄"的目的,而它们并不是《修竹篇》用心所在。有《修竹篇》为据,则以托喻为特征的"比兴"之"兴",恐怕应是"兴寄"之兴的第一要义。更具体地说,这样的兴不仅指创作方法,还包含了对创作内容、创作功能的应然要求,故而具有价值理想的意味。在这一点上,它与郑玄、刘勰等对兴的理解保持着一致。在唐代沿用兴寄概念诸案例中,题王昌龄《诗格》产生年代与《修竹篇并序》相对接近,其"诗有三宗旨"举例释"兴寄"曰:"王仲宣诗'猿猴临岸吟',此一句以讥小人用事也。"③这正是把兴寄理解成比兴寄托。只不过陈子昂此"兴"本并不局限于美刺讽谏,而是扩大到对儒家君子之理想、抱负充满活力的吟咏;因而,既依然保持着鲜明的政教品格,又超越

----

①　《沈佺期宋之问集校注》,第 631 页。

②　见[美]宇文所安《初唐诗》,三联书店,2004 年,第 131 页。

③　《全唐五代诗格汇考》,第 182 页。

了郑玄辈的限制。的确,通观陈子昂现存作品,可知其对兴的意涵理解较为多样。如《喜马参军相遇醉歌并序》在序文中提到"夫诗可以比兴也,不言曷著",而随后其诗则曰:"独幽默以三月兮,深林潜居,时岁忽兮。孤愤遐吟,谁知我心。孺子孺子,其可与理兮。"①此作品直抒胸臆,并无托喻,故而序中的"比兴",当即"言志抒怀"的代称。再如其五古《入峭峡安居溪伐木溪源幽邃林岭相映有奇致焉》写到的"路迥光逾逼,山深兴转幽"②,《赠别冀侍御崔司议序》中所说的"蜀山有云,巴水可兴"③,《薛大夫山亭宴序》中所说的"欢穷兴恰,乐往悲来"④等等,无疑都是取"兴"的"感兴"意而非"托喻"意的。这些案例,学界早有关注,也常以其为考论"兴寄"意涵的重要根据。而在笔者看来,这些有关"兴"的表达毕竟与"兴寄"并不处于同一语境中,在未被置入"兴寄"所处完整文本语境加以检验的情况下,是不能被用作关键证据的。在陈子昂的原发意念中,"兴寄"之"兴"是否与"抒写怀抱"或"感兴"之义绝对无关?这一点我们当然无法证明。既然"托喻"的形成本也必与感发因素关联紧密,既然《修竹篇》终归是言情志、有感而发之作,则此"兴"的意义边界,也未必就是了无弹性的。但是,以"感兴"等意涵遮蔽"托喻"这第一要义,终归会淹没"兴寄"之"兴"在其原始语境中最为显明的旨趣,这就未免有喧宾夺主之嫌了。

于是可知,前引持"比兴"说释"兴寄"之"兴"的诸家观点,当是更为接近陈子昂原意的。不过必须指出,如果比兴说诸家在诠释时能注意到《修竹篇》与《序》不可分割的关系,将《修竹篇》列入关键论据,那么其诠释就将减少推测的成分,获得前所未具的说服力,而此比兴在《修竹篇并序》语境中的"托喻"这一首要特征,也将随之获得较实在的

① 《陈子昂集校注》,第470页。
② 《陈子昂集校注》,第208页。
③ 《陈子昂集校注》,第455页。
④ 《陈子昂集校注》,第1158页。

解说。尤其是,有《修竹篇》为据,前引将比兴与美刺、讽喻联系的判断,就更有修正的必要:《修竹篇》的存在,不能证明陈子昂的兴寄一定不包含美刺、讽喻,但足以证明其并不限于美刺、讽喻。与此同时,理清《修竹篇》与《序》的关系后,"感兴说"值得商榷之处,也便凸显出来。罗宗强先生、成复旺先生分别将兴寄之"兴"定义为"兴发感情"、"有感而发的深挚之情",恐怕便忽略了《修竹篇》清晰呈示的托喻特征。王运熙、杨明先生所说的"真实深沉的感慨,而不局限于托事于物的手法"用于概括陈子昂基本创作特征或其兴论的整体面貌,均堪称允当,只是若以此专论"兴寄"之"兴",或许便掩盖了《修竹篇》对托喻这"第一要义"事实上的强调。而诸先生只是讲"有感而发的深挚之情""真实深沉的感慨""在审美意象内隐含有深刻的思想",也就用这类中国古代诗学中的一般原则,消弭了"兴寄"原始语境中的政教色彩——如前所论,虽然陈子昂"兴寄"观已不再被"美刺讽喻"束缚,但其大旨,仍然是标举儒家君子典范人格,呈现出鲜明的政教情怀的。不妨引唐初王绩咏竹诗一首于下,以期在比较中说明问题:

> 竹生大夏溪,苍苍富奇质。绿叶吟风劲,翠茎犯霄密。霜霰封其柯,鹓鸾食其实。宁知轩辕后,更有伶伦出。刀斧俄见寻,根株坐相失。裁为十二管,吹作雄雌律。有用虽自伤,无心复招疾。不如山上草,离离保终吉。(《古意》其二)①

"刀斧俄见寻"以下,尽是伤感怨艾。同为比兴体诗,王绩这篇作品和《修竹篇》情调上反差甚大。王作未必不是"真实深沉的感慨",陈子昂在其他作品中,也并非毫无此类情绪的流露。然而归根结底,这样的表达,应该是很难和《修竹篇序》之精神彼此生发、形成浑融无间之整体语境的。

---

① 　[清]彭定求等编《全唐诗》,上海古籍出版社,1995年,第125页。

二 从《修竹篇》看陈子昂的
"兴寄都绝""彩丽"诸观

值得讨论的问题尚不止这些。齐梁诗歌(其实也包括陈隋诗歌)不只是"彩丽竞繁,而兴寄都绝"的,这在今天的文学史研究中,已成常识。以"兴寄"而论,在这一时段找到具有此种品格的作品,并非难事。不过,文学史实情是一事,陈子昂自己持怎样的判断则又是一事。笔者想要追问的就是,子昂是否真的认为齐梁诗"兴寄都绝"?推测这一问题,仍然离不开对《修竹篇》的解读。

咏物诗乃是中国古代诗歌的重要品类,其大盛正是始于齐梁时期。而当代学人多已指出,以咏竹为主题的诗作恰好也是在此时正式出现、初具规模,并影响到初唐同主题写作的。既然如此,就有必要把《修竹篇》置入这存在已久的创作传统中,体察其可能具备的互文性品格。据马利文统计,初唐咏竹诗今存十二首。① 其中,王绩咏竹之作(前文已举)尽管情调低沉,但从结构、托喻方式来看,颇有启发《修竹篇》的可能。而对这写作渊源的追溯,又不能到王绩为止。在今存的齐梁陈十余首咏竹诗里,谢朓《秋竹曲》"但能凌白雪,贞心荫曲池"②、沈约《咏檐前竹》"得生君户牖,不愿夹华池"③、吴均《绿竹》"何当逢采拾,为君笙与簴"④、刘孝威《枯叶竹诗》"勿嫌风不至,终当待圣明"⑤等表达,都带有"兴寄"特征,从中不难品出以竹比德或喻指"期盼知遇"一

---

① 参见马利文《唐代咏竹诗研究》,南京师范大学 2008 年硕士学位论文。
② [南朝齐]谢朓著,曹融南校注《谢宣城集校注》,上海古籍出版社,1991 年,第177 页。
③ [唐]欧阳询编《宋本艺文类聚》,上海古籍出版社,2013 年,第 2304 页。
④ 逯钦立辑校《先秦汉魏晋南北朝诗》,中华书局,1998 年,第 1727 页。
⑤ 《先秦汉魏晋南北朝诗》,第 1883 页。

类意趣。更有趣的是,这一时期尚至少有四篇作品和《修竹篇》存在较典型的亲缘关系:

> 挺此坚贞性,来树朝夕池。秋波漱下趾,冬雪封上枝。葳蕤防晓露,葱蒨集羁雌。含风自飒飒,负雪亦猗猗。金明无异状,玉洞良在斯。但恨非嶰谷,伶伦未见知。(虞羲《见江边竹诗》)

> 竹生荒野外,梢云耸百寻。无人赏高节,徒自抱贞心。耻染湘妃泪,羞入上官琴。谁能制长笛,当为吐龙吟。(刘孝先《竹诗》)

> 修竹映岩垂,来风异夹池。复涧藏高节,重林隐劲枝。云生龙未上,花落凤将移。莫言栖嶰谷,伶伦不复吹。(张正见《赋得山中翠竹诗》)

> 绿竹影参差,葳蕤带曲池。逢秋叶不落,经寒色讵移。来风韵晚径,集凤动春枝。所欣高蹈客,未待伶伦吹。(贺循《赋得夹池修竹诗》)①

虞羲、刘孝先所作,都先以主要篇幅托喻坚贞品格,再于篇末含蓄地传达期盼知遇之意。"但恨非嶰谷,伶伦未见知"、"谁能制长笛,当为吐龙吟"都使用了伶伦自嶰溪之谷为黄帝取竹制律的典故:

> 昔黄帝令伶伦作为律。伶伦自大夏之西,乃之阮隃之阴,取竹于嶰溪之谷,以生空窍厚钧者,断两节间,其长三寸九分,而吹之以为黄钟之宫,吹曰舍少。次制十二筒,以之阮隃之下,听凤皇之鸣,以别十二律。其雄鸣为六,雌鸣亦六,以比黄钟之宫,适合,黄钟之

---

① 虞、刘、贺三诗见《宋本艺文类聚》,第 2304 页。张诗见《先秦汉魏晋南北朝诗》,第 2495 页。

宫皆可以生之。故曰：黄钟之宫，律吕之本。黄帝又命伶伦与荣将铸十二钟，以和五音，以施英韶。以仲春之月，乙卯之日，日在奎，始奏之，命之曰《咸池》。①

张正见诗前四句同样托喻坚贞，篇尾亦用伶伦典，而以之喻指无人赏识，内里便颇多落寞的滋味。贺循所作，前半依旧有托喻坚贞之意，篇末仍用伶伦典，唯其"所欣高蹈客，未待伶伦吹"喻孤高自守，与前面诸篇有所不同。② 从虞、刘、张、贺及王绩之作可以发现，在陈子昂之前的咏竹诗中，"独守坚贞"加"伶伦雕斫"的意义类型组合，已经形成一种模式。具有先导之功的虞、刘、张、贺诸诗，不仅是较典型的通篇比兴之作，而且在意脉经营、用典等方面都与《修竹篇》存在高度近似。比较可知，子昂与虞、刘等人的不同，主要在变短章为长篇，且自"不意伶伦子，吹之学凤鸣"句起，变未获知遇为已蒙垂青，将虞、刘诸公篇尾点到为止的笔墨，拓展为浪漫高迈、与诗篇前半部分分量相称的情境。由于文献不足征，笔者已无法精确描述虞、刘、张、贺诗在唐前期的具体接受情况。不过就现存文献来看，虞、刘、贺三诗见录于《艺文类聚》，刘、张、贺三诗又为开元间成书的《初学记》所收。此事实可以说明，生活在唐前期的文人，完全存在了解这些作品的可能。保守地估计，它们至少应在该时段中央文人群体中具有知名度。陈子昂二十一岁即"东入咸京，游太学，历抵群公"③，后又多年任麟台正字等省官，故接触到这些作品的可能性甚大。④ 而《修竹篇并序》作年目前虽存在争议，但将

①　《吕氏春秋·仲夏纪·古乐》，见许维遹集释《吕氏春秋集释》，中华书局，2009 年，第 120—121 页。

②　按："未待伶伦吹"句，《文苑英华》作"来待伶伦吹"。一字之差，意趣大变。

③　［唐］卢藏用《陈氏别传》，见《陈子昂集校注》附录，第 1562 页。

④　单以《初学记》而言，其书虽成于开元间，但上距武周终归不远，亦应有助于了解子昂可能具备的阅读视野。

其系于子昂释褐之后,当无问题。① 至此可以推知:《修竹篇》极有可能是子昂被东方虬《咏孤桐篇》触动后,在自觉吸纳齐梁陈诸公及初唐王绩辈同类型作品的基础上完成的。判定其具有拟作品格,并不为过。

　　一方面痛诋齐梁"兴寄都绝",另一方面,自己刻意地树为"兴寄"楷式的作品,其主题、意脉和精神旨趣却都显系从齐梁而来,这未免给人英雄欺人的印象。为大力标举特定价值理想,遂不惜于论文时极尽抑扬之能事的作风,于子昂生前身后均不乏显例。王勃在《上吏部裴侍郎启》中攻击前代文学道:"自微言既绝,斯文不振。屈宋导浇源于前,枚马张淫风于后。谈人主者以宫室苑囿为雄,叙名流者以沉酗骄奢为达。故魏文用之而中国衰,宋武贵之而江东乱。虽沈谢争鹜,适先兆齐梁之危;徐庾并驰,不能免周陈之祸。"②这几乎将屈、宋以降的文坛

---

① 从《修竹篇》具备若干自叙特征及子昂与东方虬存在交游事实两点来看,作年上限当在子昂释褐之后。至于下限,则难以精确判断。韩理洲、徐文茂据诗中意趣,系其于子昂仕宦早期,可备一说。此外,傅璇琮、陶敏《唐五代文学编年史·初盛唐卷》系于圣历元年(698)春夏间,彭庆生《陈子昂集校注》系于神功元年(697)子昂东征凯旋后至圣历元年子昂归隐前。二说结论基本一致。据此,则《修竹篇序》即为子昂最晚期作品之一,具有一生诗学总结之意义。但仔细推敲,则该说仍存在商榷余地。按该说主要通过确定东方虬任左史之时间判断此作产生年份,基本依据则是《旧唐书·宋之问传》:"(之问)累转尚方监丞、左奉宸内供奉。易之兄弟雅爱其才,之问亦倾附焉。预修《三教珠英》,常扈从宴游。则天幸洛阳龙门,令从官赋诗。左史东方虬诗成,则天以锦袍赐之,及之问诗成,则天称其词愈高,夺虬锦袍以赏之。"改控鹤为奉宸府、修《三教珠英》时间皆可考,前者在久视元年(700),后者在圣历至大足间(698—701),故诸先生由此推出虬任左史系在圣历前后,进而推定《修竹篇并序》作年。此考证之问题在于:其一,现存文献中,"龙门夺锦"故事最早见于《隋唐嘉话》,系独立成章,未涉及前述宋之问官职。如此,能否因《旧唐书》将该故事拼接至"累转尚方监丞、左奉宸内供奉"云云之后(《新唐书》大体亦然),即判定其必发生于相应时段内?其二,此史料无法证明东方虬任左史之时间上限——虬于夺锦故事发生时任左史,并不能证明其仅在此时段内任该职。又,《与东方左史虬修竹篇序》等是否即原题,或亦略存疑问(本文题目,弘治本仅作《修竹篇并序》,请参前文)。如此,据虬任"左史"时间考证作年,恐仍需慎重。彭庆生尚认为"永随众仙去,三山游玉京"隐指挂冠,作为其说旁证。此解读可商榷处前文已及,此不赘述。

② 《中国历代文论选》,第2册,第8页。

一笔骂倒。李白同样在《古风》中写下"自从建安来,绮丽不足珍"这一著名评判。而王、李二公文学创作,何尝不是自觉取法六朝的呢。极端的言词,往往会产生格外强大的影响。故而王、陈、李式的表达,亦可被看成为收获言说效力而采用的写作策略。平心而论,推崇昂扬、正大、深沉之文品,期待以此振作文坛乃至世风,的确令人感佩。尤其子昂一生刚直磊落,虽官不过麟台正字、右卫胄曹参军、右拾遗,但能于恐怖政治大兴之时犯颜直谏、对抗酷吏、心忧黎庶、弘扬道义,正可谓以生命印证其宣扬之理想,足为士林楷模。但无论如何,单就文学批评而言,故作大言、轩轾过当,难免会造成批评质量的下降。与子昂等相比,初唐以令狐德棻、魏征等为代表的撰史诸家,便主要把谴责施加于梁中期以后文学、尤其是此时段之宫体文学。不管怎样,他们对六朝文学,尤其是齐梁文学的批评态度,终归更显通达。

进而还需推敲的是:由陈子昂痛斥齐梁的"彩丽竞繁,而兴寄都绝"诸语,是否能推出他存在"兴寄与彩丽不可兼容"的观念? 兴寄说是否包含着对诗歌形式要素的鄙弃?

在《修竹篇序》中,陈子昂慨叹"汉魏风骨,晋宋莫传",称颂东方虬《咏孤桐篇》时则曰:"不图正始之音复睹于兹,可使建安作者相视而笑",这无疑"非常明白地表达了将诗歌史分为汉魏以上、汉魏以下两截的观点"[①],明确地将汉魏古诗树为价值典范。而《序》中所谓"骨气端翔,音情顿挫,光英朗练,有金石声",不仅指称精神气韵,也涉及形式特征,正可看做对汉魏典范的具体描画。就《序》的表意逻辑而言,一篇有兴寄之作,当然也应该是以这样的汉魏典范为楷式的。可耐人寻味的是,子昂隆重地推出的示范之作《修竹篇》,除了带有若干汉魏句法特征(如"岂不厌凝冽,羞比春木荣。春木有荣歇,此节无凋零")外,至少有三点与汉魏古诗典型形式不尽一致。其一,该诗前后各用十

---

① 王运熙、杨明《中国文学批评通史·隋唐五代卷》,第116页。

六句分别吟咏两种不同情境,两部分间则以"始愿与金石,终古保坚贞。不意伶伦子,吹之学凤鸣"四句勾连,这便让全篇呈现出工整的对称结构。这样的特征,与纯俭浑融、往往围绕一事一意经营篇章的典型汉魏风范大不相同。其二,请看此诗表现修竹居处情境的诗句:"峰岭上崇崒,烟雨下微冥。夜闻鼯鼠叫,昼聆泉壑声。春风正淡荡,白露已清泠。哀响激金奏,密色滋玉英。"又如表现修竹天庭经历的诗句:"妙曲方千变,箫韶亦九成。信蒙雕斫美,常愿事仙灵。驱驰翠虬驾,伊郁紫鸾笙。结交嬴台女,吟弄升天行。携手登白日,远游戏赤城。低昂玄鹤舞,断续彩云生。"前一段诗例全为俳偶句。后一段诗例属对不尽精严,却也大体按照俳偶结构展开。此种以俳偶为典型倾向,并以其成段地铺叙描写的作法,恐怕更多地是吸收晋宋以降五古创作经验而来;其偏向流利、生动的属对、描写水平,则较多体现着齐梁初唐诗的风貌。其三,从声韵来说,《修竹篇》很多诗句混杂着诸多齐梁体、初唐律诗的特征,其中"妙曲方千变,箫韶亦九成。信蒙雕斫美,常愿事仙灵"四句,完全符合唐律的黏对要求。这些当然是在汉魏古诗中不会出现的情况。许学夷在《诗源辩体》中攻击《修竹篇》"古、律混淆,自是六朝余弊"①,所指就是此种现象。如此看来,子昂的《修竹篇》其实是一首融汉魏、晋宋、齐梁初唐诸多特点为一炉的作品。李攀龙曾有著名判断:"唐无五言古诗而有其古诗。陈子昂以其古诗为古诗,弗取也。"②他眼中那迥异于汉魏正格的陈子昂式古诗,首先当指《修竹篇》这类作品。而在子昂心目中,这样的诗歌,却足当得起诸如"音情顿挫""光英朗练""有金石声"一类评价。换句话说,他心中足以匹配汉魏典范的兴寄之作,并不必须是古拙真朴、且远离齐梁以降之律化品格的。子昂咏物诗中尚有托喻之作《鸳鸯篇》,可谓与《修竹篇》

---

① [明]许学夷《诗源辩体》,人民文学出版社,1987年,第144页。
② [明]李攀龙《选唐诗序》,见《沧溟先生集》,上海古籍出版社,2014年,第473页。

相映成趣：

> 飞飞鸳鸯鸟，举翼相蔽亏。俱来渌潭里，共向白云涯。音容相
> 眷恋，羽翮两透迤。蘋萍戏春渚，霜霰绕寒池。浦沙连岸净，汀树
> 拂潭垂。年年此游玩，岁岁来追随。凤凰起丹穴，独向梧桐枝。鸿
> 雁来紫塞，空忆稻粱肥。乌啼倦永夕，鹤鸣伤别离。岂若此双禽，
> 飞翻不异林。刷尾青江浦，交颈紫山岑。文章负奇色，和鸣多好
> 音。闻有鸳鸯绮，复有鸳鸯衾。持为美人赠，勖此故交心。①

这首诗在《诗源辩体》中和《修竹篇》一道被讥为"六朝余弊"，而如果
让子昂作一自评，他或许会认为其也可"使建安作者相视而笑"吧。从
《修竹篇并序》的逻辑来看，于子昂而言，具有这类形式特征的兴寄之
作，价值应不低于其《感遇》组诗中更接近汉魏品格的篇章。

　　既以汉魏为典范，又允许自己的兴寄之作有相对丰富的形式风格
表现，这会不会是因为子昂本就对汉魏体的特征缺乏自觉呢？卢藏用
《陈氏别传》曰："（子昂）至年十七八未知书，尝从博徒入乡学，慨然立
志，因谢绝门客，专精坟典，数年之间，经史百家，罔不该览。"②这段记
载或不无夸张，但有关陈子昂甫入文坛时即读书广博的基本判断，当非
空穴来风。以常情推测，既然如此，那么子昂在《修竹篇序》中反复赞
美汉魏典范，应不至于仅是自作多情、凭空怀想。以事实而论，他确实
自觉地通过以《感遇》组诗为代表的创作实践，反省汉魏诗的独特品
格。冯班曾说："唐自沈、宋已前，有齐梁诗，无古诗也，气格亦有差古
者，然其文皆有声病。沈、宋既裁新体，陈子昂崛起，于数百年后直追阮

---

① 《陈子昂集校注》，第 158 页。
② 《陈子昂集校注》，第 1562 页。

公,创辟古诗,唐诗遂有两体。"①叶燮则曰:"吾犹谓子昂古诗,尚蹈袭汉魏蹊径,竟有全似阮籍《咏怀》之作者,失自家体段。"②两种意见一褒一贬,却都指出子昂一部分五古典型体现出远绍阮籍、力求规避齐梁以降体调的努力。这类来自感性印象的判断,到当代则已转化为具体的分析。如据葛晓音研究,子昂的五古代表作《感遇》三十八首中,有三十四首采用了齐梁新体最常用的八句、十句、十二句体,而在体式上反齐梁新体(当然也包括了反唐律)之道而为之,恰好是这三十四首诗的普遍特征。其具体表现主要有:建立以散句单行为主导的句法模式,规避齐梁新体及唐律两句一转势的层次结构,学习阮籍诗以比兴、典故、议论相穿插的手法,"采用汉魏古诗常见的呼应、递进、反问、赞叹、虚词联接等句式,使句意连绵不断、相续相生"。③ 此处姑举四例为证:

> 乐羊为魏将,食子殉军功。骨肉且相薄,他人安得忠。吾闻中山相,乃属放麑翁。孤兽犹不忍,况以奉君终。(其四)④

> 市人矜巧智,于道若童蒙。倾夺相夸侈,不知身所终。曷见玄真子,观世玉壶中。窅然遗天地,乘化入无穷。(其五)⑤

> 呦呦南山鹿,罹罟以媒和。招摇青桂树,幽蠹亦成科。世情甘近习,荣耀纷如何。怨憎未相复,亲爱生祸罗。瑶台倾巧笑,玉杯殒双蛾。谁见枯城树,青青成斧柯。(其十二)⑥

---

① [清]冯班《钝吟杂录》卷三《正俗》,《丛书集成初编》第223册,中华书局,1985年,第42页。
② 蒋寅笺注《原诗笺注》,上海古籍出版社,2014年,第62页。
③ 参见葛晓音《陈子昂与初唐五言诗古、律体调的界分》,《文史哲》2011年第3期。
④ 《陈子昂集校注》,第35页。
⑤ 《陈子昂集校注》,第38页。
⑥ 《陈子昂集校注》,第62页。

贵人难得意,赏爱在须臾。莫以心如玉,探他明月珠。昔称夭
桃子,今为春市徒。鸱鸮悲东国,麋鹿泣姑苏。谁见鸱夷子,扁舟
去五湖。(其十五)①

按《旧唐书》子昂本传曰:"初,为《感遇诗》三十首。京兆司功王适见而
惊曰:'此子必为天下文宗矣!'由是知名。"②《新唐书》本传亦曰:"初,
为《感遇诗》三十八章。王适曰:'是必为海内文宗。'乃请交。"③不过
今人多已指明:两唐书此说系本卢藏用《陈氏别传》"初为诗,幽人王
适见而惊曰:'此子必为文宗矣。'",而将"初为诗"误解作"初为《感遇
诗》"。可以说,《感遇》组诗非一时一地之作,如今已是学界共识。正
如罗庸在《陈子昂年谱》开耀元年(681)条分析的那样:

今案《感遇》第二十七首曰:"朝发宜都渚,浩然思故乡。"明为
出蜀时作。第二十九首曰:"丁亥岁云暮,西山事甲兵。"明为垂拱三
年所作。第三首曰:"苍苍丁零塞,今古缅荒途。"第三十七首曰:"朝
入云中郡,北望单于台。"皆垂拱二年从乔知之北征时所作。第三
十六首曰:"浩然坐何慕?吾蜀有峨嵋。"明为久旅怀乡之作。皆
非未知名前所为。《别传》又云:"子昂晚爱黄老言,尤耽味《老》
象,往往精诣。"今按《感遇》第一、第五、第七、第八、第十、第十三、
第三十、第三十八各首,皆衍《老》《易》之绪,明为晚年之作。④

如此即可断定:子昂追摹汉魏典范的实践既是自觉的,又一个持续的

① 《陈子昂集校注》,第71页。
② 转引自《陈子昂集校注》,第1574页。
③ 转引自《陈子昂集校注》,第1584页。
④ 转引自[元]辛文房撰,傅璇琮等校笺《唐才子传校笺》,中华书局,1995年,第
110页。

过程。将上面各种事实综合起来,便能初步推出:在子昂创作生命的
各个横截面上,可能往往既存在有关汉魏体的探索,也存在对其他类型
的尝试。而经进一步探究可知,事实正是如此。根据罗庸、韩理洲、彭
庆生、徐文茂等先生的陈子昂诗歌系年考辨,在五古写作上,陈子昂确
实一面推出《感遇》《蓟丘览古赠卢居士藏用》等向汉魏体靠拢之作,一
面也在持续创制《修竹篇》这类融汇诸体之长、尤其不避齐梁以降形式
革新成果的诗章。诚然,远离七言诗写作,似乎让子昂给人留下保守的
印象。不过宽容地讲,在五言一途,他并不迂腐、固执,本就常根据表现
需要,选择不同的表达方式、开展不同的创作实验。具体举几例为证。
如前所引,罗庸在《陈子昂年谱》中合理地指出:《感遇》中带有汉魏古
诗特征的《苍苍丁零塞》《朝入云中郡》应写于垂拱二年(686)从乔知
之北征时。请看这两篇作品:

> 苍苍丁零塞,今古缅荒途。亭堠何摧兀,暴骨无全躯。黄沙幕
> 南起,白日隐西隅。汉甲三十万,曾以事匈奴。但见沙场死,谁怜
> 塞上孤。①

> 朝入云中郡,北望单于台。胡秦何密迩,沙朔气雄哉。藉藉天
> 骄子,猖狂已复来。塞垣无名将,亭堠空崔嵬。咄嗟吾何叹,边人
> 涂草莱。②

而就在该年,子昂还作有融汇诸体之长的《还至张掖古城闻东军告捷
赠韦五》《度峡口山赠乔补阙知之王二无竞》等:

> 孟秋首归路,仲月旅边亭。闻道兰山战,相邀在井陉。屡斗关

---

① 《陈子昂集校注》,第32页。
② 《陈子昂集校注》,第144页。

月满,三捷虏云平。汉军追北地,胡骑走南庭。君为幕中士,畴昔好言兵。白虎锋应出,青龙阵几成。披图见丞相,按节入咸京。宁知玉门道,翻作陇西行。北海朱旄落,东归白露生。纵横未得意,寂寞寡相迎。负剑空叹息,苍茫登古城。(《还至张掖古城闻东军告捷赠韦五》)①

峡口大漠南,横绝界中国。丛石何纷纠,赤山复翕赩。远望多众容,逼之无异色。崔崒乍孤断,逶迤屡回直。信关胡马冲,亦距汉边塞。岂依河山险,将顺休明德。物壮诚有衰,势雄良易极。逦迤忽而尽,泱漭平不息。之子黄金躯,如何此荒域。云台盛多士,待君丹墀侧。(《度峡口山赠乔补阙知之王二无竞》)②

神功元年(697),子昂写下其创作晚期的汉魏体代表作《蓟丘览古赠卢居士藏用》组诗。举四首为例:

北登蓟丘望,求古轩辕台。应龙已不见,牧马空黄埃。尚想广成子,遗迹白云隈。(《轩辕台》)

南登碣石坂,遥望黄金台。丘陵尽乔木,昭王安在哉。霸图怅已矣,驱马复归来。(《燕昭王》)

王道已沦昧,战国竞贪兵。乐生何感激,仗义下齐城。雄图竟中天,遗叹寄阿衡。(《乐生》)

秦王日无道,太子怨亦深。一闻田光义,匕首赠千金。其事虽不立,千载为伤心。(《燕太子》)③

---

① 《陈子昂集校注》,第230页。
② 《陈子昂集校注》,第236页。
③ 《陈子昂集校注》,第248—261页。

而他同年所作《同宋参军之问梦赵六赠卢陈二子之作》、此前一年写下的《答韩史同在边》等，则都是结构、修辞、声韵绝非汉魏旧格所能涵盖的五古：

> 晓霁望嵩岳，白云半岩足。氛氲涵翠微，宛如瀛台曲。故人昔所尚，幽琴歌断续。变化竟无常，人琴遂两亡。白云失处所，梦想暖容光。畴昔疑缘业，儒道两相妨。前期许幽报，迨此尚茫茫。晤言既已失，感叹情何一。始忆携手期，云台与峨眉。达兼济天下，穷独善其时。诸君推管乐，之子慕巢夷。奈何苍生望，辛为黄绶欺。铭鼎功未立，山林事亦微。抚孤一流恸，怀旧日暌违。卢子尚高节，终南卧松雪。宋侯逢圣君，骖驭游青云。而我独蹭蹬，语默道犹屯。征戍在辽阳，蹉跎草再黄。丹丘恨不及，白露已苍苍。远闻山阳赋，感涕下沾裳。（《同宋参军之问梦赵六赠卢陈二子之作》）①

> 汉家失中策，胡马屡南驱。闻诏安边使，曾是故人谟。废书怅怀古，负剑许良图。出关岁方晏，乘障日多虞。虏入白登道，烽交紫塞途。连兵屯北地，清野备东胡。边城方晏闭，斥堠始昭苏。复闻韩长孺，辛苦事匈奴。雨雪颜容改，纵横才位孤。空怀老臣策，未获赵军租。但蒙魏侯重，不受谤书诬。当取金人祭，还歌凯入都。（《答韩使同在边》）②

可见子昂其人平生追摹汉魏，又不甘心尽似汉魏，于是晋宋、齐梁、初唐体格，在其笔下仍有生存空间。唐代五古的独特风貌，正于此可见端倪。也正因为这样，他才会让辨体严苛的李攀龙产生"以其古诗为古

① 《陈子昂集校注》，第 344 页。
② 《陈子昂集校注》，第 282 页。

诗"的印象。至此,更可知其《修竹篇》形式灵活,并不宪章汉魏典范,良有以也,绝非偶发现象。亦可知于他而言,表达兴寄,并不是要禁绝"彩丽",只是这"彩丽"要以兴寄为根本而已,否则,就是失去分寸的淫滥了。与陈子昂相比,对于兴寄之作的形式问题,某些后人反倒理解得比较拘牵。许学夷《诗源辩体》曰:

> 汉魏五言深于兴寄,故其体简而委婉。唐人五言古善于敷陈,故其体长而充畅。①

这段文字意在分析汉魏古诗、唐古两种不同风格的成因。而这里似乎也隐藏着一个思维模式,即兴寄之作常常和"体简而委婉"结缘。"体简而委婉"不只是风格问题,却也包含对风格问题的理解——那总归是和简约质朴、不尚声色之美相关的。这未免是以独断的姿态,将特定创作类型与特定形式做出排他的匹配,将生生不息的诗歌形式限定在不容挑战的"正格"之中。与此相比,倡导"兴寄"的先驱陈子昂,反倒是并不这样画地为牢、裁割古人的,于是便显出诗歌精神中充盈的活力。从这里,今人也不难看到唐代诗学既娴新声,复晓古体,两不相妨,彼此砥砺的清朗品质。

三　总结与引申:再谈语境优先
　　原则之于诠释的意义

　　综上可知,《修竹篇》对于我们理解陈子昂"兴寄"的诸多要义,确实启发甚大。一旦将这篇文献抛开,"兴寄"与托喻的意涵关联将变得

---

① 《诗源辩体》,第47页。

晦暗不明，"兴寄"受齐梁陈比兴体诗影响之情况将隐而不彰，此说与诗歌形式问题的关系，也不容易被清晰地体察。言说至此亦当可推知，《修竹篇》同样有助于我们理解《修竹篇序》中与"兴寄"并生的"风骨""风雅"诸说。在《文心雕龙》中，风骨浑言，至少系指文活气充盈的力之美；理想的文，便是此风骨与辞采的有效结合。而"镕铸经典之范，翔集子史之术"、"确乎正式"①，乃是保证其实现的条件。至钟嵘《诗品》论诗，则讲究"干之以风力，润之以丹彩"②，唯其不以宗经为要，与刘勰不同。有《修竹篇》作为依据，可知子昂风骨观念其实并不与"丹彩"冲突，这或许便延续着刘勰、钟嵘的思维模式。而吟咏端直朗健的儒家君子人格理想，当与刘勰风骨观的宗经背景更为接近，也并不和钟嵘的风力说异趋。至于子昂《序》中所思慕的"风雅"，本就代表着儒家诗学以政教关怀为本的价值理想。《修竹篇》的存在，则可说明此"风雅"在内容上不仅限于美刺讽谏，而至少还包括合乎政教要求之人格理想、精神气质在内——在这一点上，它和"兴寄"当然是一致的。

本章要义至此陈说已毕。最后，拟就前述内容涉及的诠释原则问题更作引申，以收束全篇。

学界之所以对《修竹篇》的文论意义缺乏足够重视，原因恐怕是多方面的。与《修竹篇序》相比，《修竹篇》的文本特征确乎首先是诗，而非理论批评文字。与此同时，和《感遇》等作品相比，它又似乎并非陈子昂诗歌的"代表作"，于是似不足以印证陈子昂典型的诗学观念。这样说来，它遭到理论研究的冷落，也就不足为奇。然而，由"前理解"产生的思维惯性总会遮蔽我们在某些问题上的反省意识。如果挣脱上面两个预设的控制，我们就会从另一些角度出发，唤醒心中其他一些常

---

① 《文心雕龙注》，第514页。
② 《诗品集注》，第47页。

识。中国古代诗学,本就是理论批评与实际创作彼此关怀、相得益彰的。尤其如前所说,不少文学文本本就是与批评文本水乳相融,组成一个完整的语境。如果仅凭借其表面的文本特征就将其切割于理论研究之外,那么这样的研究,至少对研究对象原始语境的特征是不够尊重的。单以唐代诗学史上的其他著名个案为例。如果我们在研究《河岳英灵集》时仅关注其序、集论和有关各诗人的批评文字,而不去考察其选诗与这些内容的关系,就不可能对此书的诗学观念形成完整透彻的理解。这正如在研究王昌龄、皎然等人的诗格、诗式类著作时,将其诗例排除在外,其很多诗学命意便无从体察。也正如在研究司空图《与李生论诗书》时,不去推敲其中罗列的二十余联诗句,就无从充分领会表圣心中那具有"味外之旨"的作品应有之面貌。而所谓的"代表作"观念,也必须得到省思。文学作品的价值评判本就是历史性的,任何"代表作"的评定都是特定历史文化语境中的产物,未必具备真理的内核。何况以《修竹篇》的相关解读为例,我们在热衷于从本就带有历史性特征的"代表作"中寻找支持子昂诗学观的实例时,却降低了对作者本人言说原始语境特征的重视:无论在后代的批评中,《修竹篇》是否算得上陈子昂的"代表作",在子昂本人那里,标举兴寄诸观念时,该作品就是他隆重推出、不劳猜度的范例。诚然,所谓"作者的真实观念"也注定是诠释出来的结果。不过,这并不意味着我们便应放弃合理地诠释这"精神事实"的努力。在文本比较中找到更具说服力之文献的可能性,仍终归是常常存在的,尽管它未必一定会向我们期待的那样如约而来。

　　值得重视的问题,依然包括文论概念、命题的语境差别及相关释义问题。中国古代文论概念、命题在使用时的"随文设意"特征,人所共知。针对这一现象,我们当然应该同样遵从"语境优先"原则,尽可能自觉地在概念、命题所处的完整原始语境中,判断其最可能具有的一元或多元意涵;且不能混淆同一语词在不同语境中存在的意涵差别。这一点前面诸章已有涉及,此处仍需结合本章内容加以强调。仍以"兴寄"的诠释为例。《修竹篇》与"兴寄"本就在同一个语境中。正因为此,在这首作品已呈示出通篇比兴特征的情况下,依然对其视而不见,同时以来自各类其他文本语境的"感兴"等意义作为首选义项,就是不够审慎的。而也正因为需坚持"语境优先"原则,我们在解读其他人的"兴寄"时,又必须具体问题具体分析。先请看下面两例:

> 刘公幹《赠从弟》二诗兴寄幽雅,有国风余法。(张九成语)①

> 少陵《除架》《废畦》诗各存兴寄。《除架》有功成者退之意,而"秋虫"、"莫雀",则不悟盛衰者也。《废畦》有物穷则剥之意,而"悲君白玉盘"谓时过则贱可贵,盛时一失为足惜也。(叶寘语)②

刘桢《赠从弟三首》分别以萍藻、松柏、凤凰为喻体,含蓄地礼赞高洁人格,属较典型的比兴体诗。既然如此,张九成评语中的"兴寄",便以解作"比兴寄托"为是,和陈子昂的"兴寄"含义一致。老杜《除架》曰:"束薪已零落,瓠叶转萧疏。幸结白花了,宁辞青蔓除。秋虫声不去,暮雀意何如。寒事今牢落,人生亦有初。"③《废畦》曰:"秋蔬拥霜露,岂敢惜凋残。暮景数枝叶,天风吹汝寒。绿沾泥滓尽,香与岁时阑。生意春如昨,悲君白玉盘。"④从前引评语可知,叶寘显然将二诗视作比兴体,试图推究其中意象及整体立意的文外妙趣。所以,他这里的"兴寄"也依旧是"比兴寄托"的意思。不过与此二例相比,下面三例中的"兴寄",语义便有所不同:

---

① ［宋］张九成《日新录·诗》,见《张九成集》,浙江古籍出版社,2013 年,第 1285 页。
② ［宋］叶寘《爱日斋丛抄》,见《全宋笔记》第 88 册,大象出版社,2019 年,第 132 页。
③ ［唐］杜甫著,［清］仇兆鳌注《杜诗详注》,中华书局,1979 年,第 615 页。
④ 《杜诗详注》,第 616 页。

瞻彼南山岑,白云何翩翩。下有幽栖人,啸歌乐徂年。丛石映清泚,嘉木淡芳妍。日月无终极,陵谷从变迁。神襟轶寥廓,兴寄挥五弦。尘影一以绝,招隐奚足言。(钱选《自题浮玉山居图》)①

胸藏丘壑,城市不异山林;兴寄烟霞,阆浮有如蓬岛。(张潮《幽梦影》)②

通章只无相识意。怀采薇,偶然兴寄古人也。说诗家谓感隋之将亡。毋乃穿凿。(沈德潜《唐诗别裁》评王绩《野望》)③

钱选《自题浮玉山居图》通篇抒写高人逸士萧散出尘的生命情趣。这个语境中的"兴寄"含义较为虚灵,读者将其理解成对感兴、怀抱的泛指即可,似不必为其勉强坐实"托喻"一类含义。至于后两处引文中的"兴寄",无疑是"把感兴寄托于某物(某人)"之意,并非文论概念。若强以陈子昂的"兴寄"含义解之,便难免令文本语义滞碍不通了。

沿此理路,我们还可以体察"兴象"的释义问题。在《河岳英灵集》中,殷璠并未明确界定"兴象"的内涵。只看其字面含义,我们至多能知道他比子昂更为自觉地强调"象"的重要性而已。故而欲判断"兴象"之"兴"和子昂"兴寄"之"兴"是否含义一致,也必须依靠语境辨析。《河岳英灵集》评陶翰诗:"既多兴象,复备风骨。"④同时选陶诗十一首:《古塞下曲》《燕歌行》《赠郑员外》《望太华赠卢司仓》《晚出伊阙寄河南裴中丞》《赠房侍御》《经杀子谷》《乘潮至渔浦作》《宿天竺寺》《早过临淮》《出萧关怀古》。这些作品或书写边塞征战,或系朋友赠答,或即景感怀,其中没有以托喻为目的比兴体。至于诗篇里具有

---

① [清]厉鹗《宋诗纪事》,浙江古籍出版社,2019年,第2497页。
② [清]张潮《幽梦影》,黄山书社,2021年,第337页。
③ [清]沈德潜编《唐诗别裁集》,中华书局,1964年,第2页。
④ 傅璇琮等编校《唐人选唐诗新编(增订本)》,中华书局,2014年,第197页。

"兴""象"结合特征的语句,也很难说具有托喻意味。请看:

> 削成元气中,杰出天河上。如有飞动色,不知青冥状。巨灵安在哉,厥迹犹可望。(《望太华赠卢司仓》)

> 前登阙塞门,永眺伊城陌。长川黯已暮,千里寒气白。(《晚出伊阙寄河南裴中丞》)

> 疏芜尽荒草,寂历空寒烟。(《经杀子谷》)

> 侰憧浪始闻,漾漾入渔浦。云景共澄霁,江山相含吐。(《乘潮至渔浦作》)

> 松柏乱岩口,山西微径通。天开一峰见,宫阙生虚空。正殿倚霞壁,千楼摽石丛。夜来猿鸟静,钟梵寒云中。岑翠映湖月,泉声乱溪风。(《宿天竺寺》)

> 潮中海气白,城上楚云早。鳞鳞鱼浦帆,莽莽芦洲草。(《早过临淮》)

> 大漠横万里,萧条绝人烟。孤城当瀚海,落日照祁连。(《出萧关怀古》))[1]

此外,《河岳英灵集》卷下评孟浩然:"至如'众山遥对酒,孤屿共题诗',无论兴象,兼复故实。"[2]按孟浩然《永嘉上浦馆逢张子容》曰:"逆旅相逢处,江村日暮时。众山遥对酒,孤屿共题诗。廨宇邻鲛室,人烟接岛夷。乡关万余里,失路一相悲。"可见"众山"一联,系写与老友在永嘉山水中饮酒吟诗的情境,并无托喻意味。而这便是殷璠此处所说的

---

①　《唐人选唐诗新编(增订本)》,第198—202页。

②　《唐人选唐诗新编(增订本)》,第232页。

"兴象"了(它化用谢灵运《登江中孤屿》"乱流趋正绝,孤屿媚中川",则是殷璠所说的"兼复故实")。既然在《河岳英灵集》中,"兴象"概念仅于以上两处被用于具体作品之批评,那么读者便庶几可以判定:把这"兴象"之"兴"解作"感兴"而非"托喻",应当是合理的。关于在语境中辨析"兴"含义的重要性,还可举出其他案例为证。如在刘勰的观念中,"兴"实具有分别以《比兴》篇语境和《物色》篇语境为代表的两种意义类型。如前文所说,《比兴》中的"兴"兼有"起情"和"托喻"两个意涵。与它相比,《物色》中"情往似赠,兴来如答"的"兴"就是指心物相逢而生的"感兴"。这两种意义固然在"起情"意涵上体现出彼此的交叉性,但因此便忽略其因语境不同而产生的实际差别,就会造成诠释的混乱。总而言之,经原始语境检验后,这类考察对象的内涵既有可能被一元化解读,亦可能被多元化解读。而不管怎样,具备"语境优先"的自觉,终归可能使我们在充满挑战、又充满魅力的辨析之路上迈出坚实的一步。

第六章
唐人诗学"境"观念特征辨析

自 20 世纪至今,经王国维、朱光潜、宗白华等学者的诠释与阐发,"意境""境界"已被很多人视为中国古代诗学、美学系统中的核心范畴。它们一般被用来指称文艺作品的审美形态与特征,包含"创作主体情感与表现对象自然浑融""虚实相生""意蕴丰富"等要点。而回溯古代诗学,以境论诗,恰始于唐人,并首先在唐人处丰富、发展。因此,唐人诗学中的境观念,自然成为学界探讨的重要内容。相关考察主要包含两方面内容:一、唐人诗学"境"概念(亦包括物境、意境、境界等下位概念)及相应命题的含义。二、唐人究竟如何理解"境"的诗学价值。其中,唐人如何揭示、完善前述"意境""境界"概念诸要点,又是不少学人在 20 世纪后期的研究语境中习惯性地加以关注、阐释的问题。这方面的努力,既是从概念史角度为当代意义上的意境、境界说探寻流变根源,也是在为论证意境或境界"核心范畴"地位之成立寻求历史依据。

应该承认,在这种思维习惯牵引下的相关研究,确实为今人把握唐代诗学的诸多特征作出了贡献。但需要指出的是,此类研究往往对几个关键问题缺乏警觉。它们包括:在不同的诗学语境中,唐人所说的"境"含义是否一致? 以境论诗在唐代是否存在一个逻辑清晰、具有明确理论针对性的演变过程? 在探讨、总结诗歌艺术的审美特征时,唐人是否自觉地以"境"为论诗的理论核心,"境"与"象""景""味""象外之象"等概念、命题又是何种关系? 唐人诗学境观念可能依托于哪些支撑性观念? 若不思考这些,而是径自认为唐人以境论诗存在与当代意境说、境界说相通甚至同一的问题意识、思维方式及观念背景,就很容易脱离文论史事实,产生失之主观的结论。进入 21 世纪,有关"境"的基本含义及其在古代文论话语中的地位问题,已经不断引发新的探讨。笔者亦希望通过对"唐人诗学境观念特征"这一重要个案的辨析,在时贤基础上踵事增华,进一步深化对这一问题的研究。① 这既是趋近唐人诗学真实特征的需要,也有助于对当下古代文论相关研究的思路、方法做出反省。

一　唐人可知之"境"含义简说

在剖析唐人诗学中的境观念之前,有必要简要梳理一个问题: 在唐人的知识视野中,"境"的含义可能包含哪些内容?

作为概念的"境",本义为土田疆界,由此引申为土田疆界所包容之范围、区域,亦引申为声音的边界、范围及精神世界的界限、层级、范围、领域、状态等。这些含义在中国古代始终为人所常用,学界也有较细致的归纳与共识。需要多说一些的是,佛教入华后,具有上述含义的

---

① 有关这一主题的近期研究成果,笔者主要参考了黄景进《意境论的形成——唐代意境论研究》,学生书局,2004 年;蒋寅《原始与会通:"意境"概念的古与今——兼论王国维对"意境"的曲解》,《北京大学学报(哲学社会科学版)》2007 年第 3 期;罗钢《学说的神话——评"中国古代意境说"》,《文史哲》2012 年第 1 期;陈伯海《唐人诗境说考释》,《文学遗产》2013 年第 6 期;钱志熙《唐诗境说的形成及其文化与诗学上的渊源》,《文学遗产》2013 年第 6 期;查正贤《论"境"作为中国古代诗学概念的含义——从该词的梵汉翻译入手》,《文艺研究》2015 年第 5 期等。

"境"即被用于对内典近义概念的翻译。据《佛光大辞典》,译作"境"（或"境界"）的梵文概念中,visaya 意为感觉作用之区域,artha 意为对象,gocara 意为心之活动范围。[1] 丁福保编《佛学大辞典》则说:

> 　　心之所游履攀援者,谓之境。如色为眼识所游履,谓之色境。乃至法为意识所游履,谓之法境。《俱舍颂疏》一曰:"色等五境为境性,是境界故。眼等五根名有境性,有境界故。"又,实相之理,为妙智游履之所故称为境。是属于前之法境。[2]

任继愈主编《佛教大辞典》尚给出了更细致的解释:

> 　　（境）指根、识的认识对象,即色、声、香、味、触,称"五境"……有时加上意根、意识所缘的对象——法,合称"六境"。小乘佛教认为世界万事万物,无论其属色属心、属内属外、有为无为、有漏无漏,均为根、识认识的对象,均属"境"。或亦认为境独立于心外而存在。大乘瑜伽行派从"唯识无境"的理论出发,否认离识有境,并把境分作性境、独影境、带质境三类,并以见、相两分来论述之。认为性境从实种子生起,有实体实用,属阿赖耶识的相分,故此境实有不虚。独影境是第六识独变之影像,实为第六识之见分,故虚幻不实。带质境是能缘心缘所缘境后产生的,有所托之本质,但又与自相不相契合。如第七识以第八识之见分为本质而起的我、法的相分即属此类。故此,它既不同于独影境之完全虚幻,纯属见分;也不同于性境之体用皆实,纯属相分。

---

① 参见慈怡主编《佛光大辞典》,书目文献出版社据台湾佛光山出版社 1989 年第五版影印本,第 5765 页。

② 丁福保编《佛学大辞典》,上海书店出版社,2015 年,第 2489 页。

佛教常以"境、行、果"来总括自己的学说体系。此处之"境"，指所观之境，包括按佛法观察一切物质现象和精神现象。

（"境界"或"境"）指佛教徒在修行、认识上达到的某种境地。①

综合上述认识，再辅以其他常见佛学观念，我们或许可以相对合理地把握"境"之中土固有义与佛学义的异同。可以说，在以"境"（或"境界"）为"区域""范围""层级"及"可被'心'把握的物质现象、精神现象"这些含义上，二者并无差别。不过在"六境"（色、声、香、味、触、法）与"六根"（眼、耳、鼻、舌、身、意）互为因缘的佛学观念中，"境"虽然是"心"把握的"对象"，但又不能离心而独立自存。而如果以佛学"缘起性空"及《大乘起信论》所谓"三界虚伪，唯心所作，离心则无六尘境界"②诸观为前提，则世间万物皆空，"六境"亦属心造之虚幻不实者，且污染人心（正是在此意义上，"六境"亦曾译作"六尘"）。这类含义，就是中土固有义里没有的了。至于在具体表述中，哪些"境"是中土固有义，哪些又携带着佛学的特别旨趣，需要我们根据其语境特点做出判断，不能一概而论。姑举两例。梁武帝萧衍《净业赋（并序）》曰：

《礼》云："人生而静，天之性也。感物而动，性之欲也。"有动则心垢，有静则心净。外动既止，内心亦明。始自觉悟，患累无所由生也。乃作《净业赋》云尔……观人生之天性，抱妙气而清静。

① 任继愈主编《佛教大辞典》，江苏古籍出版社，2002年，第1284页。
② 高振农校释《大乘起信论校释》，中华书局，2016年，第55页。按：《大乘起信论》对此观念的解释，可供参考："此义云何？以一切法皆从心起妄念而生。一切分别，即分别自心，心不见心，无相可得。当知世间一切境界，皆依众生无明妄心而得住持。是故一切法，如镜中像，无体可得，唯心虚妄。以心生则种种法生，心灭则种种法灭故。"（见《大乘起信论校释》，第60页）

感外物以动欲,心攀缘而成眚。过恒发于外尘,累必由于前境。①

孔颖达《礼记正义》释《乐记》"乐者,音之所由生也。其本在人心之感于物也。是故其哀心感者,其声噍以杀……六者非性也,感于物而后动"曰:

> 物,外境也。言乐所起,在于人心感外境也……心既由于外境而变,故有以下六事之不同也。②

这两个案例都涉及《礼记·乐记》中的"物感"说,且两段文本中,"境"与"物"都属同义。不过作《净业赋》的萧衍毕竟以宣扬佛家修身理想为核心目的。从上面引文中"心攀缘而成眚""过恒发于外尘"及该赋他处"如是六尘,同障善道"、"随逐无明,莫非烦恼"、"外清眼境,内静心尘"、"既除客尘,又还自性"等表达不难推知,萧衍所谓"物"和"境",都是虚幻不实、遮蔽人心者。相比之下,孔疏本就是站在儒学基本立场上诠释经典的,而具体表达中又的确不存在佛学的痕迹。故而其以"外境"释《乐记》中的"物",就不见得暗含援佛入儒、赋予物感说以"心造"或"空无"之旨的意图了。

　　下面便进入本章主题。

二　题王昌龄《诗格》中的"境"

　　在现存唐人诗学文献中,自觉地多次以境论诗,首见于题王昌龄

---

① ［清］严可均校辑《全上古三代秦汉三国六朝文》,中华书局,1999 年,第 2949—
　　2950 页。
② 《十三经注疏（清嘉庆刊本）》,第 3311 页。

《诗格》①。我们也就首先针对该书中的境观念展开讨论。

在《文镜秘府论》所载《诗格》"论文意"主题下，"境"先后出现于下面三条文字中：

> 夫作文章，但多立意。令左穿右穴，苦心竭智，必须忘身，不可拘束。思若不来，即须放情却宽之，令境生。然后以境照之，思则便来，来即作文。如其境思不来，不可作也。

> 夫置意作诗，即须凝心，目击其物，便以心击之，深穿其境。如登高山绝顶，下临万象，如在掌中。以此见象，心中了见，当此即用。如无有不似，仍以律调之定，然后书之于纸，会其题目。山林、日月、风景为真，以歌咏之。犹如水中见日月，文章是景，物色是本，照之须了见其象也。

> 夫文章兴作，先动气，气生乎心，心发乎言，闻于耳，见于目，录于纸。意须出万人之境，望古人于格下，攒天海于方寸。诗人用心，当于此也。②

细读文本可知，第一条文字的要旨在于探讨如何在构思中获取精妙的文意。在作者看来，放松心绪"令境生"，乃是打通文思窒碍的关键。既然如此，这里的"境"就不可能指身外的景象范围，而是指那种灵感生发时心中构想出的形态、情趣。《吟窗杂录》所载《诗格》论"生思"时所谓"力疲智竭，放安神思。心偶照境，率然而生"③，当与此旨

---

① 今存题王昌龄《诗格》，一部分辑自《文镜秘府论》，另一部分辑自《吟窗杂录》。当代学者一般认为，《文镜秘府论》相关文字确系来自王昌龄《诗格》；《吟窗杂录》所引内容虽真伪杂陈，但仍具参照意义。可看张伯伟《全唐五代诗格汇考》中题王昌龄《诗格》之"解题"。又，除非另作说明，本章所说《诗格》，均指题王昌龄《诗格》。

② 《全唐五代诗格汇考》，第 162 页。

③ 《全唐五代诗格汇考》，第 173 页。

趣相合。就"心造"这一特点来说,判定此"境"的含义可能渗入佛学观念,应是有合理性的。蒋述卓认为,此处的境"相当于佛教独影境的涵义,是指一种记忆表象和内心幻相"。① 陈良运认为,《诗格》这类观点"首先吸取了佛家的内识说,强调作诗之先的'立意''凝心',然后达到'内识转似外境现'而有诗之境。"②这些见解都值得参考。

　　相比之下,第二条文字中的"境"含义就有所不同。不难看出,作者此处是从古代文论中常见的"心物关系"这一角度出发分析创作问题的。在"置意作诗,即须凝心,目击其物,便以心击之,深穿其境"这段表述里,"境"显然是指"物"的整体范围,与主体情感处于对待状态。《吟窗杂录》所载《诗格》论"取思"时所谓"搜求于象,心入于境,神会于物,因心而得"③中的"境",与此相同。按"禅"本义即"静虑","禅定"与"凝心"本颇有类似之处。至于"照",自是佛教论把握对象时所用的常见之语。又《大智度论》卷六《初品中十喻释论》:"诸法如炎,如水中月者,月实在虚空中,影显于水……复次,如小儿见水中月,欢喜欲取,大人见之,则笑,无智人亦如是……复次,譬如静水中见月影,搅水则不见。"④可见"水中见日月"之譬,或亦源自内典。就此而言,第二条引文所说的"凝心"等把握"境"之方法,甚有可能受到佛学启发。⑤但,一种表达源自哪些思想是一回事,它具体表达着什么意思则又是一事。在这个语境里,作者着意之处,并不在于阐发观境之"心"和所观之"境"到底有何佛学上的特殊含义。他所关注的焦点乃是:怎样才能正确处理创作中的心物关系,从而做到"犹如水中见日月"般真切地体

---

① 蒋述卓《佛教境界说与中国艺术意境理论》,《中国社会科学》1991 年第 2 期。
② 陈良运《中国诗学批评史》,江西人民出版社,1995 年,第 216—217 页。
③ 《全唐五代诗格汇考》,第 173 页。
④ 转引自[日]空海编,卢盛江校考《文镜秘府论汇校考》,第 1313—1314 页。
⑤ 黄景进即认为,上面这段话中"'凝心'指集中精神,正同于禅法之定;'深穿其境'指深入、透彻了解物象,正同于禅法之观境"。见《意境论的形成——唐代意境论研究》,第 133—134 页。

物。就前者来说,作者和"陶钧文思,贵在虚静"、"神与物游"、"登山则情满于山,观海则意溢于海"等六朝文论观念一脉相承。就后者而言,个中意趣和同书《十七势·相分明势》中的"凡作语皆须令意出,一览其文,至于景象,恍然有如目击"①别无二致。《文心雕龙·物色》:"自近代以来,文贵形似,窥情风景之上,钻貌草木之中。吟咏所发,志惟深远;体物为妙,功在密附。故巧言切状,如印之印泥,不加雕削,而曲写毫芥。故能瞻言而见貌,印字而知时也。"②崔融《唐朝新定诗格》:"形似体者,谓貌其形而得其似,可以妙求,难以粗测者是。诗云:'风花无定影,露竹有余清。'又曰:'映浦树疑浮,入云峰似灭。'如此即形似之体也。"③比较可知,《诗格》前述言论正延续着六朝至唐在体物中追求"形似"这路思理。当然,这种语境中的"形似"当是指"真切、生动地提炼、呈现对象特征",未必仅仅是指"忠实描画对象的表面形态"。而这种积极捕捉、描画对象的热忱,至少与佛教观念中视"六境"为"六尘"、为虚妄这一路理解方式迥然不同。明乎此便可知晓,如果我们强以佛学特有观念解释此处之"境"的含义,既会有求之过深之嫌,也会令文意窒碍不通。

至于第三条文字中的"意须出万人之境,望古人于格下"云云,其实是在强调诗歌立意应具备超越他人的独创性。所以将这里的"境"释为前举第一条中之"心中构想出的形态、情趣"似即合理,释为"程度""层级"亦通。

除了这些例证,《诗格》以境论诗的文字还有一处较为重要,那就是保存于《吟窗杂录》中的"诗有三境,一曰物境,二曰情境,三曰意境"④这一著名观点。该处的"境"与前述诸意义有何关联呢?作者释

① 《全唐五代诗格汇考》,第 157 页。
② 《文心雕龙注》,第 694 页。
③ 《全唐五代诗格汇考》,第 129 页。
④ 《全唐五代诗格汇考》,第 172 页。

"物境"曰:"欲为山水诗,则张泉石云峰之境极丽绝秀者,神之于心。处身于境,视境于心,莹然掌中,然后用思,了然境象,故得形似。"释"情境"曰:"娱乐愁怨,皆张于意而处于身,然后驰思,深得其情。"释意境曰:"亦张之于意,而思之于心,则得其真矣。"细思之,这"诗有三境"说的主要目的,实在于指明创作活动中存在物、情、意三类特征不同的表现对象。罗钢指出:"从上下文来看,三境之'境'基本上沿袭了中国古代思想中习见的'……之境'的用法,在这种用法中,其意义主要是由前缀的定语规定的,'境'只是用来表示某种抽象的界限、范围、层次,自身并不具有一种实质性的意义。"①如他所言,所谓"物境""情境""意境",也即"物之境""情之境""意之境"。具体来说,"物境"当指那心中悬想的绝美之山水样貌,"情境"当指有待被体验、提炼的"娱乐愁怨"这类情感素材。② 至于"意境",文本中并未明示其含义。据现有语境推测,既然此境与"情境"不同,且需要"思之于心"(而不是如把握情境那样"处于身")方能"得其真",那么它或许便是指更多需要理性思维加以把握的"思想""哲理"一类。总之在作者看来,创作者之思只有深度投射于这些"境"中,才能捕捉到其根本特征。由此推论,则三境中无论哪一境,都有待于同创作者的情思融合,方才可能产生具体的诗之形态、情趣。所以,在"表现对象"这一意义上,"三境"与前举"以心击之,深穿其境"或"搜求于象,心入于境"之"境"属于同类概念,只是具体所指不尽一致罢了。而首次出现在文论史中的"意境",其含义自然与当代专指作品审美形态、意蕴的"意境"相去甚远。

---

① 罗钢《学说的神话——评"中国古代意境说"》,《文史哲》2012年第1期。又,黄景进曰:"'物境'一词似由成玄英最先使用,它的出现,更清楚地标记境与物之一体关系。而物境空幻的观念很自然地出现在成疏中,如《老子》云'仍无敌',成疏云:'物境空幻,无敌可因'。"(《意境论的形成——唐代意境论研究》,第88页)按:《诗格》"物境"或语源在此,但唯其已处于与"情境""意境"对举的新语境中,系为讨论创作对象问题而发,故自不宜径被看作与成玄英之"物境"同义。

② 按:"深得其情"的"情",当解作"性状""特征",语义方才融贯。

通过上述用例辨析可以知道,《诗格》以境言诗主要存在两种路径。一种侧重于创作者方面,涉及诗之形态、情趣在构思阶段的酝酿生发;另一种则侧重于表现对象方面,涉及其类别、范围。那么,这种境观念在《诗格》的整体诗学观念中处于何种位置,与《诗格》中的其他观念存在怎样的关系呢? 为弄清这一点,我们就需要对《诗格》的现存内容做出完整把握。

作为一部带有"创作指南"性质的著作,《诗格》讨论的重点,在于如何立意、生思、构建句法章法这些带有实用色彩的问题。围绕这些话题,诗歌艺术的多种特性也随之得到了不同程度的揭示。通读该书后可知,当作者沿"心物关系"这一传统思路把握创作问题时,似乎并没有自觉地发挥"境"的理论潜力。关于这一点,读者在品味前引"论文意"部分里的"以心击之,深穿其境"一条文字时,恐怕已经会有所注意。该段话在指涉"表现对象整体"时,不仅用"境",而且还用到了"象"与"物色"。也就是说,作者在这里并无突出"境"独特性、重要性的意识。我们还可看看"论文意"中的另一条文字:

> 昏旦景色,四时气象,皆以意排之,令有次序,令兼意说之为妙。旦日出初,河山林嶂涯壁间,宿雾及气霭,皆随日色照著处便开。触物皆发光色者,因雾气湿著处,被日照水光发。至日午,气霭虽尽,阳气正甚,万物蒙蔽,却不堪用。至晚间,气霭未起,阳气稍歇,万物澄静,遥目此乃堪用。至于一物,皆成光色,此时乃堪用思。所说景物,必须好似四时者。春夏秋冬气色,随时生意。取用之意,用之时,必须安神净虑。目睹其物,即入于心。心通其物,物通即言。言其状,须似其景。语须天海之内,皆纳于方寸。至清晓,所览远近景物及幽所奇胜,概皆须任意自起。①

---

① 《全唐五代诗格汇考》,第 169—170 页。

在这段话中,创作主体观照的对象并非单个的、孤立的物象,而是活泼泼的整体景观,这似乎是最适合用"境"加以指称的。而在上文对观照对象颇为琐细的描画中,作者频繁使用的恰恰是景色、气象、万物、景物、气色、景、物等词,完全没有顾及"境"。与此相类,《诗格》中的"十七势"专论篇章结构、意脉经营,其中很多内容涉及创作中"物"与"心"的彼此触发关系。有趣的是,"境"在这类很容易找到自身发挥空间的语境中,偏偏不见出场。请看以下几例:

第三,直树一句,第二句入作势。直树一句者,题目外直树一句景物当时者,第二句始言题目意是也。昌龄《登城怀古》诗入头便云:"林薮寒苍茫,登城遂怀古。"又《客舍秋霖呈席姨夫》诗云:"黄叶乱秋雨,空斋愁暮心。"

第四,直树两句,第三句入作势。直树两句,第三句入作势者,亦题目外直树两句景物,第三句始入作题目意是也。昌龄《留别》诗云:"桑林映陂水,雨过宛城西。留醉楚山别,阴云暮凄凄。"此是第三句入作势也。

第五,直树三句,第四句入作势。直树三句,第四句入作势者,亦有题目外直树景物三句,然后即入其意。亦有第四第五句直树景物,后入其意,然恐烂不佳也。昌龄《代扶风主人答》云:"杀气凝不流,风悲日彩寒。浮埃起四远,游子弥不欢。"此是第四句入作势。又《旅次盩厔过韩七别业》诗云:"春烟桑柘林,落日隐荒墅。泱漭平原夕,清吟久延伫。故人家于兹,招我渔樵所。"此是第五句入作势。

第九,感兴势。感兴势者,人心至感,必有应说,物色万象,爽然有如感会。亦有其例。如常建诗云:"泠泠七弦遍,万木澄幽音。能使江月白,又令江水深。"又王维《哭殷四》诗云:"泱漭寒郊外,萧条闻哭声。愁云为苍茫,飞鸟不能鸣。"①

上举第三势中的"林薮寒苍茫"等句、第四势中的"桑林映陂水,雨过宛城西"等句、第五势中的"杀气凝不流,风悲日彩寒。浮埃起四远"等句,都是在营造整体的景象及气氛,但作者并没有用"境",而是一概用"景物"指称之。第九势中的"万木澄幽音""愁云为苍茫,飞鸟不能鸣"等句,具有典型的移情入景、景由心造特征,今日看来,用带有佛学意涵的"境"指称之,岂不妥帖? 而作者仍不过是以"物色万象,爽然有如感会"阐释之而已。无独有偶,用于指称"心中构想的形态、情趣"之"境",在《诗格》中也缺乏更多的使用。请看下例:

> 意欲作文,乘兴便作,若似烦即止,无令心倦。常如此运之,即兴无休歇,神终不疲。②

> 凡神不安,令人不畅无兴,无兴即任睡,睡大养神。常须夜停灯任自觉,不须强起,强起即惛迷,所览无益。纸笔墨常须随身,兴来即录。若无纸笔,羁旅之间,意多草草。舟行之后,即须安眠,眠足之后,固多清景。江山满怀,合而生兴,须屏绝事务,专任情兴,因此,若有制作,皆奇逸。看兴稍歇,且如诗未成,待后有兴成,却必不得强伤神。③

这些言论继承六朝感兴观及以《文心雕龙·养气》为代表的"从容率情,优柔适会"观且有所发挥。其反复言说的,乃是如何令心与

---

① 《全唐五代诗格汇考》,第153—156页。
② 《全唐五代诗格汇考》,第169页。
③ 《全唐五代诗格汇考》,第170页。

物适然相逢而生"兴"。而在这些文字里,我们始终没有找到"境"的踪迹——虽说以"境"指称这些心灵世界中的产物是毫无问题的。种种事实恐怕可以说明:作为"整体范围"或"心造"意义上的"境",其相对于物色、景、象或兴的独特性并未得到作者的格外重视。

值得留意的情况尚不止这些。在《诗格》中,有不少文字还触及今人所说的诗歌作品意蕴、表意层次、表意效果等问题。所有这些,正好是当代"意境""境界"说特别关注的内容。可耐人寻味的是,在《诗格》作者言说这些问题时,"境"并不在场。

《诗格·论文意》曰:

> 凡诗,物色兼意下为好。若有物色,无意兴,虽巧亦无处用之。如"竹声先知秋",此名兼也。[1]

主张物色与意(或意兴)并举,且认为二者需浑融相生方有佳作,这种思理与同时期殷璠"兴象"说颇为近似。作者所举诗例"竹声先知秋"是符合此类要求的。与这句相比,只以描摹物之形态为务的作品,即便再工巧,也难入作者法眼。

"十七势"中的"含思落句势"曰:

> 含思落句势者,每至落句,常须含思,不得令语尽思穷。或深意堪愁,不可具说。即上句为意语,下句以一景物堪愁,与深意相惬便道。仍须意出感人始好。昌龄《送别》诗云:"醉后不能语,乡山雨雾雾。"又落句云:"日夕辨灵药,空山松桂香。"又:"墟落有怀县,长烟溪树边。"又李湛诗云:"此心复何已,新月清江长。"

---

[1] 《全唐五代诗格汇考》,第165页。

此势专门探讨如何写好诗歌结尾的问题。《诗格》"论文意"亦曰："落句须含思,常如未尽始好。如陈子昂诗落句云'蜀门自兹始,云山方浩然'是也。"①可见作者特别看重融情入景之语,认为以之收束全篇,可以规避"语尽思穷"之病。就引文所举诗例来说,"乡山雨霏霏""空山松桂香"诸句的确造语虚灵,能把诗中情思化入有意味的景象表现,令诗意至结尾处绵绵不尽,不落言筌。

又"理入景势"条及"景入理势"条曰:

> 理入景势者,诗不可一向把理,皆须入景语始清味。理欲入景势,皆须引理语,入一地及居处,所在便论之。其景与理不相惬,理通无味。昌龄诗云:"时与醉林壑,因之堕农桑。槐烟稍含夜,楼月深苍茫。"

> 景入理势者,诗一向言意,则不清及无味,一向言景,亦无味。事须景与意相兼始好。凡景语入理语,皆须相惬,当收意紧,不可正言。景语势收之便论理语,无相管摄。方今人皆不作意,慎之。昌龄诗云:"桑叶下墟落,鹍鸡鸣渚田。物情每衰极,吾道方渊然。"②

作者所举的诗例是否能有效支持其观点,自可见仁见智。不论这些,文中基本命意毕竟是清楚的。大概言之,"理入景势"说明的是:诗歌不宜一味说理,而是要用理语自然地引出与之意趣相通的景语,化理入景。"景入理势"主要指出,诗歌不宜从头到尾描画景象,而是可以考虑用理语自然地收束与之意趣相关的景语、点明诗旨。可见它们都不只是在讨论创作论意义上的心物相逢,而是还自觉触及"景"与"理"在

---

① 《全唐五代诗格汇考》,第 171 页。
② 《全唐五代诗格汇考》,第 157—158 页。

诗歌结构中的关系问题及二者结合产生的表意效果问题。《诗格》"论文意"亦曰："诗贵销题目中意尽,然看当所见景物与意惬者相兼道。若一向言意,诗中不妙及无味。景语若多,与意相兼不紧,虽理通亦无味。"①这正可看做是对上述认识的再度言说。

　　通观上述言论,可知它们正是开显着当代文论每每说到的"意境之美""境界之美"或"情境之美"。然而,《诗格》作者本人毕竟在论说时没有引入"境"(或"意境""境界""情境"等)。恰恰相反,他倒是常常自觉地沿用早已阐发于六朝的"味"观念来揭示此类美感、此类效果之于诗歌的重要意义。比较可知,这些表述的理论渊源独立、明晰,自身意旨完足,很难说是为补充、完善"境"观念这一目的而发。换言之,它们与"境"观念并不构成阐释与被阐释的关系。就此而论,当代部分学者将其视作《诗格》中境论的组成部分,也许是不符合作者原意的。

　　至此可见,《诗格》中的"境",当被用来诠释诗人的创作活动特征时,专指构思环节诸心理现象;被用以指称表现对象的时候,不脱离"范围"意,在不少语境中与"景""物色"含义无实质区别。"诗有三境"说提出的"情境""意境",内涵确实与"景""物色"不同,但它们与当代的"意境"概念差别甚大。在《诗格》有关诗歌艺术特性的讨论中,"境"只是诸多观念之一,而非理论思考的核心,也并不具有统摄其他观念的可能性。"意蕴"等当代意境说、境界说关注的重要内容,在《诗格》中确已得到了自觉思考,但大多数对它的探讨并不是由境论承担的。

三　中晚唐诗学中的"境"

　　那么,中晚唐诗学中的境观念具有怎样的特征呢?

---

　　①　《全唐五代诗格汇考》,第169页。

正如时贤指出的那样,与初盛唐相比,在中晚唐文人处,心与境的关系得到了更多的关注。这可能与佛学(尤其是禅宗)的影响不可分割。至于以境言诗,在这个时段也存在几个不同的侧重点。其中之一,是以境指称、诠释创作活动中的特定环节。皎然著名的"取境"说堪称此方面代表:

> 或云:诗不假修饰,任其丑朴,但风韵正,天真全,即名上等。予曰:不然,无盐阙容而有德,曷若文王太姒有容而有德乎?又云:不要苦思,苦思则丧自然之质。此亦不然。夫不入虎穴,焉得虎子。取境之时,须至难至险,始见奇句。成篇之后,观其气貌,有似等闲,不思而得,此高手也。有时意静神王,佳句纵横,若不可遏,宛若神助。不然,盖由先积精思,因神王而得乎?①

> 夫诗人之思初发,取境偏高,则一首举体便高;取境偏逸,则一首举体便逸。(皎然自注:"风韵朗畅曰高。""体格闲放曰逸。")②

在佛学中,"取"(梵语 upādāna)为烦恼之异名,亦常译作"受"。《佛光大辞典》曰:"(取)系十二缘起之第九'取支',谓执著于所对之境;亦即由第八支'爱支'现行引生之炽热活动,特指对淫、食、资具等之执著,及对妄欲贪求之心等作用而言。"③按李壮鹰所说,"取境"即指"取著所对之境,亦即对某一境界有所贪爱,从而染著于心,不能离脱"④。皎然无疑对此含义做出了精彩的诗学转化。《诗式》把"取境"和"成篇之后"视作创作活动中前后相继的不同环节,又以"高""逸"为取境的

---

① [唐]皎然著,李壮鹰校注《诗式校注》,人民文学出版社,2003 年,第 40 页。
② 《诗式校注》,第 69 页。
③ 参见《佛光大辞典》,第 3092 页。又丁福保编《佛学大辞典》释"取"曰:"取著所对之境界谓之取,爱之异名也,又为烦恼之总名。"(见《佛学大辞典》,第 1355 页)
④ 《诗式校注》,第 40 页。

目标、结果。这样说来,其诗学中的"取境"就应主要指对诗之形态、风格、情趣等问题的设想、构思与推敲。① 就此来看,该说或许也受到了前述王昌龄《诗格》中"思若不来,即须放情却宽之,令境生,然后以境照之"这类观念的启发。

至于中晚唐以境言诗的另一个侧重点,则主要针对诗歌文本,涉及其形态和审美特征等问题。这类情况便显得比较复杂,也是需要细心加以清理的。

我们的相关考察不妨从权德舆的"意与境会"和司空图的"思与境偕"开始。当代学人之所以格外重视这两个命题,主要出于两个原因。其一是认为它们以"境"这个内蕴更为丰富的概念代替物、象、景等概念,体现出对"神与物游""情景交融"等命题的超越;其二则是认为它们已体现出对"意""境"结合所生之审美特性(如意蕴丰富、虚实相生等)的自觉,且与刘禹锡"境生象外"命题存在义理关联。事实是否如此呢? 我们还是需要回到这两个命题所处的原始文本语境中作出判断。"意与境会"出自权德舆《左武卫胄曹许君集序》。相关文字如下:

> 建安之后,诗教日寝,重以齐梁之间,君臣相化,牵于景物,理不胜词。开元天宝以来,稍革颓靡,存乎风兴,然趋时逐进,此为橐钥。绅佩之徒,以不能言为耻。至于吟咏性情,取适章句者鲜焉。有许氏者,名经邦,字某,世得命官,不书于此。姑举其始终之略,以著于篇。君天授纯静,不迁于物,修检之中,须有夷旷。早孤,家于鄱阳,有佳山水,遂以贞遁为心,不近声利。孝敬温信,著于州里。保闲乐退,无所挠屈。家人近习,未尝见其喜愠之色。谋学业文,以此为适……凡所赋诗,皆意与境会,疏导情性,含写飞

---

① 皎然的"思"与"写"是前后相继的关系,还是彼此交织的相生关系? 他在这方面恐怕还缺乏精严的讨论。

动。得之于静,故所趣皆远。其道退,其徒寡,不交当世,故知之者希……噫嘻!士之修道向晦,不耀于时以泯没者,可胜道哉?如许君者,洁身于困约之中,讲义于蓬茨之下,以六义之文为富,以一亩之宫为泰。齐人吹竽,楚人泣玉,故志业内固,英华未发,介然居易,以至殁身。其古之墙东、谷口之徒与?①

"思与境偕"出自司空图《与王驾评诗书》。请看相关表述:

> 国初,上好文章,雅风特盛。沈宋始兴之后,杰出于江宁,宏肆于李杜,极矣。右丞、苏州,趣味澄夐,若清沇之贯达。大历十数公,抑又其次。元、白力勍而气孱,乃都市豪估耳。刘公梦得、杨公巨源,亦各有胜会。阆仙、无可、刘得仁辈,时得佳致,亦足涤烦。厥后所闻,徒褊浅矣。河汾蟠郁之气,宜继有人。今王生者,寓居其间,沉渍益久,五言所得,长于思与境偕,乃诗家之所尚者。则前所谓必推于其类,岂止神跃色扬哉。②

权德舆、司空图均未明确阐发"境"的内涵,因此个中意味只能由我们审慎地推测。从《左武卫胄曹许君集序》的文本语境可知,权德舆先是指责齐梁诗重于体物而轻于思理("牵于景物,理不胜词"),继而一面肯定开元、天宝诗能够托物言志、规避齐梁之失("稍革颓靡,存乎风兴"),一面又指出该时段人如此作诗多含"趋时逐进"之念。经过这样一番铺垫后,他才隆重推出对许经邦诗的褒奖,认为许诗"意与境会",且系高洁、纯静之生命品格的自然流露,绝非为名利所作。不难看出,

---

① [唐]权德舆著,唐元校,张静注,蒋寅笺《权德舆诗文集编年校注》,辽海出版社,2013年,第42—43页。

② [唐]司空图著,祖保泉、陶礼天笺校《司空表圣诗文集笺校》,安徽大学出版社,2002年,第189—190页。

权氏的批评标准有两个：一是创作能否合理地处理"心"与"物"的关系，一是创作动机是否自然、纯正。而"意与境会"正是与前一个标准相关的。就此而言，该命题对心（意）与物（境）关系的理解方式，正与前举《诗格》中的"以心击之，深穿其境"一致。且"意与境会"的"境"与文中"牵于景物，理不胜词"的"景物"，同属与"心"相对待的"物"，彼此之间似并不存在多大差别。权德舆在其他作品中，也不止一次表现出类似观念。如《暮春闲居示同志》曰：

> 避喧非傲世，幽兴乐郊园。好古每开卷，居贫常闭门。曙钟来古寺，旭日上西轩。稍与清境会，暂无尘事烦。静看云起灭，闲望鸟飞翻。午问山僧偈，时听渔父言。体羸谙药性，事简见心源。冠带惊年长，诗书喜道存。小池泉脉凑，危栋燕雏喧。风入松阴静，花添竹影繁。灌园输井税，学稼奉晨昏。此外知何有，怡然向一樽。①

又如《许氏吴兴溪亭记》曰：

> 曷若此亭，与人寰不相远，而胜境自至。青苍在目，潺湲激砌。晴烟阴岚，明晦万状。鸥飞鱼游，不惊不喝。时时归云，来冒茅栋……每露蝉一声，秋稼成实，倚杖眺远，不觉日暮。岁实之羡，则以给樽中。方其引满陶然，心与境冥，则是非得丧，相与奔北之不暇，又何可滑于胸中。②

由语境可知，无论"稍与清境会"还是"心与境冥"，都系指作者与远离尘嚣之优美环境的相遇、相融，传达出心与物适然相逢的快乐。它们虽

---

① 《权德舆诗文集编年校注》，第71—72页。
② 《权德舆诗文集编年校注》，第106页。

然并非出现于文论语境,但自然和"意与境会"说相映成趣。而权德舆此类观念,还可以在中晚唐其他诗学表述中寻得共鸣。白居易撰《文苑诗格》"杼柝入境意"条曰:"或先境而入意,或入意而后境。古诗:'路远喜行尽,家贫愁到时。'家贫是境,愁到是意。又诗:'残月生秋水,悲风惨古台。'月、台是境,生、惨是意。若空言境,入浮艳;若空言意,又重滞。"①"招二境意"条曰:"或于一句之中用物色,第五字招第二字为上格。今诗云:'乱石不知数,积雪如到门。'"②可见在同样产生于中晚唐的这部著作中,"境"或指"家贫"这种人生场景,或指月、台这类自然景物,其内涵与"景"概念并无差别。尤其从"招二境意"一条可见,在专指景物时,作者仍然缺乏界说"物色""境"二概念差别的自觉。既然存在这些实际情况,那么专从"心造"这类含义立论,认为权德舆"'意与境会'的主导方面实在于意,境乃是意之境"③,虽不失为一种有参考价值的推测,但终归有武断之嫌。而认为其"境"在指涉的景象内容上必定大于"景""物""物色",同样是缺乏充分根据的。与此相同,司空图在《与王驾评诗书》中,仅是谈到王驾"五言所得,长于思与境偕,乃诗家之所尚者",对境的含义,对境和景、物、物色诸近义概念可能的区别均未作界说。而从前及中晚唐诗学背景来看,这里"诗家所尚"的"思与境偕",可能包含了从"心造"思路阐释境的意图,也可能是指作为唐人诗学常识存在的心物交会、情景相融这类常识。因此,其中的"境"同样是未必具有特殊理论意义的。④

---

① 《全唐五代诗格汇考》,第 365 页。
② 《全唐五代诗格汇考》,第 365 页。
③ 陈伯海《唐人诗境说考论》,《文学遗产》2013 年第 6 期。
④ 按:孙学堂认为:"在一般人特重'境'而相对轻视'思'的时代风气下,司空图所说的'思与境偕'未必是强调艺术表现中主客双方的平衡,而很可能是出于对过于切中物状的时代风尚之反拨,强调诗人'思考'和'想法'的重要性,要求诗人借外在境象来表现主体的、精神的世界。"此说为我们理解"思与境偕"中"思"的含义提供了新的思路。(见孙学堂《"思与境偕"是"情景交融"吗?——基于司空图诗歌创作的考察》,《文史哲》2018 年第 6 期)

再进一步看,从两个命题各自文本语境中还可发现,无论权德舆还是司空图,都没有自觉地揭示"意与境会""思与境偕"能够令作品呈现出哪些具体特征。就权德舆来说,他确实提到了"所趣皆远"这一特征,但在文本中,与其直接相关的毕竟是"得之于静",而不是"意与境会"。换言之,"意与境会"并不是"所趣皆远"的充分条件。司空图又如何呢? 我们当然可以做出如下推测:既然他对"趣味澄复"的王、韦风致青眼有加,则他同样欣赏的"思与境偕"之作,或即应具备这些品格。不过,这种可能隐隐生长于作者思考中的模糊意图,毕竟在意旨上具有不确定性,与透辟的阐释分析在理论水平上存在高下之分。也就是说,在提出"思与境偕"这一命题时,司空图并没有表现出他阐释"辨味言诗"时所达到的深度(此点详后)。而事实上,这种模糊表达,也代表了中晚唐以"境"阐释诗歌特征所能达到的常见理论水平。诸如高仲武在《中兴间气集》里以"五言之佳境"、"穷思极笔,未到此境"、"稍入诗境"等评语赞许诗人,白居易等屡次在作品中说及"诗境"等例证,今人均已颇为熟悉。这些事实自然可以证明,在文艺活动中,"境"的语用范围更为广阔;"诗境"等合成词的出现,可能反映出以境指称"艺术思维构造的虚灵世界"的思考倾向。但从严格意义上讲,诗歌作品中所云"诗境"毕竟多是对抒情氛围、优美场面的笼统描绘。该词能否被视为已得到自觉反省与诠释的批评概念,还有讨论余地。而高仲武式的以"佳境""未到此境"诸语评诗,其意旨也是笼统宽泛的。它们固然可能特指"艺术思维构造的虚灵世界"(这是很多当代论者最希望证明的),但也可能只是指层级、水准。就此言之,在这类表述中,"境"那些被今人不断揭示、阐发的理论内涵,很难说已经得到理性、自觉的开掘。可以说,在中晚唐以境论诗的文字中,像刘禹锡"义得而言丧,故微而难能,境生于象外,故精而寡和"说那样通过明确分辨意与言、境与象之性质差别来自觉阐述文本层次、虚实等问题的案例,实在是并不多见。成复旺先生曾说:"就境与象的关系而言,境是对象的超越。

境中有象,但境不是一个或一堆孤立的象;它包括象以及象周围的有意味的空间,是一个虚实结合的领域。"①成先生理解的境象关系,是刘禹锡式的。而它未必是唐人的一致认识。

那么,诸如文本层次、虚实及意蕴这些当代境界说、意境说的要害问题,是否在中晚唐人那里缺乏深细的省思呢?事实上,对这类问题的阐发,正是在该时段呈示出引人瞩目的理论深度。只不过耐人寻味的是,在相关阐发中,中晚唐人往往运用并深化的,乃是传统诗学中的"比兴""味""象"或"重旨"一类观念。细究之,其相关思考又可分成两种情况。一种是延续政教诗学思路,虽然自觉关注诗歌文本的层次问题、意蕴问题,但坚持"托喻"理念,将物象、景句与特定意旨机械对应,也将经学比兴观念及表现方法进一步狭隘化。题白居易撰《金针诗格》、题贾岛撰《二南密旨》、僧虚中《流类手鉴》、徐寅《雅道机要》等著作中,均有表现出这种倾向的文字。姑举《二南密旨》相关文字为例:

> 天地、日月、夫妇,君臣也,明暗以体判用。钟声,国中用武,变此正声也。石磬,贤人声价变,忠臣欲死矣。琴瑟,贤人志气也,又比廉能声价也。九衢、道路,此喻皇道也。笙箫、管笛,男女思时会,变国正声也。同志、知己、故人、乡友、友人,皆比贤人,亦比君臣也。舟楫、桥梁,比上宰,又比携进之人,亦皇道通达也。②

这类观点对初学者的影响不容低估,但理论价值终归不高。至于另一种情况,便是未必纠结于经学托喻思路,而是以把握创作一般规律为着眼点,揭示诗歌审美特征的诸般问题。这就显示出理论的相对通达。

---

① 成复旺主编《中国美学范畴词典》,中国人民大学出版社,1995 年,第 89 页。
② 《全唐五代诗格汇考》,第 379—380 页。

《文苑诗格》论"语穷意远"、王睿《炙毂子诗格》解说"模写景象含蓄体"、僧齐己《风骚旨格》申说"不尽意"等等,都有此类特征。而个中最具深度与典型意义者,则仍推皎然、司空图二公。

在皎然的《诗式》《诗议》中,相关言说类型颇为多样。或是采用总论诗道的形式:

> 诗有七至:至险而不僻,至奇而不差,至苦而无迹,至近而意远,至放而不迂,至难而状易,至丽而自然。①

> 两重意已上,皆文外之旨。若遇高手如康乐公,览而察之,但见情性,不睹文字,盖诗道之极也。②

或专就诗的某种体式、风格做出分析:

> 古诗以讽兴为宗,直而不俗,丽而不巧,格高而词温,语近而意远。③

> 静,非如松风不动,林狄未鸣,乃谓意中之静。远,非如渺渺望水,杳杳看山,乃谓意中之远。④

或者借助对作品的实际批评:

> "白云抱幽石,绿筱媚清涟","露湿寒塘草,月映清淮流",此

---

① 《全唐五代诗格汇考》,第226页。
② 《全唐五代诗格汇考》,第233页。
③ 《全唐五代诗格汇考》,第203页。
④ 《全唐五代诗格汇考》,第242页。

物色带情句也。①

　　"南登灞陵岸,回首望长安",察思则已极,览辞则不伤。一篇之功,并在于此,使今古作者味之无厌。②

　　宫阙之句,或壮观可嘉,虽有功而情少,谓无含蓄之情也。③

　　客有问予,谢公此二句优劣奚若? 余因引梁征远将军记室钟嵘评为"隐秀"之语……抑由情在言外,故其辞似淡而无味。④

以上引文,均为今人阐发皎然境论时所常用。不过,一旦我们跳出"境论乃是皎然诗学的理论核心"这一思维习惯,就可以察觉:上述表达中涉及的概念、命题及思维方式,多源自"兴""隐秀""味"等传承有绪的诗学传统并加以发挥,与"境"并不构成诠释与被诠释的关系。的确,皎然在《唐苏州开元寺律和尚坟铭并序》中明确说过:"境非心外,心非境中。两不相存,两不相废。"⑤我们也有足够材料证明他惯于从佛学层面理解"境"的内涵。但问题的关键并不在于皎然如何理解"境",而在于他是否、又在何种程度上将这种理解用于诗学。从现存文献可见,除了前及"取境"说外,皎然尚在《奉应颜尚书真卿观玄真子置酒张乐舞破阵画洞庭三山歌》中以"盼睐方知造境难,象忘神遇非笔端"⑥赞美画艺,在《诗议》中有"含境对"一条,并以"赋曰:悠远长怀,寂寥无声"⑦解释之。笔者无意否认"造境"说的理论价值,也承认"含境对"

---

① 《全唐五代诗格汇考》,第 209 页。
② 《全唐五代诗格汇考》,第 247 页。
③ 《全唐五代诗格汇考》,第 252 页。
④ 《全唐五代诗格汇考》,第 261 页。
⑤ [清] 董诰等编《全唐文》,中华书局,1983 年,第 9564 页。
⑥ 《全唐诗》,第 2013 页。
⑦ 《全唐五代诗格汇考》,第 212 页。

中的"境"涉及了意蕴美问题。但比较后可知,这些文字在揭示有关诗歌(文艺)审美特征问题时,无论丰富性还是深度,都是不及前举例证的。

值得辨析的还有皎然《诗议》中的"境象不一,虚实难明"一说:

> 俗巧者,由不辨正气,习俗师弱弊之过也。其诗曰:"树阴逢歇马,鱼潭见洗船。"又诗曰:"隔花遥劝酒,就水更移床。"何则?夫境象不一,虚实难明,有可睹而不可取,景也;可闻而不可见,风也;虽系乎我形,而妙用无体,心也;义贯众象,而无定质,色也。凡此等,可以对虚,亦可以对实。①

细玩原文,可知该观点中心意图在于说明属对需要灵动活泼,不能"句句同区,篇篇共辙",拘泥于一成不变的套路、法则,否则便是"拘而多忌,失于自然"的"俗巧"。弄清这个整体语境的旨趣后,就可知道,皎然所谓"境象不一,虚实难明"云云,不是要揭示境与象二者在特性上存在虚实的差别,而只是在说:无论"境"还是"象",都有很多种类,有虚有实,故很难为其作出精细准确的归类。讲这个意思,正是要为他"凡此等,可以对虚,亦可以对实"这类灵动活泼的对偶观提供理由。由此可知,该语境中的"境"与"象"或许存在范围大小的区别,但并无性质的区别。所以,这里的思考,与刘禹锡的"境生象外"并非一事。

下面来说司空图。据祖保泉、陶礼天在《司空表圣诗文集笺校》中的考证,提出"思与境偕"的《与王驾评诗书》作于光启三年(887)或四年,也即司空图51岁或52岁时。引用戴叔伦"诗家之景如蓝田日暖,良玉生烟,可望而不可置于眉睫之前"并提出"象外之象,景外之景"的《与极浦书》作于光启三年或稍后。而提出"辨味言诗"这一重要命题

---

① 《全唐五代诗格汇考》,第204页。

的《与李生论诗书》则写于天祐元年(904)或稍后,也即司空图从 68 岁至 72 岁逝世的几年间。除开存在真伪争议的《二十四诗品》和讨论作家诗文风格关系的《题柳柳州集后序》,以上三文足以代表司空图诗学的核心内容。可以看出,其中阐发诗歌审美特性时最具深度和启发意义的文字,显然不是"思与境偕"。《与极浦书》既动用颇具感发魅力的"意象喻示",又出以"象外之象"这类意旨明确的陈述,对诗歌意蕴、虚实、表意层次诸品格的开显,可谓生动、具体。尤其是最晚出的《与李生论诗书》,乃是司空图写于生命尾声、具有个人诗学总结意义的文章。在这篇作品中,司空图采用生动的譬喻揭示诗道,而他所信赖并运用自如的,仍然是"味",而不是"境"。文中高论,已成为诗学史中的经典:

> 文之难,而诗之难尤难。古今之喻多矣,而愚以为辨于味而后可以言诗也。江岭之南,凡足资于适口者,若醯,非不酸也,止于酸而已;若醝,非不咸也,止于咸而已。华之人以充饥而遽辍者,知其咸酸之外,醇美者有所乏耳。彼江岭之人,习之而不辨也,宜哉。诗贯六义,则讽喻、抑扬、渟蓄、温雅,皆在其间矣。然直致所得,以格自奇。前辈诸集,亦不专工于此,矧其下者耶。王右丞、韦苏州澄澹精致,格在其中,岂妨于道举哉?贾浪仙诚有警句,视其全篇,意思殊馁,大抵附于蹇涩,方可致才,亦为体之不备也,矧其下者哉。噫!近而不浮,远而不尽,然后可以言韵外之致耳……盖绝句之作,本于极诣,此外千变万状,不知所以神而自神也,岂容易哉。今足下之诗,时辈固有难色,倘复以全美为工,即知味外之旨矣。[1]

此文既建基于六朝"味"论传统,又别开生面。作为生理直感的"味"既

---

① 《司空表圣诗文集笺校》,第 193—194 页。

可能是单纯的,也可能是丰富的、品咂不尽的;诗歌则因虚实相生、意趣无穷乃有大美。前者是人皆可当下亲证的生命直觉;后者经六朝至唐的诗坛实践,已能被读者意会,但如何阐发则是难题。而司空图拈出二者足可类比之处,以前者喻示后者,遂能跨越抽象、艰涩的概念、逻辑解析,令读者在自然感发中对"诗何以美"获得新鲜、贴切的领悟。"澄澹精致"这一审美典范,亦随之得到大力标举。"味"所具备的理论潜力,至此方才得以充分开显。相比之下,刘勰所谓"味飘飘而轻举"(《文心雕龙·物色》)、"味之则甘腴"(《文心雕龙·总术》),钟嵘以"指事造型,穷情写物,最为详切"说明五言诗何以是"众作之有滋味者",都似乎于味论之精义尚隔一层。就这些事实来看,司空图有关诗歌审美特征的思考具备独立的诗学传统和自觉的问题意识,即便没有境论的参与,也同样是自足的、充实的,且具有"境"无法替代的独到魅力。比较而言,后来汪师韩在《诗学纂闻》中说的"切而无味,则象外之境穷"①、王国维在《人间词话》中说的"古今词人格调之高无如白石,惜不于意境上用力,故觉无言外之味、弦外之响,终落第二手"②,才是自觉地把"味"和"境"关联起来,形成彼此之阐发关系的。

　　总之,"境"确实是中晚唐诗学的重要内容,但今人似不宜夸大其理论深度和诗学史地位。从这个时段的具体诗学文本语境来看,论者未必均以来自佛学的义理把握"境";而"境"诸义并存的特征,与题王昌龄《诗格》呈现出的格局并无实质性差别。无可否认,中晚唐人对诗歌审美特征的理性反省具备了相当深度,当代"意境说""境界说"格外关注的诗歌文本层次问题、虚实问题、意蕴问题,在此时都得到了持续探讨,成为唐人诗学观念中的重要内容,亦给后世重大影响。但归根结底,"境"在其中承担的任务其实是有限的。"境"与其他相关概念、命

---

① 丁福保辑《清诗话》,上海古籍出版社,2015 年,第 452 页。
② 王国维著,彭玉平疏证《人间词话疏证》,中华书局,2011 年,第 153 页。

题均是阐释特定诗学问题的方式之一,彼此间并不存在上下位关系,也未必存在历时层面上此消彼长式的演进特征。

四　当代相关研究思维模式、方法之反省

通过辨析唐人诗学境观念的特征,我们亦可对当前相关研究的思维模式、方法做出反省。

如本书《导论》所及,概念、命题含义研究,理应是古代文论观念研究的核心内容之一。而时至今日,概念、命题在不同原始语境中的含义及使用特征,仍然是需要格外关注的问题。古代文论概念、命题的含义并非散碎无可归纳,不过其意旨多样、意随文设的特点终归非常明显。正因为此,今人在面对它们时,就应该坚持"语境优先"的原则,既力避迷信"本义",也力避先从有限的、局部的案例中归纳其含义,然后将这些来自不完全归纳的结论当成演绎大前提,不加辨析地用于解读其他案例。做不到这些,就容易造成对概念、命题及整个相关文本的误读。关于这一点,笔者于前面诸章已多有阐发。此处尤其想要强调的是,当我们欲判定某个含义丰富的概念、命题在特定文本语境中只存在一种解读可能性时,就需要注意,这种判断的成立,至少应满足以下三条件中的一个:

其一,该概念(命题)只有在如此解释时,所处文本语境方才意旨通达。而用它的其他含义解读,则文本意义窒碍不通。

其二,该文本作者只知晓该概念(命题)的这一含义,而不可能知晓其他含义。

其三,有充分的证据证明作者在该文本语境中使用此概念(命题)时,只可能赋予其这种含义,而非其他含义。

如果以上三个条件都不满足,那么最合理的诠释,就只能是多元诠

释,不是一元诠释。在前文中,笔者之所以对唐人境概念、对"意与境会""思与境偕"诸含义的诠释持多元立场,原因正在于此。与此相同,在解读古代文论其他概念、命题的时候,这些思考的存在,也可能使我们不至得出失之武断的结论。

进一步看,至少笔者上面列出的后两个条件,已经涉及对作者"前理解"及其文论写作之历史语境的考察。因而,从中自然又可再引出新的问题:如何合理地解释某观念的思想来源? 应该看到,我们之所以会认为某观念受到另一先在观念影响,总是首先基于对二者之间某些相同或相似关系的认定。而细究之,这相同或相似,其实包含三种类型,相应的判断原则、诠释方式,也应有所区别。

第一种类型,是双方存在明确的引用与被引用关系。如前文涉及的司空图《与极浦书》在讲出"诗家之景如蓝田日暖,良玉生烟"时,明确表示此语系"戴容州云"。这种引用,乃是影响关系实然地存在的铁证。以下二例亦然:

> 唐末司空图崎岖兵乱之间,而诗文高雅,犹有承平之遗风。其论诗曰:"梅止于酸,盐止于咸,饮食不可无盐梅,而其美常在咸酸之外。"盖自列其诗之有得于文字之表者二十四韵,恨当时不识其妙,予三复其言而悲之。(苏轼《书黄子思诗集后》)①

> 所送新诗,皆兴寄高远,但语生硬不谐律吕,或词气不逮初造意时,此病亦只是读书未精博耳。长袖善舞,多钱善贾,不虚语也。南阳刘勰尝论文章之难云:"意翻空而易奇,文徵实而难工。"此语亦是。沈谢辈为儒林宗主,时好作奇语,故后生立论如此。(黄庭坚《与王观复书》)②

---

① 《苏轼文集》,中华书局,1986 年,第 2124 页。
② 《黄庭坚全集》,中华书局,2021 年,第 420 页。

第二种类型,是双方存在化用关系。也就是说,引用一方在自己的语境中,未必亦步亦趋地遵从被引用方语词或文意的原义。如本章前及皎然的"取境",其原始意涵包含"贪恋"这类贬义,而被皎然在诗学意义上使用时,就只是指设想、构思、推敲活动,且从其所在语境中,还读得出作者对这种行为的欣赏。再如题王昌龄《诗格》中这段话:

> 凡属文之人,常须作意,凝心天海之外,用思元气之前。巧运言词,精练意魄,所作词句,莫用古语及今烂字旧意。改他旧语,移头换尾,如此之人,终不长进。为无自性,不能专心苦思,致见不成。①

文中"作意""无自性"都是佛学用语。不过佛学意义上的"作意",指"相应于一切之心而起者,具使心惊觉而趣所缘之境之作用"②,而此处的"作意",当与"苦思"或随后所说的"精练意魄"相近。至于"自性"(梵语 svabhāva),佛学用以指事物永恒不变的本质特征,含"自有""自成""自己如此"义。而据"缘起性空"观念,难以从因缘中超拔而出的人及万物,当然均"无自性"。③ 这样说来,则何止《诗格》抨击的剽窃模拟者"无自性",任何作诗之人、任何诗歌创作活动都可以说是"无自性"的。而由文本语境便可推知,《诗格》所谓"无自性",无非是指缺乏独立不迁、自开生面的创作精神而已。就此而言,"化用"所呈现的影响关系也是实然的,但却不应被夸大化、绝对化。且较之"引用"形成

---

① 《全唐五代诗格汇考》,第 163—164 页。

② 《佛学大辞典》,第 1189 页。

③ 佛学"中观"对此问题的揭示甚具代表性。《中论·观有无品》:"众缘中有性,是事则不然。性从众缘出,即名为作法。性若是作者,云何有此义? 性名为无作,不待异法成。"如释印顺所说:"依中观的看法,自性与缘起,是不容并存的。有自性即不是缘起的,缘起的就不能说是自性有的……若主张有自性的,即不能是所作。因为自性是即自有的、自成的、自己规定着自己的,这如何可说是作法? 缘起是所作的,待它的;自性是非作的,不待它的。二者是彻底相反的,说自性有而又说缘起,可说根本不通。"(释印顺《中观今论》,中华书局,2022 年,第 47 页)

的文本语境,"化用"形成的文本语境意义空间往往更为复杂,故而对其意义来源的判断,也就不宜陷入带有独断特征的非此即彼思维模式。就拿前举之例来说,《诗格》反对的"无自性"固然是打着佛学烙印的,但个中意趣何尝没有显示出与"谢朝华于已披,启夕秀于未振"、"若无新变,不能代雄"、"丈夫当删诗书、制礼乐,何至因循,寄人篱下"一类传统观念的关联呢?而我们当然也无法否证作者受到这类先在观念影响的可能。

第三种类型是,双方不存在明确的引用或化用关系,只是在句法或用意上具有可类比性。这种情况下,双方的影响关系就是或然性的,不是必然性的。而今人欲在此处形成影响判断,便需要格外慎重。就此而言,笔者之所以不主张坐实"意与境会""思与境偕"系受到佛学心境关系的影响,原因即可具体表述为:两位作者并没有在文本中严格地界定两个命题的含义。"会"和"偕"在表意上都具有模糊性,并不能坐实为佛学意义上的"缘虑执取"这类含义。没有证据表明,当"境"的佛学特有义兴起后,其中土固有义便被古人弃之不用。两位作者的先在观念中,都既包含佛学观念,也包含自成传统、并不存在特殊佛学品格的诗学观念。一旦忽视上面四种情况,而欲说明二命题必源自佛学观念、应用佛学观念,研究者就难免会再次陷入独断。这种独断,就和前及仅从佛学一端解释诗学中的"无自性"一样,都呈现出"佛学思想决定论"的特征。概言之,这类决定论的思维特征是:认为历史现象可以被某个单一的思想原理完满解释,认为历史现象间存在一元的、绝对确定性的因果关联。立足于"佛教对唐人思想存在广泛而深入的影响"这一事实,但又将这个事实夸大。在缺乏关键证据的情况下,或根据文本表意与相应佛学观念的可类比性,即确定二者间必存在影响与被影响关系;或夸大化用佛学观念之文本所受的佛学影响,窄化有关该文本含义来源的诠释空间。诠释者在对这种决定论保持警觉的同时,不妨注意:如果支持一元解读的证据并不充分,那么多元解读自然依旧是值得考虑的诠释路径。

　　最后需要探讨的便是,在研究唐人乃至古代诗学境观念时,今人何以对"境"的某些含义格外强调,且把"境"(意境)视为"中国古代文论核心概念"? 这恐怕便与特定学术背景下形成的思维模式不可分割。而此类情况是相关研究格外需要警觉的。近年来,罗钢、蒋寅等学者都已指出,当代文论中的意境、境界概念无论内蕴还是核心地位均系今人重建的结果。不过,无论在有关"境"含义流变史的研究中,还是在对其他古代文论概念、命题的考究中,"意境核心论"(或"境界核心论")式的思维模式,依然或多或少地存在着。这种思维模式的基本特征,是把古代文论丰富多样的概念、命题世界理解为一个逻辑关系井然有序,各层级演化脉络严谨清晰、目的明确的抽象系统。至于其在相关研究中的具体表现,则可分为四种情况:一、为古代文论史或某人之文论寻找兼综众美的单一核心概念(命题)。二、认为古代文论史或某人文论观的流变特征或体现于单一核心概念(命题)的成长过程,或体现于若干核心概念(命题)的历时性承接替代。三、夸大特定概念(命题)在某人言论中的实际地位。四、夸大特定概念(命题)中某些含义的实际应用情况。这些问题的存在,有可能让我们误解古人特定文论观念的内涵和文论史价值,亦曲解古人概念、命题使用习惯,于是对意义本来相对多样的概念、命题作出严谨化、规范化处理,为本来地位平等的概念、命题强分上下位、主从关系,将同类概念的多样化使用视为不规范的混用、误用。诚然,某些概念、命题在古代文论话语中确实具有格外突出的意义,而将古代文论概念、命题系统视为混乱随机的聚合体也自然是研究的另一个误区。可不管怎样,在古代文论史中,概念、命题的使用,总是服从于特定语境和特定问题意识之要求的。如果对这些实际情况缺乏省思,那么我们有关文论史流变的描述即便再过清晰明了,也终归无益于趋近"真相"。

　　为什么会出现前述问题呢？笔者此处着重揭示一种可能之缘由。西方哲学形而上学传统中,存在一种深深影响20世纪中国学界的思维定势：认为世界或某事物的"是其所是"存在带有绝对确定性的第一原理。这种思维定势用于历史解释,也就很容易生出历史决定论信仰,即：历史是一个开显其第一原理的、有意义的、目的及终点明确的逻辑过程。在这种信仰者眼中,历史是可以被概念理性、逻辑理性准确把握的对象,其存在方式也随之具有高度的清晰性、规律性、可预见性。但是,在收获某些洞见的同时,历史决定论信仰的限度也显露出来。较之物质世界,人类的存在特征具有高度的复杂性、变化性、非逻辑性,且始终处于未完成的运动过程中。这种存在特征的非确定性就意味着,任何确定性的研究模式最多只能成为进入人类世界的一种视角;一旦将其真理化,相应解释就会削足适履,自我遮蔽——波普尔在其《历史决定论的贫困》中力图揭示、反省的,主要正是这类问题。当历史决定论信仰或与其相近的观念进入古代文论史研究者的前理解,成为无须反省的思维工具时,"意境核心论"式思维模式的出现,也就并不是什么难以理解的事情。无论研究者主观上的求真愿望多么强烈,一旦自觉或不自觉地服从于此类已被确定为真理的思维工具,其研究也就注定会陷入自我遮蔽。

　　什么是正确的、足以趋近历史原貌的研究方法？这个问题的合理答案其实永远难以获得。但不管怎样,尽可能从多样的角度审视问题,跳出既有思维定式,仍是可被我们自觉察知的应然方向。当我们不再纠结于上述有关古代文论概念、命题研究的思维习惯时,或许就能够发现：与"境"相比,众多重要概念(如神、气、韵、味等)在揭示文学现象时,同样具有无可替代的独特视角与优势。它们在文论史上长期共生,相互关系多样而复杂。这样的特征,正体现出古代文论运思方式的灵动与丰富;而今人又何必另立门庭,以单一的核心概念、机械的演化逻辑剪裁之、容纳之呢？与此同时,摆脱前及思维习惯后,我们亦能更为从容地审视境及其他概念所处的具体语境、所从属的问题意识,对它们作出更为细致、合理的意义归纳,并判断其意义演化与相关语境、问题意识的关系。以此为基础的文论史研究,庶几将具备更为扎实的起点。

第七章
明格调派诗歌情感说中的"真"观念与"正"观念

　　以抒发情感为诗歌的基本属性和功能,是中国古代诗学史上贯穿始终的核心观念之一。在明代诗学史上,长期占据主流地位、以"前后七子"及其追随者为代表的"格调派",并没有背离这一传统。长期以来,学界对该派诗歌情感说的研究主要集中于两个思路:其一是通过典型案例分析,证明该派诗学具备"重情"、追求"情真"的特征,并由此揭示其在明代诗学史及中国古代诗学史中的积极意义。其二则试图以此为起点,说明该派在学理上存在"重情"与"尊格调"的矛盾,从而指出,正是这两个要素的凿枘不投,导致该派实际创作捉襟见肘,最终只能付出但见格调、不睹性情的沉重代价。①

---

① 按:所谓明、清的"格调派""神韵派""性灵派",系当代学界对该时期在创作倾向、价值理想上具有"家族相似性"的文人群体做出的指称。其边界并非绝对清晰,个中成员的观念与创作也具有不同程度的复杂性、变化性。以"派"分别,无非取其相对典型之倾向而已。笔者所说的"明格调派",是指特重诗歌高格雅调、以汉魏盛唐体为主要典范及批评尺度的明代复古派文人群体。其代表人物即"前后七子"及其观念之追随者。现代学界对明格调派情感观的重视,发端于民国时以郭绍虞先生《中国文学批评史》为代表的研究。20世纪80年代以降走向深入后的代表性成果可参看章培恒《李梦阳与晚明文学新思潮》,《安徽师范大学学报》1986年（转下页）

　　然而细究之,有关格调派诗歌情感说的问题,仍有进一步探讨的必要。因为学界在围绕上述思路取得诸多精解胜识的同时,或许对以下问题的辨析略欠深入:在不同的言说意图中,该派诗歌情感说的内蕴是否存在差别? 在很多倡言诗情的典型语境中,该派怎样具体判断情感的价值、限度,其事实判断和价值判断又是何种关系? 如果对这些要点缺乏考察,而只是泛言该派"尊情""重真",我们就可能会忽视其言说、评价情感时的一种常见特征:既重"真"也重"正",具备"真正合一""以正律真"之品格。这既不利于准确把握该派情感说的特征、渊源和流变方向,也不利于深入思考该派诗学"重情"与"尊格调"这对基本矛盾得以共生的内在原因。辨析上述细节问题,便构成了本文的核心内容。相关探讨,庶几亦可为思考当下古代诗学研究方法提供参照。

一　许学夷诗歌情感说中的"真"与"正"

　　格调派如何判定诗歌情感的价值呢? 活跃在明末的许学夷,具有该派诗学总结者、集成者的特征。在这个问题上,其代表作《诗源辩体》中的观点颇具典型意义。而当前相关研究,似还主要集中于揭示其重情观的诗学史价值,对其复杂性则关注不够。① 我们就以分析这一重要个案为开端。

　　《诗源辩体》的"凡例",承担着交代全书基本旨趣的任务。在该部

　　(接上页)第 3 期;成复旺等《中国文学理论史》,北京出版社,1987 年;陈建华《中国江浙地区十四至十七世纪社会意识与文学》,学林出版社,1992 年;袁震宇、刘明今《中国文学批评通史·明代卷》,上海古籍出版社,1996 年;廖可斌《明代文学复古运动研究》,商务印书馆,2008 年;黄卓越《明永乐至嘉靖初诗文观研究》,北京师范大学出版社,2001 年等。又,除非特别说明,本章后文所说"格调派"均专指"明格调派"。

①　涉及许学夷诗歌情感观的代表性研究成果,可看看汪泓《许学夷〈诗源辩体〉研究》,复旦大学博士论文,2002 年;方锡球《许学夷诗学思想研究》,黄山社,2006 年等。

分开宗明义第一条里,许学夷就隆重地讲到自己的核心批评原则:"此编以'辩体'为名,非辩意也,辩意则近理学矣。故十九首'何不策高足''燕赵多佳人'等,莫非诗祖,而唐太宗《帝京篇》等,反不免为绮靡矣。知此则可以观是书。"①他公开表明"不辩意","辩意则近理学",无疑是在自觉地和那种唯知以政教尺度、政教内容律诗谈诗的理学家思路划清界限。在他看来,哪怕《古诗十九首》中公开宣扬功利、个体情爱的作品与政教理想不合,也仍然地位崇高,"莫非诗祖"。而同时说唐太宗《帝京篇》"不免为绮靡",便是在含蓄地表态:仅有宏大端正之主题、却在风格上不够得体的作品,是不足以成为诗歌创作典范的。古代文论中的"意",大体可指思想、旨趣,也可以指情感内容。而不管具体所指是什么,它都与"情"的性质、价值、表现特征诸问题息息相关。因此,是否"辩意",往往体现出论诗者对情感的看法。既然这样,我们似乎也就很容易推出如下结论:"辩体不辩意"的许学夷,对情感要素所持态度应该是相对宽容、开放的,断不会斤斤计较其是否突破政教限度。

不过,真相恰恰并非如此简单。一旦进入《诗源辩体》表述细节,读者的上述印象就将发生动摇。此书第一卷为《诗经》专论。有趣的是,在该卷言及《国风》情感问题时,出现过这样一段言论:"风人之诗,诗家与圣门,其说稍异。圣门论得失,诗家论体制。至论性情声气,则诗家与圣门同也。"②这与"诗家"对举的"圣门",当是指儒学。那么,许学夷何以认定在论"性情"时,两者若合符契呢? 下面的引文会为我们提供答案:

　　《周南》《召南》,文王之化行,而诗人美之,故为正风。自邶而

---

① ［明］许学夷《诗源辩体》,人民文学出版社,1987 年,"凡例"第 1 页。
② 《诗源辩体》,第 6 页。

下,国之治乱不同,而诗人刺之,故为变风。是风虽有正变,而性情则无不正也。孔子曰:"《诗三百》,一言以蔽之,曰:思无邪。"言皆出乎性情之正耳。①

原来,他在这里毫无保留地坚持了《诗经》汉学的基本立场。那就是:《国风》表现的情感,均与美刺相关,合乎"正"的要求,也即体现出纯正的儒家政教精神。既然如此,他认为论"性情"时"诗家与圣门同",当然就不足为奇了。许学夷如此持论,绝非偶然。在《诗源辩体》卷一论《国风》的 49 条文字中,从不同角度申说"风虽有正变而性情则无不正"之理者多达 36 条,这足以说明他对该问题的重视。而宣扬此观点时,他尚从不同角度出发,驳斥《诗经》宋学的代表人物朱熹。这里仅举其中 3 则为例:

> 风人之诗,多诗人托为其言以寄美刺,而实非其人自作。至如《汝坟》《草虫》《静女》《桑中》《载驰》《氓》《丘中有麻》《女曰鸡鸣》《丰》《溱洧》《鸡鸣》《绸缪》等篇,又皆诗人极意摹拟为之。说诗者以风皆为自作,语皆为实际,何异论禅者以经尽为佛说,事悉为真境乎?②

> 风人之诗,虽正变不同,而皆出乎性情之正。按:《小序》《正义》说诗,其词有美刺者,既为诗人之美刺矣;其词如怀感者,亦为诗人托其言以寄美刺焉。朱子说诗,其词有美刺者,则亦为美刺矣;其词如怀感者,则为其人之自作也。予谓:正风而自作者,犹出乎性情之正,闻之者尚足以感发;变风而自作者,斯出乎性情之

---

① 《诗源辩体》,第 2 页。
② 《诗源辩体》,第 4—5 页。

不正,闻之者安足以惩创乎?①

　　(朱熹)于变风如怀感者必欲为其人之自作,则当时诸儒亦有
不相信者。按:孔子曰:'《诗三百》,一言以蔽之,曰:思无邪。'其
旨甚显,其语甚明。朱子则曰:"凡诗之言善者可以感发人之善
心,恶者可以惩创人之逸志,其用归于使人得其性情之正而已。"
是三百篇不能无邪,而读之者乃无邪也,岂孔子之意耶?②

　　朱熹《诗经》研究中的一个重要观点,就是将《国风》判定为直抒胸臆
的闾巷风谣,认为其中很多篇章并无美刺意图,有些则属"淫奔之
作"。这也就等于承认,《诗经》文本中不少情感内容违背了"性情之
正"的要求。而沿袭汉儒观点的许学夷正与此针锋相对。在他看来,
无论从审美鉴赏常识、政教意图落实效果、圣人权威结论等哪个角度
来看,《国风》中那些看上去具有单纯抒情品格、无涉美刺的作品(也
即他所谓"词如怀感"之作),都必然是诗人寄托美刺观念的代言体,
绝非像朱熹揭示的那样,"为其人之自作",甚至偏离"性情之正"的
轨道。

　　在考论《国风》本义的问题上,到底是许学夷还是朱熹更接近真
相,并不是本章探讨的重点。笔者此处格外关注的是:设计多个辩
驳角度,反复攻击朱熹"其人自作"说这一事实,正折射出许学夷对
《诗经》情感问题的高度敏感。他作出《国风》"皆出乎性情之正"的
判断,同时决绝地认为"风人之诗,多诗人托为其言以寄美刺",无非
是在申说:《国风》不可能置政教原则于不顾、过分表现个体情感,其情
感必然、也必须合乎"正"的要求。对《诗经》在诗歌史上的典范地位,
许学夷格外重视。在他眼中,"古今说诗者以三百篇为首,固当以三百

———————
①　《诗源辩体》,第8页。
②　《诗源辩体》,第9页。

篇为源"①;《国风》"性情声气为万古诗人之经"②。而他又曾不无得意地宣称:"予作《辩体》,自谓有功于诗道者六……论周南、召南以至邶鄘诸国,而谓其皆出乎性情之正,二也。"③由此可知,前述辨析,在许学夷诗学系统的建设中具有非常重要的意义。它们既是对《诗经》情感问题的评判,也堪称许氏诗歌情感观在终极理想层面的明确表达,绝非持中性立场的事实分析。

当然,这般片面地讲情之"正",毕竟有可能出现对古典审美传统中"真"这一基本原则的遗漏。于是,为了使观点严密、完善,许学夷又有过这样的补充:

> 或曰:"若是,则国风有不切于性情之真,奈何?"曰:"风人之诗,主于美刺,善恶本乎其人,而性情系于作者。至其微婉敦厚,优柔不迫,全是作者之功。倥国泰谓:好恶由衷而不能自已,即性情之真也。"④

在这个阐释逻辑中,《国风》之情既具备"真"属性,又天然合乎"正"的要求,于是实现了真与正的合一。既然这样,它那"万古诗人之经"的地位,就更是无可置疑的了。有关这种"真正合一"的理想,在《诗源辩体》下面这段话中,体现得同样典型:

> 或曰:"唐末诗不特理致可宗,而情景俱真,有不可废。"赵凡夫云:"情真景真,误杀天下后世。不典不雅,鄙俚迭出,何尝不真? 于诗远矣。古人胸中无俗物,可以真境中求雅,今人胸中无雅

---

① 《诗源辩体》,第 2 页。
② 《诗源辩体》,第 3 页。
③ 《诗源辩体》,第 314 页。
④ 《诗源辩体》,第 12 页。

调,必须雅中求真境。如此求真,真如金玉。如彼求真,真如砂砾矣。"①

针对以"情景俱真"肯定唐末诗这一看法,许学夷引用赵宧光之语严加驳斥,而这段引文当然足以代表许氏自己关于"情真"价值问题的基本判断。不难发现,在他眼中,情真只有合乎雅正标准才值得肯定,否则便是"鄙俚迭出",无足效法的。行文至此,何为许氏理想中的诗歌情感,已经昭然若揭:它是"真"与"正"的浑然一体,并非个体感性无条件的自由表达。试问,论诗时这般重视"性情之正",如何与"辨意"无关? 其判断诗歌情感的价值尺度,当然也不仅仅是纯然审美的,而是同时体现出儒家道德理性标准的明确介入。

从其他案例可以发现,这样的尺度在许氏的批评中,确实时时得到自觉贯彻。即便面对他推崇备至的汉魏古诗,该尺度也没有被遗忘的迹象。《诗源辩体》卷三第五则讲道:"汉魏五言,虽本乎情之真,未必本乎情之正。故性情不复论耳。或欲以《国风》之性情论汉魏之诗,犹欲以六经之理论秦汉之文,弗多得矣。"②同卷第三十八则曰:"《十九首》性情不如国风,而委婉近之,是千古五言之祖,盖十九首本出于国风,但性情未必皆正,如'何不策高足,先据要路津。无为守穷贱,轗轲长苦辛'、'燕赵多佳人,美者颜如玉'、'思为双飞燕,衔泥巢君屋',其性情实未为正,而意亦时露,又不得以微婉称之。然于五言则实为祖,先正谓兴寄深微,五言不如四言是也。"③读至此便可明了,前引"凡例"第一条中,将《古诗十九首》中的"今日良宴会""东城高且长"二首标举为"诗祖",并不能代表许学夷的完整观点。在他看来,这类作品

---

① 《诗源辩体》,第309页。
② 《诗源辩体》,第45页。
③ 《诗源辩体》,第57页。

固然"是千古五言之祖",但至少在情感一环上,它们合"真"却未必合"正",因此还不足以代表自己的终极理想。当然,若以常情揣测,则许学夷能够这般推重公开宣扬功利、情爱之作,很难说仅仅是出于对形式问题的考虑,而毫无暗赏其情感内容的可能。不过显而易见,即便对"今日良宴会""东城高且长"这类自由写真之作心存好感,他也并没有自觉宣扬其情感内容的意愿。换句话说,在他的诗歌情感观中,个人私爱与价值理想皆有呈示,而二者界限则始终比较清晰,各自所得理性评判也存在明确的价值高低之别。关于此点,《诗源辩体》卷三十一中有一段表达颇耐人寻味,可为参照:

予尝以唐律比闺媛:初唐可谓端庄,盛唐足称温惠,大历失之轻弱,开成过于美丽,而唐末则又妖艳矣。然美丽妖艳虽非端庄温惠可比,而好色者不免于溺。此人情之常,无足为异。①

这段话评价的是唐代律诗风格,其中自然包含着对情感问题的思考。细玩之,若不是时时被晚唐律诗的艺术魅力打动,具备感同身受的体验,许学夷未必做得出"美丽妖艳虽非端庄温惠可比,而好色者不免于溺。此人情之常,无足为异"这种判断。但尽管如此,"端庄"的初唐诗、"温慧"的盛唐诗与"美丽""妖艳"的晚唐诗何者更受他青睐,仍然是一望即知的。这其中所含价值取向实仍体现出许氏一以贯之的"真正合一"理想,很难被说成是言不由衷的高腔大调。② 就此而言,在当下的相关研究中,混淆许氏私爱与价值理想的差别,未免是不够细致

① 《诗源辩体》,第298页。
② 在批评中晚唐诗歌时,许学夷经常明确作出诸如"气象风格至此而顿衰"(《诗源辩体》第234页)、"异端曲学必起于衰世"(第248页)一类总体判断。与此同时,他亦不乏对中晚唐重要诗人独特风格、文学史意义的冷静思考,产生诸如"晚唐诸子体格虽卑,然亦是一种精神所在"(第284页)等观点,表现出其思考的复杂性。此问题与本文主旨不尽相关,需另行阐释,这里不作展开。

的;若是仅以其中一方面为许氏诗歌情感观全貌,也就很容易不可避免地夸大该方面的意义,从而导致过度诠释的产生。

二　李梦阳、王世贞诗歌情感说中的"真"与"正"

在明格调派中,对诗歌情感持上述态度的许学夷,并非孤立的个案。关于该派诗人重视个体感性之情、从民歌中寻找诗歌理想的事实,章培恒、陈建华、廖可斌、黄卓越等当代学人已有较多举证,无需笔者赘述。这类证据可以说明,仅仅将该派认定为汉魏盛唐典范冥顽不化的守望者,是不符合实情的。与此同时,笔者也从很多篇章中发现,尽管具体缘由和表达方式或有不同,"真正合一""以正律真"始终是该派一以贯之的重要尺度。像李梦阳在《与徐氏论文书》里讲的"夫诗,宣志而道和者也"①,何景明于《内篇》中说到的"召和感情者,诗之道也"②,王廷相在《刘梅国诗集序》中所谓诗应"本乎性情之真,发乎伦义之正"③,以及胡应麟在《素轩吟稿序》中称颂的"粹乎根极,情性之正,非世称述文人墨客可比迹上下"④等等,均体现出对这种尺度坦白的认同。不过在笔者看来,目前特别需要细心辨析的,并不是这些意旨一望即知的表述。在该派论诗歌情感的代表性文献中,有不少确体现出重情观念。但与此同时,面对其中有关情感价值、限度的判断,今人恰需要结合具体语境特点才能抓住要害;否则便可能出现程度不同的误读。

① [明]李梦阳《空同先生集》,伟文图书出版社,1976年,第1728页。
② [明]何景明《大复集》,《景印文渊阁四库全书》第267册,台湾商务印书馆,1986年,第271页。
③ [明]王廷相《王廷相集》,中华书局,1989年,第417页。
④ [明]胡应麟《少室山房集》,《景印文渊阁四库全书》第1290册,台湾商务印书馆,1986年,第582页。

这类误读往往会影响到很多重要结论的精确性,所以便值得我们更为慎重地对待。在明格调派中,李梦阳、王世贞无疑是领袖人物。而二公论情感的很多核心文献,恰好存在这类问题。故以下便以他们为重点个案加以申说。

首先请看李梦阳。言及他的重情观时,今人常引用其《张生诗序》《林公诗序》《鸣春集序》等文的内容,并将其视作"真诗在民间"说的同类观点。事实上,这恰恰忽视了,此类文献或许反映的是李梦阳观念的其他重要侧面。就《张生诗序》而言,该文"夫诗发之情乎,声气其区乎,正变者时乎"以及"声时则易,情时则迁,常则正,迁则变,正则典,变则激,典则和,激则愤。故正之世,二南锵于房中,雅颂铿于庙庭,而其变也,风刺忧惧之音作,而来仪率舞之奏亡矣"①诸表述,确乎挣脱了专主雍容和雅抒情范式的明前期台阁体观念,但毕竟仍属于儒家诗学以正变论诗的常规陈述(关于格调派诗歌情感说的渊源问题,后文另有专门阐发)。凭这些言辞便判定李梦阳主张不受羁勒地自由抒情,就有略欠严谨之嫌。我们可再举其《林公诗序》为例。引此文时,今人的注意力容易集中于下面这一片段:

> 夫诗者,人之鉴者也。夫人动之志,必著之言,言斯永,永斯声,声斯律,律和而应,声永而节,言弗暌志,发之以章而后诗生焉。故诗者,非徒言者也。是故端言者未必端心,健言者未必健气,平言者未必平调,冲言者未必冲思,隐言者未必隐情。②

从这段话中,确实也可析出"诗为人之情感的真实呈示"一类内涵。不过问题在于,李梦阳全文的中心意旨是否仅仅在此? 即便有这一观念,

---

① 《空同先生集》,第 1444 页。
② 《空同先生集》,第 1441 页。

他又是否对其予以价值上的自觉认可？为回答这些问题，就必须通观上文所处整体语境。《林公诗序》在这段话前的文字是："李子读莆林公之诗，喟然而叹曰：'嗟乎，予于是知诗之观人也。'石峰陈子曰：'夫邪也不端言乎？弱不健言乎？躁不冲言乎？怨不平言乎？显不隐言乎？人乌乎观也？'李子曰：'是之谓言也，而非所谓诗也。'"一望即知，这篇文章的说理，采用了宾主问答模式，前引"夫诗者，人之鉴也"一段，乃是李梦阳"答友人问"内容的一部分。而当他说完"隐言者未必隐情"一句后，其实还讲道："谛情、探调、研思、察气，以是观心，无廋人矣。故曰诗者人之鉴也。"读到这样的上下文，已经可以明了，李氏行文至此，一直是在自觉地论证"观诗可以知人"这一主题；贯穿其中的，乃是"诗可以观""文如其人"两种传统观念。因而，其核心意图并不在于从创作论角度强调自由抒情的合理性。至于该文随后的内容，便又提供了其他不容忽视的信息：

　　"昔者相如之哀二世也端矣，而忠者则少其竟。躬之为词也健矣，而直者则咎其险。谢之游山冲矣，而恬者则恶其贪。白之古风平矣，而矜者则病其放。潘之闲居隐矣，而真者则丑其伪。夫伪不可与乐逸，放不可与功事，贪不可与保身，险不可与匡主，言不竟不可与亮职。五弊兴而诗之道衰矣。是故后世于诗焉，疑诗者亦人自疑，雕刻玩弄焉毕矣，于是情迷调失，思伤气离，违心而言，声异律乖而诗亡矣。"陈子曰："若是，则子胡起叹于林诗？"李子曰："夫林公者，道以正行，标古而趋，有其心矣。行以就政，执义摩挠，有其气矣。政以表言，嚚华是斥，有其思矣。言以摛志，弗侈弗浮，有其调矣。志以决往，邈世无悔，有其情矣。故其诗，玩其辞端，察其气健，研其思冲，探其调平，谛其情真。是故其进也有亮职之忠，匡救之直，有功事之敏，而其退也，身全而心休也。斯林公之诗也。"陈子闻之，瞿然而作曰："嗟乎！予于是知林公诗，又以知诗之观人也。"

不难发现,这篇文章的完整理路是:首先承认诗能够在客观上反映创作者情感、个性;继而表示,正因为诗具有无可置疑的反映功能,所以要想写出"辞端""气健""思冲""调平""情真"的好诗,就必须培养出如林公般合乎政教精神要求的情感、个性。就此而言,《林公诗序》即便言情、说及"情真",也并没有宣扬个体感性之真或"个性情感自由表达"这些意思。换言之,李梦阳常被后人称引的"诗者,人之鉴者也。夫人动之志,必著之言"云云,其实是事实判断,而非价值判断。并且,此文这种先抛出事实判断,后揭示价值判断的写法,在李梦阳其他几篇文献中也有相似呈示,几乎成为一种套路。

其《题东庄饯诗后》开篇即云:"夫天下有必分之势而无能已之情……情动则言形,比之音而诗生矣。"在文末说出的则是:"分者势也,不已者情也,发之者言,成言者诗也,言靡忘规者义也,反之后和者礼也。故礼义者,所以制情而全交,合分而一势者也。"①看来承认天下"无能已之情",并不等于认可"凡真情皆合理"。以礼义节情,才是他在文中认可的稳妥之举。他在《观风河洛序》中,有"情者,风之所由生也……古者陈诗以观,而后风之美恶见也"②的表达;在《刻戴大理诗序》中则写道:"情感于遭,故其言人人殊。因言以布章,因章以察用,故先王之政不诗废也"。③ 可见这两篇文章都重在肯定诗歌的认识功能,而不是反省多样情感的合理性问题。

再如《鸣春集序》曰:

诗者,吟之章而情之自鸣者也,有使之而无使之者也。遇

---

① 《空同先生集》,第 1670 页。
② 《空同先生集》,第 1534 页。
③ 《空同先生集》,第 1468 页。

之则发之耳,犹鸟之春也。故曰以鸟鸣春。夫霜崖子一命而跆,廿年困穷,固凝惨殒零之候也。然吟而宣,宣而畅,畅而永之,何也? 所谓不春之春,天籁自鸣者邪? 抑情以类应,时发之邪?①

以鸟之鸣春为喻,阐发诗乃"情之自鸣",是李梦阳的著名观点。不过在诠释其意义时,我们仍需慎重。因为此作品其实与前举诸篇模式相同。也就是说,该文陈述的"情之自鸣"依然只是事实判断;那种哪怕身处逆境,仍能"吟而宣,宣而畅,畅而永之"的境界,才凝聚着价值理想。

行文至此,上述观点与李氏"真诗乃在民间"说的差别,已是比较清楚的了。"真诗乃在民间",系李梦阳在《诗集自序》②中借转述王叔武语正式推出的著名命题:

曹县盖有王叔武云,其言曰:"夫诗者,天地自然之音也。今途咢而巷讴,劳呻而康吟,一唱而群和者,其真也,斯之谓风也。孔子曰:'礼失而求之野。'今真诗乃在民间,而文人学子顾往往为韵言,谓之诗。夫孟子谓'《诗》亡,然后《春秋》作'者,雅也。而风者亦遂弃而不采,不列之乐官。悲夫!"李子曰:"嗟! 异哉! 有是乎? 予尝聆民间音矣,其曲胡,其思淫,其声哀,其调靡靡,是金元之乐也,奚其真?"王子曰:"真者,音之发而情之原也。古者国异风,即其俗成声。今之俗既历胡,乃其曲乌得而不胡也? 故真者,音之发而情之原也,非雅俗之辩也。且子之聆之也,亦其谱而声者也,不有率然而谣、勃然而讴者乎? 莫知所从来,而长短疾徐无弗

---

① 《空同先生集》,第1453页。
② 《空同先生集》,第1436页。

谐焉,斯谁使之也?"李子闻之,矍然而兴曰:"大哉! 汉以来不复闻此矣。"王子曰:《诗》有六义,比兴要焉。夫文人学子,比兴寡而直率多。何也? 出于情寡而工于词多也。夫途巷蠢蠢之夫,固无文也。乃其讴也,咢也,呻也,吟也,行呫而坐歌,食咄而寤嗟,此唱而彼和,无不有比焉兴焉,无非其情焉,斯足以观义矣。故曰:诗者,天地自然之音也。"……李子闻之,暗然无以难也。自录其诗,藏箧笥中,今二十年矣,乃有刻而布者。李子闻之惧且惭,曰:"予之诗非真也,王子所谓文人学子韵言耳,出之情寡而工之词多者也。"然又弘治、正德间诗耳,故自题曰"弘德集"。每自欲改之以求其真,然今老矣。

通观该文可知,李梦阳明确地以"真"而非"雅""正"为尺度,对"曲胡""思淫""声哀""调靡靡"的"民间音"作出了无条件的肯定;且在文章末尾,真诚地反省了自己创作因远离此种"真"品格而产生的缺陷。由文本语境可见,"真诗乃在民间"命题中内含的情感观,实具有事实判断与价值判断合一的特征。这无疑与"以正律真"思路异趋,也自然同上举诸篇中的价值理想存在差别。① 在有关李梦阳诗歌情感说(也是有关其整体诗学特征)的研究中,存在两种典型观点。一种是以《中国历代文论选》(郭绍虞主编)等论著为代表的"晚年自悔"说,即认为李梦阳存在一个由推重格调典范转向认可民间"真诗"理想的单线演变过程。另一种则以陈建华、廖可斌等学人为代表,认为李梦阳始终一以贯之地省思"情真"及"真诗在民间"问题,并不存在晚年观

---

① 对李梦阳"真诗乃在民间"这一命题,当代学人一直从不同角度给予很高评价。陈文新的观点在 21 世纪相关研究中较有代表性。他认为此类精神的实质"在于坦率表达不受礼义拘束的私生活领域中的情怀,与古典诗歌所抒发的公共生活领域的情怀有质的差别。"参看陈文新《真诗在民间——明代诗学对同一命题的多重阐释》,《杭州师范学院学报》2001 年第 9 期。

念的巨大转折。① 在笔者看来,后者的论证有理有据地确定了李梦阳相关言行的产生年代,其基本结论是令人信服的。不过,这样的论证在思维方式上,或许尚未摆脱"晚年自悔"说的格局。也就是说,二者都把探讨焦点集中于李氏相应观念是否存在单纯的历时性变化上,对其是否存在共时层面上的复杂性则估计不足。而当我们对前举《林公诗序》及其同类文章的内蕴作出辨析后,就可以发现,这些文献的存在能够说明,李梦阳对诗歌情感问题的言说,其实存在两个价值立场不尽一致的维度:一个觉察到了情的多样性与丰富性,但时时要以"正"尺度规范之;另一个则赋予多样情感价值意义,从而拆解了"正"尺度存在的必要性。它们的共生,其实开显出李梦阳诗歌情感说的复杂性。低估其中哪一维度,我们的相关认识,或许都是不够深入的。②

　　下面来看"后七子"领袖王世贞。论及王世贞文学观、尤其是论及其后期文学观变化问题时,近年来仍存在一种常见思路,即持其"性情之真""有真我而后有真诗"诸说为例,证明其对抒写真情实感的重视、对"真诗乃在民间"说的延伸,由此亦思考其通向晚明文学新思潮的可能性。③ 不过与前面的情况相类,王世贞这些命题所处的原始语境往

---

① 参看陈建华《晚明文学的先驱——李梦阳》,《学术月刊》1986 年第 8 期;廖可斌《明代文学复古运动研究》第四章《前七子的文学理论》,商务印书馆,2008 年,第 113—117 页。

② 在李梦阳晚年所著《空同子》中,有"理欲同行而异情"及"天地间惟声色,人安能不溺之……超乎此而不离乎此,谓之不溺"等观念;可见他一面体现出认可自然人性合理意义的倾向,一面仍对其边界怀有顾虑。这种复杂态度,与其有关诗歌情感观的思考正是颇为相似的。

③ 如魏宏远、孟宁认为:"(王世贞)提出'有真我然后有真诗',认为文人学士只有走向民间,抛弃功利化的写作,成为不为某种特定社会主题而进行教化的真我,才能够创作出真诗。"参见魏宏远、孟宁《从"真诗"到"真我":七子派对复古运动的修正与完善》,《学术交流》2014 年第 3 期。在笔者所见相关研究成果中,孙学堂的《崇古理念的淡退——王世贞与十六世纪文学思想》(天津古籍出版社,2004 年)能较早地反思王世贞"真"观念的限度问题,甚有见地。若能结合细致的文本语境辨析加以论证,则其结论或将更为严密。

往未得到充分辨析,因此相应结论也就存在商榷余地。标举"性情之真"或"真我",是否即走向民间、标举个体情感之真的意思?不妨先辨析王世贞的"性情之真"说。对这一观点的典型表达,来自其约在隆庆、万历之际为章适(字景南)所作的《章给事诗集序》。该文开头便讲道:

> 自昔人谓言为心之声,而诗又其精者,予窃以诗而得其人。若靖节之言澹雅而超诣,青莲之言豪逸而自喜,少陵之言宏奇而饶境,左司之言幽冲而偏造,香山之言浅率而尚达,是无论其张门户、树颐颔,以高下为境,然要自心而声之,即其人亦不必征之史,而十已得其八九矣。后之人好剽写余似,以苟猎一时之好,思蹐而格杂,无取于性情之真。得其言而不得其人,与得其集而不得其时者,相比比也。①

虽然文中沿袭扬雄的心声心画说,认为诗乃"心声",且明确支持抒写"性情之真",但这些尚不足以证明王世贞主张自由抒写个性情感。原因有二。其一,就如前及李梦阳处存在的言说惯例一样,王世贞这里的诗为心声论,只是一种事实判断。它只能说明王世贞认可"诗足以反映真实情感"这一事实,很难揭示其有关诗歌情感的应然理想到底是什么。其二,在文中,王世贞认为处于"性情之真"对立面的,乃是"剽写余似""思蹐而格杂"这类创作现象。由此可见,这里之所以标举"真",主要意在反对文品不端、取径不正。这类表达不但同样难以具体揭示王世贞所谓"真性情"的应然品格,反而会提示我们:在称颂"性情之真"时动辄念及文品、取法路径的他,可能存在限定"真"的意图。果然,该文随后的表述就把这

---

① [明]王世贞《弇州山人四部稿》,伟文图书出版社,1976年,第3327页。

个意图说得很清楚了："间一过从,章君陋巷席扉,香一缕出其牖,而始知有君。煮茗匡坐,征其诗数篇相与吟咀,恍然而若置身于陶韦之间,而厌吾曹之工于藻也。已稍与深语,则无非诗也者。徐而察其眉宇,则亦无非诗也者……然后知君之诗非君之诗,而陶与韦之诗也,有所取至于篇则无问句,有所取至于句则无问韵,意出于有而入于无,景在浓淡之表而格在离合之际,其所以合于陶与韦者,虽君之苦心,君亦自不得而知也。"原来前面种种铺叙,都是为了推出这段赞美之词,即称颂章适其人其诗均有陶渊明、韦应物的风致。换句话说,只有体现出特定精神品格的"性情之真",才会得到王世贞的肯定。这种事实陈述在先,价值规定在后的理路,正与其前辈李梦阳不谋而合。

再看"有真我而后有真诗"。该观点出自王世贞万历间为邹迪光(字彦吉)所作之《邹黄州鹡鸰集序》。相关文字如下:

　　近季,北地、历下之遗,则皆俨然若有当焉,其不为捧心而为抵掌者多矣,不佞故不之敢许,以为此曹子方寸间先有它人,而后有我,是用于格者也,非能用格者也。彦吉之所为诗,诸体不易指屈,然大要皆和平粹夷,悠深俊远,铉然之音与渊然之色不可求之耳目之蹊,而至味出于齿舌流羡之外,盖有真我而后有真诗。其习之者不以为达夫、摩诘,则亦钱、刘。然执是而欲以一家言彦吉,不可得也。夫古之善治诗者,莫若钟嵘、严仪,谓某诗某格某代某人诗出某人法,乃今而悟其不尽然,以为治诗者毋如《乐记》,云:"治世之音安以乐,乱世之音怨以怒,亡国之音哀以思。"如是三者以观世,足矣。亡已而又有文中子者,出于魏晋六季之撰,辨其深而典者君子,激而冶者小人,碎者纤,诞者夸,淫者鄙,繁者贪,捷者残,虚者诡,急以怨者狷,怪以怒者狂;若饮上池而后脉之,十不失一焉。今试即彦吉集掩其名而号之,识者其不以为君子鲜也。①

在这个语境中,"有真我而后有真诗"一语,是由"如何学古"这一格调派常见话题引出的。所以其论证真我、真诗的理论起点,并不是个性气质、自我情感的独特性,而是能否灵活运用既定创作典范、不邯郸学步般地模拟古人。那么他推崇的"真我"又到底具有何种特征呢?在他眼中,邹迪光诗"和平粹夷,悠深俊远"。这个对"真诗"风格的描述,其实已经多少透漏出对"真我"特征可能采用的理解方式了。果然,当王氏接下来将论旨引向"诗可以观""文如其人"的路数,写出"试即彦吉集掩其名而号之,识者其不以为君子鲜也"这句总结的时候,"真我"要义,也就浮出水面:这里的真,仍然是合正之真;而其标举"真我"的用意,无非是称颂邹迪光具备君子人格。从集中收录王世贞晚期作品的《弇州山人续稿》中不难发现,明确要求或认可"以性节情",乃是他这一阶段论文时的常见表达。像卷四十五《徐天目先生集序》中的"(徐中行)诸诗咸发情止性"②;同卷《张伯起集序》中的"发于吾情而止于性"③及卷七十六《喻太公传》中的"所为诗发乎情止乎性,用自愉适而已"④等等,均堪为显例。与此同时,较多地推崇从容平和、明白清雅的创作精神,乃是其晚年的重要特征。⑤ 究其实质,这种创作精神只是为诗歌情感提供了与汉魏盛唐品格有所不同的另一种典范,并非为自由表达个体情感立言。就这些情况来讲,《邹黄州鸂鶒集序》中的"有真我而后有真诗"说,无论在限定情感还是标识价值典范哪一方面,都没有越出该阶段王世贞的思维惯性之外。只不过相比意旨明白的"发乎

---

① ［明］王世贞《弇州山人续稿》,文海出版社,1970年,第2617页。
② 《弇州山人续稿》,第2383页。
③ 《弇州山人续稿》,第2388页。
④ 《弇州山人续稿》,第3731页。
⑤ 这一观点今人已有较多阐述,此不展开。

情止乎性"云云,其观念表达并不那么直露罢了。据此看来,该说既不是对李梦阳"真诗乃在民间"精神的深化,也与标举个体感性之真的晚明新思潮水米无干,反而更足以说明:晚年王世贞仍典型存在"真正合一""以正律真"这一格调派常见思路。可以说,当前的王世贞诗学研究中,认为其人识见体现出相当的包容性、灵活性,但并未真正跨越格调派的樊篱,是比较合理的结论。然而,如果我们不能对反映其情感说的关键案例作出准确解读,那么对其观念中"趋新"与"守正"各自所占比重的判断,就会出现偏差。与此同时,在缺乏恰切论据支撑的情况下,这个基本结论也就可能是缺乏说服力的。

三　明格调派"真正合一""以正律真"的文论史渊源

从上可见,有关格调派诗歌情感说的不少典型文献,在言说目的和价值立场上未必一致,不能混为一谈。尤其是那些暗含"真正合一""以正律真"观念的言辞,更需要我们细心加以辨析。这里需要补充说明的是,在考究此类"真正合一""以正律真"观念所处具体语境的同时,我们还有必要梳理有关其诗学史渊源的内容,这样才可能更为深入、完整地把握其实质,并在识别时具备足够的敏感。

毋庸置疑,格调派诗歌情感说中的"真正合一""以正律真",乃是源自传统儒家诗学的基本原则。在判断诗歌情感时,传统儒家诗学的确尊重"真"尺度;不过与此同时,反映政教精神、合乎"礼义"要求的"正",同样是其价值理想。尤其当两者并举时,"正"实有提升"真"、规范"真"的意义,其价值无疑居于"真"的上位。至于偏激地拒斥抒情合理性或无条件地抒发个体情感,则是其规避的两个极端。这些基本内容人所共知,无须多言。相比之下,更需要细致体认的,乃是"真正合一""以正律真"观念的三种具体表达模式。以下试简要述之。

第一种表达模式,乃是承认多样情感(同时往往也包括个性、风格等)的存在乃是无可置疑的事实,但并不认为它们本身都天然合理;于是便要求把这"真"引上"正"的方向。这种模式,典型体现出事实判断与价值判断分立的特征。《礼记·乐记》可谓其中代表:

> 乐者,音之所由生也。其本在人心之感于物也。是故其哀心感者,其声噍以杀;其乐心感者,其声啴以缓;其喜心感者,其声发以散;其怒心感者,其声粗以厉;其敬心感者,其声直以廉;其爱心感者,其声和以柔。六者非性也,感于物而后动。是故先王慎所以感之者。故礼以道其志,乐以和其声。政以一其行,刑以防其奸。礼乐刑政,其极一也。所以同民心而出治道也。

在这种观念看来,心物自然相逢而生感,乃是人无可违逆的先天能力。但既然人之喜怒哀乐诸情、人心感物所生的诸种结果中有很多不符合政教理想,那么,严后天之规范,呵护、光大其中合乎要求者,贬斥、防闲其中不合要求者,也就是必须的。《乐记》明"声""音""乐"之别,格外推崇以庄重、和雅、简易为特征的"乐",贬低不受羁勒地开显自由情感的"声"与"音",强调"礼"与"乐"相辅而成治道,原因正在于此。下面这些《乐记》中的名言,正是反复申说着这类道理的:

> 乐之隆,非极音也。食飨之礼,非致味也。《清庙》之瑟,朱弦而疏越,壹倡而三叹,有遗音者矣。大飨之礼,尚玄酒而俎腥鱼。大羹不和,有遗味者矣。是故先王之制礼乐也,非以极口腹耳目之欲也,将以教民平好恶而反人道之正也。

乐由中出,礼自外作。乐由中出,故静。礼自外作,故文。大乐必易,大礼必简。乐至则无怨,礼至则不争。揖让而治天下者,礼乐之谓也。暴民不作,诸侯宾服,兵革不试,五刑不用,百姓无患,天子不怒,如此,则乐达矣。合父子之亲,明长幼之序,以敬四海之内,天子如此,则礼行矣。

乐者,乐也。君子乐得其道,小人乐得其欲。以道制欲,则乐而不乱;以欲忘道,则惑而不乐。是故君子反情以和其志,广乐以成其教。乐行而民乡方,可以观德矣。

第二种模式,是在肯定情感价值的同时,又明确要求节制之。如《诗大序》曰:

至于王道衰,礼义废,政教失,国异政,家殊俗,而变风变雅作矣。国史明乎得失之迹,伤人伦之废,哀刑政之苛,吟咏情性,以风其上,达于事变而怀其旧俗者也。故变风发乎情,止乎礼义。发乎情,民之性也;止乎礼义,先王之泽也。

论"变风",一面承认其"发乎情"乃是"民之性",不容否定;一面以"先王之泽"为理由,要求情感抒发当"止乎礼义"。这种表达,堪称此类模式的范例。我们在此后的古人言论中,不难找到其继承者:

《大序》一篇,确有授受,不比诸篇《小序》为经师递有增加。其中"发乎情""止乎礼义"二语,实探风雅之大原。后人各明一义,渐失其宗。一则知止乎礼义而不必其发乎情,流而为金仁山濂洛风雅一派,使严沧浪辈激而为不涉理路、不落言筌之论;一则知发乎情而不必止乎礼义,自陆平原缘情一语引入歧途,其究乃至于绘画横陈,不诚已甚欤!①

　　不发乎情,即非礼义,故诗要"有乐有哀";发乎情,未必即礼义,故诗要哀乐中节。②

格外值得一提的,乃是陆机《文赋》:

　　诗缘情而绮靡,赋体物而浏亮。碑披文以相质,诔缠绵而凄怆。铭博约而温润,箴顿挫而清壮。颂优游以彬蔚,论精微而朗畅。奏平彻以闲雅,说炜晔而谲诳。虽区分之在兹,亦禁邪而制放。要辞达而理举,故无取乎冗长。

在中国古代,"情"概念并不只是恒定地指称喜怒哀乐诸情感,"志"概念也并不只是恒定地指称"怀抱""抱负"(尤其是政教"抱负")。故而陆机"缘情"这一命题是否本身含义即与狭义的"言志"对立,并不能论定。何况《文赋》"缘情"所在文本语境明言各类写作应"禁邪而制放",个中思理与其说突破了《诗大序》所云"发乎情止乎礼义",不如说仍与后者一脉相承。且此文开篇即曾以"怡情志于典坟"为创作前提之一,亦自可见出作者观念离政教诗学不远。今人根据魏晋以降文坛创作活动的某些实情,即将《文赋》中的"缘情"坐实为"抒发个体情感"甚至"自由抒发个体情感",认为其具有反政教诗学的品格,这恐怕就忽略了其文本语境的原始特征。

　　第三种则是看似明确提出并推举"性情之真"或同类观念,实则每每以"性情之正"为并置条件。如此,则"正"自然成为"真"的前提。

----

① [清]纪昀《云林诗钞序》,《纪文达公遗集》卷九,《清代诗文集汇编》第354册,上海古籍出版社,2003年,第320页。
② [清]刘熙载著,王津琥校注《艺概注稿》,中华书局,2009年,第391页。

服膺儒术,以原道、徵圣、宗经为"文之枢纽"的刘勰,在《文心雕龙》中就呈示出这种理路。从该书诸多篇章不难看出,刘勰一直坚持文(其中当然包括诗这一文类)之情真原则。可归根结底,在作出相关陈述的同时,他恰恰时时以正统儒学价值观为尺度,对文情、文风诸问题提出"合正"的要求。在这种表达模式中,我们自可窥知古人对文学创作中真情实感的格外珍视;但由此而模糊其稳定的终极价值立场,恐怕也就未能尽得论者之心了。不妨再举几例。真德秀曰:

> 古之诗出于性情之真。先王盛时,风教兴行,人人得其性情之正。故其间虽喜怒哀乐之发,微或有过差,终皆归于正理。①

方孝孺曰:

> 道之不明,学经者皆失古人之意,而诗为尤甚。古之诗,其为用虽不同,然本于伦理之正,发于性情之真,而归乎礼义之极。三百篇鲜有违乎此者。②

真德秀为宋代以理学观念论文之重要人物,方孝孺乃明前期官方正统文艺观的代表者。他们的表述几乎言必称"性情之真",但就具体语境来看,其"性情之真"均以"合正"为前提,因此无非"性情之正"的代名词而已。而明前期大儒陈献章在《认真子诗集序》中提出"率吾情盎然出之,无适不可"③这一创作观,似乎给人倡导自由抒情的印象。而究

---

① [宋]真德秀《问兴立成》,《西山文集》卷三十一,《景印文渊阁四库全书》第 1174 册,第 492 页。
② [明]方孝孺《刘氏诗序》,《逊志斋集》卷十二,《景印文渊阁四库全书》第 1235 册,第 375 页。
③ 《陈献章集》,中华书局,1987 年,第 5 页。

其实际,陈氏在该文中,尚对诗歌"明三纲,达五常,徵存亡,辨得失"的政教意义念念不忘。有此考虑,则他所谓应当"盎然出之"之情,当然是不可能与自由多样的个体感性之情等量齐观的。

由上观之,前述明格调派不少"重情"的典型言论或将事实判断与价值判断分别言之,或公开以正律真,或为情真暗设前提;无论基本观点还是表达模式,都可一一于诗学传统中寻得上源,彼此间并不存在价值立场上的根本差别。正如不能一见到台阁体诸公或理学家们以"情真"云云论诗,就以为他们在观念上突破了政教尺度一样;读到明格调派的类似言论,我们自然不能脱离语境,随意生发。同样地,今人既然很难将《礼记·乐记》一类文献中描述感物生情的文字视作有关价值理想的表述,那么也就不宜在判断格调派的同性质表达时断章取义、忽略其根本意图。

四　"真""正"关系辨析对
当前研究的启示

本文的思考尚不应到以上为止。因为在通过上述不同角度体察明格调派诗歌情感说中的"真"与"正"后,我们就能更为深入地认识到其情感说与"格调说"的内在关联。众所周知,"重情"与"尊格调"是格调派诗学中并生的核心内容。如果我们过多强调二者的对立关系,就很容易在判断该派的诗学史意义时,将其得与失分成两截:认为捍卫诗歌抒情本质,表现出开放的、甚至通向性灵派的创作精神,是其得;延续严羽的独断思路,将汉魏盛唐审美理想规定为诗歌本质,并坚持狭隘的模拟观,是其失。而经过前文辨析后不难看出,对格调派情感说的过度诠释,恰好是支撑这种对立型思维习惯的关键因素之一。一旦理清该派情感说与传统儒家诗学的亲缘关系,就会更为准确地发现,其"重情"与"尊格调"未必这般水火不容。经过学界的充分讨论，我们已经可以知道，在多数情况下，格调派极其重视的"格调""体"及其同类概念，近乎当代文论中兼形式与内容二要素而言的"风格"。至于格调派之推尊汉魏盛唐审美传统，则不仅意味着确立形式典范，更流露出对诗歌内在精神品格及相应人格理想的期待，体现出对正大、明朗、活跃的生命力和浑融、和谐之创作风貌的执着追求。这种风格理想不排斥儒学义理本身，而是反对以直白宣讲义理破坏诗的抒情特性；也不反对政教精神，而是拒绝对其作出狭隘限定，力避对生命活力常态表达的破坏。就此而论，无论"尊情"还是"重格调"，格调派都存在相对稳定的思维模式，即为诗歌创作寻求规范、划定限度。从价值追求来讲，则该派无论讨论情感还是讨论格调，都常常包含着对传统儒家"正"原则的执着信赖，对儒学传统人格精神的自觉反省与认定。在这样两个层面上，该派情感说中体现"真正合一""以正律真"观的内容和其格调论可谓殊途同归。

无疑，以李贽、公安派等为代表的晚明文学新思潮同样存在复杂性和矛盾性，在诗歌领域中，也一样没有解决"如何成功创造新典范"这一难题。但无可否认的是，这些文人在诸多具体语境中，往往能自觉地从不同角度出发，将崇高意义赋予个体感性，将其理解成文学活动最关键的支配力量；在阐发"童心""童趣"等核心观念时，多次实现了事实判断与价值判断的合一。比较可知，在格调派的诗学整体中，"真诗在民间"这类突破雅正尺度、推崇自由抒情的观念，既缺乏扎实的理论起点和多样的理论阐发，也缺乏风格论等其他理论维度的呼应，未免孤掌难鸣。而情感说上的"守正"，显然是合乎该派整体价值取向的常则。既然这样，该派何以很难将民歌自由写真的精神贯彻到创作实践中，形成相对稳定的创作倾向和新的诗歌审美形态，乃至实现对流派典型特性的自我超越，也就更不难为今人所理解了。

总而言之，笔者无意低估格调派情感说的诗学史价值，也无意武断地推翻目前有关格调派"重情"的基本结论;而是要试图说明:在研究问题时,应该尽可能细致地逐一清理全部基本文献的原始语境,掌握其言说意图的多种可能性,并从思想基础、思维模式、表达惯例等不同层面体察其诗学史的恰切上源,由此尽量做到诠释的相对可靠。如果我们只是无条件地演绎那些根据局部材料归纳出的观点,那么无论其是否确属合理,都难以遮蔽研究中存在的致命学理问题,即"预设"与"诠释"二要素的失衡。毋庸讳言,在面对纷繁复杂的考察对象时,由于受认知的先天机制、认识能力、掌握材料的可能性等诸多条件限制,即便是主观态度再严谨的研究,也难免在诠释的同时不断地作出预设。波普尔之所以不无偏激之嫌地一再强调在认识的过程中一定是"问题"先于"观察",恐怕正是因为对这一事实有着深切的体察。我们需要努力做到的,也许并不在于颠覆"预设"这一思维方式本身,而在于如何以预设为起点和参照,在未经诠释的文献空间内不断展开扎实的细读,实现对预设的证明、修正甚至推翻,使研究具有不断趋近真相或趋近合理的可能性。就本文研究主题而言,当我们早已不再沿袭部分清人"瞎盛唐诗"一类偏激思路裁割明格调派,而是力图体察其多样的诗学史、文学史特征及意义时,我们的研究,其实已经走上了更为坚实的道路。不过即使在这个阶段,也依然应该防止"预设"与"诠释"失衡的问题出现。也就是说,我们仍然需要审慎地体察现有各种论据,在推敲其有效性、填补论证漏洞的同时,也不断地归纳新材料,最终完成对格调派情感说在渊源、内涵、表达方式上诸多细节特征的进一步体认与发现,从而亦深化对该派诗学整体特征的认识。如果对这些工作不够重视,那么所谓超越"瞎盛唐诗"思路的视野与问题意识,同样可能因缺乏扎实的诠释起点而降低说服力,甚至退化为由"复杂性""多样性"这另一种预设形式编织出的精致幻象。省思上述情况,不仅对于明格调派研究颇为必要,对于中国古代诗学其他专题研究而言,或许也是不无参考价值的。

第八章
"本质主义"观念与王夫之诗歌批评的学理疏失

　　王夫之诗学一直是学界研究的热门主题。在诠释其体系、剖析其范畴、揭示其价值的同时，论者也对其诗歌批评的缺陷有所关注。这方面成果，一般均能对船山评诗极端、偏颇之处有所察觉，但也多停留于点到为止的印象式概说。能结合船山批评实例，在相关探究中更进一步者，当以钱仲联《王船山诗论后案》、蒋寅《清代诗学史》（第一卷）为代表。二位学人主要揭示船山诗歌批评观念的狭隘、诗歌鉴赏能力的不足，其中精解胜识，予人启发甚多。不过，有关船山批评的学理疏失，仍不是其论析的重点。笔者所谓"学理疏失"，主要指常常相生相伴的两方面问题：一、批评原则、批评方法与批评对象的性质、特征不尽匹配。二、批评观点的表达存在逻辑破绽。在王夫之诗歌批评中，它们常如影随形般呈现，令相关论说时见矛盾。而此类问题的产生，实与王夫之诗学的一类重要支撑性观念相关。这类观念，笔者以"本质主义"统称之。

　　"本质主义"（essentialism）本属西学概念。在欧洲哲学的形而上学传统中，它包含着区分"现象""本质"两个世界，且以前者为流变不真、以后者为"不变之终极实在"的命意。本文所用"本质主义"则取其广义,系指将某种价值观、方法论或事物某些特征坐实为真理的绝对观念。在笔者看来,这种意义上的"本质主义"便不止为西学所独有,还具有跨文化、跨种族的共通性。它其实源自人之思维的一种普遍特征:依恋乃至迷信自己已有的思想前提,缺乏对其做出自觉批判的能力。它在中国古代思想世界的时时现身,开显出中国古代文化的复杂性。而王夫之诗学中的这种问题,正是此方面的典型个案。船山的"本质主义",有着面目各异的具体呈现。如果不对其深入探究,便很难揭示他批评缺陷的症结所在。以此为基础,今人亦可进一步省思中国古代诗学某些常见的学理问题,并对文学批评及中国古代诗学研究应持之原则、方法做出推敲。

一　重道轻艺:难以被实际批评支持的观念

在《清代诗学史》(第一卷)中论及王夫之诗学的学理依据时,蒋寅引用了王夫之《周易外传》中的"无其器则无其道"及《尚书引义》中"离于质者非文,而离于文者无质也。惟质则体有可循,惟文则体有可著"等观点。正如蒋先生所说,这类议论本来不是谈论文学问题的,但最终阐明了一个与文学相通的哲学原理,并成为王夫之诗学"有机结构论"的思想基础。① 可进一步加以申说的是,在古代文论史上,以道器不二、体用不二观念论文,早有源头。如果说《论语》论君子品格时谈到的"文犹质也,质犹文也"②只包含这类观念的萌芽,那么六朝时刘勰等认为人文与天文、地文具备同构性,并由此推出"心生而言立,言

① 上述引文及转述之观点,参见蒋寅《清代诗学史》(第一卷),中国社会科学出版社,2012年,第416—417页。
② 《论语集释》,第842页。

立而文明,自然之道也"①一类结论,便确乎是在自觉地表达"文外无道""道因文显"。这已然是对工具论的挑战,与文道二分、体用二分的"明道""载道"诸说在理路上异趋。就此而言,王夫之在论文质关系及诗学中相应的结构问题时,实切近源远流长的"自然之道"一派。这类观点能为文存在之必然性、合理性提供更为扎实的理论依据,是毫无疑问的。

不过在笔者看来,当具体讨论文学创作中"道"与"艺"的关系时,王夫之似持有"重道轻艺"的观念。也正是这一层面的问题,对其实际批评的效果产生了较多影响。

从王夫之现存诗学文献可知,他的确有过"谋篇天人合用,作句以用天为主"②一类看法,那似乎是给人工技法存在的必要性留有余地。但无可否认的是,就基本倾向而言,他终归一以贯之地推崇"现量"式创作,反对创作的经营性、制作性、竞争性,甚至反对任何预设的创作法则。萧驰认为:"王夫之诗学的主要命题都可以归结为一种对创作的非创作性解释,对表现的非表现理论。"③张健曾提出"极端内在性立场"说,揭示王夫之诗学此类特征。④ 蒋寅也指出,王夫之"所谓章法者,一章有一章之法也,千章一法,则不必名章法矣"这样的理念"与其说是对章法概念的改造,还不如说是解构"。⑤ 显然,王夫之和刘勰在这一点上差别较大。刘勰固然把人文与天文、地文类比,认为其存在系"自然之道"。但他同时也自觉地将全书主旨之一定位为剖析"为文之用心",并以"宗经"为大前提,以"通变"为基本原则,指出作文者必须

① 《文心雕龙注》,第1页。
② 袁宏道《和萃芳馆主人鲁印山韵》评语,见[明]王夫之《明诗评选》卷六,《船山全书》第14册,岳麓书社,1996年,第1529页。
③ 萧驰《王夫之和科勒律治诗学比较研究》,《文艺研究》1996年第3期。
④ 参见张健《清代诗学研究》,北京大学出版社,1999年,第264—282页。
⑤ 《清代诗学史》(第一卷),第439页。

经由后天的"学"与"习",才能有所成就。可以说,一部《文心雕龙》在客观上呈现出这样的义理:天文、地文皆本然如此,不假外力而成,人之文章则难以脱离后天修为,不像前二者那样具备"本然即合理"的品格;且此种修为并非遗世独立的自我磨炼,而是必然包括对既有创作传统、创作规则之研习与融汇的。这种认识,其实与古代文论史上的"道艺相生"观念相合。这派论者一般认为:为文不可能脱离法与人工,关键在于做到出新意于法度之中,由人工而臻天巧。钱锺书的总结,颇能得此观念之精要:

> 王济有言:"文生于情。"然而情非文也。性情可以为诗,而非诗也。诗者,艺也。艺有规则禁忌,故曰"持"也。"持其情志",可以为诗;而未必成诗也。艺之成败,系乎才也……虽然,有学而不能者矣,未有能而不学者也。大匠之巧,焉能不出于规矩哉。①

那么,道艺相生观与王夫之的重道轻艺观,哪一个堪称探本之论呢?

就义理而论,二者都与道家哲学关于"道"之品格的思辨有甚深关联。不过道家哲学所论之"道"(或"无"),系形上本体,因而统驭万"有"、也因"有"而显,但绝不可能降格为任何具体之"有"。明乎此,可知论文艺时源自此类观念的"天成""无法",只有在设譬的意义上方能成立。因为文艺创作既然必须经由特定媒介、技巧方能显形,就注定只能是由规则禁忌赋形之"有",于是,便必然带有可分析的品格,不可能是无可剖析的道本身。故而以"天成""无法"为虚灵的"范导性"命题,并无问题;但是真以为它们可以实在化,便是拘执之见了。更进一步讲,判断文艺理论是否"探本",关键还是要看其能否得到实存文艺

---

① 钱锺书《谈艺录》,中华书局,1984年,第39页。

现象的普遍支持。从创作角度来看,无论中西,都很难找到脱离传统的夐夐独造者;创作传统积淀得越成熟、越深厚,这样的天才越难出现。从接受角度来看,某一具体文本之所以能被认知、能被理解,正是因为其与既有表达惯例存在可识别之关联。不难看出,脱离传统、绝对舍弃表达惯例的文本即便存在,也是几乎不可能有效进入读者世界的。

由上可知,与道艺相生观相比,王夫之式的重道轻艺观恐不够精严。而当其被运用于实际批评时,缺乏说服力之情况也就难免发生。显而易见,诗歌批评的常情是:批评者较难证明作者在创作时是否"天机自动""不从定法",但往往可以通过归纳、比较,证明文本具备实然的"合惯例性"特征。如此说来,在面对存在"合惯例性"的文本时,只要是以"天成""无法"或退一步讲的"无定法"作为褒奖理由,就可能遭遇质疑。以下即择取三组例证,具体分析船山批评的相关瑕疵。

例证一:

《古诗评选》卷五录谢灵运名篇《游南亭》。诗曰:

> 时竟夕澄霁,云归日西驰。密林含馀清,远峰隐半规。久痗昏垫苦,旅馆眺郊歧。泽兰渐被径,芙蓉始发迟。未厌青春好,已睹朱明移。戚戚感物叹,星星白发垂。药饵情所止,衰疾忽在斯。逝将候秋水,息景堰旧崖。我志谁与亮? 赏心惟良知。①

王夫之评曰:

> 即如迎头四句,大似无端,而安顿之妙,天与之自然。无广目细心者,但赏其幽艳而已。且此四语承授相仍,而吹送迎远,即止为行,向下条理,无不因之生起。呜呼,不可知已。虽然,作者初不

---

① 《船山全书》第 14 册,第 733 页。

作尔许心,为之早计,如近日倚壁靠墙汉说埋伏、照映。天壤之景物、作者之心目如是,灵心巧手,磕着即凑,岂复烦其踌躇哉。①

他集中分析从"时竟夕澄霁"至"远峰隐半规"这"迎头四句",指出其不直接入题,且"向下条理,无不因之生起",这便揭示出其在意脉经营上的意义。引人瞩目的是,王夫之着重强调,这样的写法乃是"作者初不作尔许心","灵心巧手,磕着即凑"的。这就意味着,在他看来,此种由景及情的写法自然而然地再现了备受其推崇的"现量"一类创作原理,故而远胜"埋伏""照映"等格套。读大谢诗可知,他在写作行旅、游历、登临这类主题的诗歌时,常采用开篇交代行动缘由及心境、继而引出山水观览的套路,也常使用开篇即点题直陈游历行为的套路;《过始宁墅》《登池上楼》《游岭门山》《登上戍石鼓山》《初去郡》《入彭蠡湖口》等属前者,《富春渚》《晚出西射堂》《登永嘉绿嶂山》《石室山》《登石门最高顶》《过白岸亭》等属后者。如果仅以这些作品作为参照,那么《游南亭》开篇从容作四句景语,然后引出主题申说的写法,确实不落俗套。问题在于,径以此判定其远离刻意经营,会具有充分的说服力吗?

应该看到,创作发生意义上的感物生情和创作技法意义上的由景及情,是创作活动中不同层面之事。二者具有可类比性,但未必具备同一性。就此而言,王夫之凭《游南亭》的技法特征便断定其必不涉人工,或略欠斟酌。再作细究,则大谢行旅、游历、登临诗中,《游南亭》式的意脉经营,毕竟仍较为常见。举例来说,《从斤竹涧越岭溪行》《入华子冈是麻源第三谷》都是开篇先作四句景语,继而过渡到书写游历行为或情志,与《游南亭》若合符契。《游赤石进帆海》《郡东山望溟海》《石壁精舍还湖中作》开篇作两句景语引出主题,运思和《游南亭》也非

_____

① 《船山全书》第 14 册,第 733 页。

常近似。既然这种写法在大谢诗中是具有惯例意义的,那么以"初不作尔许心"云云论之,未免说服力不够。有趣的是,王夫之《古诗评选》卷五恰好也收入谢灵运以"首夏犹清和,芳草亦未歇"开篇,引出以下游历诸句的《游赤石进帆海》,且以"迢然以起,即已辉映万年"称赞之。① 所谓"迢然以起",仍是指不直接入题的技法。倘再进一步阅读,便又可发现,这类写法本就是王夫之在其诗歌批评中多次举例称颂的。《古诗评选》卷二评陶渊明《时运》曰:"将飞者必伏,将刑者必赏,此浅机也。文士得之,早已自矜胜算。夫诚以傲彼开门见山之俗谛,则有余矣。"②同书卷四评阮籍《咏怀》之"俦物始终殊""步游三衢旁"二首曰:"缓引夷犹,直至篇终乃令意见。故以导人听而警之不烦。古人文字,无不如此。后世矜急褊浅,于是而有开门见山之邪说,驱天下以入鄙倍。"③按"开门见山"乃是常见诗法,严羽《沧浪诗话》即有"太白发句,谓之开门见山"④一类认识。而此法也是时文评点中有关"破题"的常见要求。王夫之曾在《夕堂永日绪论外编》中专门针对文章写作,抨击此法曰:

> 有所谓开门见山者,言见远山耳,固以缥缈遥映为胜。若一山壁立,当门而峙,与面墙奚异?曹子建有面山背壑之语,彼生长谯、许,已居邺城,未尝有山,恨不逼近危崖。若使果有此室,岂不是倒架屋?劣文字起处,即着一斗顿语说煞,谓之开门见山,不知向后更从何处下笔。此弊从"仕宦而至将相,富贵而归故乡"来,彼作法于凉,重复申说,一篇已成两概,何足法也?若"环滁皆山也",语虽卓立,正似远山遥映耳。陋人自为文,既尔,又且以解圣贤文

---

① 《船山全书》第 14 册,第 734 页。
② 《船山全书》第 14 册,第 605 页。
③ 《船山全书》第 14 册,第 683 页。
④ [宋]严羽著,张健校笺《沧浪诗话校笺》,上海古籍出版社,2012 年,第 597 页。

字,如哀公问政章,扼定"文武之政"四字,通章萦绕,更不恤下文云何。诚意章,以"毋自欺也""也"字应上"者"字,一语说煞,后复支离,皆当门一山,遮断遥天远景。岂知古人立言,迤逦说去,要归正在结煞处哉。①

由此可知,船山之所以高度推崇谢灵运《游南亭》式的发端,和他对诗文写作中"开门见山"俗套的深恶痛绝密切相关。问题在于,随着他自己一次次从诗歌史上找出与《游南亭》一致的案例,该诗发端方式的"人工""定法"特征,也便愈发鲜明。《唐诗评选》评杜甫《秦州杂诗》(凤林戈未息):"一似因前六句生后二句,则文生情。一似因结二句生前六句,则情生文。"②评杜审言《赠苏味道》:"迎头宽衍,迤逦入题。"③这些依旧是对此法的重复。了解这些后,《明诗评选》中有关钱载《白野太守游贺监故居得水字》、高叔嗣《得张子家书》的评语,也就再难令笔者服膺。按钱诗曰:

> 崇冈散新阳,寒日舒短晷。晴飙一披拂,波影上沙尾。意行遂忘疲,情语相慰喜。赐宅知己非,归舟更谁舣。树暗山始夕,川明月初起。停杯成慨叹,觅句聊徙倚。前林樵唱来,惊鸿下寒水。

王夫之评曰:

> 以情事为起合,诗有真脉理,真局法,则此是也。立法自敝者,局乱脉乱,都不自知,哀哉! 只二语打送贺知章,简甚。然前六句都从此迤逦来,针线甚密。知神理之中,自有关锁、有照应,腐汉心

---

① [明] 王夫之著,戴鸿森笺注《姜斋诗话笺注》,上海古籍出版社,1981年,第228页。
② 《船山全书》第14册,第1018页。
③ 《船山全书》第14册,第1047页。

不能灵,苦于行墨中求尔。①

高诗曰:

> 晚日照余晴,荒亭暗复明。归云度深树,飞雨过高城。蹇劣惭
> 当代,栖迟笑此生。空持一书札,长叹故人情。

船山评曰:

> 谋篇奇绝,闲处着意,到头不犯,然非有意于谋篇也。②

钱诗开首先作四句景语,然后方才渐入正题,高诗则直到尾联方才
点题。它们都没有采用"开门见山"这类写法,且高诗如此经营,也打
破了律诗"起承转合"之"定法"。不难看出,这些正是船山盛赞两首作
品的主要原因之所在。只不过,既然有如此多的同类型写作在先,再说
它们的"关锁""照应"来自"神理",再说这样的创作"谋篇奇绝",其谁
信之? 而令此法显露这些特征的,又不仅是船山自己的言论。回观诗
学史,他一贯鄙视的诗格诗法类著作,早已自觉地对此法做出归纳。唐
代题王昌龄《诗格》"起首入兴体"中的"叙事入兴"类,正以谢灵运《游
南亭》为诗例。③ 同书在"十七势"中说的"都商量入作势"、"直树一
句,第二句入作势"、"直树两句,第三句入作势"、"直树三句,第四句入
作势",仍是指这种迤逦生发、渐渐推出题意的技法。"下句拂上句势"
谈的是两句间语义关系的问题,其目的也正是在规避情意早出、后继乏

---

① 《船山全书》第14册,第1286页。
② 《船山全书》第14册,第1407页。
③ 参见《全唐五代诗格汇考》,第177页。

力之病。① 由此愈发可见,以"初不作尔许心""磕着即凑"云云盛赞此法,恐怕是存在商榷余地的。

例证二:

《明诗评选》卷五录僧宗渤《登相国寺楼》:

> 冬日大梁城,郊原四望平。云开太行碧,霜落蔡河清。欲问征西路,兼怀吊古情。夷门名尚在,无处觅侯嬴。②

王夫之评曰:

> 两节自有相关处。凡两节诗,自贤于三段。三段者,两端虚,中间实也。四段者,中复分情景也。皎然老髡,画地成牢者在此,有心血汉自不屑入。③

无疑,船山推重这种"两节"式的律诗结构,意在反击律诗写作专攻颔颈两联、专讲起承转合、细分情联景联一类格套。不过考诸诗史,"两节诗"终归也有"格套"之嫌疑。律诗只要前后两联各自形成完整的意义单元,就可被看做具备此种结构。这样的案例颇为常见。仅以杜甫诗为例,《房兵曹胡马》《春宿左省》等名篇都符合其要求。该结构在诗格类著作中同样得到关注。如《冰川诗式》卷七之"前开后合格"曰:"前开后合者,前四句言昔时,开也。后四句言今日之事,合也。"④ "纤腰格"曰:"纤腰者,前四句一意,后四句一意。前以景物兴起,后以

---

① 参见《全唐五代诗格汇考》,第 153—156 页。
② 《船山全书》第 14 册,第 1457 页。
③ 《船山全书》第 14 册,第 1457 页。
④ 周维德编《全明诗话》第 2 册,齐鲁书社,2005 年,第 1696 页。

人事见题。中间意思若不相接,而意实相通,但隐而不觉也。"①而在清初,这种结构更是因金圣叹的"律诗分解"说广为人知。王夫之自己在评王维《使至塞上》时,赞王维曰:"右丞每于后四句入妙,前以平语养之,遂成完作。"②评李白《太原早秋》时,明确指出其系"两折诗"③。评崔颢歌行《七夕词》后四句(按,该诗共八句)曰:"忽入宫怨,读乃觉之,始知前四句之为宫怨引也。"④评杨慎七律《宿金沙江》曰:"只两段自开合。"⑤所以王夫之此类批评,似仍未跳出"以定法反定法"的窠臼。

例证三:

《古诗评选》卷四录古诗《四坐且莫喧》:

四座且莫喧,愿听歌一言。请说铜炉器,崔嵬象南山。上枝似松柏,下根据铜盘。雕文各异类,离娄目相联。谁能为此器,公输与鲁班。朱火然其中,青烟扬其间。从风入君怀,四座且莫欢。香风难久居,空令蕙草残。⑥

船山评曰:

雍门之感田文者,其妙在先为迂谬,纵之听而忽惊之。此道良宜于诗,而古今莫窥其际。唯此迤逦引入极盛,忽然冷醒,荡魂伤魄,霜可飞,石可饮矣。⑦

---

① 《全明诗话》第 2 册,第 1701 页。
② 《船山全书》第 14 册,第 1003 页。
③ 《船山全书》第 14 册,第 1015 页。
④ 《船山全书》第 14 册,第 899 页。
⑤ 《船山全书》第 14 册,第 1206 页。
⑥ 《船山全书》第 14 册,第 651 页。
⑦ 《船山全书》第 14 册,第 651 页。

　　按卒章显志之法,可分顺承前文、逆转前文两类。此诗以主要篇幅描绘铜炉器形态、做工,颇似纯粹体物之作;然而渐至篇尾时,笔锋陡转至"四座且莫欢",继而隆重推出一篇之本旨所在。这乃是典型的逆转式之卒章显志。前引王夫之评语,正是对这种章法特点的准确揭示。和王夫之厌恶的诸般俗套相比,此法似乎应用得并不普遍。而事实上,在古代讽谏文学创作传统中,"劝百讽一"式的逆转写法本就是重要惯例。除此之外,在诗史上,曹植《赠白马王彪》中的"心悲动我神"章,阮籍《咏怀》之"二妃游江滨""儒者通六艺"等,都是五古中使用该法的佳作。李商隐七律《茂陵》前三联不露声色地吟咏汉武帝奢靡生活,至尾联"谁料苏卿老归国,茂陵松柏雨萧萧"方形成反讽;七律《泪》前六句铺写种种与泪相关的人生境遇,至尾联方以"朝来灞水桥边问,未抵青袍送玉珂"推出情感高潮。它们亦是近体诗中应用此法的例证。明代《冰川诗式》中有律诗技法"归题格"曰:"归题者,首联与中二联言他事,至结联方说归本题。"①这已然是对该章法的自觉总结。而无可回避的是,王夫之本人也早已不止一次地指明此法。《古诗评选》卷一评鲍照《代白纻舞歌词》:"一气四十二字,平平衍序,终以七字于悄然暇然中遂转遂收。"②同卷评卢思道歌行《从军行》结末两句:"忽掉一波,有如带出,元来确是正意。"③又《明诗评选》录梁有誉《汉宫词》:

　　　　云匝蓬莱盈玉辇,星连阁道闪朱旗。仙娥引烛祈年夜,内史催词礼斗时。赤雁新传三殿曲,青鸾多集万年枝。蕊宫别有欢娱处,春色人间总未知。

船山评曰:"末以宫怨收,方是宫词,始觉前三联所谓'别有欢娱'也。

---

①　《全明诗话》,第 1702—1703 页。
②　《船山全书》第 14 册,第 533 页。
③　《船山全书》第 14 册,第 567 页。

结构雅妙如此。"①这自是对同一章法的指明。能敏锐地揭示此法的表现效果,自是令人钦佩的。可反复赞美此法,或也便与其反定法的价值理想暗生龃龉了。

可举的典型案例,不止以上这些。王夫之在《夕堂永日绪论内编》中专论"古诗无定体",却终归总结出"意不枝,词不荡,曲折而无痕,戛削而不竞"这些"天然不可逾越之矩矱"②——无论如何以"天然"修饰之,矩矱终归还是矩矱。且这种讲法,与严羽"语忌直,意忌浅,脉忌露,味忌短,音韵忌散缓,亦忌迫促"③这一价值理想,与明代复古派普遍认同的五古典范特征,均无实质差别。论诗歌开篇之修辞,船山明确反对"危唱雄声"④,这自然有益于反省"(破题)要突兀高远,如狂风卷浪,势欲滔天"⑤、"起句当如爆竹,骤响易彻"⑥诸论的机械造作。不过他推崇的手段,仍是在诗评中反复提到的"平起"而已。⑦ 论诗歌结句之造语,船山推重"澹收""有留势""平好蕴藉""平远"⑧一类风范。这对于规避倾泻无余、蹇涩矫强的结句方式,无疑颇有帮助。然而具有这

---

① 《船山全书》第 14 册,第 1508 页。
② 《姜斋诗话笺注》,第 59 页。
③ 《沧浪诗话校笺》,第 451 页。
④ 谢朓《暂使下都夜发新林至京邑赠西府同僚》评语,见《古诗评选》卷五,《船山全书》第 14 册,第 767 页。
⑤ [元] 杨载《诗法家数》,见[清] 何文焕编《历代诗话》,中华书局,1997 年,第 729 页。
⑥ [明] 谢榛《四溟诗话》,见丁福保编《历代诗话续编》,中华书局,2001 年,第 1154 页。
⑦ 如评鲍照《代白纻舞歌词三首》:"其妙都在平起。"见《古诗评选》卷一,《船山全书》第 14 册,第 533 页。又如评李益《野田行》:"平平起四句,怨送佳句,如白云乍开,碧峰在目。"见王夫之《唐诗评选》卷一,《船山全书》第 14 册,第 918 页。
⑧ 《古诗评选》评王融《栖玄寺听讲毕游邸园七韵应司徒教》:"至末澹收。"(《船山全书》第十四册,第 764 页)《唐诗评选》评宋之问《初至崖口》:"一结尤有留势。"(《船山全书》第十四册,第 930 页)评王维《使至塞上》:"一结平好蕴藉,遂已迥异。盖用景写意,景显意微,作者之极致也。"(《船山全书》第十四册,第 605 页。)评骆宾王《灵隐寺》:"看他但以平远语收之,龙头下着不得鳌腰也。"(《船山全书》,第十四册,第 1046 页。)

种品格的作品，本就在诗史中屡见不鲜，且题王昌龄《诗格》便已将类似写法总结为"含思落句势""心期落句势"等定法。至于船山在《夕堂永日绪论内编》提出的"古诗及歌行换韵者，必须韵意不双转"①，如何不也是携带着定法基因的呢。这类言说内含的纠偏补弊之苦心，今人自当深切体察。不过其理路欠精切之处，也是不应被我辈刻意掩盖的。

二　典范风格优先：对情真、个性诸标准的消解

王夫之《夕堂永日绪论内编》曰：

　　一解弈者，以诲人弈为游资，后遇一高手与对弈，至十数子，辄挪揄之曰："此教师棋耳。"诗文立门庭使人学己，人一学即似者，自诩为大家、为才子，亦艺苑教师而已。高廷礼、李献吉、何大复、李于鳞、王元美、钟伯敬、谭友夏，所尚异科，其归一也。才立一门庭，则但有其局格，更无性情，更无兴会，更无思致，自缚缚人，谁为之解者？昭代风雅，自不属此数公。若刘伯温之思理，高季迪之韵度，刘彦昺之高华，贝廷琚之俊逸，汤义仍之灵警，绝壁孤骞，无可攀蹑，人固望洋而返，而后以其亭亭岳岳之风神，与古人相辉映。次则孙仲衍之畅适，周履道之萧清，徐昌谷之密赡，高子业之戍削，李宾之之流丽，徐文长之豪迈，各擅胜场，沉酣自得，正以不悬牌开肆充风雅牙行，要使光焰熊熊，莫能揜抑，岂与碌碌余子争市易之场哉？李文饶有云："好驴马不逐队行。"立门庭与依傍门庭者，皆逐队者也。②

---

① 《姜斋诗话笺注》卷二，第 61 页。
② 《姜斋诗话笺注》卷二，第 99 页。

这段文字标举的基本价值立场,也在王夫之评论历朝诗时多次现身。船山以性情为诗之本,强调诗歌情感应具有真实性和即景会心的当下性。这些主张经时贤反复举证论说,已是毋庸赘言的常识。不少学者亦曾根据其对"立门庭"的抨击、对"现量"及"内极才情,外周物理"①等创作原理的提倡,论定其倡导创作个性。此种结论当然不为无据,但读者尚需注意,王夫之毕竟同样是执着地坚持"典范风格"理想的。钱仲联在《王船山诗论后案》中早已指出:"船山论诗,重视性灵神韵,对雄浑奇伟、厚重沉健的作品,意存歧视。"②如果融汇当代学界共识,把这一问题讲得更精确些,那么或许该说:王夫之既重视"性情",又对其要求颇为严苛,涉及功利或俗趣者,多为他所抵制。他特重俭净浑成、悠游不迫诸品,有时也能兼容雄浑作风,至于对雄放刚健、险怪奇伟、浅直琐细、远离中和理想者,则多有排斥。他通常以某一体诗发轫期作品为该体正宗;在古、近体诗比较中,以古体为高,以近体为卑。所有这些,注定会对其实际批评产生影响。

《古诗评选》卷四录王粲《杂诗》:

> 日暮游西园,冀写忧思情。曲池扬素波,列树敷丹荣。上有特栖鸟,怀春向我鸣。褰衽欲从之,路险不得征。徘徊不能去,伫立望尔形。风飙扬尘起,白日忽已冥。回身入空房,托梦通精诚。人欲天不违,何惧不合并。

王夫之评曰:"若世推尚王仲宣之作,率以凌厉为体……如仲宣此诗,岂不上分《十九首》之席,而下为储光羲、韦应物作前矛?讵必如《公宴》《从军》,硬强死板,而后得为建安也哉?有危言而无昌气,吾不知

---

① 《姜斋诗话笺注》附录《夕堂永日绪论外编》,第 199 页。
② 《王船山诗论后案》,见钱仲联《梦苕庵清代文学论集》,齐鲁书社,1983 年,第 61 页。

之矣。"①王夫之欣赏这首作品,认为其风格"上分《十九首》之席"。这个判断是否合理,自可见仁见智。笔者更为关注的倒是:该作品之所以被他推重,不是因为具备独到情感体验,而是因为比较接近他所推崇的古朴浑融之汉诗风格,远离"凌厉""硬强死板"这类他所蔑视的风貌。就此例来看,他裁断诗歌价值时,是持"典范风格优先"尺度的。这种特征,也体现在他对曹丕代表作《杂诗二首》的批评方式上。二诗如下:

> 漫漫秋夜长,烈烈北风凉。辗转不能寐,披衣起彷徨。彷徨忽已久,白露沾我裳。俯视清水波,仰看明月光。天汉回西流,三五正纵横。草虫鸣何悲,孤雁独南翔。郁郁多悲思,绵绵思故乡。愿飞安得翼,欲济河无梁。向风长叹息,断绝我中肠。(其一)

> 西北有浮云,亭亭如车盖。惜哉时不遇,适与飘风会。吹我东南行,行行至吴会。吴会非我乡,安得久留滞。弃置勿复陈,客子常畏人。(其二)

整体上看,这两篇作品都具有清婉悲凉的"曹丕面目"。不过若以原创性论,其差别便比较明显。"其一"(漫漫秋夜长)的模拟痕迹一望即知:论意脉,"忧愁不寐——出户观星——怀人思乡——怨悱感伤"乃是汉魏间同主题诗歌写作的惯用程式;论造语,辗转难寐、天汉西流、草虫悲鸣、北雁南翔、欲飞无翼、欲济无梁等等,无不是汉魏人信手拈来的惯用套路。而"其二"(西北有浮云)的诗笔聚焦于浮云意象,由比兴发端,于落句提炼出"客子常畏人"这一具有普遍意义的生命体验。用可徵之创作传统参照,该诗以颖异之构思切中人情,艺术价值绝非带有练

---

① 《船山全书》第14册,第666页。

笔痕迹的"其一"可比。问题是,王夫之怎样评价这两首作品呢? 他总评二诗曰:"果与'行行重行行''携手上河梁'狎主齐盟者,唯此二诗而已。扬子云所谓不似从人间得者也。"①又专评"其二"曰:"夫大气之行,于虚有力,于实无影。其清者,密微独往,益非嘘呵之所得。及乎世人茫昧于斯,乃以飞沙之风、破石之雷当之。究得十指如捣衣槌,真不堪令三世长者见也。钟嵘伸子建以抑子桓,亦坐此尔。"②从中可见,他关注的仍然是两首诗风格的"合典范性"问题,而不是其感发、意趣是否真切、独到。尤其专评"其二"时,他把精力集中到从风格角度扬曹丕、抑曹植的话题上,对此诗的创造性则不置一词——正因为持典范风格优先的立场,他才对模拟痕迹甚重的"其一"和有独至之妙的"其二"平等看待。

我们还可以品读《古诗评选》卷一收录的下面两首乐府:

> 门有车马客,问君何乡士。捷步往相讯,果是旧邻里。语昔有故悲,论今无新喜。清晨相访慰,日暮不能已。词端竟未究,忽唱分途始。前悲尚未弭,后忧方复起。(张华《门有车马客行》)③

> 门有车马客,问客何乡士。捷步往相讯,果得旧邻里。凄凄声中情,慊慊增下俚。语昔有故悲,论今无新喜。清晨相访慰,日暮不能已。欢戚竟寻绪,谈调何终止。辞端竟未究,忽唱分途始。前悲尚未弭,后感方复起。嘶声盈我口,谈言在君耳。手迹可传心,愿尔笃行李。(鲍照《代门有车马客行》)④

古人作模拟诗,或求似,或求变。求变者,或引申、升华原作主题,或写

---

① 《船山全书》第 14 册,第 661 页。
② 《船山全书》第 14 册,第 662 页。
③ 《船山全书》第 14 册,第 515 页。
④ 《船山全书》第 14 册,第 531 页。

出自家语体特征。求似者,也是以神似原作为优,生吞原作为劣。比较可知,上举鲍照诗几乎一字不易地照录张华作品,虽在此基础上嵌入数句,但似并无点铁成金之效。而王夫之的评语却是:"惟此种不琢不丽之篇,特以声情相辉映,而率不入鄙,朴自有韵,则天才固为卓尔,非一往人所望见也。"①可见,船山即便同时选入张、鲍二诗,也仍然拒绝在比较中思考后者可能存在的缺陷。他所关注的,只是该作的风格是否可取——作品只要被他认定为"不琢不丽"、"率不入鄙,朴自有韵",其他问题便似乎都不再重要,其作者也可被视作"天才固为卓尔"。

　　这种批评特征,在他评选唐诗、明诗的时候,依旧一再浮出水面。请看他写于储光羲五古《采菱词》后的这段话:

> 起四句即比即兴,妙合无垠。通首序次变化而婉合成章。盛唐之储太祝、中唐之韦苏州,于五言已入圣证。唐无五言古诗,岂可为两公道哉? 乃其昭质敷文之妙,俱自西京、十九首来,是以绝伦。俗目以其多闲逸之旨,遂概以陶拟之。二公自有闳博深远于陶者,固难以古今分等杀也。②

王夫之认可储、韦,不是因为他的价值趣味比持"唐无五言古诗"之见的李攀龙多样,而是因为在他看来,二公作品能得五古诗体之正;且在他的观念里,只有"西京、十九首",即汉代五古,才算得上此体正宗。他在评王谌五律《除夜》时说:"此与马周《浮江旅思》俱从《十九首》胎骨暗换,揆其意中,不复知有建安,何况潘、陆? 即此为风格,更无风格。"③又在评皇甫濂五律《七里泷》时说:"五言近体,源流本自《十九首》来,颜、谢尤其祢。寝不知此,则必入庸陋。何仲默、谢茂秦自许古

　　① 《船山全书》第 14 册,第 531 页。
　　② 《船山全书》第 14 册,第 937 页。
　　③ 《船山全书》第 14 册,第 986 页。

人,至此卑弱不堪,正谓此尔。"①这类观点又和他在《唐诗评选》卷三评李世民《赋得浮桥》中的见解彼此呼应:

> 自梁以降,五言近体往往有全首合作者,于古诗为末流,于近体实为元声。以唐人合读之,朴处留《雅》,蕴藉处留《风》,郑重处留《颂》,不谓之元声不得矣。学近体者,舍此则轻狷卞迫、淫泛委杳之气入其心脾,不可瘳矣……五言近体既不得不以唐为鼻祖,要当溯源寻声,以戒其滥。汉、魏、晋、宋苦于邈不相亲,则其流止初终,安能舍徐、庾、柳、吴,被以陈隋遗响之名,而弃冠毁冕,拔本塞源也哉?②

如此说来,五律创作成功的关键,也在于向五古典范看齐了。我们还可一读唐寅歌行《登吴王郊台作》后评语:

> 愈觥愈放,愈稚愈古,以唐诗为典范者,梦亦不知此篇之妙。七言之制何所始? 唐人七言何所祖? 人特有目不视,有心不考耳。作七言而忌齐梁,犹作四言而忌《三百篇》,作五言而忌《十九首》也。报本亲始之义,胡豻獭之不如邪! 子畏不恤末流,如越乡而求其祖祢,故曰起六代之衰。③

盛赞此作品"起六代之衰",不是因为其能戛戛独造,而是因为其纯熟地复现了齐梁传统。赞美之余,他尚言辞激烈地斥责不以齐梁歌行为七言典范的做法。态度如此决绝,难免再次让人觉得:于他而言,重现

---

① 《船山全书》第 14 册,第 1420 页。
② 《船山全书》第 14 册,第 979 页。
③ 《船山全书》第 14 册,第 1201 页。

典范风格,就是诗歌创作之三昧。

以上述分析为基础,我们尚有必要细玩王夫之的"关情""兴致""性灵"等重要标准在其具体批评语境中的实际意味。这些批评标准,是最容易被今人等同于"真情实感""自然感发""创作个性"乃至"创造性"的。

《明诗评选》卷六评王世懋《横塘春泛》曰:

> 元美诗出纳雅正,憾其为河下佣也耳。元美贪大成之誉,早成百杂碎。敬美自爱,不欲染指,是以敬美诗一往有关情处,阿兄不及也。关情是雅俗鸿沟,不关情者,貌雅必俗。然关情亦大不易。钟、谭亦未尝不以关情自赏,乃以措大攒眉,市井附耳之情为情,则插入酸俗中,为甚情。有非可关之情者,关焉而无当于关,又奚足贵哉。①

这段话在褒扬王世懋诗"一往有关情处"的同时,贬斥了与之相对的两种"不关情":一是王世贞式的机械模拟;二是钟惺、谭元春式的酸俗情趣。那么,王夫之所认可的"关情"之作,究竟应该是怎样的呢? 这便需要分析一下他欣赏的《横塘春泛》。该诗曰:

> 吴姬小馆碧纱窗,十里飞花点玉缸。蜡屐去寻芳草路,青丝留醉木兰艭。山连暮霭迷前浦,云拥春流入远江。棹里横塘听一曲,烟波起处白鸟双。

先看首联。李白《金陵酒肆留别》曰:"风吹柳花满店香,吴姬压酒唤客尝。"岑参则在《韦员外家花树歌》中写有"花扑玉缸春酒香",又在《青

---

① 《船山全书》第 14 册,第 1510 页。

门歌送东台张判官》中写道:"东出青门意不穷,驿楼官树灞陵东。花扑征衣看似绣,云随去马色疑骢。胡姬酒垆日未午,丝绳玉缸酒如乳。灞头落花没马蹄,昨夜微雨花成泥。"就此来说,王诗当是对这些情境的沿用。且"十里飞花"意象,尚有承袭宋代周弼《道中有感》"十里飞花客过门"的嫌疑。再读颔联。该联出句"蜡屐"意象为古人写山水游历题材时所常用,"去寻芳草路"为古人表达归隐理想的典型托喻;对句则从汉乐府《上陵》"桂树为君船,青丝为君笮"、韩翃《送冷朝阳还上元》"青丝缆引木兰船"这类诗句中脱出。比之前两联,颈联或相对生动,不过有老杜七律《返照》名句"归云拥树失山村"在前,"云拥春流"就略逊独特。至于以"烟波起处白鸥双"收束全篇,虽说令诗饶有余韵,但终归又令人想起黄庭坚《六月十七日昼寝》里表达归隐意愿的"红尘席帽乌韡里,想见沧洲白鸟双"来。至此可知,就内容来说,《横塘春泛》所写的饮酒赏景、不求闻达等闲情逸致,在古代诗歌中实属常见。从审美表现来看,其构思、手法也多有所本,且鲜有翻新易奇,只不过比起王夫之嘲讽元美的"万里、千山、大王、天子语"或"赠王必粲,酬李即白"①一类作风,该诗对前人作品情境、意象的沿用、组合显得更为灵活,也了无粗豪发露之症候。一言以蔽之,《横塘春泛》亦不过是一首风格化的作品而已。尖酸一点说,它或许也有"河下佣""百杂碎"的嫌疑。王夫之在其《唐诗评选》中,曾收入前引李白《金陵酒肆留别》、岑参《青门歌送东台张判官》二诗,并分别以"在歌行诚为大宗""奇丽绝世"高度赞誉之,可见他对王世懋此类化用对象应当是熟悉的。而以常理推断,前述其他意象、构思,多数并不冷僻,亦当在博学的他知识视野之内。既然如此,那么他之所以认为敬美此诗"一往有关情处",与其说是因为其情感表达真切、新鲜,不如说是因为它更接近特定的典范风格。与此相似,《明诗评选》卷五录徐熥《山家》:

---

① 此系《明诗评选》中王世贞《闺恨》评语,见《船山全书》第14册,第1554页。

山家日翠微,澹荡挹清晖。溪水绕门绿,岩云当户飞。夕阳啼
鸟尽,细雨落花稀。迟暮何知客,逢欢便作归。①

船山评曰:"不仅恃思理,亦不仅恃兴致。规之极大,入之极沉,出之极
曲,乃是真诗人。"②此诗饶具流利宛转之风,尾联呈现之生命体验也不
乏动人。但严格地讲,其句法、意趣毕竟多处袭用郭璞《游仙诗》("清
溪千余仞"篇)、王维《从岐王过杨氏别业应教》、杜甫《重题郑氏东亭》
等名作,独造之功不足。就前述船山有关风格的价值理想来看,他爱重
该作当不令人意外。可是以"不仅恃思理,亦不仅恃兴致"云云褒奖,
终归有溢美之嫌。

再请看王夫之于《明诗评选》卷四收入的李梦阳五古两首。其一
为《赠青石子》:

高鸟有违群,离兽多悲音。懿彼婉恋子,怅然分此襟。朝发南
河隅,夕莫乃北岑。玄云既无极,黄波浩且深。君其四海翔,无言
还旧林。

其二为《杂诗》:

自闻鹈鴂鸣,于心怀忧伤。阴气驯以厉,庭草陨繁霜。皋兰萎
不荣,瑟风游素商。浮云昼易冥,白日时漏光。登山期所思,反见
飞鸟翔。蹀躞岂规步,讪言倘诗张。挥袂层霄间,抚剑增慨慷。

比较可知,两诗的共同之处,在于小到意象、句法,大到整体风格,都存

---

① 《船山全书》第 14 册,第 1422 页。
② 《船山全书》第 14 册,第 1422 页。

在效仿汉魏古诗的特征。分别观之,又可见献吉模拟同主题典范作品的意图甚为明显:前者系送别友人之作,主要承袭汉魏赠答、送别诗;后者乃是述志之作,处处可见吸纳阮籍《咏怀》的痕迹。令笔者关注的是,在评语中,王夫之似乎无意分析这两首诗的模拟品格,并以此为基础判断其价值;而是直接称赞前者"自关性灵,亦自有余于风韵",而斥责后者曰:"致思不浅,仿佛傅鹑觚,亦诗家之霸统也……此诗之病,在挥袂、抚剑四字……青天白日,衣冠相向,何至揎拳把利刃作响马态耶?"①按王夫之《古诗评选》评吴迈远《长相思》:"遒劲之作,于近体为元声,于古诗为末流。二体之雅俗,于此居然可辨别。乐府斟酌二体之间,时可一作。移此为古诗,则允宜淘汰矣。"②同书评陶渊明《杂诗》"挥杯劝孤影"句曰:"是此老霸气语。才有霸气,即入流俗,无怪乎流俗之亟赏也。"③以这几条评语为参照,自可推知:他将李梦阳《赠青石子》判定为"自关性灵""有余于风韵"的关键原因在于,该诗基本保持了浑朴深厚的风范,更接近前文所引他所谓"意不枝,词不荡,曲折而无痕,戍削而不竞"④这类古体诗标准。依此逻辑,作五古者要想得到王夫之"关性灵"或其同类评价,以趋近浑朴风格为要即可,无需别出心裁,表达新鲜的感发。分析至此,未免想到船山在《诗广传》中写下的著名议论:

> 性非学得,故道不相谋。道不相谋,情亦不相袭矣。巧笑、佩玉,桧楫松舟,《竹竿》之女不袭《柏舟》,称其情而奚损哉?果有情者,未有袭焉者也。地不袭矣,时不袭矣,所接之人,所持之己不袭矣。夫非《终风》,子非《击鼓》,坦然于不见礼者之侧,而缓缓需其

---

① 《船山全书》第14册,第1312页。
② 《船山全书》第14册,第538页。
③ 《船山全书》第14册,第722页。
④ 《姜斋诗话笺注》,第59页。

瘣,亦自处之道也。果有情者,亦称其所触而已矣。触而有其不可遣焉,恶能货色笑而违心以为度? 触而有其可遣,孰夺吾之色笑而禁之乎。无大故而激,不相及而忧,私愤而以公理为之辞,可以有待而早自困,耳食鲍焦、申徒狄、屈平之风而呻吟不以其病,凡此者,恶足以言性情哉? 匹夫之婷婷而已矣。《书》曰:"若德裕乃身。"裕者,忧乐之度也。是故杜甫之忧国,忧之以眉,吾不知其果忧否也。①

如果对于王夫之来说,"果有情者,未有袭焉者也"真的具有一种类似公理的意义,那么,他将如何证明前举王世懋诗的"关情"、徐缟诗的"兴致"、李梦阳诗的"关性灵"确系"未有袭",才能自圆其说呢? 无论船山自己主观上有何理解,这个难题都是客观存在的。

诚然,仅靠上述诸例,我们并不能推翻"王夫之提倡真情实感、创作个性"这样的结论。但读者至少应该注意的是:在其批评中,认为"风格化"优先于"个性化",或以"典范风格"标准置换"性灵""兴致""关情"诸标准,乃是一种重要特征。应该承认,个性化(或独创性)并不是评价文学作品的唯一尺度。如果王夫之能彻底以"典范风格优先"为批评标准,那么他的言说至少不会出现自我矛盾。不过即便如此,这种批评也终归有其缺陷,那就是无法证明何以风格之间存在高下之分。与之相比,下面一类讲法,应当是更具说服力的:

> 论者谓"晚唐之诗,其音衰飒"。然衰飒之论,晚唐不辞。若以衰飒为贬,晚唐不受也。夫天有四时,四时有春秋。春气滋生,秋气肃杀,滋生则敷荣,肃杀则衰飒。气之候不同,非气有优劣也。使气有优劣,春与秋亦有优劣乎? 故衰飒以为气,秋气也。衰飒以

---

① [明] 王夫之《诗广传》,中华书局,1964 年,第 32 页。

为声,商声也。俱天地之出于自然者,不可以为贬也。又盛唐之诗,春花也。桃李之秾华,牡丹芍药之妍艳,其品华美、贵重,略无寒瘦俭薄之态,固足美也。晚唐之诗,秋花也。江上之芙蓉,篱边之丛菊,极幽艳晚香之韵,可不为美乎? 夫一字之褒贬以定其评,固当详其本末,奈何不察而以辞加人,又从而为之贬乎? 则执盛与晚之见者,即其论以剖明之,当亦无烦辞说之纷纷也已。①

论诗略分体派可也,必曰某体某派当学,某体某派不当学,某人某篇某句为佳,某人某篇某句为不佳,此最不心服者也。人之诗,犹物之鸣。莺鸣于春,蛩鸣于秋。必曰莺声佳,可学,使四季万物皆作莺声;又曰蛩声佳,当学,使四季万物皆作蛩声,是因人之偏嗜而使天地四时皆废。岂不大怪乎。②

境界有大小,不以是而分优劣。"细雨鱼儿出,微风燕子斜",何遽不若"落日照大旗,马鸣风萧萧"。"宝帘闲挂小银钩",何遽不若"雾失楼台,月迷津渡"也。③

更需说明的是,王夫之将性灵、兴致、关情诸标准与典范风格标准混同的观念,的确可能在某些质疑下难以自辩。前文已略有触及,此处当具体申说。首先,这种观念在有关作品情感真实的问题上缺乏说服力。属于精神事实的创作动机、意念、心理过程,并非存在于时空关系中的可量度之物,因此难以精确再现。如笔者此前所论,有关这类对象的研究,与其说是能做到"还原"的"实证型"研究,不如说是求"合理"的"诠释型"研究。因此,诠释者在讨论作品"情感真实性"的时候,只能尽量动用一切可利用的信息资源,依托情境逻辑,以期求得在自我所

① [清]叶燮《原诗》,人民文学出版社,1998 年,第 66 页。
② [清]薛雪《一瓢诗话》,人民文学出版社,1998 年,第 110 页。
③ 王国维著,彭玉平疏证《人间词话疏证》,中华书局,2001 年,第 228 页。

处文化语境中能被普遍接受的答案。如果外围史料信息不足徵,那么此类判断也就只能依据文本本身的表达效果。在这种情况下,一旦文本与既有惯例相似性过多,就会令批评者形成一种可能性判断——为文造情,且这种判断是无法被证伪的。回到前举王夫之诸例。他的褒与贬基本上是就风格问题立论,这样的话,便在实质上陷入了难以服众的"风格决定论",即:合乎其心仪之风格的诗,即可默认为具备情感真实性的;不合乎其推崇之风格者,即是他所谓王世贞式的"不关情"之"河下佣"。其次,此种批评在作品是否具备创作个性问题上缺乏说服力。如前文所说,文本间的确很难存在绝对差异。但是,将这类观念发挥至极端,认为文本间并不存在相对独特性,也是不够实事求是的。而创作个性,正是彰显于这种相对的独特性之中。如此说来,一旦文本与既有惯例相似性过多,就注定会令批评者形成另一种可能性判断——剽窃蹈袭,且这种判断也是无法被证伪的。从前引文献可见,当王夫之以包含情真、创作个性等要素的标准批评相应作品时,并没有指出其"独特性"问题,也无法对"剽窃蹈袭"这种可能性证伪。这就意味着,无论是否有所察觉,他事实上已经在某些批评个案中,消解了这些标准的理论意义。

三 文本外标准的介入:损伤批评标准一贯性

《古诗评选》卷一录曹丕《煌煌京洛行》。诗曰:

> 夭夭园桃,无子空长。虚美难假,偏轮不行。淮阴五刑,鸟尽弓藏。保身全名,独有子房。大愤不收,褒衣无带。多言寡诚,只令事败。苏秦之说,六国以亡。倾侧卖主,车裂固当。贤矣陈轸,

忠而有谋。楚怀不从,祸卒不救。祸夫吴起,智小谋大。西河何健,伏尸何劣。嗟彼郭生,古之雅人。智矣燕昭,可谓得臣。峨峨仲连,齐之高士。北辞千金,东蹈沧海。①

王夫之评曰:

> 咏古诗下语秀善,乃可歌可弦,而不犯史垒。足知以诗史称杜陵,定罚而非赏。②

王夫之厌恶直白粗陋、缺乏蕴藉之美的诗歌创作,所以对议论入诗甚为反感。《古诗评选》卷四张载《招隐》后评语颇具代表性:"议论入诗,自成背戾。盖诗立风旨,以生议论,故说诗者于兴、观、群、怨而皆可。若先为之论,则言未穷而意已先竭……唐宋人诗情浅短,反资标说,其下乃有如胡曾《咏史》一派,直堪为塾师放晚学之资。足知议论立而无诗,允矣。"③唐代胡曾的三卷《咏史》诗,以议论直白、意趣平浅为典型特征,也向来因此颇受诟病。可想而知,面对诸如"台土未干箫管绝,可怜身死野人家"④、"不知祸起萧墙内,虚筑防胡万里城"⑤这样的语句,王夫之一定是瞋目切齿的。直斥其为"塾师放晚学之资",并不出人意料。可令笔者有些困惑的是,立场如此鲜明的他,偏对前举曹丕的《煌煌京洛行》赞赏有加。该诗罗列若干古人,依次点评,句意平浅,篇乏浑成;与胡曾《咏史诗》除一为四言,一为七言外,并无实质上的高下之分。诚然,船山标举这首《煌煌京洛行》,意在抨击诗"犯史

---

① 《船山全书》第 14 册,第 509 页。
② 《船山全书》第 14 册,第 509 页。
③ 《船山全书》第 14 册,第 702 页。
④ 胡曾《章华台》,见《全唐诗》第 19 册,中华书局,1960 年,第 7419 页。
⑤ 胡曾《长城》,见《全唐诗》第 19 册,第 7429 页。

垒"。不过像这样行以毒攻毒之举,终归有自乱阵脚之嫌。无独有偶,他在评李白五古《苏武》时写道:"咏史诗以史为咏,正当于唱叹写神理,听闻者之生其哀乐。一加论赞,则不复有诗用,何况其体?"①而班固《咏史》以"三王德弥薄,惟后用肉刑"发端,以"百男何愦愦,不如一缇萦"收结,论赞之迹甚明,王夫之却评曰:"或缛其简,或节其余,就彼语结赞,无事溢词。史笔、诗才,有合辙矣。"②

有关船山这种自乱价值标准的案例,还颇可举出一些。他对人工雕饰的厌弃,人所共知。而见到祝允明《前缓声歌》"苍禽唳金支,琼鸾翯绛帱。灵宾戛韵石,子登引空讴。圣日丽万舞,祥吹振清球。川后迎皓蜺,波臣趋翠虹"③这种古奥雕琢的修辞时,他又以"字字神行"④褒奖之。再请看《明诗评选》卷二录蔡羽《桑干河》:

> 桑根八月寒,胡中射生早。弯弧决封牛,群氏醉眠草。白登山头熊夜啾,胡人火猎无时休。并州小儿惯厮杀,夜半窃得一零头。左手接飞鸢,右手挟双矛。马上吹胡笳,扬鞭入朔州。嫖姚帐前交首级,但问几颗能封侯。

王夫之评曰:"绝不入板障雄壮语,乃知嘉靖七才子一似金蟆头演宋江,了无人理。"⑤同书卷五录祝允明《循州春雨》:"物候逢春好,春来闷转深。山城十日雨,家国百年心。海吹饶生冷,蛮云易结阴。循州迁谪地,何待此愁吟。"评曰:"三四清刚弘远,信阳亦欲学此,一往便成蹭蹬。诗文取材自易,灵钝天成,不可强耳。"⑥以上两则评语,同样令笔

---

① [明]王夫之《唐诗评选》卷二,见《船山全书》第14册,第953页。
② 《古诗评选》卷四,见《船山全书》第14册,第658页。
③ 《船山全书》第14册,第1172页。
④ 《船山全书》第14册,第1172页。
⑤ 《船山全书》第14册,第1205页。
⑥ 《船山全书》第14册,第1386页。

者费解。《古诗评选》收徐悱《拟白马篇》:"要功非汗马,报效有锋端。日没塞云起,风悲胡地寒。归报明天子,燕然今复刊。"这首作品务求渲染、暗示,一笔不及杀伐细节。王夫之既以"气敛光沉"称许之,又借题发挥道:"边关诗极易入粗恶,吴均于此亦所不免。下流之趋,遂为'渴饮匈奴血,饥餐可汗头'一派。"①这种立场,和他视"遒劲之作""于古诗为末流",斥责李梦阳的"挥袂层霄间,抚剑增慨慷"有"躁气""响马态"当然颇为一致。而既然这样,读者便难免提问:蔡羽《桑干河》中的"左手接飞鸢,右手挟双矛""嫖姚帐前交首级,但问几颗能封侯"云云,能与"渴饮匈奴血,饥餐可汗头"相去几何?再来看前引祝允明《循州春雨》。该诗"山城十日雨,家国百年心"这样的写法,与李梦阳、何景明辈被王夫之斥为"路无三舍,即云万里千山,事在目前,动指五云八表"②的作派究竟有何实质差别?为什么此类作风在祝允明笔下即是"清刚弘远"的,何景明一学反"便成蹭蹬"呢?既严厉抨击某种诗风,又不时对其网开一面,无论怎样,如此评判终归是欠严谨的。

需要追问的是,王夫之何以如此作论?笔者想着重指出一种可能性:有些时候,他或许会引入文本外标准来评价文本的艺术质量。就上述诸例而言,"典范作者优先"和"作者立场优先"这一对常常互为条件的观念,就很可能是其操持的文本外标准。

众所周知,王夫之论诗,每每推出个性鲜明,甚至不无极端的观点。将曹丕树为典范,不遗余力地扬曹丕、抑曹植,便是其中之一。如他在《夕堂永日绪论内编》中曾说:"建立门庭,自建安始。曹子建铺排整饰,立阶级以赚人升堂,用此致诸趋赴之客,容易成名,伸纸挥毫,雷同一律。子桓精思逸韵,以绝人攀跻,故人不乐从,反为所掩。子建以是压倒阿兄,夺其名誉。实则子桓天才骏发,岂子建所能压倒邪?"③除此

---

① 《船山全书》第14册,第550页。
② 顾璘《共泛东潭饯望之》评语,见《明诗评选》卷五,《船山全书》第14册,第1397页。
③ 《姜斋诗话笺注》,第104页。

之外,为了强调这类观点,他还别出心裁,在《古诗评选》中先选入曹植名篇《七哀诗》,继而却不无刻薄地对其著作权表示怀疑:"情乍近而终远,词在苦而如甘。'入室'之誉,以此当之,庶几无愧。乃以植驵才,奈何一旦顿造斯品?意其谲冒家传,豪华固有,门多赋客,或代其庖,如曹洪托笔孔璋,以欺子桓。则未卜斯篇之定为植作也。不然陶皆苦窳,忽成佳器,亦物之不祥矣。"①中古以降,对曹丕诗青眼有加者代不乏人,而像船山这样决绝偏激者,毕竟罕见。曹丕诗情思绵邈、深婉浑融的典型特征,确实比辞采华茂、技法意图更为明显的曹植诗更切近王夫之的诗歌趣味,也更为接近他所推崇的汉诗传统。而在带有论战色彩的批评语境中,他显然是将自己偏好的这位作家打造为不容挑战的权威了。这恐怕也就很容易导致如下批评观念:只要是曹丕所作,必为佳篇,必有可称赞之处。由是观之,通篇直白议论、情趣平平的《煌煌京洛行》能被挖掘出"下语秀善""可歌可弦"的优点,亦何足怪哉。至于班固,乃是王夫之倾力赞美的汉诗传统中人。面对这一时代的作品,他曾说出"有生新者,不可作生新想,刻炼者,亦不容以刻炼求之,彼自有其必然尔"②这样的看法。既然如此,班固《咏史》即便犯论赞之忌,仍会得到他"史笔、诗才,有合辙矣"的好评,便终归不在人意料之外。

那么前文所说的祝允明、蔡羽诸公,在船山心中地位如何呢?《明诗评选》中李梦阳《赠青石子》的评语,颇能说明问题:

> 立北地于风雅中,恰可得斯道一位座。乃苦自尊已甚,推高之者又不虞而誉,遂使几为恶诗作俑。要以平情论之,北地天才自出公安下,六义之旨亦堕一偏,不得如公安之大全。至于引情动思,含深出显,分胫臂,立规宇,驱俗劣,安襟度,高出于竟陵者,不啻华

---

① 《船山全书》第 14 册,第 665 页。
② 唐山夫人《安世房中歌》评语,见《古诗评选》卷一,《船山全书》第 14 册,第 485 页。

族之视侩魁。此皇明诗体三变之定论也。乃以一代宗工论之,则
三家者皆不足以相当。前如伯温、来仪、希哲、九逵,后如义仍,自
足鼓吹四始。三家者岂横得誉亦横得毁。如吴越争霸,《春秋》之
所必略,蜗角虚争,徒劳而已。三家之兴,各有徒众,北地之裔,怒
声醉呶,掣如狂兕,康德涵、何大复而下,愈流愈莽。公安乍起,即
为竟陵所夺,其党未盛,故其败未极,以俗诞而坏公安之风矩者,雷
何思、江进之数子而已;若竟陵,则普天率土干死时文之经生,拾沈
行乞之游客,乐其酸俗淫佻而易从之,乃至黧色老妪,且为分坛坫
之半席,则回思北地,又不胜朱弦疏越之响。①

钱谦益于《列朝诗集》袁宏道小传中有"庆、历以下,诗道三变"的说法,
以描述后七子、公安派、竟陵派的此消彼长。王夫之"三变"思路,或即
承此而来。② 在他所谓引领明诗主流的三家中,公安派最得好评,李梦
阳次之,竟陵派最下。而引人瞩目的是,论定此三家优劣之后,王夫之
笔锋一转,径将"宗工"桂冠加诸刘基、张羽、祝允明、蔡羽、汤显祖这些
主流外的诗人身上;与此同时,还用充满骂詈色彩的语言,将主流三家
的演变史描述成一个走向失败的过程。这些价值判断,在评祝允明两
首五古《述行言情》时,也有类似表现:"弘、正间,希哲、子畏、九逵领袖
大雅,起唐宋之衰,一扫韩、苏淫诐之响,千秋绝学,一缕系之。北地、信
阳尚欲赧颜而争,诚何为邪?""(祝允明)——皆与汉魏人同条共线。
当枝山之时,陈、王讲学,何、李言诗,不知俱但拾糟粕耳。"③由此可见,
船山之论明诗,实存在"黜主流而扬别派"的观念。那么,"别派"何以

① 《船山全书》第 14 册,第 1311 页。
② 据战立忠考证,王夫之《明诗评选》的成书,主要参考了《列朝诗集》。参看战立忠
　《〈明诗评选〉与〈列朝诗集〉关系考论》,《中国典籍与文化论丛》第 8 辑,北京大学
　出版社,2005 年。
③ 《船山全书》第 14 册,第 1303 页。

能得到他如此高的评价？关键原因还是在于，在他眼中，这些诗人不立"门庭"，典型风格也程度不同地与他的价值理想相近。就以被他两次都举为典范的祝允明、蔡羽为例。从艺术表达层面看，王夫之对祝、蔡的诸般肯定，主要集中于两方面。其一是肯定其诗歌感兴灵动多样、不落俗套。他称赞祝允明五律《自末春入初夏归舟即事》"局度一唯其意，终不受古人迫束"①，褒奖蔡羽五律《诸友次高座寺》"出入远近之间，总不入人思路脉理"②，均是这方面例证。其二就是认为其作品能够与典范风格自然切近。在前引祝允明《述行言情》评语中，他即认为祝五古"一一皆与汉魏人同条共线"。而在评蔡羽五律时，他一则在《暮春》批语中写道："全从古诗来，唐人唯李太白能之，直坐断千年来谈艺者舌头，说格、说法、说开阖、说情景，都是得甚恶梦。"③一则尤其肯定蔡诗有挣脱杜甫诗典范束缚之优点。如评蔡氏《川上》时所谓"洵是高杜陵一筹，今人不信耳"④，评《所怀》所谓"意致不知有唐人律诗……学杜者且当学之于庾，况不仅为杜者乎"⑤等，均为此方面显例。五古如汉魏、歌行似齐梁、律诗超越盛唐而得古诗风神，这几乎是王夫之加诸明诗风格的最高评价了。何况允明在世时，本就于七子派外自立一格，确实以绝不随时俯仰的个性闻名于世。而据钱谦益《列朝诗集》，蔡羽在世时也以不宗杜甫而著称：

> 蚤岁诗微，尚纤缛，既而涤除靡曼，一归雅驯。晚更沉着，时出奇丽，见者谓"虽长吉不过"，则大悔恨，曰："吾诗求出魏晋，今乃为李贺耶？"其高自摽表，不肯屈抑如此。居尝论诗，谓少陵不足

---

① 《船山全书》第 14 册，第 1385 页。
② 《船山全书》第 14 册，第 1388 页。
③ 《船山全书》第 14 册，第 1388 页。
④ 《船山全书》第 14 册，第 1387 页。
⑤ 《船山全书》第 14 册，第 1390 页。

法。闻者疑或笑之。当是时,李献吉以学杜雄压海内,窜窃剽贼,
靡然成风。九逵不欲讼言攻之,而借口于少陵,少陵且不足法,则
挦扯割剥之徒更于何地生活?此其立言之微指也。①

他自觉地抑老杜、抵献吉,以魏晋为高标,这和王夫之的立场颇多相似。
明乎此,愈发可知前引王夫之屡屡赞美蔡羽作品"高杜陵一筹"云云,
确实良有以也。由此观之,读者自会明白他为何不惜以"领袖大雅,起
唐宋之衰"加诸祝、蔡。至于他何以能对二公某些古奥雕琢或粗豪发
露之作如此宽宏大量,也就不是什么难解之谜了。更需补充说明的是,
船山看重的"作者立场",有时已不只是艺术上的价值立场,还与人生
观、节义观相关。不妨以他对祝允明《董烈妇行》的评价为例。该诗原
文为:

　　大壑松不凋,高山石不朽。覆载无改易,世有董烈妇。烈妇王
氏字桂芳,十七近嫁董家郎。董郎卧瘵一年死,烈妇呕血手敛藏。
当时信誓对日月,谁能上掩日月光。死生契阔志不违,老姑无依老
母嫠。母与烈妇伯父期,他年徐与重结褵。为言汝婿昔偰居,婿死
居停主人将夺之。汝曷来归与汝栖,与汝伯父相因依。烈妇闻命
志益悲:未闻太行、王屋曾为愚公移?天地生我死我自有处,何有
一撮茅土为?惠帷啼眠风洒洒,母日护之不少舍。后数日母去,谓
汝送我而后返,吾不汝诈。妇勉从母归,稍进一饭喀喀哽塞不能
下,长号浪浪泪满把。投匕日我去,母复送之野。烟云惨惨日一
抹,宣公桥下水泼泼。妇云母乎,河水清且沦漪,吾往从之,乐不可
遏。母闻惊绝色惨怛,大呼褰裳不可脱。渐台水深濑水阔,断萍芒
芒强令活。去矣还复入君门,抱君灵主哭诉君。君神在未闻不闻,

① [清]钱谦益编《列朝诗集》,中华书局,2007年,第3414页。

肉摧血裂魂纷纶。母去儿解防,儿身终自妨。儿有十尺麻,为君系三纲。粗粗鬖鬖经移在胆,玉质高悬几筵右。手持元气还乾坤,青天增高地增厚。是时妇年才十八,英风烈烈塞宇宙。呜呼十五国风一共姜,南朝惟见李侍郎。忠节不但臣节庆,为尔君夫何独幸。岂弟君子洪嘉兴,二年一日风教行。为尔成坟敕埋玉,彤管有炜光荧荧。岂徒肇家声,岂徒信乡俗。歌谣长史泽,爱戴国家福。呜呼天下多美人,人百其身倘可赎。

王夫之写出如下评语:

> 长篇为仿元、白者败尽,挨日顶月,指三说五,谓之诗史,其实盲词而已。此作点染生色,于闲处见精彩,虽多率笔,无伤风旨。"天地生我死我自有处",真令千古心魂俱尽,如仆者,当以何为死处邪![1]

前文已经指出,平浅、发露,是王夫之着力排斥的诗风;以历史叙事之法为诗、以议论为诗,更是被他视作背离诗歌本质的。正因为拥有此种价值理想,他曾对祝允明所在明前中期苏州诗坛的某种作风大加诋毁。如:"成化以降,姑苏一种恶诗,如盲妇所唱琵琶弦子词,挨日顶月,连委不禁,长至千言不休,歌行愈贱,于斯极矣。"[2]又如:"成、弘中,西涯之末流,一变而为狂俗,如吴匏庵、杨君谦、沈石田一流,呓语失心,不复略存廉耻。"[3]其骂詈之烈,丝毫不逊于评李、何辈时。这类评价,在桑悦《感怀》评语中也有表现:

> 其(按,指桑悦)不入雅道处,正当时习气,潦草率笔,下同流俗

---

① 《船山全书》第14册,第1203页。
② 《船山全书》第14册,第1198页。
③ 《船山全书》第14册,第1493页。

者十之六七。如此篇沉切有余情,足绍古人者,一晨星之仅见。而就中疵句,如"一笑送今古",犹未免落沈周、吴宽、杨循吉窠臼中。①

显而易见,在王夫之眼中,沈、杨辈苏州诗人,根本不足以与"领袖大雅"的祝允明等相提并论。但一个无可回避的事实是:祝允明这首《董烈妇行》的艺术水准与其师友沈周等的"恶诗"并无多大差别。该诗入题后即平铺直叙董烈妇事迹本末,且将大量粗糙冗赘的散文句揉入诗中。这些岂不是王夫之所说的"盲妇所唱琵琶弦子词"做派?而"手持元气还乾坤,青天增高地增厚。是时妇年才十八,英风烈烈塞宇宙"这类直白发露的议论,同样是与王夫之诗歌艺术理想背离的。既然如此,王夫之何以仍能勉力从中发掘出"点染生色,于闲处见精彩"一类优点,且对全诗作出"虽多率笔,无伤风旨"这样的宽大评判呢?答案正在评语末句:"'天地生我死我自有处',真令千古心魂俱尽,如仆者,当以何为死处邪!"作为明遗民,王夫之后半生僻居荒野,守节不仕。一望即知,祝允明歌咏的节烈精神,激起了他的强烈共鸣。船山本就视允明为"典范作者",在此诗中,允明恰又讲出了为船山所认可的人生观。既然如此,《董烈妇行》之得到肯定,几乎是必然的。这样的诗歌批评,即便可能在某些个案上具有"了解之同情"的意味,也终归会自相抵牾,且制造出一个整体上缺乏公平的批评语境。

四 合理的文学批评、诗学研究如何可能?

总而言之,王夫之诗歌批评因"本质主义"观念导致的学理疏失,

---

① 《船山全书》第14册,第1301页。

典型地呈现在三类情况中：重道轻艺、反对定法，但难以合理解释普遍具有法之要素的诗歌文本；维护"典范风格"批评标准，但因此无法合理分疏真与伪、因袭与创造之别，亦消解涉及情真、创作个性诸说的理论意义；以文本外标准介入诗歌的艺术价值评判，令评判标准产生混乱。

而我们的话题尚不能到此为止。需要追问的是：辨析这一系列问题，对于今人思考"合理的文学批评如何可能""合理的中国古代诗学研究如何可能"等重要问题具有怎样的意义？

文学批评所要面对的，是由世界、作家、作品、读者诸要素构成的文学现象之世界。尽管变态百出，难以被任何心灵在绝对真理意义上把握，这个世界仍有迹可寻——实存于世的文本与各类相关历史信息终归有其程度不同的客观性。批评者只要不把批评活动当做仅对自我负责的独语，就必须尊重这种客观性。就此而言，与可知文学现象脱钩的创作原理构想，即便自身再具有思辨的魅力，也仍然是陷入"本质主义"窠臼的。当它介入实际批评时，便往往会损害批评的质量。回头看王夫之的诗歌批评。如时贤所论，船山确实是思想深湛的哲人，也确实具有较为系统、独到的诗学主张。然而，他有关诗之创作原理的言说，有时或未充分尊重中国古代诗歌现象的实存品格。以前文涉及的文本"合惯例性"来论，他在诗歌评选中所涉的作品，从汉至明，几乎没有哪一个可以脱离这种特征；越是后出者，该特征就越典型。这就意味着，面对此类作品时，执着于追究其是否"天成""无法"，未必切中肯綮；将其置于有关结构、修辞、意象、情趣等要素的可知传统中，通过多方面比较得出批评结论，才是更可能服人的。当然，如今人多次指出的那样，王夫之也常常用比较法揭示作品差别。可是从本文的论析中就可发现，他对比较法的运用似仍欠充分。文本的"合惯例性"可以从哪些层次、哪些维度来区分，各有哪些特点？就实存文本来说，"守"与"化"的相对界限该如何划定？没有这些问题意识，他的比较法就仍然是有粗浅之嫌的。除此之外,中国古代诗歌创作不仅是审美行为,也是文化行为。即便这所谓审美行为,也在其实践中表现出多样的动因、目的及过程,难以被思辨所得的美学法则一以贯之、万无一失地解说。而王夫之对诗歌创作原理的构想,恰好时常缺乏对创作所在历史语境的理解。当一篇作品被读者从其历史语境中剥离而出时,其意义仍然能得到开显。不过这样的意义,毕竟只是作品丰富多样之意义空间的一部分罢了。

由此而必然需要进一步推敲的关键话题便是:"尊重文学现象的客观性"如何可能?建立相对合理的批评观念如何可能?这就涉及如何确立"价值标准"和"创作典范"的问题。因为任何对文学现象的诠释、评价、理解,都建基于某个或某些被批评者信赖的价值标准。而这价值标准的成立,通常正以被视作典范的相应作品为重要根据——无论择取典范的标准是一元的还是多元的,所取之典范是否早已被"经典化"。承认文学现象的客观性,不等于否认如下看法:文学的世界就如生命世界一样,既是丰富多彩、诸要素关系错综复杂的,也是流变生生不息、未来走向难以预测的。这就意味着,任何具体的创作活动和批评活动,都注定只能存在于这个世界的某一片段中;它们中的任何一者,都不可能穷尽这个世界的奥秘。换言之,如果以文学现象的世界为"道",那么这个世界中的任何一个要素,包括任何具体批评在内,都不过是"器"。故而,任何批评家推崇的具体典范,都难以代表文学创作的绝对真理,至于其通常依托这典范而生的观念、理论,固然可能对文学活动产生影响,但很难对后者形成绝对真理意义上的指导、总结。这种永恒困境的实在性不能不提醒批评者:尽可能在实践中自觉地探求宽容的批评标准、多元的典范,规避价值判断上的"本质主义",庶几是趋近文学现象客观样态、且令批评观念趋近"合理"的最佳方案。

可以说,王夫之从诗歌史中择取自己心仪的典范作品,并因之提炼出自己认定的典范风格,并不是问题。问题在于,当他仍然持"本质主义"的看法,将此典范风格上升为诗歌的绝对真理、应然归宿时,就窄化了批评视野、失去了批评趣味的宽容性,也呈现出对道器关系的机械理解。而他这种问题,恐怕是古典诗学某些思维模式及批评特征的典型体现。古代文论史上的"宗经""辨体""通变""定势"诸基本观念,尽管主旨各不相同,却都程度不同地包含着"本质主义"的思维模式。即便是圆通地、虚灵地驾驭这些观念的批评者,一般也并不会去无条件地肯定一空万古、无所依傍的创造精神。至于机械地、抽象地理解这些观念,就常导致对特定典范的极力推崇,对异己者的过度贬低。仅以对王夫之有直接影响的明代诗学传统为例,宗主严羽的七子派,在整体倾向上就具有这种特征。王夫之反对这些前辈作家的"立门庭",但别无二致的思维模式,令他的某些批评最终也难免是以我之"门庭"压制彼之"门庭"而已。这类论调固然能倾其全力,深刻地揭示出某些典范风格的特性与价值,可毕竟带有独断品格。就此而言,突破其限度,从多元立场把握古代诗歌的价值,何尝不是令那些自具不可磨灭之精神、但又被特定话语系统遮蔽的杰作获得新生呢?

当然,必须指出的是,"多元主义"也并不是一经提出,就可包治百病的良方。对于此论来说,最麻烦的不在于确定"多元"原则,而在于如何应对下列疑问:超越个人偏爱的普遍理解是否可能、如何可能?如何能避免由多元主义滑向相对主义?这也提醒今人:与其说文学批评的"多元主义"是可以在实践中完满落实的,不如说它仍然是虚灵的、范导性的。毋宁说,这种范导性品格才是令多元主义获得生命力的关键。它令我们有可能正视"己见"和"异见"的张力,在自觉的对话、省思中最大限度地为批评解蔽。

以下,尚有必要对引入"文本外标准"的批评路径略加评析。这种批评,依然是前述"本质主义"观念的呈现。只不过,风格意义上的"本质主义",其典范仍生成于有关作品艺术水准的评判之中,而"文本外标准"意义上的"本质主义",其典范则生成于有关作品艺术水准的评判之外。且这种"本质主义"思维模式,一样有文化史上的常见观念支持。先看其中的"典范作者优先"论。它与"因人评文""文以人存"这类认知模式、评价模式的亲缘关系,并不难被我辈识别。此类批评模式,读者在有关陶渊明、杜甫等经典作家的解读史中应已不止一次地见到。无论主观动机如何,这样的批评都未免制造出超越批评伦理的作家神话。再说"作者立场优先"论。在中国古代社会文化中,"立场"高于"是非"的思维习惯实颇常见。既然如此,在有关作品艺术水准的批评中出现"作者立场优先",亦不足为奇。这一现象,难免令笔者想到王元化所说的"意图伦理"。该命题为马克斯·韦伯在《学术与政治》中提出,王先生对其原意有所引申,以之指称一种思维模式,即:"在认识论上先确立拥护什么和反对什么的立场","在学术问题上往往不是实事求是地把考虑真理是非问题放在首位"。① 评判诗歌艺术问题时,偏偏以诗人的地位、立场诸因素作为依据、尺度,这或许便是文学批评中的"意图伦理"吧。严格地讲,任何认识都难以摆脱立场。没有立场,便不会有任何价值标准,更遑论具体批评。笔者重新提出"意图伦理"这类话题,无非是要试图说明:在批判理性缺席的情况下空谈立场,拒绝在实践活动中省思立场,就会对文学批评的良性运转造成损伤。

在当下的研究中,能否站在"了解之同情"的立场上,弱化对王夫之批评学理的批判性思考? 诚然,这种遗民评诗的行为往往体现出痛切的反省意识,并具有借题发挥的深意,故值得格外予以尊重。但是,其批评动机如何,与具体批评话语是否具有说服力,终归并非一事。平心而论,在中国古代诗学研究中,"体察心迹"与"省思学理"各有侧重,合则双美,无需扬此抑彼。毋宁说,当批评者既能体贴批评对象"不得不如是之苦心",又能明辨其言其思之正误得失时,"了解之同情"才是

---

① 《对五四的思考》,见《王元化集》第 6 册,湖北教育出版社,2007 年,第 340 页。

真诚的、严肃的、彻底的。不管怎样,倾心于古人,不等于舍弃批判性思考的自觉。只不过是,无论哪种类型的研究,都应该尽可能立足于对文献实存特征的充分尊重,立足于对批评者自身"前理解"限度的自警。理解到这一点,对于王夫之诗歌批评研究,乃至对于中国古代诗学研究,都将是不无裨益的。

主要参考书目

A

《爱日斋丛抄》，[宋] 叶寘，《全宋笔记》第 88 册，大象出版社，2019 年。

B

《白虎通疏证》，[汉] 班固等撰，陈立疏证，中华书局，1994 年。

《鲍参军集注》，[南朝宋] 鲍照著，钱仲联集注，上海古籍出版社，2008 年。

《抱经堂文集》，[清] 卢文弨，中华书局，1990 年。

《病余长语》，[清] 边连宝，齐鲁书社，2013 年。

《帛书老子校注》，高明校注，中华书局，1996 年。

C

《猜想与反驳：科学知识的增长》，[英] 波普尔著，傅季重等译，中国美术学院出版社，2006 年。

《沧浪诗话校笺》，[宋] 严羽著，张健校笺，上海古籍出版社，2012 年。

《沧浪诗话校释》，[宋] 严羽著，郭绍虞校释，人民文学出版社，2005 年。

《沧溟先生集》，[明] 李攀龙，上海古籍出版社，2014 年。

《禅宗概要》，方立天，中华书局，2011 年。

《陈献章集》,[明]陈献章,中华书局,1987年。

《陈子昂集校注》,[唐]陈子昂著,彭庆生校注,黄山书社,2015年。

《成唯识论校释》,韩廷杰校释,中华书局,1998年。

《崇古理念的淡退——王世贞与十六世纪文学思想》,孙学堂,天津古
　　籍出版社,2004年。

《初唐诗》,[美]宇文所安,三联书店,2004年。

《楚辞补注》,[宋]洪兴祖补注,中华书局,2002年。

《楚辞集注》,[宋]朱熹集注,上海古籍出版社,2022年。

《船山全书》,[明]王夫之,岳麓书社,1996年。

《纯粹理性批判》,[德]康德著,邓晓芒译,人民出版社,2004年。

《存吾文稿》,[清]余廷灿,《续修四库全书》,上海古籍出版社,
　　2002年。

《存在巨链——对一个观念的历史的研究》,[美]洛夫乔伊著,张传
　　有、高秉江译,商务印书馆,2015年。

D

《大乘起信论校释》,高振农校释,中华书局,2016年。

《大复集》,[明]何景明,《景印文渊阁四库全书》第267册,台湾商务
　　印书馆,1986年。

《当代中国文学批评观念史》,高建平等,中国社会科学出版社,
　　2019年。

《道与逻各斯》,张隆溪,江苏教育出版社,2006年。

《动机与人格(第3版)》,[美]马斯洛著,许金声等译,中国人民大学
　　出版社,2009年。

《读文心雕龙手记》,罗宗强,中华书局,2019年。

《杜诗详注》,[唐]杜甫著,[清]仇兆鳌注,中华书局,1979年。

《钝吟杂录》,[清]冯班,《丛书集成初编》第223册,中华书局,1985年。

E

《俄国形式主义》,[美]厄利希著,张冰译,商务印书馆,2017 年。

《二十世纪的历史学》,[德]伊格尔斯著,何兆武译,商务印书馆,
2020 年。

F

《法言义疏》,[汉]扬雄著,汪荣宝义疏,中华书局,1987 年。

《反对阐释》,[美]苏珊·桑塔格著,程巍译,译林出版社,2021 年。

《佛光大辞典》,慈怡主编,书目文献出版社据台湾佛光山出版社 1989
年第五版影印本。

《佛教大辞典》,任继愈主编,江苏古籍出版社,2002 年。

《佛学大辞典》,丁福保编,上海书店出版社,2015 年。

《符号形式哲学》第一卷《语言》,[德]卡西尔著,李彬彬译,中国人民
大学出版社,2022 年。

G

《高僧传》,[梁]慧皎,中华书局,1992 年。

《古典诗学的现代诠释》,蒋寅,中华书局,2003 年。

《关键词》,[英]威廉斯著,刘建基译,三联书店,2005 年。

《管锥编》,钱锺书,中华书局,1996 年。

《郭店楚简校释》,刘钊,福建人民出版社,2015 年。

H

《韩诗外传集释》,许维遹校释,中华书局,1980 年。

《汉书》,[汉]班固,中华书局,1962 年。

《黄节诗集》,黄节,中国人民大学出版社,1989 年。

《黄节注汉魏六朝诗六种》,黄节注,人民文学出版社,2008年。

《黄庭坚全集》,〔宋〕黄庭坚,中华书局,2021年。

J

《嵇康集校注》,〔三国魏〕嵇康著,戴明扬校注,中华书局,2014年。

《纪文达公遗集》,〔清〕纪昀,《清代诗文集汇编》第354册,上海古籍
　　出版社,2003年。

《姜斋诗话笺注》,〔明〕王夫之著,戴鸿森笺注,上海古籍出版社,
　　1981年。

《解释的有效性》,〔美〕赫施著,王才勇译,三联书店,1991年。

《金明馆丛稿初编》《金明馆丛稿二编》,陈寅恪,三联书店,2015年。

《晋书》,〔唐〕房玄龄等,中华书局,1974年。

《精神分析引论》,〔奥〕弗洛伊德著,高觉敷译,商务印书馆,1984年。

K

《科学革命的结构》,〔美〕库恩著,张卜天译,北京大学出版社,
　　2022年。

《空同先生集》,〔明〕李梦阳,伟文图书出版社,1976年。

L

《浪漫主义的根源》,〔英〕以赛亚·伯林著,吕梁、张箭飞等译,译林出
　　版社,2019年。

《理论之后》,〔英〕伊格尔顿著,商正译,商务印书馆,2021年。

《李商隐诗歌集解》,〔唐〕李商隐著,刘学锴、余恕诚集解,中华书局,
　　2004年。

《李商隐诗笺释方法论——中国古典诠释学例说》,颜昆阳,里仁书局,
　　2005年。

《理想情怀、现实顿挫与超越企求——陈子昂的抒写历程与文学史意义》,萧义玲,花木兰文化出版社,2011年。

《理想与偶像——价值在历史和艺术中的地位》,〔英〕贡布里希著,范景中等译,广西美术出版社,2013年。

《历代诗话》,〔清〕何文焕编,中华书局,1997年。

《历代诗话续编》,丁福保编,中华书局,2006年。

《历史的观念》,〔英〕柯林伍德著,何兆武译,商务印书馆,1998年。

《历史决定论的贫困》,〔英〕波普尔著,杜汝楫、邱仁宗译,上海人民出版社,2015年。

《历史理论与史学理论——近现代西方史学著作选》,何兆武主编,商务印书馆,2021年版。

《历史理性批判文集》,〔德〕康德著,何兆武译,商务印书馆,2020年。

《列朝诗集》,〔清〕钱谦益编,中华书局,2007年。

《列子集释》,杨伯峻集释,中华书局,1979年。

《六朝文学观念丛论》,颜昆阳,正中书局,1993年。

《六臣注文选》,〔梁〕萧统编,〔唐〕李善等注,中华书局,2012年。

《鲁迅全集》,鲁迅,人民文学出版社,2005年。

《论语集释》,程树德集释,中华书局,1990年。

《论衡校释》,〔汉〕王充著,黄晖校释,中华书局,1990年。

《逻辑学导论》,〔美〕柯匹等著,张建军等译,中国人民大学出版社,2022年。

《吕氏春秋集释》,许维遹集释,中华书局,2009年。

M

《马克思恩格斯选集》(第一卷),〔德〕马克思、恩格斯,人民出版社,1972年。

《毛诗原解》,〔明〕郝敬,中华书局,2021年。

《毛襄懋先生文集》,[明]毛伯温,《四库全书存目丛书》集部第 63 册,
　　齐鲁书社,1997 年。

《美学》(第一卷),[德]黑格尔著,朱光潜译,商务印书馆,1995 年。

《梦苕庵清代文学论集》,钱仲联,齐鲁书社,1983 年。

《孟子研究》,董洪利,江苏古籍出版社,1997 年。

《孟子正义》,[清]焦循,中华书局,1987 年。

《孟子传》,[宋]张九成,《景印文渊阁四库全书》,台湾商务印书馆,
　　1986 年。

《明代文学复古运动研究》,廖可斌,商务印书馆,2008 年。

Q

《清代诗学史》(第一卷),蒋寅,中国社会科学出版社,2012 年。

《清代诗学研究》,张健,北京大学出版社,1999 年。

《清诗话》,丁福保编,上海古籍出版社,2015 年。

《清诗话续编》,郭绍虞编,上海古籍出版社,1983 年。

《青箱杂记》,[宋]吴处厚,中华书局,1985 年。

《权德舆诗文集编年校注》,[唐]权德舆著,唐元校,张静注,蒋寅笺,
　　辽海出版社,2013 年。

《全明诗话》,周维德编,齐鲁书社,2005 年。

《全上古三代秦汉三国六朝文》,[清]严可均校辑,中华书局,1999 年。

《诠释与过度诠释》,[意]埃科等著,王宇根译,上海译文出版社,2023 年。

《全唐诗》,[清]彭定求等编,上海古籍出版社,1995 年。

《全唐文》,[清]董诰等编,中华书局,1983 年。

《全唐五代诗格汇考》,张伯伟校考,凤凰出版社,2002 年。

R

《人间词话疏证》,王国维著,彭玉平疏证,中华书局,2001 年。

《人论》,[德]卡西尔著,甘阳译,上海译文出版社,2003年。

《人性的,太人性的》,[德]尼采著,杨恒达译,中国人民大学出版社,
　　2005年。

《认知心理学》,[美]布里奇特·罗宾逊—瑞格勒、格雷戈里·罗宾
　　逊—瑞格勒著,凌春秀译,韩布新审校,人民邮电出版社,2020年。

《阮籍集校注》,[三国魏]阮籍著,陈伯君校注,中华书局,2012年。

《阮籍评传》,高晨阳,南京大学出版社,1997年。

《阮嗣宗集》,[三国魏]阮籍,李致忠主编《四部丛刊四编》第138册,
　　中国书店,2016年。

S

《三国志》,[晋]陈寿撰,[南朝宋]裴松之注,中华书局,1982年。

《尚书古文疏证》,[清]阎若璩,上海古籍出版社,2010年。

《少室山房集》,[明]胡应麟,《景印文渊阁四库全书》第1290册,台湾
　　商务印书馆,1986年。

《社会心理学》,[美]迈尔斯著,侯玉波等译,人民邮电出版社,
　　2016年。

《沈佺期宋之问集校注》,[唐]沈佺期、宋之问著,陶敏、易淑琼校注,
　　中华书局,2001年。

《升庵诗话新校注》,[明]杨慎著,王大厚校注,中华书局,2008年。

《诗纪》,[明]冯惟讷编,李致忠主编《四部丛刊四编》第169册,中国
　　书店2016年。

《诗广传》,[明]王夫之,中华书局,1964年。

《诗经注析》,程俊英、蒋见元注析,中华书局,1991年。

《诗品集注(增订本)》,[梁]钟嵘著,曹旭集注,上海古籍出版社,2011年。

《诗式校注》,[唐]皎然著,李壮鹰校注,人民文学出版社,2003年。

《诗言志辨》,朱自清,广西师范大学出版社,2004年。

《诗艺》,[阿根廷] 博尔赫斯著,陈重仁译,上海译文出版社,2015 年。

《诗源辩体》,[明] 许学夷,人民文学出版社,1987 年。

《十三经注疏(清嘉庆刊本)》,中华书局,2009 年。

《史记》,[汉] 司马迁,中华书局,1982 年。

《释名》,[汉] 刘熙,中华书局,2016 年。

《世说新语笺疏》,[南朝宋] 刘义庆撰,[南朝梁] 刘孝标注,余嘉锡笺疏,中华书局,2007 年。

《说文解字》,[汉] 许慎,《四部备要》第 13 册,中华书局,1989 年。

《司空表圣诗文集笺校》,[唐] 司空图著,祖保泉、陶礼天笺校,安徽大学出版社,2002 年。

《宋本艺文类聚》,[唐] 欧阳询,上海古籍出版社,2013 年。

《宋诗纪事》,[清] 厉鹗,浙江古籍出版社,2019 年。

《宋书》,[南朝梁] 沈约,中华书局,1974 年。

《苏轼文集》,[宋] 苏轼著,孔凡礼点校,中华书局,1986 年。

《隋唐五代文学思想史》,罗宗强,中华书局,2003 年。

T

《谈艺录》,钱锺书,中华书局,1984 年。

《唐才子传校笺》,[元] 辛文房撰,傅璇琮等校笺,中华书局,1995 年。

《唐代文学史》,乔象钟、陈铁民,人民文学出版社,1995 年。

《唐人选唐诗新编(增订本)》,傅璇琮等编校,中华书局,2014 年。

《唐诗别裁集》,[清] 沈德潜编,中华书局,1964 年。

《土星之命——艺术家性格和行为的文献史》,[美] 维特科夫尔夫妇著,陆艳艳译,商务印书馆,2019 年。

W

《王弼集校释》,[三国魏] 王弼著,楼宇烈校释,中华书局,1980 年。

《王国维论学集》,王国维著,傅杰编校,云南人民出版社,2008 年。

《王廷相集》,[明]王廷相,中华书局,1989 年。

《王元化集》,王元化,湖北教育出版社,2007 年。

《魏晋南北朝文学思想史》,罗宗强,中华书局,2006 年。

《魏晋文学史》,徐公持,人民文学出版社,1999 年。

《文镜秘府论汇校汇考》,[日]空海撰,卢盛江校考,中华书局,
　　2006 年。

《文心雕龙讲疏》,王元化,广西师范大学出版社,2004 年。

《文心雕龙解析》,周勋初,凤凰出版社,2018 年。

《文心雕龙精读》,杨明,复旦大学出版社,2007 年。

《文心雕龙探索》,王运熙,上海古籍出版社,2021 年。

《文心雕龙新论》,王更生,文史哲出版社,2011 年。

《文心雕龙研究》,牟世金,人民文学出版社,1995 年。

《文心雕龙研究》,张少康编,湖北教育出版社,2002 年。

《文心雕龙义证》,[梁]刘勰著,詹锳义证,上海古籍出版社,1989 年。

《文心雕龙译注》,[梁]刘勰著,牟世金译注,人民文学出版社,2022 年。

《文心雕龙札记》,黄侃,中华书局,2006 年。

《文心雕龙注》,[梁]刘勰著,范文澜注,中华书局,1998 年。

《文学理论》,[美]韦勒克、沃伦著,刘象愚等译,江苏教育出版社,
　　2005 年。

《文学术语词典(第 7 版)》,[美]艾布拉姆斯著,吴松江等译,北京大
　　学出版社,2009 年。

《文学知识学》,余虹,北京大学出版社,2009 年。

《五十年来的中国哲学》,贺麟,上海人民出版社,2019 年。

X

《西方诠释学史》,潘德荣,北京大学出版社,2013 年。

《西方哲学原著选读》,北京大学哲学系外国哲学史教研室编译,商务
　　印书馆,2019 年。

《西山文集》,[宋] 真德秀,《景印文渊阁四库全书》第 1174 册。

《先秦汉魏晋南北朝诗》,逯钦立辑校,中华书局,1998 年。

《现象学导论七讲》,张祥龙,中国人民大学出版社,2011 年。

《象征的图像》,[英] 贡布里希著,杨思梁、范景中编选,邵宏校译,广
　　西美术出版社,2015 年。

《小仓山房文集》,[清] 袁枚,浙江古籍出版社,2015 年。

《谢宣城集校注》,[南朝齐] 谢朓著,曹融南校注,上海古籍出版社,
　　1991 年。

《新编中国文学理论史》,成复旺,中国人民大学出版社,2010 年。

《心理学导论(第 9 版)》,[美] 迈尔斯著,黄希庭等译,商务印书馆,
　　2019 年。

《新历史主义与文学批评》,张京媛主编,北京大学出版社,1993 年。

《荀子集解》,[清] 王先谦集解,中华书局,2013 年。

《逊志斋集》,[明] 方孝孺,《景印文渊阁四库全书》第 1235 册。

Y

《弇州山人四部稿》,[明] 王世贞,伟文图书出版社,1976 年。

《弇州山人续稿》,[明] 王世贞,文海出版社,1970 年。

《以意逆志与诠释伦理》,杨红旗,巴蜀书社,2009 年。

《艺概注稿》,[清] 刘熙载著,王津琥校注,中华书局,2009 年。

《意境论的形成——唐代意境论研究》,黄景进,台湾学生书局,
　　2004 年。

《艺术史的艺术:批评读本》,[美] 普雷齐奥西主编,易英等译,上海人
　　民出版社,2016 年。

《幽梦影》,[清] 张潮,黄山书社,2021 年。

《游戏的人：文化的游戏要素研究》，[荷] 赫伊津哈著，傅存良译，北京大学出版社，2014 年。

《元好问论诗三十首小笺》，[金] 元好问著，郭绍虞撰，人民文学出版社，2001 年。

《原诗笺注》，[清] 叶燮著，蒋寅笺注，上海古籍出版社，2014 年。

《原诗 一瓢诗话 说诗晬语》，[清] 叶燮、沈德潜、薛雪，人民文学出版社，1998 年。

Z

《怎样做理论》，[德] 伊瑟尔著，朱刚等译，南京大学出版社，2008 年。

《增订文心雕龙校注》，[梁] 刘勰著，杨明照校注，上海古籍出版社，1999 年。

《战国策集注汇考》，诸祖耿集注，凤凰出版社，2008 年。

《张衡诗文集校注》，[汉] 张衡著，张震泽校注，上海古籍出版社，2009 年。

《张九成集》，[宋] 张九成，浙江古籍出版社，2013 年。

《肇论校释》，[晋] 僧肇著，张春波校释，中华书局，2010 年。

《哲学研究》，[英] 维特根斯坦著，陈嘉映译，上海人民出版社，2005 年。

《真理与方法》，[德] 伽达默尔著，洪汉鼎译，商务印书馆，2010 年。

《知识与抒情——宋代诗学研究》，张健，北京大学出版社，2015 年。

《秩序感》，[英] 贡布里希著，范景中、杨思梁、徐一维译，广西美术出版社，2015 年。

《中观今论》，释印顺，中华书局，2010 年。

《中国佛教哲学要义》，方立天，中国人民大学出版社，2002 年。

《中国佛学源流略讲》，吕澂，中华书局，1979 年。

《中国古代文论管窥》，王运熙，上海古籍出版社，2014 年。

《中国古代文学批评方法研究》,张伯伟,中华书局,2002 年。

《中国古典解释学导论》,周光庆,中华书局,2002 年。

《中国古典美学风骨论》,汪涌豪,商务印书馆,2019 年。

《中国古典文学的接受理论与实践》,尚永亮,新文丰出版公司,
　　2016 年。

《中国历代文论选》,郭绍虞主编,上海古籍出版社,1996 年。

《中国美学范畴词典》,成复旺主编,中国人民大学出版社,1995 年。

《中国人性论史·先秦篇》,徐复观,三联书店,2001 年。

《中国诗学批评史》,陈良运,江西人民出版社,1995 年。

《中国诗学通论》,袁行霈、孟二冬、丁放,北京大学出版社,1994 年。

《中国文学理论批评史》,张少康,北京大学出版社,2005 年。

《中国文学批评史》,罗根泽,上海书店,2003 年。

《中国文学批评通史·隋唐五代卷》,王运熙、杨明,上海古籍出版社,
　　1996 年。

《中国文学批评小史》,周勋初,复旦大学出版社,2007 年。

《钟嵘诗品笺证稿》,王叔岷,中华书局,2007 年。

《朱熹集》,[宋] 朱熹,四川教育出版社,1996 年。

《朱子语类》,[宋] 黎靖德编,中华书局,1986 年。

《庄子集释》,[清] 郭庆藩集释,中华书局,2019 年。

《追寻记忆的痕迹——新心智科学的开创历程》,[美] 坎德尔著,喻柏
　　雅译,中国友谊出版公司,2022 年。

后　记

本书每个专题的写作动念，都来自我在中国古代文论教学与研究中产生的疑问。这些专题所涉文论观念，有过"中国古代文学"或"文艺学"专业研修经历的读者都不会感到陌生。它们是当下每部文论史著作都不会遗漏的常规内容。而也就是在"探故"与"察今"的互动中，我发现，很多有关它们的知识结论看上去确凿无疑，实际上依然存在颇多追问、拓展的余地。如果"重写文论史"依然是这个时代学人的雄心所在，那么，除开大格局的规划外，这种对每一个具体个案的严格重审，都是不可或缺的起点。

总体来看，本书的写作侧重于"发明"，而不是"发现"。不过我深知"发明"和"发现"往往是彼此相生，难以分离的。"发现"之于"发明"的意义，自然不需要多说。没有新文献的"发现"，"发明"就会既缺少用武之地，又可能失却自我修正的机会。对某个全新知识领域的开拓、探索，也完全可能影响每一个人"发明"的方式和深度。而我同样在意的是：没有"发明"的开显，"发现"就无非是为我们提供一些不会说话的语言遗留物而已。尤其是，"发现"毕竟远不只来自偶然的机遇或"避熟就生"的动机。从根本上讲，它离不开一双能够发现、善于发现的眼睛。缺乏在"发明"中培养的运思能力和问题意识，这双眼睛的视力怕是会逐渐减弱的。到底有多少深藏于地下的重要文献有待重现天日,非我辈所能预料;但是确乎有很多值得被"发现"的文献近在眼前,却被一次次地漏掉,原因只是在于:研究者并不认为它们是有意义的。在更积极的"发现"与"发明"之互动中捕捉问题、考察问题,也是笔者未来继续努力的方向之一。

说到"发明",笔者还会想到本书多次提及的"诠释循环"。"发明"所以能够光景长新,也总和这循环的积极运转密不可分。时贤早已敏锐地察知:"诠释循环"应当是多层次、多维度的。可以说,实现某一古代文论观念和它所在文本语境间的"诠释循环"只是最基本的工作。在这之上,还应有这观念和其所在历史语境的诠释循环,乃至和超越文化、时空限制的世界性历史语境的诠释循环。实现这些意义上的"诠释循环",也就意味着既立足于中国古代历史语境,又在跨越古今、中西界限的多维、灵活之视野中理解中国古代文论观念。这种视野在学科意义上远远超越了"文学理论"与"文学史"。

读者可以发现,在本书中,我所尝试的"诠释循环"并不仅限于导论中强调的概念、命题释义,而且在事实上已经触及上述范围,只不过相关探讨还远不能称得上是充分的。这里仅就古代文论观念与其所在历史语境的诠释循环问题说上几句。如何在明代"格调派"作者人生的现实处境中理解其"真正合一"观念?我在本书第七章中所举的李梦阳、王世贞言论,其写作之"本事"其实大都有据可查——最近,我的同仁在这方面已有令人钦佩的考辨成果。而我当年动笔时,显然对这一环节缺乏探索。再如,已有师友指出,我对身处遗民情境的王夫之何以如此论诗缺少"了解之同情"。虽说我一直认为,剖析某一批评者思维模式、学理自具有独立的价值,亦并非与"了解之同情"无关;但我也的确承认,自己与船山之性情、境遇尚缺乏深度共鸣,于是相关批评或许是冷静的、理性的,却也是有些缺乏温度的。这类问题的存在又一次提醒我:在明清文论研究中,梳理、探究、领会丰富的存世文献,完全可能令某一具体言论的历史语境不再模糊,为合理解释作者"不得不如此之苦心"提供有效支持。此外,"古代文艺活动"自然是"古代文论观念"所在历史语境中格外重要的一部分。"古代文论观念"既是它的组成要素,激发、推动、省思、总结它,也程度不同地规训、压制、遮蔽它。如果不能正视这种复杂关系、把它们之间的"诠释循环"合理地建立起来,古代文论观念研究就不仅可能在释义上出现疏失,还可能陷入另外一些误区,如:把古代文论观念等同于古代文艺精神,尤其是把古代某些精英的文论观念、权威意识形态的文论观念等同于古代文艺精神。不断地开显古代文艺精神的世界,而不只是"圣人"或"权威"批评话语的世界,始终是我对自己研究的另一个期待。

　　说到底,能让"诠释循环"走向合理的关键,还是在于心胸识见。而在当前的语境中说到这"心胸识见",就让我不能不再次念及"中""西"关系问题。20世纪40年代,贺麟先生写出了《五十年来的中国哲学》。今天,我常会想起其中的一段话:

　　　　有的人,对于中国的文教有了宗教的信仰,而认为西方的文化有了危机,想发扬中国文化以拯救西方人的苦恼;有的人,看见西方思想澎湃于中国,中国文化有被推翻被抛弃的危险,抱孤臣孽子保持祖宗产业的苦心,亟思发扬中国哲学,以免为新潮流所冲洗,荡然无存;有的人,表面上攻击西方思想,而不知不觉中却反受西方思想的影响;还有一些人,表面上虚怀接受西方思想,然而因不明西方思想的根底,他所接受的乃非真正的西方思想,而仍然回复到旧的窠臼。

单就我个人而言,我沉醉于中华文化的魅力与生命力,也热爱这个世界上照亮、慰藉自己心灵的一切精神成果。不过我同样深知,"西方思想的根底"远远未曾被我探明。其实何止西方,我对"中国思想的根底",就已经探明了吗?同样地,我对中西深厚复杂的"文艺精神"又有多少称得上探明"根底"的把握?所以贺先生对第四种人的描述,于我便是永恒的警示。不过,我也会同时想到牛顿那段家喻户晓的譬喻:

> 我不知道世人会怎么看我,但是,对我自己来说,我好像不过是一个在海边玩耍的男孩,到处寻找一块更光滑的鹅卵石或者一个更漂亮的贝壳。而与此同时,未被发现的真理的大海就躺在我的面前。([美]格雷克《牛顿传》,樊诩静、吴诤译)

这番话在其原始语境中是不是别有深意,大约又是一个足以令史家去"索隐"的重要话题。而我只是从中读出伟大的谦逊,以及一种迷人的心灵境界——对世界无功利的好奇心与探索欲。当然,我也愿意把"寻找更漂亮的贝壳"断章取义地理解为"寻美"的隐喻。美感的生发也好,对美的渴求也好,都是自然而然,纯任天机的,正像开心的孩童期待和自己喜爱的贝壳相遇一般。人生在世,总是不知不觉便被各种规训打上烙印。求真、寻美的路上,谁能担保自己认定的"无功利""自然而然""天机"就的确如此呢?好在这不妨碍人自觉地呵护这些美好的品格,抵抗外在于它们、戕残它们的东西。按照庄学的说法,这有目的地行动着的人,已经是非"自然"的人了。但是,既然人不可能在经验世界中与"道"同体,那么,"呵护""抵抗"就仍然有其意义。是否能够洞晓中西思想、文艺的"根底",自己总归无法断言。而这"呵护""抵抗",终归可以时刻践履。而且我总觉得,失去这些值得呵护的美好品格后,那些崇高的"拯救"与"使命",有时似乎也就显得有些苍白、有些滑稽。

最后需要说明的是,本书主体八章,都是在过去已发表论文基础上修订、拓展而成。感谢赵伯陶老师、左东岭老师、徐正英老师、孙羽津兄、马昕兄、叶晔兄、陈斐兄在当年部分论文撰写、修改过程中的宝贵意见,感谢中国人民大学文学院、上海古籍出版社对本书出版的大力支持,感谢责任编辑张世霖先生的细心编校。和以前一样,我仍然要把这本书献给我的家人。你们的爱和无私奉献,是我前行的永恒动力。

作者

2024 年 3 月

图书在版编目(CIP)数据

"探故"与"察今"的互动:中国古代文论观念研
究 / 徐楠著. —上海:上海古籍出版社,2024.5
ISBN 978-7-5732-1141-5

Ⅰ.①探… Ⅱ.①徐… Ⅲ.①中国文学-古代文论-
研究 Ⅳ.①I206.2

中国国家版本馆 CIP 数据核字(2024)第 078965 号

"探故"与"察今"的互动
——中国古代文论观念研究

徐 楠 著

上海古籍出版社出版发行

(上海市闵行区号景路 159 弄 1-5 号 A 座 5F 邮政编码 201101)

(1) 网址:www.guji.com.cn

(2) E-mail:guji1@guji.com.cn

(3) 易文网网址:www.ewen.co

启东市人民印刷有限公司印刷

开本 890×1240 1/32 印张 10.375 插页 2 字数 268,000

2024 年 5 月第 1 版 2024 年 5 月第 1 次印刷

印数:1—1,100

ISBN 978-7-5732-1141-5

Ⅰ·3829 定价:52.00 元

如有质量问题,请与承印公司联系